MIRA®

Umwelthinweis:
Dieses Buch wurde auf chlor- und säurefreiem Papier gedruckt.

Ginna Gray

Pakt mit dem Feind

Roman

Aus dem Amerikanischen von
Stephanie Thoma-Kellner

MIRA®

MIRA® TASCHENBUCH
Band 25328
1. Auflage: November 2008

MIRA® TASCHENBÜCHER
erscheinen in der Cora Verlag GmbH & Co. KG,
Valentinskamp 24, 20350 Hamburg

Titel der nordamerikanischen Originalausgaben:
The Trophy Wife

erschienen bei: Mira Books, Toronto
Published by arrangement with
HARLEQUIN ENTERPRISES II B.V./S.àr.l.

Konzeption/Reihengestaltung: fredebold&partner gmbh, Köln
Umschlaggestaltung: pecher und soiron, Köln
Redaktion: Stefanie Kruschandl
Titelabbildung: Lacrima Serantis
Autorenfoto: © by Harlequin Enterprise S.A., Schweiz
Satz: Buch-Werkstatt GmbH, Bad Aibling
Druck und Bindearbeiten: CPI – Ebner & Spiegel, Ulm
Printed in Germany
ISBN 978-3-89941-542

www.mira-taschenbuch.de

1. KAPITEL

Was sie brauchte, war ein Wunder. Und zwar schnell.

Elizabeth Stanton saß in Houston am Schreibtisch ihres Arbeitszimmers. Das Herrenhaus aus grauem Stein stand zwischen riesigen Eichen und Kiefern in dem exklusiven Stadtteil River Oaks. Wer hier wohnte, gehörte zum alteingesessenen Geldadel der Stadt.

Ihr Vater, ihr Großvater und alle Männer früherer Generationen der Familie Stanton bis zurück in die ersten Jahre des 19. Jahrhunderts hatten an diesem Mahagonischreibtisch gearbeitet.

Bei einer Körpergröße von etwas über einem Meter sechzig und einer zierlichen Figur wirkte Elizabeth hinter dem massiven Möbelstück winzig. In dem abgewetzten Ledersessel, der davorstand, versank sie geradezu.

Wahrscheinlich wäre ihr das ganz passend vorgekommen, wenn sie darüber nachgedacht hätte. Im Augenblick fühlte sie sich tatsächlich klein und hilflos und wusste nicht, wohin sie sich wenden sollte.

Elizabeth hielt den Bericht in der Hand, den ihr der Bankier vor weniger als einer Stunde übergeben hatte. Sie musterte die Zahlen, als ob sie sich auf wundersame Weise verwandeln würden, wenn sie nur lange genug daraufstarrte.

Nach einer Weile seufzte sie, senkte ihren Kopf und stützte die Stirn in die Hände. Sie musste sich den Tatsachen stellen: Sie war pleite. Oder so gut wie pleite. Was in Gottes Namen sollte sie nur tun?

„Verdammt sollst du sein, Edward Culpepper. Zur Hölle mit dir!“, fluchte sie durch zusammengebissene Zähne.

Plötzlich sprang Elizabeth so abrupt auf, dass ihr Sessel in die Mahagonianrichte hinter ihr krachte. Zu jedem anderen Zeitpunkt hätte sie sich Sorgen darüber gemacht, das

Familienerbstück beschädigt zu haben, aber jetzt war sie so aufgeregt, dass sie es kaum bemerkte.

Ruhelos ging sie auf dem Perserteppich auf und ab. Nachdem sie einige Male ziellos im Kreis gelaufen war, blieb sie mit verschränkten Armen vor den gläsernen Terrassentüren stehen. Gedankenverloren strich sie über ihre smaragdgrüne Satinbluse und blickte auf den Rasen hinaus.

Zu dieser Jahreszeit gab es nicht viel zu sehen. Vor ein paar Wochen, Ende Oktober, war einer der berüchtigten texanischen „blauen Nordwinde" über Houston hinweggefegt. Innerhalb von nur einer Stunde waren die Temperaturen von schwülen 35 Grad fast bis auf den Gefrierpunkt gefallen. Seither hatte eine Kaltfront nach der anderen die Region heimgesucht.

Draußen zerrte ein stürmischer Wind an den Bäumen und wirbelte Blätter und Kiefernnadeln über den Rasen. Das Gras war durch die Kälte strohig geworden. Die Beete, die in verspielten Schmetterlings- und Arabeskenformen angelegt waren, versanken im Winterschlaf. Fast alle Pflanzen zeigten bereits kahle Zweige, und auch die Oleanderhecke um das Anwesen hatte ihr saftiges Sommergrün eingebüßt.

Für die kommende Nacht wurde starker Frost erwartet, und Dooley Baines, Elizabeths Gärtner und Hausmeister, kämpfte gerade gegen den Wind an, um die empfindlichen Pflanzen abzudecken.

Dooley und seine Frau Gladys, Köchin und Haushälterin in einem, arbeiteten schon so lange Elizabeth denken konnte in dem Haus in Houston. Sie hatten ihr gesamtes Eheleben in dem geräumigen Apartment über der Garage verbracht. Dort hatten sie ihre beiden Kinder großgezogen und mit der Hilfe von Elizabeths Vater zum College geschickt. Die beiden konnten mit Fug und Recht erwarten, hier weiter ihrer Arbeit nachzugehen, solange es ihnen möglich war.

Elizabeth beobachtete Dooley, wie er sich um seinen geliebten Garten kümmerte. Sein Rücken war gebeugt von der jahrelangen Arbeit in gebückter Körperhaltung. Glücklicherweise hatte er keine Ahnung, dass seine Arbeitgeberin und mit ihr seine gesicherte Existenz kurz vor dem Ruin standen.

Elizabeths Besitz in Houston umfasste, ebenso wie der ihrer meisten Nachbarn, mehrere Morgen Land. Über den oberen Rand der Hecke hinweg konnte sie das Schieferdach der Whittingtons durch die kahlen Zweige hindurch erkennen.

Mimi Whittington war ihre engste Vertraute. Sie gehörte zu der Handvoll Freunden, von denen Elizabeth wusste, dass sie ihr sowohl in guten als auch in schlechten Zeiten beistehen würden.

Und im Augenblick waren die Zeiten ohne Zweifel schlecht.

Es schien fast, als hätte Elizabeth sie mit der Kraft ihrer Gedanken herbeigezaubert, denn genau in diesem Augenblick trat Mimi durch die Lücke in der Hecke zwischen den beiden Häusern und ging auf die Terrasse zu.

Diese Lücke war der einzige Makel an dem Garten, der ansonsten wie gemalt wirkte, und Dooley fühlte sich durch sie in seiner persönlichen Ehre gekränkt. Weil sich Mimi und Elizabeth immer wieder durch die Hecke gezwängt hatten, war im Laufe der Jahre ein Durchlass entstanden. Lange hatte sich Dooley darüber aufgeregt und mit den Freundinnen geschimpft. Am Ende hatte er aufgegeben und das Loch in der Hecke zu einem schmalen Torbogen geformt. Den Trampelpfad im Rasen hatte er gepflastert, um das tägliche Kommen und Gehen wenigstens in geordnete Bahnen zu lenken.

Elizabeth musste lächeln, als sie Mimi beobachtete. Ihre Freundin trippelte mit Pfennigabsätzen den Pfad entlang, während sie den knöchellangen Zobelmantel eng um die Schultern zog. Typisch Mimi, sich für einen Nachmittagsbesuch in Pelz zu werfen!

Unter dem Mantel erspähte Elizabeth hautenge schwarze Leggings und ein weites Hemd mit wilden Mustern in Lila, Gold und Schwarz. Das blonde Haar der Freundin war vom Wind völlig zerzaust.

Mimi rief Dooley etwas zu und hob grüßend die Hand. Dann schaute sie zum Haus herüber, sah Elizabeth an der Tür ihres Arbeitszimmers stehen, lächelte und winkte auch ihr zu.

Elizabeth öffnete die Tür, als Mimi die Terrasse erreichte. Ihre Freundin stürmte ins Arbeitszimmer und brachte einen eisigen Luftzug und eine Wolke Chanelduft mit.

„Oh Mann, oh Mann, oh Mann! Da draußen wird's aber kalt", rief sie in der gedehnten Sprechweise des östlichen Texas und schauderte demonstrativ. „Ich hab mir doch glatt den Hintern abgefroren, nur weil ich schnell hier rübergerannt bin. Ich schwör bei Gott, uns trennen nur noch zehn Meter vom Nordpol."

Sie schlüpfte aus ihrem Zobelmantel und warf ihn so nachlässig über einen der Sessel vor dem Kamin, als sei der Pelz nur ein alter Lumpen. Dann fuhr sie sich mit beiden Händen durch ihr kurz geschnittenes platinblondes Haar, dass die goldenen Armreife nur so klirrten. „Hiermit erkläre ich feierlich, dass der Wind meine Frisur völlig zerstört hat. Und dabei bin ich heute Morgen nach der Tanzstunde zu Mr. André gegangen. Wenn der arme Mann mich jetzt sehen könnte, würde er einen Wutanfall bekommen."

Elizabeth unterdrückte ein Lächeln. Fast hätte sie gefragt, woran der Stylist hätte merken sollen, dass Mimis Haarpracht durcheinandergeraten war. Momentan trug die Freundin eine kunstvoll verstrubbelte Frisur, die in alle Richtungen abstand. Man wusste nie, welchen Stil und welche Haarfarbe Mimi nächste Woche vorführen würde.

„Übrigens, glaub ja nicht, dass du unsere Tanzstunde ungestraft versäumt hast – du mit deinen geschäftlichen Gründen! Morgen früh werde ich dich fertigmachen."

Elizabeth rollte die Augen. „Das hab ich mir schon gedacht. Du alte Sklaventreiberin!", fügte sie mit gespieltem Verdruss hinzu.

Seit Elizabeths neuntem Lebensjahr, also seit inzwischen dreiundzwanzig Jahren, gab die Freundin ihr Tanzstunden. Mimis verstorbener Ehemann hatte ihr dafür eigens im Dachgeschoss ein Studio eingerichtet. Die meisten Leute hielten Mimi für träge und verwöhnt, und sie genoss es, diesen Eindruck zu erwecken. Nur wenige wussten über die frühmorgendlichen anstrengenden Tanzstunden Bescheid, die sich zu einem Fitnesstraining für die Freundinnen entwickelt hatten.

„Fit halten muss man sich ja, und Tanzen macht viel mehr Spaß als die Quälerei im Fitnessstudio", beharrte Mimi.

Fröstelnd hielt die Freundin nun die Hände über die fröhlich züngelnden Flammen im Kamin. Ihre künstlichen Fingernägel waren lang und scharlachrot, und jeden Finger, sogar die Daumen, schmückten Ringe. Bei der geringsten Kopfbewegung schaukelten und glitzerten die langen Diamantohrringe, die beinahe ihre Schultern berührten.

„Mmh, das fühlt sich göttlich an", schnurrte Mimi und drehte sich, um ihren Rücken zu wärmen. Sie rieb sich mit beiden Händen über den Po und sah Elizabeth an. „Also? Wie ist das Treffen mit Walter und John gelaufen? Bitte, bitte, *bitte* sag mir, dass John einen Weg gefunden hat, dein Geld wieder zurückzubekommen und diese betrügerische falsche Schlange ins Gefängnis zu schicken, wo sie hingehört."

Dass sie ihretwegen so zornig war, zauberte ein schwaches Lächeln auf Elizabeths Lippen. Obwohl Mimi zehn Jahre älter war als sie, waren die beiden Freundinnen, seit sie sich das erste Mal getroffen hatten.

Mimi behauptete, sie wären schon in ihren früheren Leben befreundet gewesen, und es sei ihre Bestimmung, einander für immer zur Seite zu stehen.

Ihre Freundschaft verwirrte die meisten Leute in ihrem Bekanntenkreis. Mimi und Elizabeth waren so verschieden, wie zwei Frauen nur sein konnten.

Elizabeth wirkte ruhig und hatte ein eher zurückhaltendes Wesen.

Frech, grell, auffallend, unberechenbar – das waren dagegen nur einige der Worte, mit denen man Mimi beschreiben konnte. Sie selbst gab bereitwillig zu, dass all dies und noch mehr auf sie zutraf. Die ungewöhnliche Frau besaß ein Herz aus Gold und einen etwas derben Sinn für Humor – außerdem die finanziellen Mittel, das zu tun, was ihr gefiel. Sie scherte sich nicht um Konventionen, und wem das nicht passte, der hatte Pech gehabt.

Als Horace sie kennengelernt hatte, war sie bei Tanzturnieren aufgetreten und hatte hin und wieder als Showgirl in Las Vegas gearbeitet.

„Mein einziges Kapital waren ein hübsches Gesicht und ein großartiger Körper“, hatte sie ihrer Freundin gegenüber rundheraus zugegeben, ohne sich dafür zu schämen. „Also habe ich beides dort eingesetzt, wo ich gutes Geld verdienen konnte, ohne mir untreu zu werden oder meiner lieben verstorbenen Mama Schande zu bereiten. Tanzwettbewerbe und eine Bühne in Las Vegas waren allemal besser, als in einem heruntergekommenen Striplokal zu tanzen oder Hamburger zu braten.“

Als der 52-jährige Horace Whittington die neunzehn Jahre alte Mimi heiratete, tuschelte man in der Houstoner

Gesellschaft, sie wäre nur hinter seinem Geld her. Das überraschte niemanden.

Oberflächlich betrachtet, entsprach die Ehe der alten Geschichte: Ein mitleiderregender älterer Mann versucht seine Jugend dadurch wiederzuerlangen, dass er eine junge Frau mit Dollarzeichen in den Augen heiratet.

Kaum jemand hatte damals bemerkt, dass Mimi ihren Horace – den sie zärtlich „Big Daddy“ nannte – von ganzem Herzen liebte. Warum auch nicht? Horace Whittington war ein durch und durch netter Mann: freundlich, ehrlich, loyal und großzügig den Menschen gegenüber, die er liebte.

Außerdem sah er verteufelt gut aus. Horace hatte sich immer fit gehalten. Mit einer Körpergröße von über einem Meter achtzig, vollem Silberhaar, strahlend blauen Augen und einem gebräunten, kernigen Gesicht wirkte er ganz wie die Hollywood-Version des erfolgreichen Texaners.

In der Houstoner Gesellschaft gab es viele Leute, die Mimi gern die kalte Schulter gezeigt hätten, aber niemand wagte es. Die Familie der Whittingtons war zu einflussreich.

„Jetzt, wo Big Daddy nicht mehr da ist, würden mir ein paar von diesen alten Schachteln am liebsten meine Mitgliedschaft im River Oaks Country Club kündigen“, hatte Mimi Elizabeth kurz nach Horace’ Tod erzählt. „Aber sie trauen sich nicht. Jedenfalls nicht, solange ich Big Daddys Geld habe. Du weißt doch, wie diese Wichtigtuer mit ihren diversen Komitees dauernd damit beschäftigt sind, einen prächtigen Ball oder sonst eine Wohltätigkeitsaktion zu organisieren. ‚Guter Zweck des Monats‘ hat Big Daddy diese Veranstaltungen immer genannt. Die Whittington-Stiftung unterstützt diesen Rummel jedes Jahr mit mehr als einer Million Dollar. Diese blaublütigen Snobs sind zwar nicht an mir interessiert, aber das Geld der Whittingtons wollen sie allemal. Dafür sind sie sogar dazu bereit, ihre perfekt überkronten Zähnchen zusammenzubeißen und meine Anwesenheit zu ertragen. Persönlich ist es mir völlig schnuppe, ob ich zum Country Club gehöre oder nicht. Ich bin nur noch Mitglied, weil ich weiß, dass es sie in den Wahnsinn treibt, mit einem Niemand aus Nirgendwo auf nett machen zu müssen."

Elizabeth wies ihre Freundin wegen solcher Bemerkungen immer sanft zurecht. Aber im Grunde genommen lag Mimi damit ganz richtig.

Dennoch, ganz egal was die Leute über Mimi als Person dachten: Irgendwann hatten sogar die schärfsten Kritiker zugeben müssen, dass die Whittingtons eine glückliche Ehe führten. Horace und Mimi waren während ihrer gesamten zusammen verbrachten einundzwanzig Jahre unzertrennlich gewesen.

Nachdem Horace vor weniger als einem Jahr plötzlich an einem Herzinfarkt gestorben war, war Mimi monatelang in tiefer Trauer versunken. Zum ersten Mal, seit sie sich kannten, hatte Elizabeth Mimi weinen sehen. Es hatte Elizabeth das Herz gebrochen, wie verzweifelt ihre sonst so aufmüpfige Freundin wirkte.

Aber nach einer Weile hatte Mimi sich aufgerappelt. Sie hatte sich wieder ins Leben gestürzt – mit dem Elan, der für sie so typisch war.

„Big Daddy hätte nicht gewollt, dass ich bis in alle Ewigkeit um ihn trauere", hatte sie in ihrem gedehnten Dialekt erklärt. „Weißt du, wenn mein Mann vom Himmel zu mir runterschauen würde und er würde sehen, wie ich da weine und wehklage – ich glaub, er würde sich vom heiligen Petrus selbst einen Passierschein ausstellen lassen. Und dann würde er auf die Erde zurückkommen und mir höchstpersönlich einen kräftigen Tritt in meinen süßen Hintern verpassen."

Und das hätte er wohl wirklich getan, überlegte Elizabeth. Wenn es etwas gab, das Horace sich mehr gewünscht hatte als alles andere auf der Welt, dann das: seine Mimi glücklich zu sehen. Über Elizabeths Ehe konnte man nichts dergleichen sagen.

Abgesehen von Elizabeths Anwalt John Fossbinder und ihrem Bankier Walter Monroe, der ihr während des letzten Jahres auch als Finanzberater zur Seite gestanden hatte, kannte nur Mimi die ganze Wahrheit über die Untreue von Elizabeths Exmann. Die meisten Leute in ihrem gesellschaftlichen Umfeld vermuteten, dass Edward am Ende anderen Frauen mehr als nur schöne Augen gemacht hatte – bis Elizabeth ihn rausgeschmissen und dann in aller Stille die Scheidung eingereicht hatte.

Grundsätzlich stimmte diese Geschichte auch. Aber das gesamte Ausmaß von Edwards Betrug war noch nicht ans Licht der Öffentlichkeit gekommen. Elizabeth wusste allerdings, dass es nur noch eine Frage der Zeit war. Ein Skandal der Größenordnung, wie ihn ihr Exmann verursacht hatte, ließ sich nicht ewig unter den Teppich kehren. Außerdem konnte sie nicht noch mehr Familienerbstücke und Schmuck verkaufen, um weiter ihre Ausgaben zu decken, und gleichzeitig den Anschein wahren, das stantonsche Vermögen wäre noch vorhanden.

Elizabeth warf ihrer Freundin einen hilflosen Blick zu und schüttelte den Kopf. Mimi wusste, dass Elizabeth gerade von einem Treffen mit ihrem Bankier und ihrem Anwalt zurückgekehrt war. Stundenlang hatten sie zu dritt Elizabeths Lage erörtert und überlegt, wie man das Vermögen der Stantons retten könnte. Wenn das überhaupt noch möglich war.

„Ich wünschte, ich könnte behaupten, dass es besser für mich aussieht. Aber leider kann ich das nicht. John hat im letzten Jahr alle Möglichkeiten ausgelotet, die auch nur im

Entferntesten infrage kommen – ohne Erfolg. Anscheinend habe ich keinerlei rechtliche Ansprüche. John sagt, dass Edwards Vorgehen zwar verwerflich war und sich an der Grenze zur Kriminalität bewegt, aber mein lieber Gatte war clever. Es scheint so, als könnte ich keine Klage einreichen, die Aussicht auf Erfolg hat. Und es gibt keine Möglichkeit, das Geld zurückzubekommen."

„Verwerflich – dass ich nicht lache!", schimpfte Mimi. „Der Dreckskerl hat dich und deine Tante bis aufs Hemd ausgeraubt. Die Unterlagen beweisen, dass Edward Geld aus dem stantonschen Aktienvermögen auf die Seite geschafft hat, seit dein Vater gestorben ist und du seinen Anteil an dem Vermögen geerbt hast! Und zwar bis zu dem Tag, an dem er mit dieser kleinen Schlampe abgehauen ist. Was ist das denn sonst als ein Verbrechen! Wenn du mich fragst, sollte man diesen rückgratlosen Wurm teeren und federn. Und dann kann er von mir aus den Rest seines Lebens schwedische Gardinen von innen betrachten!"

„Ich weiß nicht, ob man ihn wirklich als rückgratlos bezeichnen kann." Elizabeth warf ihrer Freundin einen deprimierten Blick zu. „Er hat zumindest genug Mumm gehabt, mir den Großteil meines Familienvermögens zu stehlen. Und mit meiner Erzfeindin durchzubrennen."

Mimi schnaubte. „Süße, dazu braucht man weder Willensstärke noch Persönlichkeit. Es zeigt nur, was für ein widerlicher, betrügerischer Dieb er ist. Und wenn du mich fragst: Ein Mann, der dir Natalie vorzieht, hat überhaupt gar keinen Geschmack."

Mimis heftige Worte ließen erneut ein schwaches Lächeln auf Elizabeths Lippen erscheinen. Wenn sie nicht von sich aus den Namen der Frau ins Gespräch brachte, vermied es ihre Freundin sonst vorsichtig, Edwards Geliebte zu erwähnen. Elizabeth wusste, wie viel Willenstärke Mimi dieses

Schweigen abverlangte. Die Freundin raste ihretwegen nur so vor Wut und musste unbedingt Dampf ablassen.

„Wie Edward diese Frau auch nur ansehen konnte, ist mir ein Rätsel“, wütete Mimi. „Natalie Brussard hat vielleicht Geld und sieht gut aus, aber sie ist ein widerliches Biest.“

„Stimmt“, bestätigte Elizabeth.

Seit ihrer Kindheit war Natalie von einem geradezu krankhaften Neid auf Elizabeth getrieben worden. Die hatte den Grund dafür nie verstanden. Natalies Familie war reich und angesehen, und die Tochter hatte eine ebenso privilegierte Jugend genossen wie Elizabeth. Sie hatte dieselben Privatschulen besucht und war Mitglied in denselben Clubs.

Im letzten Schuljahr auf der Highschool hatte man Elizabeth zur Schönsten des Jahrgangs gewählt. Elizabeth war das damals sehr peinlich, während Natalie vor Zorn raste. Elizabeth bedeutete der Titel nichts. Sie tat die Angelegenheit als belanglose Kleinigkeit ab. Aber im Rückblick war ihr klar, dass sich Natalies Neid wohl zu diesem Zeitpunkt in Hass verwandelt hatte. Warum, das konnte Elizabeth nicht begreifen. Mit ihrem dunklen Haar und den schwarzen Augen war Natalie eine schöne Frau, ganz im Stil einer heißblütigen Femme fatale.

Dennoch hatte sie ihr Leben lang alles haben wollen, was Elizabeth hatte – ganz egal ob es sich um ein Kleidungsstück, ein Auto, eine Rolle in einem Schultheaterstück oder sonst etwas handelte. Seit der Teenagerzeit hatte Natalie sich den Versuch, Elizabeth den Freund auszuspannen, geradezu zur Lebensaufgabe gemacht. Bei Edward hatte sie endlich Erfolg gehabt.

Der Schmerz über Edwards Verrat und Betrug hatte Elizabeth zunächst gelähmt. Aber das war noch gar nichts im Vergleich zu ihrem Schock, als sie die Scheidung einreichte und das volle Ausmaß seiner Niedertracht entdeckte. Mit

Ausnahme der Familienfarm und des Hauses in Houston hatte ihr Ehemann fast alle Konten und Kapitalanlagen der Stantons geplündert. Das Geld hatte er auf ein geheimes Schweizer Konto transferiert.

„Willst du etwa sagen, dass es *nichts* gibt, was John tun kann? Überhaupt nichts?", hakte Mimi nach. Ihre Frage brachte Elizabeths Gedanken in die Gegenwart zurück.

„Anscheinend nicht."

„Verdammt." Mimi ließ sich auf einen der beiden Lederhocker sinken, die vor den Sesseln am Kamin standen, und seufzte tief. „Wenn er das gesagt hat, muss es stimmen. John ist ein scharfer Hund, wenn es darum geht, die Interessen seiner Mandanten durchzusetzen. Wenn es einen Weg gäbe, hätte er ihn gefunden."

Elizabeth ging zur Terrassentür zurück. Gedankenverloren betrachtete sie die Szene auf der anderen Seite der Scheiben. Dooley hatte seinen alten Marinemantel bis zum Hals zugeknöpft und die Pudelmütze über beide Ohren gezogen. Er war gerade dabei, Pflöcke in den Erdboden zu schlagen, um die Abdeckplanen für die Pflanzen sicher zu befestigen. Elizabeth murmelte über die Schulter hinweg: „Das Schlimmste wird sein, Tante Talitha alles zu erklären."

„Du hast es ihr noch nicht gesagt?"

Bei Mimis scharfem Tonfall zuckte Elizabeth zusammen und schüttelte den Kopf. „Nur dass unsere Anlagewerte zurückgegangen sind. Was sollte ich denn sonst machen, Mimi? Sie ist achtzig Jahre alt. Dieses Haus und Mimosa Landing sind ihr ganzes Leben lang ihr Zuhause gewesen, genauso wie meins. Ich hab Angst, dass sie einen Herzanfall bekommt, wenn ich ihr sage, wie schlimm die Dinge wirklich stehen."

„Unterschätze sie mal nicht. Talitha ist zäh."

Elizabeth seufzte. „Tante Talitha und ich haben den Fehler gemacht, Edward eine umfassende Handlungsvollmacht über den gesamten Besitz zu erteilen, die sich auf alles außer Mimosa Landing und dieses Haus bezog. Jetzt ist das alles, was uns noch geblieben ist."

„Oh Süße, das darf doch nicht wahr sein! Als du damals gesagt hast, du hättest alles an Edward übergeben, hab ich gedacht, du redest davon, dass er dich bei deinen Anlagegeschäften berät."

„Zu dem Zeitpunkt kam mir das ganz vernünftig vor", erklärte Elizabeth, während sie weiter Dooley bei der Arbeit zusah. „Ich habe Edward vertraut. Warum auch nicht? Er war mein Ehemann. Seine Eltern und meine waren seit Jahren befreundet, und ich kenne ihn schon mein ganzes Leben lang. Ich hatte doch weder Ausbildung noch Erfahrung im Umgang mit Geschäftlichem oder Geldfragen! Edward hatte beides. Noch dazu ein juristisches Examen. Es erschien mir nur logisch, dass er alles in die Hand nimmt." Elizabeth schüttelte den Kopf. „Und das hat er ja dann auch weiß Gott getan."

„Oh Süße! Ich wünschte, du wärst nach dem Tod von deinem Papa zu uns gekommen und hättest Big Daddy um Rat gefragt. Er hätte dir dasselbe geraten, was er mir immer ans Herz gelegt hat: ‚Mimi, mein Schatz', hat er immer gesagt, ‚wenn ich mal ins Gras beiße und du mein ganzes Geld hast, kannst du deinen süßen Hintern drauf verwetten, dass Betrüger hinter der Knete her sein werden. Aber du wirst klarkommen, wenn du eins nicht vergisst: Lass niemals jemand anderen deine Schecks unterschreiben.'" Mimi lächelte. „Und das hab ich auch nicht. Immer wenn ich Geld ausgebe, will ich ganz genau wissen, wer es bekommt und warum."

„Nun ja, diese Lektion habe ich auf äußerst schmerzhafte Art und Weise jetzt auch gelernt." Elizabeth wandte sich von den Glastüren ab. Sie fing wieder an, auf und ab zu gehen. „Wenn Ian nur noch am Leben wäre“, murmelte sie. „Dann hätte Edward das Geld der Stantons nie in die Finger bekommen, und nichts von alledem wäre jemals passiert.“

Elizabeths jüngerer Bruder Ian war sein ganzes Leben lang darauf vorbereitet worden, eines Tages die Verwaltung des Familienvermögens zu übernehmen. Niemand – sie selbst eingeschlossen – hatte es für sinnvoll gehalten, Elizabeth Finanzwesen oder Wirtschaftswissenschaften studieren zu lassen. Denn es gab ja Ian, der für ihre Generation das Familienvermögen verwalten würde. Die Möglichkeit, dass er bei einem Frontalzusammenstoß mit einem betrunkenen Fahrer im Alter von zwanzig Jahren ums Leben kommen könnte, wäre niemandem jemals in den Sinn gekommen.

„Komm schon, Süße. Das glaubst du doch nicht wirklich, oder? Eine Schlange ist eine Schlange, egal ob du sie im Garten oder im Salon findest. Vielleicht hätte Edward nicht ganz so viel beiseiteschaffen können, wenn Ian noch am Leben wäre. Aber du kannst wetten, dass er trotzdem Mittel und Wege gefunden hätte, dich um einen Teil deines Geldes zu erleichtern. Und betrogen hätte er dich außerdem. Wenn nicht mit Natalie, dann mit einer anderen. Ganz einfach deswegen, weil er ein arrogantes, anmaßendes, widerwärtiges, unzuverlässiges Schwein ist!“

Elizabeth seufzte. „Du hast recht. Und es wird mir nicht weiterhelfen, ständig ‚was wäre wenn‘ zu fragen. Die Lage ist eben so, wie sie ist, und ich muss wohl einen Weg finden, damit fertig zu werden.“

Lastende Stille trat ein, während beide Frauen über die Situation nachgrübelten. Die einzigen Geräusche waren das Knacken und Knistern des Feuers, das Pfeifen des Windes in den Dachrinnen des großen Hauses und die gedämpften Schläge von Dooleys Hammer.

„Süße, ich hasse es, dich so in Sorge zu sehen", sagte Mimi nach einer Weile. „Warum erlaubst du mir nicht, dir das Geld zu leihen, das du brauchst, um über das Gröbste hinwegzukommen? Du weißt doch, ich hab mehr als genug."

Elizabeth setzte sich Mimi gegenüber auf den Hocker und ergriff die Hände der Freundin. In ihrem Blick lagen Wärme und Achtung. „Mimi, wir haben darüber doch schon geredet. Du bist ein Schatz, mir so ein Angebot zu machen, aber ich kann das nicht annehmen. Zum einen ist es nie eine gute Idee, sich von guten Freunden Geld zu leihen oder zu borgen. *Das* ist eine Lektion, die ich von meinem Papa gelernt habe. Und außerdem würde es nichts helfen. Ich habe uns von einem Monat zum anderen über die Runden gebracht, indem ich Wertsachen – vor allem Schmuck – verkauft habe. Erst letzten Monat habe ich die Diamantenkette meiner Ururgroßmutter Ida veräußert."

„Oh nein – Süße, das hast du nicht wirklich getan! Doch nicht die Stanton-Diamanten!"

Elizabeth nickte. „Ich musste. Aber es ist, als ob ich versuchen würde, eine klaffende Brustverletzung mit einem winzigen Pflaster zu verarzten."

„Ach du meine Güte! Ist deine finanzielle Lage wirklich so hoffnungslos? Ich hab gedacht, du hast nur nicht genug flüssige Mittel. Ich hatte keine Ahnung, dass die Lage so kritisch ist. Ich meine, das stantonsche Vermögen war doch so riesig!"

„Lass es mich so ausdrücken: Im Moment sind meine Ausgaben höher – weit höher – als meine Einnahmen. Die wenigen Kapitalanlagen, die Edward mir freundlicherweise gelassen hat, werfen nicht einmal genug ab, um die Löhne und die Ausgaben eines einzigen Monats zu bestreiten."

„Oh Süße", murmelte Mimi und drückte Elizabeths

Hände. „Das tut mir so leid."

„Das Verrückte daran ist, dass Tante Talitha und ich eigentlich noch nicht einmal ohne etwas dastehen. Ich habe immer noch dieses Haus und Mimosa Landing. Im Augenblick zumindest. Aber die Farm rutscht seit vier Jahren ständig in die roten Zahlen. Ein Jahr fiel die Ernte wegen der Dürre schlecht aus, im nächsten hat ein Hurrikan alles zerstört. Dann kamen die Heuschrecken. Bis zu diesem Jahr habe ich mir nicht allzu viele Sorgen gemacht. Bis ich dann herausgefunden habe, dass Edward beinahe das gesamte Vermögen meiner Familie gestohlen hat. Und als hätte ich's geahnt, sind dieses Jahr die Ausgaben der Farm höher gewesen als je zuvor. Die Landmaschinen sind alt. Einer unserer Mähdrescher ist schon seit Jahren ziemlich am Ende. Und ein Traktor eignet sich eigentlich nur noch für den Schrottplatz. Truman hat es geschafft, den Mähdrescher wieder zusammenzuflicken und bis zu diesem Frühjahr am Laufen zu halten. Aber jetzt liegt er wirklich in den letzten Zügen. Wir hatten keine andere Wahl, wir mussten einen neuen Traktor und eine neue Erntemaschine kaufen, für eine Summe von mehr als 150 000 Dollar. Und das ist noch eine vorsichtige Schätzung. Ich musste fünfzig Morgen Land als Sicherheit anbieten, damit mir die Bank den Kredit für den Kauf der Maschinen bewilligt. Es sind zwar Flächen, die ursprünglich nicht zu Mimosa Landing gehört haben, aber es wird mir trotzdem schwer, überhaupt ein Stück Land zu verlieren."

„Wie wahrscheinlich ist es, dass es dazu kommt?"

„Mehr als wahrscheinlich. Nächsten Monat ist eine hohe Tilgungsrate auf diesen Kredit fällig, und ich habe das Geld dafür nicht."

„Kannst du genug zusammenkratzen, um die Zinsen zu zahlen? Ich bin mir sicher, dass Walter dir entgegenkommen würde, wenn du das schaffst."

Elizabeth schüttelte den Kopf. „Ich weiß nicht einmal, wo ich das Geld für die Frühjahrsaussaat hernehmen soll. Oder wie ich nächste Woche die Löhne zahlen soll."

„Ach du meine Güte. Also … was hast du vor?"

Elizabeth seufzte. „Ich denke, ich werde dieses Haus verkaufen. Ich sollte wenigstens ein paar Millionen dafür bekommen. Ich weiß aber nicht, wie lange das reicht. Die meisten Leute haben keine Ahnung, wie viel es heutzutage kostet, eine Farm zu betreiben. Ganz besonders so einen riesigen Betrieb wie Mimosa Landing."

„Dieses Haus verkaufen? Das kannst du nicht machen! Ich weiß doch gar nicht, wie ich es ohne dich aushalten soll, wenn ich dich nicht mehr hin und wieder zum Reden habe!"

„Ich weiß. Ich werde dich auch vermissen. Aber ich habe keine andere Wahl. Ich werde ganz bestimmt nicht die Farm verkaufen. Nicht einmal einen Morgen Land. Nicht, solange ich lebe."

Die Farm befand sich seit beinahe zweihundert Jahren im Besitz von Elizabeths Familie. Jede Generation hatte das Ihre zum Familienvermögen beigetragen. Im Laufe der Jahre hatten sich auch andere Geschäftsbereiche erfolgreich entwickelt. Aber es war immer noch das alte Anwesen, das Elizabeth mehr bedeutete alles andere, ebenso wie allen Stantons vor ihr.

Mimosa Landing war ihr Erbe. Generationen von Stantons hatten für dieses Land im Schweiße ihres Angesichts gearbeitet. Elizabeth musste sich ihrer würdig erweisen. Egal welche anderen Verluste sie zu erdulden hatte, Mimosa Landing musste erhalten bleiben.

„Okay, Miss Scarlett", zog Mimi sie auf. „Ich verstehe, wie viel die Farm dir bedeutet. Aber es muss doch einen Weg geben, die Sache ins Lot zu bringen, ohne dieses Haus zu verkaufen! Wenn du das tust, wird sich wie ein Lauffeuer herumsprechen, dass du pleite bist."

„Das ist mir egal. Es bedeutet mir nicht viel, auf Einkommen und auf meinen gewohnten Lebensstil zu verzichten. Ich kann gut ohne all das auskommen. Aber ich kann den Gedanken nicht ertragen, Mimosa Landing zu verlieren. Ich kann es nicht. Ich *werde* es nicht!"

Elizabeth biss sich auf die Unterlippe. In ihren Augen spiegelte sich Angst. „Ich werde dich auch vermissen, Mimi. Das weißt du."

Ihr Blick glitt über den eleganten Raum und die Täfelung aus Walnussholz. Die Möbel in diesem herrschaftlichen Wohnsitz hatten sich über viele, viele Jahre angesammelt. Jede Generation hatte ihre individuellen Spuren hinterlassen. Viele Gegenstände, darunter der Schreibtisch des alten Asa, waren älter als das Haus selbst.

Das Gebäude war groß und solide gebaut, aber gleichzeitig elegant. Elizabeths Urgroßvater hatte es zu Anfang des zwanzigsten Jahrhunderts erbauen lassen. Seither hatte die Familie einen Teil der Zeit hier in Houston, den anderen aus geschäftlichen Gründen auf Mimosa Landing verbracht. Der Houstoner Besitz bedeutete Elizabeth beinahe ebenso viel wie die Farm. „Mein Urgroßvater hat dieses Haus bauen lassen, als River Oaks noch eine ganz neue Siedlung war. Es wird mir das Herz brechen, es zu verkaufen. Aber was aus Dooley und Gladys wird, bereitet mir sogar noch mehr Sorgen. Sie sind noch nicht alt genug, um sich zur Ruhe zu setzen, und das wollen sie auch gar nicht. Aber ich kann mir nicht sicher sein, dass die neuen Besitzer sie übernehmen, besonders nicht angesichts ihres Alters."

„Oje! Daran habe ich gar nicht gedacht. Ich kann mir das Haus ohne Gladys und Dooley gar nicht vorstellen."

„Ich weiß. Sie haben beinahe ihr ganzes Leben in dem

Apartment über der Garage verbracht. Es ist für sie beinahe, als würde es ihnen gehören. Ich könnte den Gedanken nicht ertragen, dass man ihnen möglicherweise kündigt."

„Stimmt, ich auch nicht", stimmte Mimi zu. „Gladys liebt dieses Anwesen. Sie sorgt sich mehr um das Haus und all die Antiquitäten als du. Und die Gärten sind Dooleys ganzer Stolz. Es würde ihm das Herz brechen, wenn er sich nicht mehr jeden Tag um seine Pflanzen kümmern oder die eine oder andere Kleinigkeit am Haus in Ordnung bringen könnte. Oje! Das ist wirklich schlimm."

„Und ich habe keine Ahnung, wie ich alles in Ordnung bringen soll. Wenn ich dieses Haus nicht verkaufe, kann ich die Löhne nicht bezahlen. Und die Steuern auch nicht."

Ein Klopfen unterbrach ihre Unterhaltung. Die Tür öffnete sich, und die Haushälterin steckte ihren Kopf zur Tür herein. „Bitte um Entschuldigung, Miss Elizabeth, aber es ist jemand hier, der Sie sehen möchte."

„Wer ist es denn, Gladys?"

Die ältere Frau rümpfte die Nase und verschränkte die Arme über ihrem üppigen Busen. „Ich habe ihn noch nie gesehen", sagte sie mit unverhohlenem Argwohn.

Gladys war stolz darauf, jedes Mitglied der Houstoner Gesellschaft auf den ersten Blick zu kennen, außerdem alle Familienstammbäume und jeden Klatsch und Tratsch, der jemals über die Betreffenden verbreitet worden war. Sie ergänzte: „Ich habe ihn gefragt, ob Sie ihn erwarten, und er sagte, nein, aber es sei wichtig, dass er mit Ihnen spricht. Er sagt, sein Name ist Max Riordan."

„Oh, lecker", schnurrte Mimi.

„Maxwell Riordan?"

„Jawohl, Ma'am. Hier ist seine Karte", sagte Gladys und stakste in den Raum. Die zusammengepressten Lippen und die steife Körperhaltung der älteren Frau drückten Ablehnung aus. Sogar die quietschenden Gummisohlen ihrer orthopädischen Schuhe klangen missbilligend. Gladys und Dooley sahen es als ihre Aufgabe an, Elizabeth zu behüten und zu beschützen. „Er macht nicht den Eindruck eines Schwindlers, aber wenn Sie möchten, dass ich ihn wegschicke, tu ich das", bot die Haushälterin an.

Daran habe ich keinen Zweifel, dachte Elizabeth. Sie warf einen Blick auf die Karte. Der Besucher war in der Tat Maxwell Riordan.

„Nein, ich werde ihn empfangen. Führen Sie Mr. Riordan in den vorderen Salon, Gladys, und sagen Sie ihm, dass ich gleich bei ihm bin. Oh, und bringen Sie ein Tablett mit Kaffee, bitte."

„Jawohl, Ma'am."

„Warum um Himmels willen möchte Max Riordan mich sehen?", wunderte sich Elizabeth laut, nachdem sich die Tür hinter der Haushälterin geschlossen hatte.

„Genau das wüsste ich auch gern." Mimi warf Elizabeth einen listigen Blick zu. „Was ist da zwischen dir und diesem gut aussehenden Kerl? Gibt es irgendwas, das du mir nicht erzählt hast?"

„Mach dich nicht lächerlich. Ich kenne den Mann ja kaum!"

Elizabeth war Maxwell Riordan ungefähr vor einem Jahr zum ersten Mal begegnet und hatte ihn seither bei verschiedenen gesellschaftlichen Ereignissen getroffen. Aber sie waren eher Bekannte als Freunde.

Er bewegte sich am Rande der Houstoner Gesellschaft. Wegen seines Geldes wurde er zu den verschiedenen Wohltätigkeitsveranstaltungen eingeladen, aber er gehörte nicht wirklich dazu.

Elizabeths Unterhaltungen mit dem Mann hatten sich im Wesentlichen darauf beschränkt, ihn zu begrüßen und ein paar höfliche Floskeln auszutauschen. Sie hätte jedenfalls nie erwartet, dass er sie in ihrem Haus aufsuchen würde.

„Und ich würde ihn nicht als gut aussehend bezeichnen", fügte Elizabeth hinzu. „*Gefährlich* aussehend schon eher."

„Süße, verstehst du das denn nicht? Das ist es doch, was ihn so hinreißend und sexy macht! Max Riordan hat vielleicht seine Ecken und Kanten, aber er ist ein richtiger Mann." Mimi erschauerte demonstrativ und rieb sich mit den Händen über die Arme. „Ich muss sagen, dass ich schon Gänsehaut bekomme, wenn ich nur an diesen Mann denke."

„Mimi Whittington, benimm dich! Ich habe den Eindruck, seit Horace gestorben ist, hast du nur noch Sex im Sinn."

„Mag schon sein, aber ich bin nicht die Einzige, die diesen Mann zum Anbeißen findet. Letzte Woche war ich zu einem Lunch mit Modenschau im Club. Die Mädels an meinem Tisch – Trudy, Delia, Blair, Madison und Becca – haben geradezu nach ihm gelechzt. Es wurde sogar spekuliert, wie Max Riordan wohl als Liebhaber wäre."

„Ehrlich?" Elizabeth zog eine Augenbraue hoch. „Die würden mit ihm ins Bett gehen, aber sie wollen nicht, dass er im Country Club Mitglied wird, obwohl er in River Oaks lebt?"

„Ist das nicht die Höhe?", erwiderte Mimi und lachte.

Elizabeth rollte die Augen. „Wenn das alles ist, worüber diese Ladys reden können, dann haben sie wirklich zu viel Zeit."

Sie war sich ziemlich sicher, dass es sich bei diesen Gedankenspielen nur um albernes Geschwätz handelte. Die Freundinnen, die Mimi erwähnt hatte, waren allesamt nette Frauen. Aber abgesehen von Golf und Tennis, Verabredungen zum Lunch und den Komitees verschiedener Wohltätigkeitsverbände gab es in ihrem Leben nicht viel von Bedeutung. Elizabeth war dankbar, dass sie sich um Mimosa Landing kümmern musste. Die Farm nahm den Großteil ihrer Zeit in Anspruch.

„Ach, du weißt doch, wie die sind“, antwortete Mimi und wedelte mit ihrer beringten Hand. „Wenn man den Tratschweibern Glauben schenken will, ist Max zwar stinkreich. Aber er ist gerade erst dabei zu lernen, dass mehr als Geld nötig ist, um von dieser überheblichen Clique akzeptiert zu werden. Wir wissen doch beide, dass ich nur in den Country Club reingekommen bin, weil Big Daddy Geld, Einfluss *und* den richtigen Stammbaum hatte. Die Unterstützung durch deine Familie hat natürlich auch sehr geholfen. Was Max angeht, scheint bedauerlicherweise niemand etwas über ihn oder seine Familie zu wissen – oder woher er sein Geld hat.“ Mimi machte eine bedeutungsvolle Pause. „Es geht das Gerücht um, dass er eine Zeit lang im Nahen Osten war und in Südamerika“, vertraute sie Elizabeth an. „Brud Paine hat angedeutet, dass Max den Grundstein seines Reichtums möglicherweise mit der Einfuhr von Drogen gelegt hat.“

Elizabeths Augen weiteten sich. „Wirklich?“

„Mmh. Aber ich weiß nicht, ob da etwas Wahres dran ist. Du weißt doch, wie eifersüchtig Brud auf jeden Mann ist, der die Aufmerksamkeit der Damen auf sich zieht. Eins ist jedenfalls sicher: Max wirkt nicht so kultiviert wie jemand, der schon in eine reiche Familie hineingeboren wurde. Ich kann ihm nachfühlen, wie das ist – schließlich bin ich selbst Außenseiterin. Der Himmel weiß, dass ich ein Jahr gebraucht habe, um zu lernen, welche Gabel man wann benutzt und wofür eine Fingerschale gut ist. Außerdem ist dir sicher klar, wie die alten Familien hier über Neureiche denken.“

Elizabeth nickte. Anders als manchen ihrer Zeitgenossen waren ihr Klassenunterschiede nicht wichtig. Ihr Ururgroßvater Asa Stanton und seine Frau hatten in einem

Blockhaus mit zwei Zimmern und gestampftem Lehmboden gelebt, als sie ihren Hof am Brazos River aufgebaut hatten. Die Eltern und Großeltern hatten Elizabeth und ihren Bruder immer wieder ermahnt, niemals die bescheidenen Anfänge ihrer Familie zu vergessen. Und vor allem niemals, wirklich niemals auf jemand anderen herabzuschauen, nur weil er nicht reich geboren war.

Sowohl Elizabeths Großvater als auch ihre Eltern hatten ihnen klargemacht, dass sie das Recht auf ihren Lebensstil nicht gepachtet hatten. Vielmehr war Geld ein Geschenk, das Elizabeth und ihr Bruder genießen durften, weil die früheren Generationen der Stantons dafür hart gearbeitet hatten. Ihr Großvater hatte außerdem betont, dass sie und Ian zukünftigen Generationen dasselbe schuldeten.

„Denkt immer an zwei Dinge, und ihr werdet in dieser Welt ebenso zurechtkommen wie in der nächsten", hatte ihr Vater ihnen von klein auf geraten. „Erstens: Privilegien bringen immer auch Verantwortung mit sich. Und zweitens: Beurteile niemals einen Mann nach seinem Scheckbuch, sondern immer nach seinen Taten."

Elizabeth bemühte sich, nach diesen Grundsätzen zu leben. Sie hatte für die Aufnahme von Max Riordan als vollwertiges Mitglied in den River Oaks Country Club gestimmt. Aber zugegeben, sie war nicht besonders bestürzt gewesen, als ein anderes Mitglied den Antrag boykottiert hatte.

Elizabeth wusste nicht genau, was sie an Max Riordan störte. Jedenfalls hatte es nichts mit seinem familiären Hintergrund oder der Herkunft seines Reichtums zu tun. Aber wann immer sie mit diesem Mann zu tun hatte, machte sie etwas an ihm … nun ja … nicht unbedingt nervös, aber jedenfalls ein bisschen kribbelig.

Sie seufzte und erhob sich. „Ich sollte wohl besser herausfinden, was er will. Kommst du mit?“

Mimi lehnte sich zurück und schüttelte den Kopf. „Nein, ich warte hier. Er ist hergekommen, um dich zu sehen. Kann durchaus sein, dass er es nicht unbedingt gern hat, wenn ich mich da einmische. Aber wenn er weg ist, musst du schleunigst zurückkommen und mir erzählen, was er gesagt hat.“

Die Hand bereits auf dem Türknopf, blieb Elizabeth stehen und warf ihrer Freundin einen belustigten Blick zu. „Aber sicher. Als ob du nicht sowieso an der Salontür lauschen würdest.“

„Wer, ich?“ Mimis braune Augen weiteten sich. Sie legte eine Hand auf die Brust und blickte betont unschuldig. „Würde ich denn so etwas tun?“

Mit einem unterdrückten Kichern wandte sich Elizabeth ab. „Tu mir nur einen Gefallen und gib keinen Laut von dir, okay?“

2. *KAPITEL*

Mit dem Rücken zum Raum stand Max am Fenster und schaute über den stantonschen Besitz hinweg. Ein Anwesen, das viel über die Besitzer verrät, dachte er. Unaufdringlich, geschmackvoll, aber nicht zu übersehen – die Eigentümer hatten Geld. Viel Geld.

Mehr noch, das Haus und die Außenanlagen zeugten von Klasse und Beständigkeit. Und von einer langen Familiengeschichte. So tief verwurzelt wie die riesigen Eichen im Garten. Die Bäume waren wahrscheinlich schon mehrere Hundert Jahre alt und so dick, dass zwei oder drei Männer nicht ausreichen würden, die Stämme zu umfassen.

Genau das hatte Max sein Leben lang gesucht: das Bewusstsein, es geschafft zu haben. Die Gelassenheit und das Gefühl dazuzugehören – all das strahlte dieser Ort aus.

Am Anfang hatte er geglaubt, Reichtum würde ihm zu alldem verhelfen. Daher hatte er ein großes Vermögen angestrebt und dieses Ziel nun schon vor Jahren erreicht. Aber das kaum zu beschreibende Etwas, nach dem er sich wirklich sehnte, schien stets gerade außerhalb seiner Reichweite zu bleiben.

Max wandte sich vom Fenster ab und betrachtete den Salon. Leise seufzend betrachtete er die schlichte Eleganz und Zeitlosigkeit der Einrichtung.

Er selbst hatte einem Innenarchitekten ein kleines Vermögen gezahlt, der ihm sein Penthouse gestalten sollte. Die meisten Leute fanden das Ergebnis gelungen, aber auf Max wirkte es wie eine Art Schaufensterdekoration, nicht wie ein Zuhause.

In gewisser Weise war es das wohl auch nicht. Die Eigentumswohnung, die kaum anderthalb Kilometer von hier entfernt lag, fungierte für ihn nur als Zwischenstopp: ein

Ort, an dem er schlief, sich rasierte und den Großteil seiner Kleidung aufbewahrte. Selten hielt er sich länger als ein paar Tage dort auf.

Im Gegensatz dazu fühlte sich dieses Anwesen wie ein Zuhause an. Alles war perfekt, bis ins kleinste Detail: von den antiken Möbeln bis zum Perserteppich, von den Brokatvorhängen an den hohen Fenstern, den exquisiten Stuckverzierungen der fast fünf Meter hohen Zimmerdecken bis zu der Kristallschale mit Süßigkeiten auf dem Beistelltisch und diversen kleinen Erinnerungsstücken hier und da. Keine Spur von der sterilen Atmosphäre seines Apartments.

Er hörte das Klappern hoher Absätze auf dem Marmorfußboden der Eingangshalle. Als er sich umwandte, betrat Elizabeth Stanton gerade den Raum.

„Mr. Riordan, es tut mir leid, dass Sie warten mussten", sagte sie mit einem höflichen Lächeln.

„Kein Problem." Während Elizabeth auf ihn zuging, nutzte Max die Gelegenheit, sie von oben bis unten zu mustern.

Sogar daheim, an einem windigen Herbstnachmittag, wirkte sie elegant – ganz wie er es erwartet hatte.

Ihre grüne Satinbluse nahm die Farbe ihrer Augen auf und sah fantastisch zu der braunen Tweedhose aus. Als Schmuck trug sie nur schlichte goldene Ohrringe und eine goldene Uhr mit einem braunen Lederarmband.

„Möchten Sie nicht Platz nehmen?", fragte sie höflich und deutete auf das Sofa.

Wenn er Elizabeth auf Partys oder zu anderen gesellschaftlichen Anlässen getroffen hatte, war ihr Haar stets zu einer ausgefallenen Frisur aufgesteckt gewesen. Heute jedoch trug sie es offen, und die volle Mähne fiel ihr bis zu den Schultern. Obwohl der Stil lässig wirkte, konnte er erkennen, dass das Haar perfekt geschnitten war. Als sie sich auf einem der Queen-Anne-Stühle neben dem Kamin niederließ, fiel es wie ein glänzender, seidiger Vorhang nach vorn. Aber sobald sie sich aufrichtete, lag jedes Haar wieder an seinem Platz.

Die bärbeißige Haushälterin schlurfte herein, ein Tablett mit einer Porzellankanne und passenden Tassen und Untertassen in den Händen. Nachdem sie es auf dem Couchtisch abgestellt hatte, richtete sie sich auf und warf ihm einen durchdringenden Blick zu, ehe sie sich ihrer Arbeitgeberin zuwandte. „Brauchen Sie sonst noch etwas, Miss Elizabeth?"

„Nein, das wäre dann alles, Gladys. Vielen Dank."

Die ältere Frau rümpfte die Nase und warf ihm zum Abschied noch einen Blick zu. „Wenn Sie mich brauchen, rufen Sie mich einfach", sagte sie in Elizabeths Richtung und brachte es fertig, den Satz wie eine Warnung klingen zu lassen.

„Mache ich."

Max beobachtete, wie der alte Dragoner aus dem Zimmer stolzierte, den Rücken kerzengerade durchgedrückt. Die Tür zog sie vernehmlich hinter sich ins Schloss.

„Wie nehmen Sie Ihren Kaffee, Mr. Riordan?"

„Schwarz, bitte."

Elizabeth füllte seine Tasse mit dem dampfenden Getränk und reichte sie ihm, dann nahm sie sich selbst und fügte ein wenig Sahne hinzu. Gelassen lehnte sie sich in ihrem Stuhl zurück, nahm einen Schluck und beobachtete ihn über den Rand ihrer Tasse hinweg. „Ich muss sagen, ich war überrascht, als Gladys mir sagte, dass Sie hier sind und mich sprechen wollen. Ich kann mir nicht denken, was Sie von mir wollen."

„Dann komme ich gleich zur Sache." Max hielt nichts davon, um den heißen Brei herumzureden. Small Talk bedeutete nichts als Zeitverschwendung und Langeweile. Und weder das eine noch das andere konnte er leiden. Wenn es etwas zu tun oder zu sagen gab, machte er keine langen Umwege, sondern brachte es lieber gleich hinter sich. Mit einiger Verspätung fiel ihm jedoch ein, dass seine brüske Art Elizabeth abschrecken könnte, und so fügte er hinzu: „Das heißt, falls Ihnen das recht ist."

„Bitte sehr."

„Ich bin hier, weil ich über Ihre finanzielle Situation Bescheid weiß."

Bis zu diesem Augenblick hatte sie sich außerordentlich zuvorkommend verhalten, abgesehen von einem Ausdruck vagen Unbehagens in ihren Augen. Aber bei diesen Worten versteifte sich ihre Körperhaltung. Sie hob das Kinn, und ihre Miene wurde kühl.

Mit gemessenen Bewegungen beugte sie sich vor und stellte die Kaffeetasse auf dem Couchtisch ab. Als sie sich wieder aufrichtete und die Hände im Schoß faltete, hatte er den Eindruck, dass ihn ihre blaugrünen Augen anglitzerten wie Eis an einem frostigen Morgen. Sie ist von Kopf bis Fuß eine Dame, schoss es ihm durch den Kopf.

„Darf ich fragen, wie Sie an diese Information gekommen sind? Diese Information sollte vertraulich sein." Ihre Stimme klang ebenfalls frostig.

„Ich sitze im Aufsichtsrat Ihrer Bank."

„Tatsächlich? Seit wann?", fragte sie, und ihr Ton machte deutlich, dass sie ihm nicht glaubte.

„Ich habe die Position seit fast einem Jahr inne. Als Ihr Exmann sich auf und davon machte, hat man mich gebeten, seinen Platz im Aufsichtsrat einzunehmen. Da ich einer der Hauptanteilseigner der Bank bin, ist das nichts Ungewöhnliches. Zu dem Zeitpunkt wurden auch alle Kunden schriftlich über meine Berufung benachrichtigt."

„Oh. Ich verstehe. Ich … ich muss das damals wohl völlig übersehen haben."

Oder sie hat sich nicht die Mühe gemacht, die Mitteilung zu lesen, dachte Max. Aber konnte man ihr das vorwerfen? Im vergangenen Jahr hatte sie wirklich viel um die Ohren gehabt.

„Ich bin niemand, der einen Posten im Aufsichtsrat nur will, um dicke Schecks zu kassieren und dann die Sitzungen zu verschlafen", fuhr Max fort. „Ich bin Geschäftsmann. Mein Interesse gilt der finanziellen Gesundheit der Bank, und daher beobachte ich alle meine Investitionen genauestens. Alle größeren Konten überprüfe ich regelmäßig."

Er hielt inne, um einen Schluck Kaffee zu trinken. Dann warf er ihr einen gelassenen Blick zu. „Stellen Sie sich meine Überraschung vor, als ich bemerken musste, dass Ihr Kontostand im Keller ist. Die Unterlagen der Bank zeigen, dass Edward Culpepper regelmäßig Geld von allen Ihren Konten abgehoben hat. Nachdem ich das entdeckt hatte, habe ich mich an unseren Anlageberater gewandt. So habe ich herausgefunden, dass von Ihrem Wertpapier-Portfolio fast nichts mehr übrig ist. Sie sind so gut wie pleite."

Obwohl ihre Miene ungerührt blieb, konnte er sehen, wie sich der Ausdruck des Unbehagens in ihren Augen verstärkte.

Nach einem Moment angespannten Schweigens seufzte sie und murmelte: „Ich verstehe. Es war wahrscheinlich albern von mir zu hoffen, dass ich noch etwas mehr Zeit haben würde, ehe meine finanzielle Situation allgemein bekannt wird."

„Keine Sorge. Niemand in der Bank weiß etwas, abgesehen von Walter Monroe und mir."

„Vermutlich sind Sie also hier, um mir mitzuteilen, dass die Bank ihre Forderung in Bezug auf das Land geltend machen will, das ich im letzten Frühjahr als Sicherheit für den Kredit eingetragen habe."

Ihre Haltung blieb weiterhin kühl und gelassen, aber Max konnte Furcht und Verzweiflung in ihren ausdrucksvollen Augen erkennen.

„Keineswegs", versicherte er ihr.

Obwohl sie sich nicht bewegte und nur einige Male blinzelte, war ihre Erleichterung beinahe mit Händen greifbar. Verwundert sagte sie: „Ich verstehe das nicht. Wenn Sie nicht hier sind, um die Forderung geltend zu machen, warum dann?"

„Eigentlich bin ich hier, um Ihnen eine Lösung für Ihre Lage vorzuschlagen."

„Wirklich? Aber weshalb sollten Sie so etwas tun? Sie kennen mich doch kaum."

„Das ist wahr. Aber mich führt auch nicht reine Menschenfreundlichkeit hierher", erklärte er in seiner schroffen Art. „Was ich Ihnen anzubieten habe, ist ein Geschäft, das sowohl Ihre als auch meine Probleme lösen würde."

Er trank den Rest seines Kaffees mit einem einzigen Schluck aus und stellte die Tasse auf das Tablett zurück. Dann lehnte er sich auf dem Sofa zurück, einen Arm über die Lehne gelegt, und blickte sie unverwandt an.

„Ich glaube, dass eine Ehe zwischen uns für uns beide vorteilhaft wäre."

Zum ersten Mal, seit er sie kannte, verlor sie die Fassung. Ihre Augen weiteten sich, und sie öffnete den Mund. Einen Moment lang war sie so fassungslos, dass sie ihn nur anstarren konnte. „W-was haben Sie gerade gesagt?", brachte sie schließlich mit ungläubiger Stimme heraus.

„Ich weiß, ich habe Sie jetzt schockiert. Aber wenn Sie einen Augenblick darüber nachdenken, bin ich sicher, dass Sie die Vorteile erkennen."

„Mr. Riordan, ich könnte unmöglich …"

Er hob die Hand, um sie am Weitersprechen zu hindern.

„Lassen Sie mich nur ausreden, bevor Sie etwas sagen, in Ordnung?"

Sie zögerte einen Moment, aber dann nickte sie schweigend und wie benommen.

Max sprach weiter. „Aus meiner Sicht ist der alte Geldadel von Houston ein reicher Quell potenzieller Anlageressourcen. Ich bemühe mich seit Jahren darum, ihn zu erschließen, leider mit geringem Erfolg. Die hiesige Gesellschaft nimmt Neuankömmlinge nicht gerade mit offenen Armen auf. Ich brauche Ihre Beziehungen und Ihre unangreifbare gesellschaftliche Position, um einen Fuß in die Tür zu bekommen."

Er sprach so nüchtern, als ginge es hier nur um ein ganz normales Geschäft. „Außerdem gebe ich zu, dass ich an einem Punkt in meinem Leben angekommen bin, an dem ich mir ein Heim und eine feste Partnerin wünsche. Ich mag Frauen und Sex, aber ich habe weder die Zeit noch die Geduld für das ganze Paarungsritual – die Verabredungen, das Werben, eben das ganze Balzgehabe. Wenn Sie mich fragen, ist das alles reine Zeitverschwendung. Ich bin ein ganz guter Menschenkenner und weiß, was für eine Art Frau ich mag. Nach allem was ich von Ihnen gesehen habe, bin ich zu dem Schluss gekommen, dass Sie die perfekte Ehefrau für mich wären."

Vor allem bewunderte er die Würde, mit der sie Edward Culpeppers Betrug und den damit zusammenhängenden Klatsch und Tratsch überstanden hatte. Aber es gab keinen Grund, warum er ein so schmerzhaftes Gesprächsthema anschneiden sollte. Für ihn war mindestens genauso wichtig, dass er sie als eher zurückhaltende, selbstständige Frau kannte, die nicht viel von seiner Zeit beanspruchen würde.

„Die Vorteile für Sie liegen auf der Hand. Erstens kann ich Sie aus Ihrer momentanen misslichen Finanzlage befreien. Ich bin mir bewusst, dass die Farm seit vier Jahren keinen Profit abgeworfen hat. Deshalb würde ich vorschlagen, einen Treuhandfonds einzurichten, der sicherstellt, dass Sie das Land niemals verlieren. Es heißt Mimosa Grove oder so ähnlich, nicht wahr?"

„Mimosa Landing", murmelte sie.

„Richtig. Abgesehen davon würde ich mit Ihrer Erlaubnis auch das stantonsche Wertpapier-Portfolio wiederherstellen."

Bei diesen Worten verlor Elizabeth ihre würdevoll abwartende Haltung und rief aus: „Oh nein! Nie wieder werde ich jemand anders die Kontrolle über meinen Familienbesitz überlassen!"

„Das erwarte ich auch gar nicht." Er blickte sie ruhig an. „Ich weiß alles über Edwards hinterlistige Machenschaften, und Sie selbst tragen einen Teil der Schuld daran. Man darf niemals jemandem – und ich meine wirklich: niemals – so eine umfassende Handlungsvollmacht erteilen."

„Das weiß ich inzwischen auch."

Als er den bitteren Unterton in ihrer Stimme wahrnahm, bezwang Max den Impuls, sie weiter für ihre Dummheit zurechtzuweisen, sondern fuhr in seinen Überlegungen fort: „Ich schlage vor, dass ich ausschließlich beratend tätig sein werde. Alles was Ihnen gehört, wird weiter unter Ihrem Namen geführt. Daher müssen Sie auch jede Unterlage, die in irgendeiner Art und Weise Ihren Besitz angeht, selbst überprüfen und unterzeichnen. Selbstverständlich werde ich Sie und Ihren Anwalt über jedes Geschäft, das ich als Berater vorschlage, umfassend informieren. Die endgültige Entscheidung allerdings über alles, was stantonsches Vermögen betrifft, wird immer bei Ihnen liegen."

Er hielt kurz inne, bevor er zum Ende seines Vortrags kam. „Natürlich wird ein Ehevertrag erforderlich sein, um die Einzelheiten festzulegen. Aber im Großen und Ganzen ist das das Geschäft, das ich Ihnen vorschlagen möchte. Ich bin sicher, wenn Sie sich erst die Zeit nehmen, um wirklich darüber nachzudenken, werden Sie mir zustimmen, dass eine Eheschließung uns beiden nichts als Vorteile brächte."

Elizabeth starrte ihn entgeistert an. Sie traute ihren Ohren kaum. Dieser Mann, den sie kaum kannte, kam einfach so in ihr Haus marschiert und schlug ihr vor, ihn zu heiraten – als ob das nichts anderes wäre als ein ganz normales Geschäft! Vollkommen kaltblütig sprach er davon, den Rest ihres Lebens gemeinsam zu verbringen, und tat dabei ganz so, als wäre diese Idee vollkommen vernünftig und logisch. War er wahnsinnig?

Anscheinend nicht. Ohne das geringste Anzeichen von Nervosität saß er ihr gegenüber und schaute sie in seiner ruhigen Art an, während er auf ihre Antwort wartete.

Maxwell Riordan war ein beeindruckender Mann. Elizabeth konnte verstehen, warum Frauen ihn anziehend fanden, auch wenn er nicht wirklich dem klassischen männlichen Schönheitsideal entsprach, dazu waren seine Gesichtszüge ein wenig zu markant und rau. Aber er strahlte Stärke aus und strotzte nur so vor Vitalität. Er war ein Mann, der in jeder Menschenmenge mühelos hervorstach.

Von etwas überdurchschnittlicher Größe, hatte er die breiten Schultern und den muskulösen Körperbau eines Mannes, der zumindest eine Zeit lang in seinem Leben harte körperliche Arbeit geleistet hatte. Seine großen, schwieligen Hände bestätigten diese Annahme.

Obwohl er ein dunkler Typ mit gebräuntem Teint und rabenschwarzen Haaren war, strahlten in seinem Gesicht azurblaue Augen, die einen geradezu zu durchbohren schienen. Eine Narbe lief von seiner rechten Augenbraue über den Nasenrücken bis zur linken Wange, und seine Nase sah so aus, als sei sie mindestens einmal gebrochen gewesen.

An der Art, wie er sprach oder sich kleidete, war nichts auszusetzen. Er benutzte die Grammatik korrekt, obwohl seine Redeweise ein wenig zu schroff und direkt war, um höflich zu sein. Seine geschmackvolle Kleidung ließ er offensichtlich maßschneidern. Trotz alledem fehlte ihm der letzte Schliff, und eine gewisse Aura von ungezähmter Härte umgab ihn.

Für ihren Geschmack war er einfach zu … zu aggressiv, zu gefährlich. Zu männlich.

„Ich verstehe", brachte sie schließlich heraus. „Ich muss sagen, Mr. Riordan, Sie haben mich wirklich überrascht. Ich war neugierig darauf, was Sie zu mir geführt hat, aber das habe ich jedenfalls nicht erwartet."

„Sie müssen entschuldigen, wenn ich Sie überrumpelt habe. Das ist eine meiner Schwächen, wie mir immer wieder vorgehalten wird. Allerdings verdiene ich seit Jahren meinen Lebensunterhalt damit – und habe so auch mein Vermögen gemacht –, dass ich Möglichkeiten erkenne und Gelegenheiten beim Schopfe packe. Wie gesagt, für langatmige Brautwerbung habe ich weder Zeit noch Geduld. Gleich bei unserer ersten Begegnung bin ich auf Sie aufmerksam geworden, und seither habe ich Sie genau beobachtet."

Dieses Geständnis ließ Elizabeth einen leichten Schauer den Rücken herunterlaufen. Der Gedanke, dass er sie die ganze Zeit über im Auge behalten hatte, war unheimlich.

„Ich habe auch einige Nachforschungen angestellt. Ich weiß, dass Sie Ihrem Exmann treu waren, dass Sie von allen Leuten in Ihrem Umfeld gemocht und bewundert werden, allerdings wahrscheinlich mit der Ausnahme von Natalie Brussard. Ich weiß, dass man von Ihnen sagt, Sie wären ehrlich, gutmütig und freundlich. Ich weiß auch, dass die Angestellten auf Ihren beiden Anwesen – Hausmeister, Gärtner,

Farmarbeiter – schon viele Jahre bei Ihnen arbeiten. Das allein spricht schon Bände."

„Einige Nachforschungen? Das klingt, als ob Sie mich ausspioniert hätten!", bemerkte Elizabeth ungehalten.

Max zuckte die Schultern. „Ich bin ein vorsichtiger Mann. Aber machen Sie sich keine Sorgen, alles was ich in Erfahrung gebracht habe, war positiv. Das ist auch einer der Gründe, warum ich glaube, dass wir gut zueinander passen."

„Tatsächlich?" Nun, da sie sich langsam von ihrem ersten Schock erholt hatte, straffte Elizabeth die Schultern und setzte sich gerade auf. „Lassen Sie mich versuchen, das Gesagte zusammenzufassen: Sie schlagen vor, dass ich Sie wegen Ihres Geldes heirate und Sie mich im Gegenzug wegen meiner gesellschaftlichen Stellung und meiner Beziehungen. Oh, und als feste Partnerin im Ehebett. Ist das so richtig?"

Max ließ sich durch ihren Tonfall nicht aus der Ruhe bringen. „Das bringt es ungefähr auf den Punkt."

Elizabeth wusste nicht, ob sie amüsiert oder entrüstet sein sollte. „Ich verstehe. Jetzt bin ich aber neugierig: Falls ich zustimmen sollte – was glauben Sie, wie lange so eine Ehe hält?"

„‚Bis dass der Tod uns scheidet.' Sagt man das nicht so? Allerdings können wir, falls Sie das wünschen, eine Vereinbarung in unseren Ehevertrag aufnehmen, dass wir die Sache nach fünf Jahren noch einmal überprüfen. Das sollte uns beiden genug Zeit geben, um herauszufinden, ob wir miteinander zurechtkommen. Und bis dahin hoffe ich, Ihr Anlagen-Portfolio wiederhergestellt und es in der Houstoner Gesellschaft etwas weiter gebracht zu haben. Wenn zu diesem Zeitpunkt einer von uns beiden Schluss machen will, gehen wir einvernehmlich getrennter Wege. Sie werden Ihren Treuhandfonds für die Farm und das Einkommen daraus gewonnen haben, ich habe die Investoren an Land gezogen, die ich wollte."

„Wenn Sie so viel Geld haben, dass Sie sich all das, was Sie da vorschlagen, leisten können – wozu brauchen Sie noch mehr?", fragte Elizabeth.

„Es geht mir nicht ums Geld", antwortete Max. „Es hat aufgehört, ums Geld zu gehen, nachdem ich meine ersten Millionen gemacht habe. Es geht mir um das Spiel. Geschäfte abzuschließen und dafür zu sorgen, dass sie Gewinn bringen, geht einem ins Blut. Der Profit, den man für sich selbst und für andere erwirtschaftet, ist nur sekundär."

„Ich verstehe", murmelte sie, obwohl davon keine Rede sein konnte. Ihre Vorfahren hatten alle aus Verantwortungsbewusstsein gegenüber zukünftigen Generationen hart gearbeitet und ihren Wohlstand vergrößert, aber Max machte einen geradezu fanatischen Eindruck: ein Workaholic, der nach Geschäften süchtig war.

„Ich muss sagen, Mr. Riordan, ich habe schon romantischere Anträge bekommen." Von ihrem alten Freund Wyatt Lassiter zum Beispiel, der sie inzwischen seit Monaten im Schnitt einmal pro Woche fragte, ob sie ihn heiraten wolle.

„Tut mir leid. Ich bin nicht der romantische Typ."

„Aha. Sehen Sie, genau da liegt das Problem. Ich schon. Es tut mir leid, Mr. Riordan, aber …"

„Nennen Sie mich Max", beharrte er.

„Gut … Max. Ich fürchte, ich kann Sie unmöglich aus den Gründen, die Sie genannt haben, heiraten."

Er schenkte ihr wieder einen dieser durchdringenden Blicke, auf die er sich so gut verstand. Es fühlte sich an, als könnten sich diese strahlenden blauen Augen direkt in ihr Herz brennen. „Ich nehme an, Sie haben Edward Culpepper aus Liebe geheiratet."

„Ja. Ja, das habe ich."

„Hmm. Offensichtlich ist das dann auch nicht das Wundermittel, das eine glückliche Ehe garantiert, oder?“

Seine Feststellung traf sie wie ein Schlag ins Gesicht, aber sie bewahrte die Fassung. Gerade so eben. „Wahrscheinlich nicht. Trotzdem … für Geld zu heiraten kommt mir so … so geschmacklos vor.“

„Geschmacklos? Ich halte es für ehrlich, offen und vorteilhaft für uns beide. Darf ich Sie daran erinnern, dass die Menschen erst seit ungefähr hundert Jahren um der Sache willen heiraten, die sie als Liebe bezeichnen? Jahrhundertelang wurden Ehen aus vielen anderen Gründen arrangiert: wegen finanzieller oder politischer Vorteile, familiärer Verbindungen, Kameradschaft, Sicherheit, Nachkommen et cetera. Und in bestimmten Teilen der Welt ist das immer noch üblich. Viele solche Ehen waren und sind durchaus erfolgreich. Wenn man mit vernünftigen Erwartungen heiratet, hat man, glaube ich, eine gute Chance auf ein zufriedenstellendes Zusammensein.“

„Zufriedenstellend? Wie steht es mit glücklich?“

Max zuckte mit den Schultern. „Das auch. Ich nehme an, dass man mit der Zeit eine gewisse Zuneigung zueinander entwickelt.“

„Und was, wenn nicht?“

„Dann behandelt man einander mit gegenseitiger Achtung. Eines kann ich Ihnen versprechen: Untreu werde ich Ihnen nie sein. Mit mir werden Sie nicht die Erniedrigung ertragen müssen, der Sie Edward ausgesetzt hat. Ich halte mein Wort.“

Max griff in die Innentasche seines Jacketts und zog eine Visitenkarte und einen Stift heraus. Er kritzelte etwas auf die Rückseite der Karte und sagte dann: „Meine Geschäftsnummern stehen hier. Auf der Rückseite habe ich die Nummer für meinen privaten Anschluss im Büro notiert. Ich gebe Ihnen auch meine Nummer zu Hause und meine private Mobilnummer.“ Er reichte ihr die Karte über den Couchtisch hinweg. „Warten Sie ein paar Tage und denken Sie über alles nach, was wir besprochen haben. Dann rufen Sie mich an und teilen mir Ihre Antwort mit.“

Meine Antwort kann ich Ihnen heute schon geben, dachte Elizabeth.

Doch statt diese Worte laut zu äußern, rang sie sich ein schwaches Lächeln ab und hörte sich selbst sagen: „Also gut.“

„Versprechen Sie mir, dass Sie sich wirklich Zeit lassen, über das nachzudenken, was ich gesagt habe“, wiederholte er, als hätte er ihre Gedanken gelesen.

„Das mache ich. Ich verspreche es.“ Elizabeth erhob sich, um deutlich zu machen, dass ihre Unterhaltung zu Ende war. Max blieb keine andere Wahl, als es ihr gleichzutun.

„Gut. Ich freue mich darauf, bald von Ihnen zu hören.“

Wie kalt und gefühllos, dachte Elizabeth, als sie ihn zur Eingangstür begleitete. Für Max Riordan war die Ehe offenbar ein Geschäftsabschluss wie jeder andere auch.

Als er draußen war, schloss Elizabeth die Tür, lehnte sich mit einem Seufzer gegen die Mahagonitäfelung und schloss die Augen. Sie fühlte sich merkwürdig aufgewühlt. Was für ein dreister, unberechenbarer Mann! Als Gladys den Besucher gemeldet hatte, hatte sie Überraschung und Verwunderung darüber empfunden, dass er sie sprechen wollte. Aber das Letzte, was sie erwartet hätte, war ein Heiratsantrag!

Die Doppeltüren, die zum Speisezimmer führten, öffneten sich, und Mimi stürmte so plötzlich in die Eingangshalle, dass Elizabeth erschrocken zusammenzuckte. Sie fühlte sich von der ganzen vorausgegangenen Szene so benommen, dass sie die Anwesenheit ihrer Freundin völlig vergessen hatte – genau wie die Tatsache, dass Mimi vermutlich an der Tür gelauscht hatte.

Der Blick der Freundin bestätigte diesen Verdacht. „Oh mein Gott! Er hat dich tatsächlich um deine Hand gebeten! Ich hätte mir beinahe in die Hose gemacht, als er diese Bombe hat platzen lassen! Ich konnte mich gerade noch zurückhalten reinzumarschieren und ihm den Kopf zurechtzurücken. Der Mann hat Nerven!"

Elizabeth warf ihrer Freundin ein etwas schiefes Lächeln zu. „Aber Mimi, hast du nicht eben noch gesagt, was für ein Bild von einem Mann er ist?", bemerkte sie betont beiläufig, als sie an der Freundin vorüberging.

Mimi folgte ihr. Ihre Stilettoabsätze trommelten ein wütendes Stakkato erst auf den Marmorfußboden der Eingangshalle, dann auf den Parkettboden im Salon. „Ja, ich habe gesagt, dass er zum Anbeißen ist. Das ist er ja auch! Aber das heißt noch lange nicht, dass ich finde, du sollst ihn heiraten! Und überhaupt ... was glaubt er eigentlich, wer zum Teufel er ist? Diese Schnapsidee, dir vorzuschlagen, ihn wegen seines Geldes zu heiraten! Und schlimmer noch – dann auch noch zuzugeben, dass er dich nur wegen deiner gesellschaftlichen Stellung will! Und um jemanden zu haben, der ihm ohne Stress das Bett wärmt. Ich hätte reinkommen und ihm eine verpassen sollen, allein schon dafür!"

Mimi konnte sich gar nicht beruhigen. „Ist der Mann blind oder einfach nur dumm? Ist ihm nicht klar, was für eine kluge, liebenswerte und wunderbare – nicht zu vergessen schöne – Frau er bekommen würde, wenn er das Glück hätte – Gott bewahre! –, dich vor den Altar zu zerren?"

„Du musst zugeben, dass er wenigstens ehrlich war." Elizabeth setzte sich auf den Stuhl, von dem sie sich erst vor wenigen Augenblicken erhoben hatte, und hob die Kaffeekanne. „Möchtest du einen Kaffee? Ich kann Gladys noch eine Tasse bringen lassen."

„Nein, ich will keinen Kaffee", schnauzte Mimi sie an.

Sie fing an, vor dem Kamin auf und ab zu gehen. „Ich will wissen, was du jetzt unternimmst."

„Genau das, was ich versprochen habe. Ich werde gründlich über das Angebot nachdenken, und dann werde ich Max anrufen und ihm meine Entscheidung mitteilen." Wie gewohnt goss Elizabeth etwas Sahne in ihren Kaffee, rührte um und lächelte ihrer Freundin zu, ehe sie einen Schluck nahm.

Mimi blieb stehen und starrte Elizabeth an. „Du denkst doch nicht etwa ernsthaft darüber nach, Ja zu sagen!"

„Warum nicht? Max ist reich, er ist attraktiv – auf seine etwas ungeschliffene Art und Weise –, und er ist bereit, mir aus meiner finanziellen Bredouille zu helfen. Klingt für mich nach der perfekten Lösung. Du hast doch selbst gesagt, dass du und die Mädels im Club nach ihm lechzen. Und du musst zugeben, er hat ein großzügiges Angebot gemacht. Ich glaube kaum, dass ich anderswo die Gelegenheit für so ein Geschäft bekomme."

„Angebot! Geschäft!" Beinahe schäumend vor Wut baute sich Mimi vor Elizabeth auf und stemmte die Fäuste in die Hüften. „Der Mann ist doch praktisch ein Fremder, um Himmels willen! Ich hab gehört, wie man ihn als Geschäftemacher, Unternehmer und Wertpapier-Mogul bezeichnet, aber niemand scheint genau zu wissen, was er eigentlich macht. Er könnte tatsächlich ein Drogendealer sein oder … oder ein Gangster! Oder sogar ein Serienkiller. Oder … oder ein Auftragsmörder der Mafia."

Elizabeth lachte. „Also wirklich, Mimi! Deine lebhafte Fantasie geht mit dir durch."

Zum ersten Mal seit Monaten verspürte Elizabeth ehrliche Heiterkeit. Das Gefühl war eine willkommene Abwechslung zu den ständigen Sorgen, die sie so lange bedrückt hatten. Dank Maxwell Riordan fühlte sie sich, als wäre ihr ein Stein vom Herzen gefallen.

Auf Mimi hatte ihr Lachen jedoch eine gänzlich andere Wirkung. Sie warf der Freundin einen finsteren Blick zu, blieb stehen und schimpfte: „Verdammt, Elizabeth! Das ist kein Witz!"

Elizabeth beschloss, dass sie Mimi nun lange genug aufgezogen hatte, und lenkte ein. „Entspann dich. Natürlich nehme ich den Heiratsantrag von Max nicht an. Ich wollte dich nur ein bisschen auf den Arm nehmen."

Mimi warf ihr einen zweifelnden Blick zu. Erst als sie davon überzeugt war, dass Elizabeth es ernst meinte, ließ sie sich aufs Sofa fallen. Sie streifte die Stöckelschuhe von den Füßen und streckte ihre langen Tänzerinnenbeine auf den Kissen aus. Mit einem übertriebenen Seufzer lehnte sie ihren Kopf gegen die Armlehne. „Da wird mir doch gleich wohler ums Herz."

„Hmm." Elizabeth tippte sich mit der Karte, die Max ihr gegeben hatte, leicht gegen die Lippen. „Möglicherweise hat mir Max Riordan aber tatsächlich die Lösung für mein Dilemma gezeigt."

„Oh? Wie denn das?"

„Ich bin nicht auf den Gedanken gekommen, dass Heiraten die Lösung meiner Probleme sein könnte, aber eigentlich ist es gar keine dumme Idee."

Wie vom Blitz getroffen, fuhr Mimi auf und stellte die Füße zurück auf den Boden. „Wie bitte? Elizabeth Victoria Stanton! Ich bin entsetzt."

Elizabeth zuckte die Achseln. „Wie Max gesagt hat: Menschen heiraten aus den unterschiedlichsten Gründen. Er hatte auch recht in Bezug auf Edward und mich. Ich war in ihn verliebt, und er hat mir ebenfalls ewige Liebe und Treue geschworen. Trotzdem hat er mich betrogen, mich bis aufs letzte Hemd ausgeraubt und mir das Herz gebrochen. Vielleicht ist es besser für mich, wenn ich aus Vernunftgründen heirate."

„Oh Süße, sag doch so was nicht!"

„Warum nicht? Ich habe den Eindruck, dass es nichts schaden kann, wenn man von Anfang an ehrlich miteinander umgeht und offenen Auges den Bund mit jemandem schließt, von dem man nicht mehr erwartet als treue Freundschaft und Unterstützung."

„Es schadet nicht? So ein Arrangement wäre dir selbst gegenüber einfach nicht fair! Was ist denn, wenn du später einem Mann begegnest, in den du dich verliebst? Du wärst in einer Ehe ohne Liebe gefangen."

Elizabeth schüttelte den Kopf. „Das wird nicht passieren. Um die Wahrheit zu sagen – Max gegenüber habe ich zwar behauptet, dass ich romantisch veranlagt bin, aber eigentlich habe ich jegliches Vertrauen in die Liebe verloren. Ich hatte eigentlich schon beschlossen, nicht mehr zu heiraten, weil ich nie wieder jemandem von ganzem Herzen vertrauen kann. Und mein Erbe gebe ich schon gar nicht in fremde Hände. Allerdings sieht es inzwischen fast so aus, als wäre die Heirat mit einem reichen Mann die einzige Möglichkeit für mich, Mimosa Landing doch noch zu behalten."

„Es muss eine andere Möglichkeit geben!", sagte Mimi mit beinahe verzweifelter Stimme. „Es muss doch einfach noch was geben, was wir tun können."

„Wenn dir etwas einfällt – ich bin ganz Ohr."

Sie beobachtete, wie Mimi mehrmals den Mund öffnete und wieder schloss, ohne jedoch einen Ausweg aus dem Dilemma zu finden. Elizabeth stellte die Kaffeetasse wieder auf den Tisch zurück. Mit einem etwas kläglichen Blick äußerte sie: „Siehst du? Es gibt keine andere Möglichkeit."

„Wahrscheinlich hast du recht", antwortete Mimi und seufzte niedergeschlagen.

„Wenn ich schon Geld heiraten muss, um Mimosa Landing zu retten, dann ziehe ich es wenigstens vor, meinen Ehemann zu kennen."

„Hast du jemanden im Auge? Ich meine, außer Max Riordan?"

„Ja. Du weißt doch, dass Wyatt Lassiter mich gebeten hat, ihn zu heiraten."

Mimi stöhnte.

„Was ist?", erkundigte sich Elizabeth. „Was stört dich an Wyatt?"

„Du meinst, abgesehen davon, dass er ein Wichtigtuer ist? Und ein arroganter, verzogener Schnösel, der vom Geld seiner Eltern lebt?"

„Das ist nicht wahr. Wyatt hat einen Job", verteidigte ihn Elizabeth.

„Oh, na klar, er ist ja angeblich Rechtsanwalt bei Fossbinder, Lassiter & Drummond. Aber ich bezweifle stark, dass er auch nur zehn Stunden die Woche in der Kanzlei verbringt. Also wirklich, Süße, du hast einen abscheulichen Geschmack, was Männer angeht! Erst Edward, jetzt Wyatt."

„Ich habe nicht gesagt, dass ich mich zu Wyatt hingezogen fühle", betonte Elizabeth. „Ich halte ihn einfach für eine gute Wahl als Ehemann. Immerhin sind wir Freunde, und ich kenne ihn schon mein ganzes Leben lang."

„Du hast auch Edward dein ganzes Leben lang gekannt, oder?"

„Das ist nicht fair. Bei Edward war ich geblendet durch meine Verliebtheit, schließlich war ich ein junges Mädchen. Wyatt weiß, dass ich nichts dergleichen für ihn empfinde. Das habe ich ihm auch mehrfach klar gesagt, aber er behauptet, es macht ihm nichts aus. Er sagt, er liebt mich genug für uns beide und ist sich sicher, dass ich ihn mit der Zeit auch lieben werde."

„Das ist typisch“, sagte Mimi mit einem verächtlichen Schnauben. „Mit seinem Ego kann er sich einfach nicht vorstellen, dass es eine Frau gibt, die nicht bei seinem Anblick dahinschmilzt.“

„Wyatt ist großspurig und selbstverliebt, aber es gibt Schlimmeres. Ich weiß, das klingt jetzt alles sehr selbstsüchtig, aber wenn er mich nimmt und mich von meinen Schulden befreit, dann werde ich Wyatt eine gute Ehefrau sein. Das schwöre ich.“

Mimi kannte sie, und Elizabeth konnte sehen, dass sie die Entschlossenheit in ihrer Stimme verstand und akzeptierte. Sie schaute Elizabeth an, die braunen Augen weich und voller Traurigkeit. „Das weiß ich doch, dass du das sein wirst, Süße“, sagte sie mit ungewöhnlich kläglicher Stimme. „Das weiß ich doch.“

3. KAPITEL

„Mr. Lassiter ist hier, um Sie zu sehen, Miss Elizabeth“, verkündete Gladys, die in der Salontür stand.

Elizabeths Nerven flatterten, aber sie straffte die Schultern und holte tief Luft. Fast eine Woche lang hatte sie gründlich über ihre Situation nachgedacht und dann ihre Entscheidung gefällt. Jetzt war es zu spät für Zweifel.

„Bitten Sie ihn herein, Gladys.“

Gladys nickte, und ein paar Sekunden später trat Elizabeths alter Freund Wyatt Lassiter in den Salon.

„Elizabeth, Liebling, ich habe mich so über deine Nachricht gefreut. Obwohl ich es so oder so darauf hätte ankommen lassen. In der Hoffnung, dass du noch nicht nach Mimosa Landing zurückgefahren bist, wäre ich auf jeden Fall heute vorbeigekommen.“ Er streckte ihr die Hände entgegen, und als sie sie ergriff, zog er sie an sich und küsste sie auf die Wange. „Du siehst wie immer entzückend aus“, sagte er und trat zurück, um sie von Kopf bis Fuß zu mustern.

„Danke dir.“ Elizabeth zog ihre Hände zurück. Sie verspürte ein wenig Unbehagen angesichts der Tatsache, dass die körperliche Nähe zu Wyatt keinerlei Gefühle bei ihr auslöste. Kein Begehren, keinen Widerwillen, noch nicht einmal Zufriedenheit. Rein gar nichts.

„Möchtest du dich nicht setzen?“ Sie deutete auf eins der Sofas, die vor dem Kamin standen.

In seiner pingeligen Art zog Wyatt erst die Hosenbeine hoch und setzte sich, um dann sorgfältig die Falten aus dem Stoff zu streichen. Elizabeth ließ sich auf ihrem Lieblingsstuhl seitlich vor dem Kamin nieder. „Da kommt Gladys mit unserem Kaffee“, äußerte sie, dankbar für die kleine Unterbrechung.

Die ältere Frau stellte geschäftig das Tablett ab und wechselte ein paar höfliche Worte mit Wyatt. Elizabeth nutzte die Gesprächspause, um ihren Gast einer neugierigen Musterung zu unterziehen. Warum empfand sie nichts für ihn?

Er sah gut aus, auf eine aristokratische Art und Weise. In ihren gesellschaftlichen Kreisen wurde er als guter Fang betrachtet.

Obwohl er bereits neununddreißig und ein Frauenheld war, hatte Wyatt nie geheiratet. Sein blondes Haar wurde oben auf dem Kopf etwas schütter, aber die perfekte Frisur versteckte das fast vollständig. Genau wie ein guter Schneider die Tatsache zu verbergen half, dass Wyatt genau wie sein Vater Henry mit den Jahren um die Körpermitte herum etwas fülliger geworden war. Trotz dieser Schönheitsfehler war er immer noch ein attraktiver Mann. Ein attraktiver, sehr wohlhabender Mann.

Vielleicht hatte sie sich nie zu Wyatt hingezogen gefühlt, weil er zehn Jahre älter war als sie. Oder sie kannte ihn einfach schon zu lange, um romantische Gefühle für ihn zu hegen. Langjährige Vertrautheit hatte auf jeden Fall in ihrer Ehe mit Edward die Romantik langsam schwinden lassen.

Aber was machte das schon? Selbst wenn Wyatt niemals auch nur einen Funken Verlangen in ihr weckte – na und? Auch das war in ihrer letzten Ehe nicht besonders aufregend gewesen. Sie und Wyatt hatten viel gemeinsam und waren alte Freunde. Sicherlich würden sie als Mann und Frau gut miteinander auskommen.

Wen willst du überzeugen, den Rest der Welt oder dich selbst?, fragte eine leise Stimme in ihrem Kopf, aber Elizabeth schob den Einwand beiseite.

Sie und Wyatt mussten natürlich einen Ehevertrag abschließen. Was das anging, hatte Max Riordan sie auf jeden Fall auf den richtigen Einfall gebracht.

Elizabeth schenkte Kaffee ein und ließ sich Zeit dabei.

Aber als Gladys sich entfernt hatte, konnte sie dem Unvermeidlichen nicht länger ausweichen.

„Ich weiß, dass du dich fragst, warum ich mit dir reden wollte."

Wyatt nahm einen Schluck Kaffee, dann schenkte er ihr sein charmantestes Lächeln. „Ich bin froh über jede Ausrede, die es mir erlaubt, dich zu sehen."

„Danke." Elizabeth starrte in ihre Tasse, als könnte sie dort Mut finden. Schließlich holte sie tief Luft und schaute auf, geradewegs in Wyatts braune Augen. „Ich habe mich gefragt, ob du mich immer noch heiraten willst."

Er strahlte über das ganze Gesicht. „Aber natürlich." Er stellte seine Tasse auf dem Couchtisch ab und beugte sich vor, sein Gesichtsausdruck eifrig. „Heißt das, du hast dich entschieden, meinen Heiratsantrag anzunehmen?"

„Möglicherweise."

„Oh Liebling, du hast mich gerade zum glücklichsten Mann der Welt gemacht." Wyatt war schon fast auf den Füßen, als sie ihn mit erhobener Hand zurückhielt.

„Warte. Sag noch nichts. Ehe ich Ja sage, gibt es etwas, das du wissen musst."

Er lehnte sich zurück, ein amüsiertes Lächeln auf den Lippen. „Na gut. Aber was auch immer es ist, es wird keinen Unterschied machen, das versichere ich dir."

„Lass mich ausreden, ehe du dich festlegst. In Ordnung?"

„Gut."

„Zuallererst möchte ich, dass du weißt, dass ich dich gernhabe, aber verliebt bin ich nicht in dich. Ich weiß, ich habe dir das schon gesagt, aber ich möchte daran keinen Zweifel lassen."

„Darüber mache ich mir keine Sorgen. Die Liebe stellt sich schon irgendwann ein. Wie gesagt, ich liebe dich genug für uns beide."

„Außerdem muss ich dir im Hinblick auf meine … auf meine finanzielle Situation reinen Wein einschenken."

Zum ersten Mal, seit er den Raum betreten hatte, wurde Wyatts Gesichtsausdruck ernst. „Was meinst du damit?"

„Es ist noch nicht allgemein bekannt, aber es kann nicht mehr lange dauern, bis es die Runde macht. Vor Kurzem habe ich entdeckt, dass Edward über Jahre hinweg den gesamten stantonschen Aktienbesitz geplündert und das Geld auf sein Schweizer Privatkonto überwiesen hat."

„Was? Also der verdammte …" Wyatt knirschte mit den Zähnen, und sein Gesicht verzerrte sich vor Wut. „Das sollte mich wahrscheinlich nicht überraschen. Ich habe den Mann nie gemocht, schon gar nicht, nachdem er dich mir so unter der Nase weggeschnappt hat."

„Wie bitte?" Verwirrt und durch seine Bemerkung abgelenkt, starrte Elizabeth ihn an. „Was meinst du damit, dass er mich ‚weggeschnappt' hat?"

„Liebling, ich habe dich schon vor Jahren als die zukünftige Mrs. Wyatt Lassiter auserkoren, als du noch ein kleines Mädchen warst. Was glaubst du wohl, warum ich so lange Single geblieben bin? Ich habe darauf gewartet, dass du erwachsen wirst, damit ich dir den Hof machen kann. Aber bevor ich die Gelegenheit dazu hatte, warst du auch schon mit Edward verlobt. Glaub mir, ich war ganz schön wütend! Im letzten Jahr habe ich mich gefreut, dass er endlich abgehauen ist. Obwohl es mir natürlich leidgetan hat, dass er dich verletzt hat", fügte er hastig hinzu. „Aber ich wusste nicht, dass er dich auch noch ausgeraubt hat. Dieser Dreckskerl!"

Elizabeth starrte ihn an und blinzelte, plötzlich sprachlos. Sollte sie sich geschmeichelt fühlen, dass er sie aus all den Frauen ihrer gemeinsamen Bekanntschaft ausgewählt hatte? So wie man eine Kuh von der Herde trennt? Ohne auch nur einen Gedanken daran zu verschwenden, wie ihre Gefühle aussahen?

Wyatt stand auf und begann im Raum auf und ab zu gehen. „Wie viel Schaden hat Edward angerichtet?“

„Großen Schaden“, sagte Elizabeth und beobachtete seine Reaktion. „Bis auf dieses Haus und Mimosa Landing ist das stantonsche Vermögen dahin.“

Wyatt blieb abrupt stehen und starrte sie an. Sie hätte schwören können, dass er blass geworden war. „Guter Gott! So viel? Du hast das doch bestimmt schon mit John besprochen. Was kann man unternehmen, um das Geld zurückzubekommen?“

„Im Moment nichts. John hat es versucht, aber Edward war zu gewieft. Anscheinend gibt es keine rechtlichen Schritte mehr, die ich einleiten kann.“

Wyatt sah aus, als hätte ihm jemand einen Schlag in die Magengrube versetzt. Zum ersten Mal sah sie ihn so außer sich. Er fuhr sich mit den Fingern durch die Haare und brachte mit der unbewussten Geste seine ordentliche Frisur vollkommen durcheinander.

„Ich verstehe. Nun, das, äh … verändert die Lage natürlich ganz außerordentlich.“

„Das merke ich“, antwortete Elizabeth. Ihr Blick folgte ihm, wie er im Zimmer auf und ab marschierte. Völlig abwesend hatte er die Augenbrauen zusammengezogen und schlug sich mit der Faust in die Handfläche der anderen Hand. Das war nicht die Reaktion, auf die sie gehofft hatte. Ein Gefühl des Unbehagens begann sich in ihr zu regen. „So wie du die Neuigkeiten aufnimmst, muss ich wohl annehmen, dass ich angesichts meiner finanziellen Situation deinen Antrag als null und nichtig betrachten darf.“

Er zuckte zusammen. Dann setzte er sich aufs Sofa, so nahe neben sie, wie es ging, beugte sich vor und nahm eine ihrer Hände. „Elizabeth, Liebling, glaub mir, dass ich verrückt nach dir bin. Und dass ich fast alles dafür geben würde, damit du meine Frau wirst."

Elizabeth zog eine Augenbraue hoch. „Ich glaube, da höre ich ein Aber heraus."

Wyatt seufzte und warf ihr einen Blick voller Bedauern zu. „Bitte versteh doch! Ich muss an meine Familie denken. Man erwartet von mir, dass ich eine gute Partie mache. Das gilt für jeden Lassiter, egal ob Mann oder Frau. Das bedeutet, ich muss jemanden aus bestem Elternhaus, mit der entsprechenden gesellschaftlichen Stellung ... und mit Vermögen heiraten. Die ersten beiden Kriterien erfüllst du perfekt. Kaum ein Name gilt in Texas mehr als der der Stantons. Aber meine Familie würde es niemals dulden, dass ich jemanden heirate, der nicht zusätzliches Vermögen mitbringt und damit das Vermögen der Lassiters vermehrt."

„Ich verstehe." Elizabeth entzog ihm ihre Hand. „Dann gibt es, glaube ich, nichts mehr zu besprechen."

„Nun ja ... nicht unbedingt. Lass uns noch mal alle unsere Möglichkeiten überdenken, ehe wir aufgeben. Du würdest wahrscheinlich ein paar Millionen für dieses Anwesen bekommen, obwohl ich eigentlich geplant hatte, es zu unserem gemeinsamen Zuhause zu machen. Andererseits ist Mimosa Landing natürlich die reinste Goldmine. Große Grundstücke am Brazos River sind heutzutage sehr selten. Wenn du bereit wärst, mir die Farm zu übereignen ... als eine Art Mitgift, ich glaube, dann könnte ich meine Familie dazu überreden, einer Hochzeit zwischen uns zuzustimmen."

Ein ironisches Lächeln umspielte ihre Lippen. „Tatsächlich? Wie großzügig von ihnen. Aber dazu wird es nicht kommen."

„Aber Liebling, das ist die perfekte Lösung!"

„Für dich vielleicht. Tut mir leid, Wyatt. Ich habe den

größten Teil meines Besitzes verloren, weil ich die Kontrolle darüber jemand anders übertragen habe. Das ist ein Fehler, den ich nicht noch mal mache."

Mit beleidigtem Gesichtsausdruck lehnte er sich zurück. „Willst du etwa sagen, dass du mir nicht vertraust? Dir sollte klar sein, dass ich nicht Edward Culpepper bin."

„Das ist wahr. Aber dieses Land hat meiner Familie mehr als hundertachtzig Jahre lang gehört. Generationen von Stantons haben ihr Leben der Farm verschrieben. Ich habe nicht die Absicht, die Kontrolle auch nur über einen einzigen Morgen Land aufzugeben, ganz zu schweigen von dem Eigentum. Egal was es kostet, egal was ich tun muss – Mimosa Landing bleibt im Besitz der Stantons."

Wyatt presste den Mund zu einem grimmigen Strich zusammen. „Also wirklich, Elizabeth! Ich hätte mehr Verstand von dir erwartet. Du verklärst diese Farm ja geradezu zu einem Heiligtum! Es ist schließlich und endlich nur Land. Wenn es mit deinen Finanzen so schlecht steht, wie du sagst, musst du praktisch denken."

Elizabeth neigte den Kopf zur Seite und betrachtete ihn einen Augenblick lang. Warum hatte sie das nie zuvor bemerkt? Er wollte Mimosa Landing. Und er war bereit, sie zu heiraten, um das Land zu bekommen.

„Du hast recht", stimmte sie schließlich zu. „In dieser Situation muss man praktisch denken. Ich muss tun, was nötig ist."

Wyatt wirkte erleichtert. „Gut. Wenn ich meinem Vater sage, dass du mir Mimosa Landing übereignest, hat er sicher nichts gegen eine Heirat einzuwenden." Er streckte die Hand aus und tätschelte ihr Knie. „Wusste ich's doch, dass du vernünftig sein würdest."

„Nein, du missverstehst mich. Wir beide werden nicht heiraten."

„Aber du hast doch gerade gesagt …"

„Ich habe gesagt, ich würde praktisch vorgehen. Und das habe ich auch vor. Aber zu meinen eigenen Bedingungen."

„Elizabeth … Liebling, hör mir zu …"

Wyatt tat sein Bestes, um sie umzustimmen. Er schmeichelte, argumentierte und bettelte. Mehrfach war er nahe daran, die Fassung zu verlieren, während Elizabeth ruhig blieb, aber eisern an ihrer Weigerung festhielt.

Während sie Wyatt zuhörte, wurde ihr klar, dass seine herablassende Art sie auf jeden Fall dazu gebracht hätte, Nein zu sagen – selbst wenn die Entscheidung noch nicht gefallen wäre. Es war ihr noch nie zuvor aufgefallen, aber er sprach mit ihr wie mit einem nicht allzu intelligenten Kind, das seiner Lenkung bedurfte.

Schließlich war sie die endlose Diskussion leid, erhob sich und erklärte: „Es tut mir leid, Wyatt, aber du musst mich entschuldigen. Ich habe einige Anrufe zu erledigen."

„Schön. Vielleicht ist es das Beste, wenn ich dich allein lasse, damit du alles noch mal überdenken kannst", sagte er, als sie ihn zur Tür brachte. „Ich bin sicher, wenn du wieder einen klaren Kopf hast, änderst du deine Meinung."

Elizabeth lächelte nur. Sie schloss die Tür hinter ihm, lehnte die Stirn gegen die Mahagonitäfelung und seufzte. Merkwürdig, sie fühlte sich beinahe schwach vor Erleichterung.

Tief in Gedanken kehrte sie in den Salon zurück. Durch eines der hohen Fenster beobachtete sie, wie Wyatt in seinen Mercedes stieg und davonfuhr.

Der Mann hatte Nerven. Glaubte er wirklich, dass sie so dumm war, ihm Mimosa Landing zu übertragen? Nie im Leben.

Obwohl … wer im Glashaus sitzt, sollte nicht mit Steinen werfen. Schließlich hatte sie selbst ja auch finanzielle Gründe für die Entscheidung gehabt, Wyatts Heiratsantrag anzunehmen. Da konnte sie ihm dasselbe kaum vorwerfen.

Abgesehen von der Tatsache, dass er behauptete, sie zu lieben.

Sie trat aus dem Salon und ging den langen Gang hinunter zum Arbeitszimmer. Nachdem sie sich am Schreibtisch niedergelassen hatte, nahm sie das Telefon und wählte Mimis Nummer. Ihre Freundin hob beim ersten Klingelton ab.

„Hallo, Süße. Was ist los?"

„Du klingst ganz verschlafen. Ich hoffe, ich habe dich nicht geweckt." An den meisten Tagen zog sich Mimi nach dem Lunch in ihr Boudoir zu einem kurzen Schönheitsschläfchen zurück.

„Nein, ich hab nur ein bisschen auf der Couch gelegen und in einem Modemagazin geblättert. Tiffany's hat eine Anzeige in der Glamour – eine wunderbare Diamantenbrosche. Süße, die wird dir das Wasser im Mund zusammenlaufen lassen! Ich hab gedacht, ich könnte am Wochenende nach New York rüberfliegen, um einen Blick darauf zu werfen. Broschen werden in der Saison der große Hit. Ich hab gedacht, vielleicht hast du Lust mitzukommen. Wir könnten ein Theaterstück mitnehmen und ein bisschen shoppen. Was hältst du davon?"

„Tut mir leid, aber ich kann nicht."

„Wenn es am Geld liegt, dann lad ich dich ein."

„Nein, das ist es nicht. Oder … zumindest nicht nur. Hör mal, Mimi, du musst mir einen Gefallen tun."

„Süße, du weißt, dass du auf mich zählen kannst."

„Ich habe ein paar Fragen an dich", sagte Elizabeth.

„Schieß los."

„Erstens, steht das Angebot, mir Geld zu leihen, noch immer?"

„Darauf kannst du Gift nehmen. Alles was du brauchst."

„Gut. Meine zweite Frage ist, kennst du einen wirklich guten Privatdetektiv?"

Die plötzliche Veränderung in Mimis Haltung war beinahe spürbar. Elizabeth sah die Freundin förmlich vor sich, wie sie träge auf der brokatgepolsterten Chaiselongue in ihrem Schlafzimmer lag – und auf einmal nichts als Anspannung war, sich aufrichtete, nach vorn gelehnt dasaß, die Ohren gespitzt wie ein Hund auf der Pirsch.

„Über wen möchtest du denn Nachforschungen anstellen?"

„Max Riordan. Ich denke darüber nach, sein Angebot anzunehmen."

„Was? Das kannst du unmöglich ernst meinen! Du weißt doch überhaupt nichts über diesen Mann."

„Das ist der Grund, warum ich mir Geld borgen möchte, um einen Privatdetektiv anzuheuern. Ich möchte ihn ein bisschen durchleuchten, bevor ich meine endgültige Entscheidung treffe."

„Darüber müssen wir uns unterhalten. Gib mir zehn Minuten, damit ich mir was anziehen kann. Dann komme ich gleich rüber."

Es dauerte kaum fünf Minuten, bis Mimi durch die Terrassentür ins Arbeitszimmer stürmte. Ihr Haar war verstrubbelt, und sie hatte keinen Hauch von Make-up aufgetragen. Allein das sprach Bände, wie besorgt sie war.

„Also, was soll das mit Maxwell? Du kannst keinen Mann heiraten, den wir gar nicht kennen."

Elizabeth gab einen kleinen ironischen Laut von sich und zuckte mit den Schultern. „Ich fange an, mich zu fragen, ob man überhaupt jemals jemanden wirklich kennen kann."

Sie erzählte ihrer Freundin von dem Treffen mit Wyatt und seiner enttäuschenden Reaktion.

„Du musst zugeben, wenn ich schon jemanden aus reinen Vernunftgründen heirate, dann sieht Max Riordans Angebot alles in allem besser aus. Wenigstens hätten wir beide Vorteile von dieser Ehe, und ich müsste mich nicht fühlen wie eine jämmerlich hilflose Prinzessin, die es nötig hat, errettet zu werden."

„Nun ja ... so gesehen ist Max' Angebot tatsächlich attraktiver als das von Wyatt. Aber ich hasse die Vorstellung, dich in einer Ehe ohne Liebe gefangen zu sehen! Ich meine, Süße, du musst den Tatsachen ins Auge blicken. Es ist schon schwierig genug, mit einem Mann zusammenzuleben, selbst wenn man ihn absolut vergöttert. Nicht auszudenken, wie es für dich wäre, an einen gekettet zu sein, für den du nicht die Bohne übrig hast!"

„Wenn dir eine bessere Lösung einfällt, ich bin ganz Ohr."

Mimi zog eine Grimasse. „Verdammt. Ich wünschte, ich hätte eine."

Der Privatdetektiv, den Elizabeth beauftragte, war ein pensionierter Polizeibeamter aus Houston namens Donald Summers. Er brauchte gerade mal eine Woche, um einen gründlichen Bericht über Max' persönlichen Hintergrund zusammenzustellen.

Mr. Summers war ein großer Mann Ende fünfzig, mit grau meliertem Haar, einem breiten, runzligen Gesicht und sanften Augen. Obwohl seine Körpergröße einschüchternd wirkte, flößte seine ruhige, verlässliche Art Vertrauen ein.

Mit einem seiner alten Freunde von der Polizei hatte Mr. Summers eine eigene Privatdetektei aufgebaut, nachdem sie aus dem aktiven Dienst ausgeschieden waren. Sie hatten den Ruf, gründlich, ehrlich und diskret zu sein.

Laut Mimi hatten sie für einige ihrer Bekannten gearbeitet, vor allem um Beweismaterial in Scheidungsverfahren zu sammeln oder um den Hintergrund zukünftiger Arbeitnehmer zu überprüfen.

„Das hier hat sich als einfache Aufgabe erwiesen", erläuterte Mr. Summers, während er und Elizabeth seinen getippten Bericht überflogen. „Das Leben von Ihrem Mr. Riordan liegt da wie ein offenes Buch – noch dazu eins über den amerikanischen Traum. Sein Geschäftsgebaren ist geradlinig. Soweit ich es überblicken kann, gibt es keinerlei Scheinfirmen oder fragwürdigen Deals. Und glauben Sie mir: Ich habe ziemlich gründlich nachgeforscht. Da gab es nichts zu finden."

Mr. Summers lächelte beifällig, bevor er fortfuhr: „Unter seinen Geschäftspartner gilt er als forsch. Anscheinend hat er nicht viel Geduld und Taktgefühl, ist ein harter Verhandlungspartner und stellt hohe Ansprüche. Allerdings verhält er sich immer fair. Sein Vermögen, wie Sie anhand der Zahlen auf Seite vier sehen können, ist riesig. Es besteht aus Wertpapieren, Landbesitz, Ölbohrkonzessionen, er ist persönlicher Eigentümer verschiedener Geschäfte und Fabriken, außerdem gehört ihm ein ordentlicher Anteil an einer Pharmagesellschaft, und er ist zu einem Viertel an einer Schifffahrtslinie und verschiedenen anderen Unternehmen beteiligt. Sie sind alle in meinem Bericht aufgeführt. Er ist ein außerordentlich wohlhabender Selfmademan mit hervorragendem Ruf und erstklassiger Bonität. Alle Bankiers und Geschäftsleute, die ihn kennen, sprechen voller Anerkennung von ihm. Sie sind sich alle einig, dass er in Geschäftsdingen und Finanzen ein echtes Genie ist."

Er räusperte sich, doch Elizabeth bewahrte weiter gespanntes Schweigen. „Mr. Riordan stammt aus dem Arbeitermilieu und hatte wohl das, was man, äh, eine bewegte Jugend nennen kann. Sein Vater hat als Werkzeugverwalter auf Ölfeldern gearbeitet, die Mutter war Hausfrau. Zu den

Bohrinseln auf der ganzen Welt, auf denen Mr. Riordans Vater gearbeitet hat, hat er seine Frau und seinen Sohn mitgeschleppt. Abgesehen von vier Jahren Militärzeit bei der Marine hat Mr. Riordan bis Mitte zwanzig jeden Sommer als Hilfsarbeiter auf den Ölfeldern gejobbt. Das Geld hat er fürs College verwendet, dazu bekam er verschiedene Stipendien. Er hat einen doppelten Abschluss der Technischen Universität von Texas im Ingenieur- und Finanzwesen. Während seiner Zeit am College war er immer unter den Besten des Jahrgangs. Er hat außerdem einen MBA von der Stanford University."

Auf Elizabeths bewunderndes Nicken antwortete Mr. Summers mit einem Lächeln, bevor er sich dem Ende seines Berichtes zuwandte. „Vor ungefähr zehn Jahren ist Mr. Riordans Vater gestorben. Mit seiner Mutter versteht er sich gut und ermöglicht ihr ein sehr bequemes Leben. Sie wohnt in einer dieser piekfeinen Einrichtungen für betreutes Wohnen im Alter. Ihr Name ist Iona Belle Riordan. Sie hat nie wieder geheiratet."

Mr. Summers schloss seine Mappe. „Alles in allem würde ich sagen, dass er ein anständiger Kerl ist. Ich würde ihm vertrauen. Ganz ehrlich, ich hätte nichts dagegen, ein paar Anlagetipps von ihm zu bekommen. So, und nun hoffe ich, dass dieser Bericht die Informationen enthält, die Sie haben wollten."

„Ja. Ja, in der Tat. Vielen Dank, Mr. Summers."

Nachdem sie den Detektiv hinausgebracht hatte, kehrte Elizabeth in das Arbeitszimmer zurück, suchte die Visitenkarte von Max heraus und wählte seine private Nummer, bevor sie ihre Meinung noch mal ändern konnte. Er nahm beim ersten Klingeln ab.

„Ja", blaffte er.

Elizabeth zuckte bei seinem barschen Tonfall zusammen

und hätte beinahe aufgelegt. Sie bemerkte, dass sie zitterte. Verärgert über sich selbst straffte sie die Schultern. „Max. Hier ist Elizabeth Stanton. Ich habe … ich habe über alles nachgedacht, worüber wir gesprochen haben, und … und ich habe mich entschieden, Ihren Vorschlag anzunehmen."

Einen Moment lang blieb es still. Dann sagte Max mit ein klein wenig freundlicherer Stimme: „Ich bin gleich bei dir."

„Wo bist du gleich?"

Troy Ellerbee, Max' rechte Hand, saß vor dem massiven Schreibtisch und warf seinem Chef einen finsteren Blick zu. „Du kannst jetzt nicht gehen. Schon vergessen? Wir haben ein Meeting mit Dewitt Scarborough und seinem Anwalt in …", Troy schob den Ärmel hoch und warf einen Blick auf seine Armbanduhr, „… in zwei Stunden und 44 Minuten."

„Bevor ich gehe, lasse ich Carly das Treffen verschieben. Das hier ist wichtiger", antwortete Max tief in Gedanken. Er ging in das angrenzende private Badezimmer und überprüfte sein Aussehen im Spiegel. Nachdem er seinen Hemdkragen wieder zugeknöpft hatte, rückte er die Krawatte zurecht und fuhr sich mit dem Kamm durchs Haar.

„Was meinst du damit, wichtiger?", erkundigte sich Troy von der Türschwelle aus. „Was könnte wichtiger sein als das Geschäft mit Scarborough? Wir haben den alten Knochen mehr als ein Jahr bearbeitet, damit er uns sein Land verkauft."

Max schob sich an seinem Assistenten vorbei und ging ins Büro zurück, wo er den Mantel aus dem Schrank nahm und überzog.

„Verdammt, Max, hörst du mir überhaupt zu? Wenn du das Treffen verschiebst, macht der alte Scarborough vielleicht in letzter Minute einen Rückzieher! Du weißt doch, was für ein Geizkragen er ist. Jesus, Maria und Josef! Was ist denn so wichtig, dass du so viel dafür aufs Spiel setzt?"

„Ich werde heiraten."

„Das ist kein Grund zu ..." Troy hielt inne, und seine Augen weiteten sich. „Was? Was hast du gerade gesagt?"

„Ich habe gesagt, dass ich heiraten werde." Max nahm die Erregung seines Assistenten gar nicht wahr, sondern klopfte ungeduldig seine Manteltaschen ab. Wo zum Teufel hatte er den Ring hingesteckt? Er runzelte die Stirn, überlegte einen Moment und schnipste mit den Fingern. Natürlich. Der Safe.

Er ging zur anderen Seite seines Büros, klappte das Ölgemälde, hinter dem der Safe verborgen war, zur Seite und fing an, das Zahlenrad zu drehen. Wieder folgte ihm Troy auf den Fersen.

„Du wirst heiraten? Seit wann denn das? Und wen? Wann ist das passiert? Ich habe überhaupt nicht gewusst, dass du mit jemandem zusammen bist."

Max zog eine mit schwarzem Samt bezogene Schmuckschatulle aus dem Safe und steckte sie in die Innentasche seines Jacketts. Als Nächstes steckte er eine zusammengefaltete Urkunde in dieselbe Tasche. Dann verschloss er den Safe wieder und schob das Gemälde an seinen ursprünglichen Platz zurück. „Ich werde Elizabeth Stanton heiraten. Heute Abend, hoffe ich. Wenn ihr Terminplan das zulässt."

„Elizabeth Stanton! Lieber Himmel! Hast du den Verstand verloren?"

„Warum so schockiert? Du bist doch derjenige, der mir dazu geraten hat! Hast du nicht gesagt, das wäre die einzige Möglichkeit für mich, Anschluss an die Houstoner Gesellschaft zu finden und an Anleger aus dem alten Geldadel heranzukommen? Eine der Ihren zu heiraten, jemanden mit einem kilometerlangen Familienstammbaum. Elizabeth Stanton erfüllt diese Voraussetzungen bis aufs i-Tüpfelchen."

„Guter Gott, ich hätte nie gedacht, dass du das ernst nimmst. Ich hab doch nur Spaß gemacht!“

„Ich weiß. Aber je mehr ich darüber nachgedacht habe, desto klarer wurde mir, dass es eine hervorragende Idee ist. Die Gesellschaft hier ist eng miteinander verbunden, besonders die Nachfahren der ersten Siedler, die mit Stephen F. Austin bei der Gründung des Staates Texas hierherkamen. Neuankömmlingen gegenüber verhalten sie sich grundsätzlich ablehnend. Elizabeth kann mir als meine Gattin Türen öffnen – und hoffentlich auch dicke Geldbörsen.“

„Aber heiraten? Verdammt, Max. Wie lange, glaubst du, wird diese Ehe halten, wenn Miss Stanton merkt, dass du sie nur wegen ihrer Beziehungen heiratest?“

„Das weiß sie schon. Ich habe ihr das alles erklärt.“

Troy starrte ihn verblüfft an. „Und sie hat nichts dagegen einzuwenden?“

„Warum sollte sie?“ Max wandte sich zur Tür. „Diese Ehe bringt uns beiden nur Vorteile. Ihr Exmann hat Elizabeth in finanzielle Schwierigkeiten gebracht, also heiratet sie mich wegen des Geldes, und ich heirate sie wegen ihrer gesellschaftlichen Stellung und ihrer Beziehungen. Illusionen haben wir beide nicht. Wenn du mich jetzt entschuldigen würdest – ich muss zu ihr, um die letzten Vorbereitungen zu besprechen.“

Schon an der Tür angelangt, hielt Max inne. Er wandte sich zu Troy um, der ihn mit offenem Mund anstarrte. „Bitte halt dich bereit, in Ordnung? Kann sein, dass ich dich als Trauzeugen brauche.“

„Sicher doch. Klar. Was immer du sagst“, murmelte Troy.

Elizabeth hatte nicht erwartet, dass Max alles liegen und stehen lassen würde, um sofort vorbeizukommen. Sie legte auf und blickte in Panik um sich. Da sein Büro im Greenway

Plaza lag, nicht weit von River Oaks entfernt, würde er nicht lange brauchen, bis er hier war.

Sie machte sich auf die Suche nach Gladys und teilte ihr mit, dass sie jeden Moment Mr. Riordan erwartete. Dann eilte sie nach oben, um sich die Nase zu pudern und ihre Fassung wiederzuerlangen.

Als sie eine Viertelstunde später wieder nach unten kam, wartete Max bereits im Salon. Er stand vor dem Kamin und starrte das Ölgemälde über dem Kaminsims an. Als sie das Zimmer betrat, warf er ihr über die Schulter einen Blick zu. Mit einem Kopfnicken deutete er auf das Gemälde. „Ein Familienmitglied?"

„Ja. Das ist meine Ururgroßmutter, Ida Stanton."

„Das sind wunderschöne Juwelen, die sie da trägt."

„Vielen Dank." Schweigend und ein bisschen wehmütig betrachtete Elizabeth das Bild. Ida hatte für das Porträt in einem viktorianischen Abendkleid aus weinroter Seide mit elfenbeinfarbenem Spitzensaum Modell gesessen. An den Ohren und um den Hals trug sie erlesenen, mit Diamanten besetzten Goldschmuck, der als „Stanton-Diamanten" bekannt war.

„Mein Ururgroßvater Asa Stanton hat die Ohrringe und das Collier für seine Frau Camille zum 25. Hochzeitstag anfertigen lassen. Sie hat den Schmuck ihrem Sohn Jonathan an seinem Hochzeitstag mit Ida O'Keefe gegeben. Seither sind die Stanton-Diamanten von Generation zu Generation weitervererbt worden."

„Also sind es Familienerbstücke. Ich freue mich darauf, sie einmal an dir zu sehen."

„Ich fürchte, das wird nicht passieren. Ich musste sie leider im letzten Frühjahr verkaufen, um den Zahltag zu überstehen und endlich den neuen Mähdrescher für Mimosa Landing zu kaufen."

Max hob die Augenbrauen, aber zu Elizabeths Überraschung stellte er ihre Entscheidung nicht infrage. Sich von den Stanton-Diamanten zu trennen war schmerzhaft genug gewesen, und sie hatte nicht das Bedürfnis, die ganze Geschichte erneut aufzurollen.

„Warum setzt du dich nicht“, bot sie an und deutete auf das Sofa. Sie nahm auf ihrem Lieblingsstuhl Platz und faltete die Hände im Schoß. „Ich habe wirklich nicht erwartet, dass du alles stehen und liegen lässt und sofort herkommst.“

„Kein Problem. Ich möchte das alles gern so schnell wie möglich hinter mich bringen. Die nächsten paar Wochen werde ich sehr beschäftigt sein. Für den Fall, dass du meinen Antrag annimmst, habe ich meinen Anwalt schon vor einer Woche den Ehevertrag aufsetzen lassen.“ Er zog die Urkunde aus der Tasche und reichte sie ihr. „Wenn du dich mit deinem Anwalt in Verbindung setzt und er heute sein Okay dazu gibt, könnten wir unterschreiben und dann nach Las Vegas fliegen, um heute Abend noch zu heiraten.“

Benommen schaute Elizabeth von Max zu der Urkunde und zurück. Sie blinzelte ein paarmal. Seine Ansprache hatte ihr völlig die Sprache verschlagen. Der Mann war wie eine Dampfwalze – kein Small Talk, keinerlei Finesse, kein Fingerspitzengefühl. Zack, zack, hier ist das Angebot, los geht's.

„Du machst wohl Witze“, brachte sie schließlich in entsetztem Tonfall hervor. „Las Vegas? Auf gar keinen Fall werde ich mich in einer schmierigen Kapelle in Las Vegas in einer Fließbandhochzeit trauen lassen. Ich würde nie so etwas … Schäbiges tun.“

„Ich hoffe, dir schwebt nicht eine dieser protzigen High-Society-Hochzeiten vor, die man ein Jahr lang planen muss“, konterte Max. „Denn das ist nicht drin. Für diesen Firlefanz habe ich weder die Zeit noch die Geduld.“

„Nein, natürlich habe ich keine offizielle Hochzeit im

Sinn. Unter den gegebenen Umständen wäre das wohl kaum passend. Allerdings bestehe ich darauf, dass wir ein Mindestmaß an Anstand und Würde wahren, wenn wir die Sache durchziehen. Ich finde, wir sollten eine kleine, geschmackvolle Feier abhalten, entweder hier oder auf Mimosa Landing, mit unseren Familien und engsten Freunden. Du kannst mir glauben, wenn sich die Nachricht über unsere Hochzeit herumspricht, wird es genug Klatsch geben. Da brauchen wir nicht noch Öl ins Feuer zu gießen, indem wir so etwas Geschmackloses tun wie in Las Vegas zu heiraten."

„Hmm. Vermutlich hast du recht. Aber ich will das Ganze nicht unnötig in die Länge ziehen. Wie lange wird es dauern, eine Feier in der Art, wie du sie dir vorstellst, vorzubereiten?"

„Nun ja, erst einmal müssen wir uns mit unseren Anwälten treffen und den Ehevertrag ausarbeiten. Dann brauchen wir eine Heiratsgenehmigung, müssen einen Pfarrer finden, der uns traut und die Leute einladen, die wir dabeihaben wollen. Außerdem sollten wir für Blumen und ein kleines Büfett sorgen. Und wir müssen die Ringe kaufen."

„Ach ja, richtig. Beinahe hätte ich es vergessen." Max griff in seine Tasche und holte die Schmuckschatulle heraus. „Das habe ich letzte Woche besorgt. Der Juwelier bei Tiffany's hat mir versichert, dass er deine Größe hat." Er warf ihr die Schachtel zu, und Elizabeth fing sie instinktiv auf.

„Was …?"

„Es ist ein Verlobungsring. Los, mach es auf."

„Ein Verlobungsring?" Elizabeth hob das Kinn. „Du scheinst dir ja sehr sicher gewesen zu sein, dass ich Ja sagen würde."

Max zuckte die Schultern. „Ich vertrete die Ansicht, dass sich eine positive Einstellung auszahlt, wenn man Geschäfte machen möchte. Außerdem hat der Juwelier versprochen, dass ich dreißig Tage Zeit habe, um ihn zurückzubringen."

„Ach so." Sie senkte den Blick auf die Schatulle und öffnete sie. Im nächsten Augenblick schnappte sie nach Luft. „Ach du meine Güte." Auf einem Polster aus blauem Samt funkelte ein Ring mit einem einzigen großartigen Diamanten. Der Stein war groß, aber die elegante Schlichtheit der Fassung im Tiffany-Stil bewahrte ihn davor, protzig zu wirken. Elizabeth hatte bisher keinen Gedanken an Ringe verschwendet, und selbst wenn sie es getan hätte, hätte sie nie erwartet, dass Max ihr einen Verlobungsring schenken würde.

Allerdings musste sie zugeben, dass sie selbst keinen hätte aussuchen können, der ihren Geschmack besser getroffen hätte. Das Schmuckstück war so wunderschön, dass sie es nur sprachlos anstarren konnte.

„Sind nur zwei Karat", sagte Max, dem ihr langes Schweigen offenbar unbehaglich wurde. „Ich hab mir größere Steine angeschaut, aber die kamen mir aufdringlich vor. Wenn er dir nicht gefällt, können wir ihn gegen eine größeren Diamanten oder einen anderen Ring umtauschen, wenn du möchtest."

„Oh nein. Nein. Er ist wunderschön. Absolut perfekt." Sie steckte den Ring auf ihren Finger und schaute mit einem zögernden Lächeln zu Max auf. „Vielen Dank."

Sie erwartete beinahe, dass er ihr einen keuschen Kuss auf die Wange geben würde oder zumindest ein paar zärtliche Worte fand. Aber Max erwiderte nur: „Kein Problem."

Du liebe Zeit!, dachte sie. Sie hatten sich gerade verlobt. Er hatte ihr einen geradezu lächerlich teuren Ring geschenkt. In wenigen Tagen würden sie heiraten und dann den Rest ihres Lebens miteinander verbringen. Und alles, was er zu sagen hatte, war „Kein Problem"? Besaß dieser Mann überhaupt so etwas wie eine weiche Seite?

„Ich werde meinen Anwalt auch damit beauftragen, den

Treuhandfonds für Mimosa Landing aufzusetzen." Max zog seinen elektronischen Organizer hervor. „Lass sehen, heute ist Montag. Bis zum Ende der Woche sollten wir alles geregelt haben. Das heißt, wir könnten am Samstag heiraten. Was meinst du?"

„Du meinst ... am kommenden Samstag?", fragte Elizabeth mit unsicherer Stimme nach.

„Ja, ich sehe nicht ein, warum wir noch länger warten sollten. Du etwa?"

„Hmm ... nein. Wohl nicht. Ich habe nur ... ich habe nicht damit gerechnet, dass alles so schnell geht."

„Dann ist es abgemacht. Samstag also. Wenn es dir recht ist, würde ich gern eine kurze Hochzeitsreise nach New York machen. Ich habe dort nächste Woche sowieso geschäftlich zu tun."

Elizabeth nickte nur schwach, aber er sprach schon weiter: „Warum rufst du jetzt nicht deinen Anwalt an und erkundigst dich, ob er heute Nachmittag Zeit für uns hat? Wenn es geht, dann bitte ihn doch, so schnell wie möglich in mein Büro im Greenway Plaza zu kommen. Ich habe meinem Anwalt schon Bescheid gegeben. Er wartet nur darauf, von mir zu hören. Sobald wir den Ehevertrag ausgearbeitet und unterschrieben haben, kommt der Ball ins Rollen."

4. KAPITEL

Drei Stunden später saß Elizabeth in Max' elegantem Büro in dem Bürogebäude Greenway Plaza. Sie fühlte sich, als sei eine Naturgewalt über sie hereingebrochen, gegen die jeder Widerstand zwecklos war.

Sie verzog die Lippen zu einem bitteren Lächeln. *Eine Naturgewalt mit Namen Max Riordan.*

Wobei sie ihm noch nicht einmal vorwerfen konnte, sich als Tyrann aufzuspielen. Immer wieder fragte er sie nach ihrer Meinung, und ihre Wünsche schienen ihm etwas zu bedeuten. Er war und blieb jedoch ein energischer Entscheider, der gerne die Führung übernahm und Autorität und Stärke ausstrahlte. Ihn in Aktion zu sehen war beeindruckend.

Als sie John anrief, um ihm zu erklären, dass sie und Max heiraten würden, reagierte ihr Anwalt entsetzt. John Fossbinder war kein Dummkopf; er wusste genau, warum sie diesen Schritt unternahm. Ihm musste sie nichts erklären. Trotzdem missbilligte er den Plan aufs Schärfste und versuchte sie davon abzubringen.

Aus dem, was sie am Telefon auf Johns Einwände entgegnete, hörte Max heraus, was los war. Bevor sie einknicken konnte, nahm er ihr den Hörer aus der Hand, und binnen einer Minute willigte der Anwalt ein, sie beide in Max' Büro zu treffen.

Als Elizabeth und Max dort ankamen, wartete John bereits auf sie, zusammen mit Max' Anwalt Harry Ackermann.

Mr. Ackermann war ein angenehmer Mann um die fünfzig. Er trug eine dicke Brille mit Metallrahmen, die ihm einen eulenhaften Gesichtsausdruck verlieh. Schon nach den ersten paar Sekunden hatte Elizabeth ihn als einen jener Männer erkannt, die sich so in ihren Job vertiefen, dass sie keinen Gedanken mehr an so banale Dinge wie ihr Erscheinungsbild verschwenden. Infolgedessen wirkte er ein bisschen ungepflegt.

Seine fleckige Krawatte hing schief, die Spitzen seines Hemdkragens rollten sich ein, und seine Brille musste so dringend geputzt werden, dass Elizabeth sich staunend fragte, wie er überhaupt noch hindurchsehen konnte. Als er sich im Laufe der Unterhaltung irgendwann mit den Händen durch das schüttere Haar fuhr, stand es wild nach allen Seiten ab.

Vermutlich suchte seine Frau die Kleidung für ihn aus. Und band seine Krawatten und sorgte dafür, dass er ordentlich aussah, wenn sie ihn am Morgen auf den Weg schickte – wahrscheinlich der erste und letzte Augenblick des Tages, an dem er über sein Aussehen nachdachte.

Im Gegensatz dazu wirkte ihr eigener Anwalt, als sei er dem Titelblatt einer Hochglanzzeitschrift entstiegen.

Groß und schlank, jedes silbergraue Haar an seinem Platz, entsprach John Fossbinder von Kopf bis Fuß dem Idealbild eines gebildeten Mannes von Welt. Er trug einen Brooks-Brothers-Anzug, ein weißes Hemd und eine geschmackvolle Seidenkrawatte mit Paisley-Muster.

Nachdem man sich einander vorgestellt hatte, wandte sich John mit sorgenvollem Gesichtsausdruck an Elizabeth: „Sind Sie sicher, dass Sie diesen Schritt unternehmen wollen? Sie wissen doch fast nichts über diesen Mann."

„Um die Wahrheit zu sagen, John, ich weiß eine ganze Menge. Schließlich bin ich nicht naiv. Ich habe Mr. Riordan gründlich überprüfen lassen und kann Ihnen versichern, dass es nichts in seiner Vergangenheit gibt, das Anstoß erregen könnte."

In diesem Moment mischte sich Max ein. „Du hast mich überprüfen lassen?"

Sie lächelte und verspürte ein kleines Triumphgefühl angesichts seines leicht beunruhigten Gesichtsausdrucks. „Ja. Wie du mir, so ich dir."

Max starrte sie einen Moment lang aus durchdringend blauen Augen an. Dann zuckte es um seine Mundwinkel. „Touché."

Es wurde bald klar, warum Max ausgerechnet Harry Ackermann als persönlichen Anwalt beschäftigte. Trotz seines unordentlichen Erscheinungsbildes war der Mann ein brillanter Jurist und John Fossbinder, der als einer der besten Anwälte von Houston galt, mehr als gewachsen.

Elizabeth hatte den Eindruck, dass die von Mr. Ackermann aufgesetzte Vereinbarung äußerst großzügig war, und sie mutmaßte, dass John genauso dachte, obwohl er beim Lesen der Urkunde einen ernsten Gesichtsausdruck zur Schau trug. Sie war bereit, das Dokument so zu unterschreiben, wie es war. Aber John fühlte sich verpflichtet, noch ein paar Punkte für seine Mandantin auszuhandeln. Aus diesem Grund verging eine langwierige Stunde, in der die beiden Anwälte den Ehevertrag Zeile um Zeile durchgingen.

Endlich hatten sie sich über alle Einzelheiten geeinigt, und Harry Ackermann verkündete: „So, das wär's. Um das Ganze noch mal laienhaft zusammenzufassen, die wesentlichen Punkte ergeben sich wie folgt: Paragraf eins – Max richtet vor der Eheschließung einen Treuhandfonds im vereinbarten Umfang ein. Dieser Fonds wird ausschließlich dazu dienen, Mimosa Landing zu unterhalten. Die Verwaltung übernimmt Ms. Stanton. Der Fonds und alle Einkünfte daraus gehören ausschließlich ihr und ihren Erben.

Paragraf zwei – Sie beide stimmen zu, für einen Zeitraum von mindestens fünf Jahren verheiratet zu bleiben. Falls Sie nach Ablauf dieser Zeit aus irgendeinem Grund Ihre Ehe beenden möchten, werden Sie sich trennen. In aller Freundschaft, hoffentlich.

In diesem Fall behält Ms. Stanton – wie bereits gesagt – den Fonds. Zusätzlich wird Max ihr eine Abfindung im Wert von zwanzig Prozent seines Vermögens auszahlen. Er versichert, keinerlei Ansprüche auf das stantonsche Vermögen geltend zu machen.

Paragraf drei – der einzige Grund, die Ehe vor Ablauf von fünf Jahren zu beenden, wäre Untreue einer der beiden Parteien. Falls Max der Schuldige ist, gelten die Bedingungen des Ehevertrages wie im Fall der Auflösung nach Ablauf der Fünfjahresfrist."

„Dazu wird es nicht kommen", warf Max ein. Er schaute Elizabeth über den Tisch hinweg an. „Ich halte mich an meine Abkommen und Verpflichtungen."

Harry Ackermann räusperte sich. „Ja ... nun ... dann lassen Sie uns fortfahren. Wenn Ms. Stanton die schuldige Partei ist, gilt das Gleiche, abgesehen davon, dass sie keine finanzielle Abfindung von Max erhält."

Der Anwalt sammelte die Papiere ein. „Ich denke, damit ist alles berücksichtigt."

„Nicht ganz", bemerkte John Fossbinder. „Was ist, wenn aus der Ehe Kinder hervorgehen? Wer würde die Vormundschaft bekommen?"

„Hmm", überlegte Harry. „Ich denke, jetzt ist der beste Zeitpunkt, um diese Frage zu besprechen. Ms. Stanton, was meinen Sie dazu?"

Die Frage überrumpelte Elizabeth. Sie hatte nie daran gedacht, dass sie und Max Kinder haben könnten. Oder Kinder wollen würden.

„Um ehrlich zu sein, glaube ich kaum, dass das ein Problem sein wird. Meine Ehe mit Edward ist kinderlos geblieben, obwohl ich unbedingt eine Familie haben wollte", erklärte sie. Nur mit Mühe gelang es ihr, die Fassung zu bewahren. Solch ein schwerwiegendes persönliches Versagen zuzugeben, empfand sie als erniedrigend. Aber sie war fest entschlossen, mit Max offen und ehrlich zu sein. Sie wollte nicht, dass er ihr vorwerfen konnte, ihm irgendetwas verheimlicht zu haben.

Sie holte tief Luft und zwang sich weiterzusprechen. „Vor einigen Jahren habe ich eine ganze Anzahl von Untersuchungen machen lassen, um herauszufinden, ob es da ein Problem gibt. Man hat zwar keine Ursache für meine Unfruchtbarkeit gefunden, aber schwanger geworden bin ich auch nicht. Die Ärzte haben mir schließlich gesagt, dass es unwahrscheinlich ist, dass ich jemals Kinder haben werde."

Sie wandte sich direkt an Max. „Wenn Kinder dir wichtig sind und du dein Angebot zurückziehen willst, kann ich das verstehen."

Max dachte nach. „Um die Wahrheit zu sagen, habe ich diese Möglichkeit nicht bedacht", sagte er schließlich. „Ich will ebenfalls ehrlich sein. Nachwuchs zu haben hatte nie eine besondere Priorität für mich. Ich habe immer angenommen, dass ich zu gegebener Zeit heirate und eine Familie gründe. Aber ein brennendes Verlangen danach habe ich auch nicht unbedingt. Trotzdem erscheint es mir für den Fall, dass wir beide Kinder haben sollten und uns später trennen, in Anbetracht meines vollen Terminkalenders nur vernünftig, wenn sie bei dir bleiben. Ein flexibles Besuchsrecht würde ich natürlich erwarten."

Wieder einmal überraschte es Elizabeth, wie vernünftig und großzügig Max sich verhielt. Obwohl die Wahrscheinlichkeit, ein Kind zu haben, verschwindend gering war, verspürte sie trotzdem Erleichterung. Sollte das Wunder geschehen, würde es zumindest keinen erbitterten Kampf um die Vormundschaft geben.

„Ist Ihnen das so recht, Ms. Stanton?", fragte Harry. „Wenn ja, nehme ich diese Klausel in den Ehevertrag auf."

„Ja. Ja, das ist in Ordnung."

„Also gut, dann sind wir hier fertig. Bis morgen habe ich die überarbeitete Version aufgesetzt und unterschriftsreif."

Sie verließen gemeinsam das Büro. Als Max im Empfangsbereich stehen blieb, stieß ihr Anwalt Elizabeth von der Seite an. „Elizabeth, ich denke, Sie machen einen furchtbaren Fehler", murmelte er. „Lassen Sie sich ein bisschen Zeit. Wir werden schon irgendwann eine Lösung finden."

„Aber ich habe keine Zeit, John. Sie und ich haben das ganze letzte Jahr versucht, eine Lösung für diesen finanziellen Albtraum zu finden. Ohne Erfolg. Jetzt kreisen die Geier über mir. Ich kann nicht länger warten."

Sie legte ihm die Hand auf den Arm. „Ich weiß, dass Sie sich Sorgen um mich machen, und ich weiß das auch zu würdigen. Aber ich komme schon zurecht. Wirklich. Tun Sie mir nur den Gefallen und behalten Sie das alles für sich, in Ordnung?"

John straffte die Schultern, offensichtlich beleidigt, dass sie an so etwas auch nur denken konnte. „Natürlich. Die Beziehung zwischen Anwalt und Mandant ist vertraulich." Doch schnell wurde er wieder weich und schenkte ihr einen letzten besorgten Blick. „Also … haben Sie ein gutes Gefühl, was diese Regelung angeht?"

„Ja."

Das entsprach natürlich nicht ganz der Wahrheit. Elizabeth fühlte sich nervös und besorgt, aber sie traute sich nicht, ihre Unsicherheit John gegenüber zuzugeben.

„Bist du so weit?", fragte Max und fasste leicht ihren Ellbogen.

Bevor sie antworten konnte, öffnete sich eine Tür auf der anderen Seite des Empfangsraums, und ein Mann kam herein, der ihr irgendwie bekannt vorkam. Sie brauchte ein paar Sekunden, um sich daran zu erinnern, wo sie ihn schon mal gesehen hatte. Er hatte Max zu einigen Wohltätigkeitsveranstaltungen begleitet. Wenn sie sich nicht täuschte, war sein Name Trent … oder Troy? So etwas in der Art. Und er war Max' rechte Hand.

„Max! Gott sei Dank, dass du da bist." Der Mann nickte Elizabeth zu. „Es tut mir leid, dass ich unterbreche, Ms. Stanton, aber das hier ist dringend."

„Schon in Ordnung", sagte sie. Aber er hatte sich schon wieder Max zugewandt.

„Ich habe dich auf dem Handy angerufen, aber nicht erreicht. Der alte Scarborough ist unterwegs. Er hat sich geweigert, das Treffen zu verschieben, und gesagt, wenn du bei seinem Eintreffen nicht da bist, lässt er das Geschäft platzen."

„Verdammt", brummte Max. „Glaubst du, dass er das ernst meint?"

„Absolut."

Elizabeth legte Max die Hand auf den Arm. „Bitte, mach dir keine Gedanken um mich. Ich bin sicher, dass John mich heimfahren kann."

„Aber natürlich", fiel ihr Anwalt ein. „Es wäre mir ein Vergnügen."

Max zog eine Augenbraue hoch. „Bist du sicher?"

„Ja, natürlich. Geh nur und kümmere dich um deine Geschäfte. Ich komme klar."

„Na gut. Ich ruf dich morgen an. Dann können wir das Weitere besprechen."

Elizabeth nickte und nahm Johns Arm. Max runzelte die Stirn, als er beobachtete, wie sie zusammen hinausgingen. Es behagte ihm nicht, sie mit ihrem Anwalt allein zu lassen. Der Mann hatte aus seiner Missbilligung keinen Hehl gemacht, und Max wusste genau, dass Fossbinder versuchen würde, sie von dieser Heirat abzubringen. Aber das Risiko musste er jetzt eingehen. Er konnte nicht so einfach ein Millionengeschäft sausen lassen, auf das er und Troy mehrere Monate lang hingearbeitet hatten.

„Also meinst du es wirklich ernst mit diesem Wahnsinn?“, bemerkte Troy, sobald er und Max allein im Konferenzraum saßen.

„Wenn du damit meine Hochzeit mit Elizabeth meinst, dann ist die Antwort Ja. Wir haben gerade den Ehevertrag ausgearbeitet.“

„Wenigstens so viel Verstand ist dir noch geblieben.“ Mit einer aufgebrachten Handbewegung fuhr sich Troy durchs dunkelbraune Haar. „Verdammt, Max. Ich weiß, dass ich gesagt habe, dass du dir eine Frau aus den hiesigen Kreisen suchen solltest, aber das war doch nur Spaß! Ehrlich. Ich hätte nie gedacht, dass du das ernst nimmst.“

„Hör auf damit, Troy. Wir haben doch schon darüber gesprochen. Ich weiß, was ich tue“, erwiderte Max und warf dem Freund ein beschwichtigendes Lächeln zu. „Um dich zu beruhigen: Einer der Gründe, warum ich Elizabeth ausgesucht habe, ist, dass ich sie attraktiv finde. Sie erfüllt nicht nur alle meine Bedingungen und hat dem Vernehmen nach ein freundliches Wesen, sie ist auch noch eine Augenweide. Sie ist perfekt.“

Oder … beinahe perfekt, fügte er insgeheim hinzu.

Unruhig ging Max zu der Glaswand des Konferenzraums und schaute auf die Stadt hinunter, die sich achtzehn Stockwerke unter ihm ausbreitete. Die Sonne ging gerade unter und tauchte den winterlichen Himmel in ein Kaleidoskop prächtigster Farben, sodass die Wolken orange, rosa und violett erstrahlten. Schon fing der allabendliche Stoßverkehr an, die Stadtautobahn zu verstopfen, als die Pendler den Heimweg in die Vororte antraten. Die ersten Straßenlaternen leuchteten auf. In der Dämmerung und aus der Entfernung glitzerten die Scheinwerfer der Autos wie eine Kette von Diamanten neben einer mit Rubinen.

Der Anblick erinnerte Max an den Diamantring, den er Elizabeth geschenkt hatte ... und an ihre bestürzende Beichte, dass sie wahrscheinlich keine Kinder bekommen konnte.

Der tiefe Schmerz der Enttäuschung, den er angesichts ihrer Enthüllung empfunden hatte, hatte ihn überrascht.

Dabei war er ihr gegenüber ehrlich gewesen. Bis vor Kurzem hatte er nur sehr theoretisch darüber nachgedacht, zu heiraten und sesshaft zu werden. Irgendwann würde er es tun, wenn die Zeit dafür gekommen war. Erst seit er Elizabeth begegnet war, hatte er ernsthaft übers Heiraten nachgedacht. Bis jetzt war die Vorstellung, Kinder zu haben, noch gar nicht in seinen Gedanken aufgetaucht.

Warum also machte ihm der Gedanke an eine Zukunft ohne Kinder auf einmal so zu schaffen?

Der Rest der Woche verflog für Elizabeth wie im Zeitraffer. Ehe sie sich versah, war es Samstagnachmittag.

Sie saß in einen Morgenmantel gehüllt an ihrem Frisiertisch auf Mimosa Landing und starrte ihr Spiegelbild an. In Kürze würde sie Mrs. Maxwell Riordan sein.

Der Gedanke löste ein Flattern in ihrer Magengrube aus. Sie schloss die Augen und holte tief Luft.

„Du weißt, Süße, dass du immer noch deine Meinung ändern kannst."

Elizabeth riss die Augen auf und sah auf Mimis Abbild im Spiegel. Ihre Freundin stand plötzlich hinter ihr in der Schlafzimmertür.

„Du musst ihm nicht mal gegenübertreten", fuhr Mimi fort. „Sag nur ein Wort, und ich geh runter und jag die Meute vom Grundstück."

Elizabeth schüttelte den Kopf. „Nein. Nein, tu das nicht."

Sinnend legte Mimi den Kopf schräg und musterte Elizabeths blasses Spiegelbild. „Du bist wirklich entschlossen, die Sache durchzuziehen?"

„Ja."

„Nichts, was ich sage, kann deine Meinung ändern?"

„Nein."

„Was sitzt du dann hier im Morgenmantel herum? Alle stehen bereit, und Tante Talitha fängt an, nervös zu werden. Die Zeremonie soll in zehn Minuten losgehen."

„Ach du meine Güte! Ist es schon so spät?"

„Ich fürchte schon. Wenn du es ernst meinst mit diesem schwachsinnigen Arrangement, dann ist es jetzt an der Zeit, dass du dich anziehst, damit die Show losgehen kann", erklärte Mimi. „Los geht's, Süße. Ich helfe dir."

Benommen gehorchte Elizabeth und ließ sich von Mimi in das champagnerfarbene Seidenkleid helfen, das Martha, die Haushälterin von Mimosa Landing, für sie bereitgelegt hatte.

Seit sie vor zwei Tagen auf den Familiensitz zurückgekehrt war, ähnelte das Haus einem Bienenstock. Den ganzen Vormittag über hatte der Florist unten herumgefuhrwerkt, um den vorderen Salon und den Speisesaal zu schmücken, und der Caterer hatte zum Entsetzen der Haushälterin das Kommando über die Küche übernommen. Zum Glück waren Gladys und Dooley früh eingetroffen, sodass die beiden Martha bedauern und ihr helfen konnten, die Ruhe zu bewahren.

„Sind Quinton und Camille da? Oder haben sie angerufen?", fragte Elizabeth, als sie in ihre Pumps schlüpfte.

„Meines Wissens nicht." Mimi strich den Kragen von Elizabeths Jacke glatt und entfernte ein einzelnes Haar von der Schulter. „Hast du sie erwartet?"

„Nicht wirklich. Ich habe mehrmals versucht, sie zu erreichen, aber bei ihnen war immer nur der Anrufbeantworter dran. Ich vermute, dass sie im Ausland sind."

Elizabeth hatte Max versichert, dass sie die Hochzeitsfeier klein halten würden. Und genau so war es auch geplant. Ihre Gästeliste sah einzig die Angestellten der beiden Anwesen, ihre Großtante Talitha Stanton, Mimi, John Fossbinder und seine Frau Marie, ihren Bankier Walter Monroe und seine Frau Anna sowie die Geschwister Camille und Quinton Moseby, Cousine und Cousin zweiten Grades, vor. Letztere waren, abgesehen von ihrer Großtante, Elizabeths einzige lebende Verwandte. Sie war überrascht, dass sie nicht auf die Anrufe reagiert hatten. Besonders Camille ergriff normalerweise freudig jede Gelegenheit, nach Mimosa Landing zu kommen.

Elizabeth hatte sich verpflichtet gefühlt, die beiden zu ihrer Hochzeit einzuladen. Aber es ist ganz gut, wenn Camille nicht dabei ist, überlegte Elizabeth, als sie ihre Perlenohrringe anlegte.

Mit Quinton war sie immer gut ausgekommen – mit seiner Schwester war das eine ganz andere Sache. Elizabeth hielt sich für einen gutmütigen Menschen, aber wann immer sie mit Camille zusammen war, fühlte sie sich wie eine Katze, deren Fell man gegen den Strich bürstete.

Und das lag nicht daran, dass sie sich nicht bemüht hatte. Tante Talitha zuliebe hatte sie alles getan, um den Kontakt aufrechtzuerhalten, auch wenn die Verwandtschaft nur eine entfernte war.

Elizabeth hätte sich gefreut, Quinton bei ihrer Hochzeit dabeizuhaben, aber sie war froh, dass sie sich nicht mit Camilles ständigen Beschwerden und Anspielungen auseinandersetzen musste. Auch so fühlte sie sich angespannt genug.

Auf Max' Gästeliste standen neben seiner Mutter Iona Riordan nur noch sein Assistent Troy Ellerbee, Harry

Ackermann und seine Frau, seine Sekretärin Carly Womack und ein paar Mitarbeiter seines Büros. Als Tante Talitha erfahren hatte, dass Iona ihre künftige Schwiegertochter Elizabeth erst kennenlernen musste, hatte sie darauf bestanden, die Mutter von Max mit nach oben zu nehmen, damit sie die beiden einander vorstellen konnte.

Iona war eine fröhliche kleine Frau, der man die Freude darüber ansah, dass ihr einziges Kind und alleinstehender Sohn Max endlich heiraten würde.

Sie war ungefähr so groß wie Elizabeth, allerdings deutlich molliger. Mit ihrem blauen Seidenkostüm und dem passenden runden Hut erinnerte sie Elizabeth an ein rundliches kleines Blaukehlchen. Während der kurzen Unterhaltung stellte sich heraus, dass Iona ihren Sohn nicht oft sah. Angesichts dieser Information fragte sich Elizabeth, ob Max und seine Mutter sich wirklich so gut verstanden, wie Privatdetektiv Summers zu glauben schien. In ihrer Familie behielt man geliebte ältere Menschen in seiner Nähe.

„So, fertig", erklärte Mimi. Sie trat zurück, um Elizabeth zu mustern, und schnappte nach Luft. „Oh Süße, du siehst wunderschön aus", sagte sie voller Bewunderung.

„Ach, hor schon auf damit, Mimi, oder wir fangen noch alle an zu heulen", schimpfte Tante Talitha von der Tür her.

„Wo du recht hast, hast du recht", stimmte Mimi zu. „Los geht's. Hast du alles? Etwas Altes, etwas Neues, etwas Geborgtes und etwas Blaues?"

Elizabeths plötzliches Lachen klang schon fast hysterisch. „Unter den Umständen glaube ich kaum, dass ich mir über einen alten Hochzeitsbrauch Gedanken machen muss."

„Blödsinn!", verkündete ihre Großtante. „Nur weil das deine zweite Hochzeit ist, heißt das noch lange nicht, dass du auf alte Bräuche verzichten musst."

Sie trat ins Zimmer und schloss die Tür hinter sich. „Ich

bin raufgekommen, um nachzusehen, warum ihr so lange braucht. Und um Bescheid zu sagen, dass Quinton gerade angerufen hat. Er war in Griechenland, um seine Schwester und ihren Mann zu besuchen, und ist erst heute Morgen zurückgekommen. Er hat mich gebeten, dir auszurichten, wie leid es ihm tut, deine Hochzeit zu verpassen."

Würdevoll und majestätisch wie eine Königin ging Großtante Talitha bis zur Zimmermitte. Obwohl sie darauf angewiesen war, sich auf einen Stock zu stützen, hielt sie sich kerzengerade und trug den Kopf hoch erhoben. Sie war eine große, schlanke Frau, die eine Eleganz ausstrahlte, die man heutzutage selten fand.

Im Alter von achtzig Jahren hatte Elizabeths Tante immer noch das dicke Haar, das typisch für die Stanton-Frauen war, auch wenn es sich schon vor langer Zeit von Braun in Grau verwandelt hatte. Seit zehn Jahren trug die alte Dame ihre Haarpracht zu dicken Zöpfen geflochten und auf dem Kopf zu einer silbernen Krone aufgesteckt, was ihr Ehrfurcht gebietendes Aussehen noch unterstrich.

Die treue alte Seele war die einzige nahe Verwandte, die Elizabeth noch besaß, und sie liebte sie sehr. Um ihre Tante nicht aufzuregen, hatte sie ihr weder das volle Ausmaß von Edwards Betrug noch die Details ihrer Übereinkunft mit Max offenbart. Soweit Tante Talitha wusste, war es eine Liebesheirat.

„Nun? Was stehst du da so herum?", fragte Tante Talitha und klopfte energisch mit ihrem Stock auf den Boden. „Auf geht's!"

Sogleich erwiderte Mimi in ihrer gedehnten Sprechweise: „Mach dir keine Gedanken, Tante Talitha. Ich hab alles unter Kontrolle. Ihr Kleid ist neu. Und das sind die Perlenohrringe deiner Mama, nicht wahr?" Elizabeth nickte. „Dachte ich's mir doch. Dann sind sie das Alte. Und ich hab genau das Richtige dabei, um den Rest abzudecken."

Mimi zog etwas aus blauer Spitze aus ihrer Handtasche und ließ es von einem Finger baumeln. „Bitte schön – etwas Geborgtes. Und blau ist es auch."

„Was ist das?", fragte Elizabeth und betrachtete verwirrt das Stückchen Stoff, das Mimi um ihren Finger zwirbelte.

„Es ist das blaue Strumpfband, das ich getragen habe, als Big Daddy und ich es miteinander gewagt haben. Wir hatten eine wunderbare Ehe, also hoffe ich, dass es dir diesmal Glück bringt."

„Oh Mimi, ich kann doch n..."

„Perfekt. Eine hervorragende Idee, Mimi. Nun?" Tante Talitha stieß noch mal ihren Spazierstock auf den Boden. „Was steht ihr noch da herum und haltet Maulaffen feil? Mach schon, Mädchen. Zieh das Ding an und komm. Der entzückende junge Mann, der da unten auf dich wartet, wird schon ganz nervös."

„Also, Tante Talitha, ich glaube fast, dass du ein Auge auf Elizabeths Zukünftigen geworfen hast", zog Mimi sie auf.

„Hmpf. Nur dass ich achtzig und eine alte Jungfer bin, heißt noch lange nicht, dass ich einen gestandenen Mann nicht erkenne, wenn ich ihn zu sehen bekomme. Außerdem hatte ich schon immer eine Schwäche für gefährlich aussehende Männer. Wenn ich fünfzig Jahre jünger wäre, würde ich ihn Elizabeth vielleicht wegschnappen." Ein geistesabwesender Ausdruck glitt über ihr Gesicht, und sie fügte wehmütig hinzu: „In gewisser Weise erinnert er mich an meinen Martin."

Elizabeth und Mimi wechselten einen schnellen Blick, aber sie sagten nichts. Beide kannten die Geschichte von Großtante Talithas einziger wahrer Liebe. Im Alter von achtzehn Jahren war sie mit einem Martin Delaney verlobt gewesen. Alle Vorbereitungen für die Hochzeit waren getroffen und die Einladungen verschickt, als Martin nur zehn Tage vor der

Hochzeit im Koreakrieg getötet wurde. Auf dem letzten Manöver vor der Heimfahrt war er mit seiner Kompanie in einen Hinterhalt geraten und im Kreuzfeuer gestorben.

Tante Talitha hatte sich nie wieder vom Verlust ihres geliebten Martin erholt und war allein geblieben.

„Na also. Fix und fertig. Und hier ist dein Bukett", verkündete Mimi und reichte Elizabeth den kleinen Blumenstrauß aus creme- und rosafarbenen Rosen und Schleierkraut.

„Oh, mein liebstes Mädchen", murmelte Tante Talitha. Ihre aristokratischen Züge wurden weicher, und in ihren verblichenen blauen Augen standen verräterische Tränen, als sie ihre Großnichte musterte. „Du siehst wunderschön aus. Einfach wunderwunderschön." Der vertraute Duft von Fliederparfum und Lavendelblüten, die Tante Talitha zwischen ihre Wäsche streute, hüllte Elizabeth ein. „Werde glücklich, mein Goldstück", flüsterte sie. „Du verdienst nur das Allerbeste."

Die alte Dame schnüffelte ein wenig und tupfte sich mit einem spitzengesäumten Taschentuch die Augen ab. Dann straffte sie die Schultern. „Jetzt gebt mir eine Minute, um mit dem Aufzug nach unten zu kommen. Sobald ich sitze, gebe ich dem Pianisten ein Zeichen, dass er den Hochzeitsmarsch spielt. Dann kann Mimi mit dir herunterkommen."

Die Zeremonie ging ohne Störung vonstatten. Im Salon waren die Möbel zur Seite gerückt worden, und die Gäste saßen auf Klappstühlen in zwei Reihen. Reverend Harvey, Max und sein Assistent Troy standen wartend vor dem Kamin, als Elizabeth hinter Mimi den Raum betrat.

Falls ihr Erscheinungsbild Max beeindruckte, dann ließ er sich zumindest nichts anmerken. Wie gewöhnlich wirkte seine Miene verschlossen, und nicht einmal ein Augenzwinkern verriet, was er dachte.

Elizabeth fühlte sich während der Zeremonie so benommen, dass sie zweimal dazu aufgefordert werden musste, zu antworten. Es schien ihr kaum ein Augenblick vergangen zu sein, als sie auf einmal einen Ring an den Finger gesteckt bekam und Reverend Harvey sie und Max zu Mann und Frau erklärte.

„Sie dürfen die Braut nun küssen."

Diese Worte waren die ersten, die zu Elizabeth durchdrangen.

Sie warf erst dem Pfarrer, dann Max einen entsetzten Blick zu. Als Max sie in seine Arme zog und den Mund auf ihren senkte, verspürte sie einen Moment der Panik.

Elizabeth hatte eine symbolische Berührung der Lippen erwartet, um den Sitten und Gebräuchen Genüge zu tun. Aber an diesem Kuss war nichts oberflächlich oder flüchtig. Er war heiß und sinnlich, und er dauerte so lange, dass ein paar Gäste erst anfingen zu kichern und dann zu klatschen. Als Max endlich den Kopf hob und Elizabeth aus seiner Umarmung entließ, wurde ihr schwindlig, und sie musste sich an seinem Arm festhalten, um nicht zu taumeln.

Falls der Kuss irgendeine Wirkung auf Max hatte, so zeigte er es jedenfalls nicht. In diesem Moment verkündete Reverend Harvey feierlich: „Meine sehr verehrten Damen und Herren, ich präsentiere: Mr. und Mrs. Maxwell Patrick Riordan." Max wandte sich um, um mit einem Lächeln die Glückwünsche der Gäste entgegenzunehmen, die sich um ihn drängten.

Als alle gratuliert hatten, begab sich die Gesellschaft nach nebenan in den Speisesaal, wo ein reichhaltiges Büfett aufgebaut war. Die nächste Stunde verging für Elizabeth in einem Wirbel an lächelnden Gesichtern. Den unberührten Teller in der Hand, mischte sie sich unter die Gäste, ohne hinterher noch sagen zu können, worüber sie mit wem gesprochen hatte.

Nur allzu bald fing Max sie ab und murmelte: „Wir sollten besser bald aufbrechen. Ich will nicht, dass wir zu spät in New York ankommen."

In Elizabeths Magengrube schien sich ein Knoten zu bilden, aber sie schenkte Max ein schwaches Lächeln. „In Ordnung. Ich laufe nur schnell nach oben und ziehe mir Reisekleidung an. Dooley hat meine Koffer schon in dein Auto geladen. Ich werde nicht lange brauchen."

Max begleitete sie zum Treppenabsatz und beobachtete nachdenklich, wie sie die Stufen hinaufstieg.

Sie hat großartige Beine, dachte er. Ihm fiel auf, dass er sie bisher immer im langen Abendkleid oder Hosenanzug gesehen hatte. Gerade hatte er zum ersten Mal einen Blick auf ihre Beine erhascht, und sie sahen fantastisch aus.

„Wissen Sie eigentlich überhaupt, was für ein Glückspilz Sie sind?"

Die gedehnte Frage brachte Max dazu, sich umzudrehen. Ihm gegenüber stand in der Salontür Mimi Whittington. Eine Hand in die Hüfte gestützt und ein Glas Champagner in der anderen Hand, spazierte sie gemächlich auf ihn zu. Am Fuß der Treppe blieb sie stehen, nahm einen Schluck und zog eine Augenbraue hoch. „Nun? Wissen Sie es?"

Max schaute hinauf, aber Elizabeth war bereits am Ende des Korridors verschwunden. „Stimmt, ich habe wirklich Glück. Sie sieht toll aus."

„Das habe ich nicht gemeint, obwohl sie um Längen besser aussieht als nur toll. Stimmt was mit Ihren Augen nicht? Sie ist absolut hinreißend schön, und zwar äußerlich wie innerlich. Außerdem ist sie klug und wirklich süß und hat ein Herz, so groß wie Texas."

„Wirklich?“ Max fragte sich, wo diese Unterhaltung hinsteuerte. Er musste nicht lange darauf warten, um das herauszufinden.

Mimi musterte ihn von oben bis unten. „Ich kenne Sie nicht sehr gut, aber vom ersten Eindruck her würde ich sagen, Sie sind kein übler Kerl.“

„Danke“, antwortete Max mit einem schiefen Lächeln. „So würde ich mich jedenfalls gern sehen.“

„Dann sorgen Sie dafür, dass ich recht behalte.“ Sie tippte ihm mit einem ihrer langen roten Fingernägel auf die Brust. „Denn ich warne Sie, mein Junge, wenn Sie sie unglücklich machen … dann werde ich Ihnen wehtun. Und das ist ein Versprechen.“

Ehe Max antworten konnte, wandte sich die Frau um und schlenderte zurück in den Salon zu den anderen Gästen.

Hätte irgendjemand anders diese Drohung ausgesprochen, dann hätte Max das Ganze für einen Witz gehalten. Oder zumindest für eine Übertreibung. Aber ein Blick in Mimi Whittingtons Augen hatte ihm deutlich gemacht, dass sie es todernst meinte.

Max schüttelte den Kopf. Wie kam es, dass ausgerechnet diese beiden Frauen so eng befreundet waren? Er konnte sich beim besten Willen keine zwei gegensätzlicheren Menschen vorstellen. Wo Elizabeth kultiviert und elegant wirkte, war Mimi auffallend und extravagant. Manchmal sogar derb. Nie hätte er gedacht, dass die beiden miteinander auskommen könnten, aber sie schienen mit großer Zuneigung aneinander zu hängen.

„Ich bin so weit“, klang Elizabeths unsichere Stimme von oben.

„Gut.“ Er wandte sich zu ihr um und beobachtete, wie sie die Stufen herunterkam. Sie hatte sich umgezogen und trug jetzt einen engen braunen Kostümrock, kniehohe braune Stiefel mit hohen Absätzen, einen braunen Rollkragenpullover mit einer Schmetterlingsbrosche am Kragen und eine Tweedjacke in erdigen Herbsttönen. Wie immer sah sie fabelhaft aus.

Max nahm ihre Hand, als sie die letzten zwei Stufen hinabstieg.

„Du siehst gut aus."

Ein Ausdruck der Überraschung huschte über Elizabeths Gesicht. „Vielen Dank", murmelte sie höflich. Die Wachsamkeit in ihren Augen entging Max nicht.

Was soll das?, fragte er sich und runzelte die Stirn. Glaubte sie ihm etwa nicht?

Er fasste Elizabeth leicht am Arm und warf ihr einen hoffnungsvollen Blick zu. „Weißt du, wir könnten uns jetzt einfach davonmachen und uns den ganzen Zirkus sparen. Es schaut grad keiner."

Sie schaute ihn so entsetzt an, als hätte er sich gerade der Gotteslästerung schuldig gemacht. „Wie bitte? Auf gar keinen Fall! Das wäre doch unhöflich. Das würde ich meinen Gästen nie antun. Außerdem wären Tante Talitha und Mimi untröstlich."

„Irgendwie habe ich geahnt, dass du das sagen würdest", antwortete er schicksalsergeben und schob sie sanft in Richtung Salon. „Komm schon, bringen wir es hinter uns und machen uns auf den Weg."

Sie drehten eine Runde durch den Raum und verabschiedeten sich. Als Elizabeth Tante Talitha und Mimi umarmte und zum Abschied küsste, musste sie den beinahe unwiderstehlichen Drang unterdrücken, sich an die beiden zu klammern. Am liebsten wäre sie nach oben gelaufen und hätte sich in ihrem Zimmer eingeschlossen.

Aber sie konnte den Abschied nicht endlos hinauszögern. Schließlich legte Max ihr den Arm um die Taille und murmelte: „Es wird Zeit, Elizabeth."

Die Gäste versammelten sich auf der Veranda und auf dem Rasen. Als das Brautpaar das Haus verließ, regnete es Reis auf dem ganzen Weg bis zu Max' schwarzem BMW.

In ihrer Aufregung nahm Elizabeth nichts um sich her wahr. Erst als Max schon halb die lange Auffahrt hinuntergefahren war und Troy Ellerbee sich vom Rücksitz aus zu Wort meldete, fuhr sie zusammen.

„Gott sei Dank ist das vorbei", seufzte Max' Assistent.

Erschrocken drehte sie sich um und starrte den Mann hinter ihr an. „W-was tun Sie denn hier?"

„Oh, das hab ich ganz vergessen dir zu sagen", antwortete Max an seiner Stelle. „Troy begleitet uns."

Elizabeth wandte den Blick von Troy Ellerbees kühler Miene ab und sah ihren frischgebackenen Ehemann an. „Er kommt mit? Meinst du bis Houston?"

„Nein, er begleitet uns nach New York. Ich hab dir doch gesagt, dass ich am Montag dort eine wichtige Sitzung habe. Da brauche ich Troy."

Elizabeth warf dem Mitarbeiter einen verwirrten Blick zu und bemerkte, dass er sie mit einem selbstzufriedenen Gesichtsausdruck beobachtete. Sie straffte die Schultern und starrte geradeaus. „Aha. Ich verstehe", antwortete sie, obwohl davon keine Rede sein konnte. Welcher Mann nahm seinen Assistenten mit auf seine Hochzeitsreise?

Die Antwort gab sie sich gleich selbst: ein Ehemann, der sich, wie Mimi sagen würde, einen feuchten Kehricht um seine Braut scherte.

Während der Fahrt zum Houston International Airport und während des langen Fluges nach New York in Max' Privatjet sprach ihr Ehemann kaum mehr als ein Dutzend Worte mit ihr.

Als sie an Bord des eleganten Flugzeugs gegangen waren,

hatte er ihr den Piloten vorgestellt, einen Mann namens Tom Givens. Dann hatte er sie kurz durch das Flugzeuginnere geführt, ihr das Schlafzimmer mit Bad am hinteren Ende des Flugzeugs, den Salon sowie Bar und Cockpit gezeigt. Die ganze Zeit hatte Elizabeth das Gefühl, dass Max ungeduldig darauf wartete, an seine Arbeit zurückzukehren.

„So, das war's", sagte er schließlich. „Außer dem Gepäckraum hast du alles gesehen. Mach es dir bequem. Wir starten jetzt jede Sekunde."

Er und Troy setzten sich an einen kleinen Tisch und nahmen ihre geschäftliche Besprechung wieder auf, als wäre Elizabeth nicht anwesend.

Um sich nicht wie das fünfte Rad am Wagen fühlen zu müssen, spazierte Elizabeth nach vorn in den Salon, machte es sich in einem der Sessel bequem und schnallte sich an. Vermutlich waren Max und Troy bereits so in ihr Gespräch vertieft, dass sie ihre Anwesenheit vollkommen vergessen hatten und noch nicht einmal bemerkten, wie der Jet die Landebahn entlangdonnerte und abhob.

Als ob ich gar nicht da wäre, dachte Elizabeth ärgerlich. Während des Fluges blätterte sie in einigen Wirtschaftsmagazinen. Andere Lektüre schien es an Bord nicht zu geben, aber sie nahm ohnehin kein Wort von dem wahr, was sie las.

Max' Verhalten empfand sie als Beleidigung. Gut, ihre Ehe war keine Liebesheirat. Na und? Um ehrlich zu sein, freute sie sich nicht gerade auf die Nacht, die vor ihr lag. Aber man sollte doch meinen, dass der Mann zumindest ein bisschen Interesse an seiner Frau bekunden könnte! Zumal wenn er gedachte, mit ihr ins Bett zu gehen.

Wegen der Zeitverschiebung war es beinahe Mitternacht, als sie im Ritz-Carlton Hotel eincheckten. Der Chefportier, der Concierge und der Empfangschef erkannten sie alle. Mit ausgesuchter Höflichkeit begrüßten sie zuerst Elizabeth als Ms. Stanton, ehe sie Max und Troy willkommen hießen.

Max wartete, bis sie am Empfang ankamen, bevor er den Irrtum aufklärte und verkündete, dass Elizabeth seit diesem Nachmittag Mrs. Riordan war. Sofort überhäuften die gut geschulten Angestellten Elizabeth und Max mit überschwänglichen Glückwünschen.

„Die Suite, die Ihre Sekretärin gebucht hat, ist vorbereitet, Sir“, teilte der Empfangschef Max mit. „Oh, und ehe ich's vergesse, es liegen einige Mitteilungen für Sie vor.“

Als der Mann Max den Stapel Papier überreichte, verspürte Elizabeth einen Moment lang Panik. Troy würde doch sicherlich nicht auch noch die Suite mit ihnen teilen, oder? Die Nacht würde so schon unbehaglich genug werden.

Max blätterte durch die Mitteilungen, bevor er fast beiläufig aufblickte und fragte: „Sie haben doch eine kleinere Suite auf demselben Stockwerk für Mr. Ellerbee?“

Elizabeth schloss die Augen. Ihr war beinahe schwindlig vor Erleichterung.

„Ja, Sir.“ Wenn der Empfangschef es irgendwie merkwürdig fand, dass Max seinen Assistenten mit auf die Hochzeitsreise genommen hatte, dann ließ er es sich zumindest nicht anmerken.

Als sie auf ihrem Stockwerk aus dem Aufzug traten, bemerkte Troy zu Max: „Du solltest Mr. Aramoto am besten gleich zurückrufen. Er hat mir schon drei Nachrichten hinterlassen, um dich zu erinnern.“

„Ja, mach ich. Ich hab selbst vier Nachrichten von ihm bekommen.“

Elizabeth ging schweigend neben den beiden Männern den breiten Gang hinunter. Innerlich bebte sie. An der Tür zu ihrer Suite hielten sie an.

„Ich seh dich dann morgen, Boss", sagte Troy zu Max. Zum ersten Mal seit sie am Nachmittag Mimosa Landing verlassen hatten, schaute er Elizabeth ins Gesicht.

„Gute Nacht, Mrs. Riordan." Sein Tonfall klang höflich, sein Gesichtsausdruck ließ nichts von seinen Gedanken erahnen, und seine blauen Augen waren so kalt wie Gletscherseen.

„Bitte sagen Sie doch Elizabeth zu mir", bat sie.

„Ja, tu das", schob Max ein. Er war immer noch dabei, seine Mitteilungen durchzusehen, und schien die frostige Art seines Assistenten nicht zu bemerken. „Ihr werdet euch in Zukunft häufig sehen. Da hat es keinen Sinn, sich mit steifen Umgangsformen aufzuhalten."

„In Ordnung. Gute Nacht, Elizabeth", murmelte Troy. Dann wandte er sich um und ging den Korridor hinunter.

Während sie ihm hinterherblickte, fragte sie sich, was genau er an ihr so verabscheute.

Max schloss die Tür zu ihrer Suite auf und bedeutete ihr voranzugehen. Doch als sie gerade über die Schwelle treten wollte, rief er: „Hoppla, jetzt hätte ich das doch beinahe vergessen!"

„Oh! Max! Was tust du denn?", rief Elizabeth erschrocken aus, als er sie hochhob.

„Ich trage dich über die Türschwelle. Das ist doch meine Pflicht als Bräutigam, oder?" Er trat in den Raum und schlug die Tür hinter sich zu.

In diesem verwirrenden Augenblick schlug eine Flut an Gefühlen über Elizabeth zusammen. Ganz plötzlich nahm sie alles um sich herum überdeutlich wahr – die Wärme von Max' Körper, die harten Muskeln seines Oberkörpers, die Stärke seiner Arme, die sie umfingen, die Breite seiner Schultern. Sein männlicher Duft.

Er hob sie versuchsweise an und runzelte die Stirn. „Du

lieber Himmel, Weib, isst du denn gar nichts? Mit Schuhen und Strümpfen bringst du ja noch nicht einmal fünfzig Kilo auf die Waage."

Die ganze Situation brachte Elizabeth völlig durcheinander. Verlegen spürte sie, wie ihr heiße Röte in die Wangen stieg. Sie war Max noch nie so nahe gewesen, und er trug sie so mühelos, als wäre sie ein Kind.

„Wie bitte? Das tue ich sehr wohl. Außerdem ist es unhöflich, Bemerkungen über das Gewicht einer Dame zu machen."

„Tatsächlich?" Er stand in der Mitte des luxuriösen Wohnzimmers. Zum ersten Mal an diesem Tag war seine Aufmerksamkeit ganz allein auf sie gerichtet.

Sie konnte den Blick nicht von seinen durchdringenden blauen Augen abwenden. Ihr stockte der Atem. Es war verblüffend, wie Max sich auf einmal gewandelt hatte – als hätte er einen Knopf gedrückt und einen anderen Gang eingelegt. Von einer Sekunde zur anderen war aus dem harten, distanzierten Geschäftsmann ein sinnlicher und verführerischer Liebhaber geworden.

Elizabeth zitterte und spürte ihr Herz schneller schlagen. In den unergründlichen Tiefen dieser blauen Augen entdeckte sie einen Funken sinnlicher Hitze, der jeden Augenblick zu einem lodernden Feuer der Lust entfacht werden konnte.

„Du … du kannst mich wieder runterlassen", äußerte sie, sah ihn aber weiterhin wie gebannt an.

„Hmm. Wenn ich so weit bin", murmelte er. Er sah lange auf ihre Lippen, dann senkte er die Augenlider und neigte langsam den Kopf.

In diesem Augenblick klingelte das Telefon, und Elizabeth zuckte in Max' Armen zusammen.

„Verdammt", fluchte er. Er funkelte das Telefon an, als

könnte er sich nicht entscheiden, ob er abheben oder den Apparat aus der Wand reißen sollte. Als es auch noch an der Tür klopfte, fluchte er erneut, aber diesmal ließ er Elizabeth herunter. „Das dürfte der Page mit unserem Gepäck sein. Warum gehst du nicht an die Tür, während ich mich ums Telefon kümmere? Vermutlich ist es Mr. Aramoto, der da anruft."

Verzweifelt rang Elizabeth darum, die Fassung wiederzugewinnen. Dann eilte sie zur Tür und wies den Pagen an, ihre Koffer ins Schlafzimmer zu bringen. Als der Mann wieder ging, war Max immer noch in sein Telefongespräch vertieft und schien ihre Gegenwart wieder einmal nicht wahrzunehmen.

Da sie nicht gerade darauf erpicht war, seine Aufmerksamkeit auf sich zu ziehen, flüchtete sie sich ins Schlafzimmer. Nachdem sie ihren und Max' Koffer ausgepackt hatte, nahm sie ihre Nachtwäsche und ging ins Badezimmer. Zwanzig Minuten später stand sie in einem langen mitternachtsblauen Seidennachthemd mit kostbaren Spitzen und dazu passendem Morgenmantel an der Badezimmertür. Sie schloss die Augen, legte sich die flache Hand auf den Bauch und befahl sich selbst, Ruhe zu bewahren. Sie war schließlich keine Jungfrau mehr. Sie hatte Max geheiratet, und Sex gehörte zur Ehe eben dazu. Warum nur fühlte sie sich, als erwartete sie auf der anderen Seite der Tür ihr Todesurteil?

Sei kein Feigling, rief sie sich selbst zur Ordnung.

Elizabeth öffnete die Augen und holte tief Luft. Dann drückte sie die Klinke herunter und trat die Flucht nach vorn an, nur um nach drei Schritten wie angewurzelt stehen zu bleiben. Das Schlafzimmer war leer.

Überrascht ging sie zur Wohnzimmertür und öffnete sie einen Spalt. Drüben sah sie Max im Zimmer auf und ab gehen, während er immer noch telefonierte. Irgendwann hatte er sein Jackett und die Krawatte ausgezogen, die obersten drei Knöpfe seines Hemdes geöffnet und die Hemdsärmel hochgekrempelt. Nun konnte Elizabeth die feinen schwarzen Locken auf seiner Brust und die muskulösen Unterarme erkennen. Er sah geschmeidig aus, stark … und gefährlich. Wie ein Leopard auf der Jagd, schoss es ihr durch den Kopf.

Abgesehen von einzelnen Worten oder Flüchen konnte Elizabeth nichts von dem Gespräch verstehen. Aber Max schien sich mit der Person am anderen Ende der Leitung zu streiten. Während er im Zimmer auf und ab schritt, fuchtelte er mit der freien Hand durch die Luft und fuhr sich hin und wieder durch das rabenschwarze Haar.

Leise schloss Elizabeth die Tür. Sie zog ihren Morgenmantel aus und warf ihn über die Chaiselongue in der Ecke. Dann kletterte sie ins Bett und ließ sich in die Kissen sinken, die am Kopfende aufgehäuft waren. Sie verschränkte ihre Finger über dem Rand der Bettdecke und schaute sich in dem prächtigen Raum um.

Nach einer Weile hob sie eines der Magazine vom Nachttisch auf und blätterte es ohne großes Interesse durch. Sie lag seit mehr als einer Stunde im Bett. Obwohl sie der Nacht mit gemischten Gefühlen entgegengesehen hatte, wich ihre Nervosität zunehmender Gereiztheit. Es war einfach eine Beleidigung, in der eigenen Hochzeitsnacht von Geschäften ausgestochen zu werden.

Kurz entschlossen schlug sie die Bettdecke zurück und erhob sich. Diesmal riss sie beide Flügel der Wohnzimmertür auf und gab sich keine Mühe, leise zu sein. Sie stand auf der Türschwelle, die Hände in die Hüften gestemmt und funkelte Max an.

Aber auch dieses überdeutliche Signal, dass seine Braut nebenan auf ihn wartete, zeigte keinerlei Wirkung auf Max.

Er konzentrierte sich einzig und allein auf das Gespräch.

Mit einem Schnauben schlug Elizabeth die Tür zu. Sie ging zum Bett zurück, warf die zusätzlichen Kissen auf den Boden und legte sich hin. Die Decke zog sie bis zum Kinn hoch. „Zur Hölle mit ihm“, murmelte sie und wälzte sich hin und her, bis sie eine bequeme Position im Bett gefunden hatte. „Soll er doch mit seinem Vertragsabschluss kuscheln!“

Das laute Türenknallen unterbrach Max’ Konzentration für einen Moment. Er warf einen Blick über die Schulter zum Schlafzimmer hinüber, dann schaute er auf seine Armbanduhr und verzog das Gesicht. Er hatte gar nicht gemerkt, dass er so lange telefoniert hatte.

Obwohl er sein Bestes tat, um das Gespräch zu beschleunigen, hatte er nicht viel Erfolg. Wie gewöhnlich musste Mr. Aramoto wegen des aktuellen Geschäfts beruhigt werden. Ganz egal wie viele Millionen Max in der Vergangenheit erwirtschaftet hatte, Mr. Aramoto verhielt sich geradezu krankhaft zögerlich, wenn es darum ging, auch nur einen Cent auszugeben. Bis er die Unterschrift unter einen Vertrag setzte, musste er wie ein Kind umsorgt und beruhigt werden. So vergingen noch einmal zwanzig Minuten, bis Max dem Geschäftspartner endlich die Nervosität genommen hatte und das Gespräch beenden konnte.

Mit einem Seufzer warf er einen Blick auf die geschlossenen Schlafzimmertüren. „Gut gemacht, Riordan“, murmelte er. „Fantastischer Anfang deiner Ehe.“

Er konnte Elizabeth wirklich keinen Vorwurf aus ihrem Ärger machen. Natürlich war er gern bereit zuzugeben, dass er nicht unbedingt der sensibelste Mann auf der Welt war. Aber selbst er wusste, dass es sich nicht gehörte, die eigene Braut in der Hochzeitsnacht nicht zu beachten.

Er ging zum Schlafzimmer und löschte auf dem Weg die Lichter im Wohnzimmer. An der Tür zögerte er und stellte sich darauf ein, im nächsten Moment ein Trommelfeuer weiblichen Zorns zu erleben. Er holte tief Luft und betrat den Raum.

Statt einer hasserfüllten Schimpftirade oder frostiger Blicke begrüßte ihn – Stille. Der Raum wurde nur durch die Lampen an seiner Seite des Doppelbetts erhellt. Auf der anderen lag Elizabeth mit dem Gesicht zur Bettmitte, die Decke bis zum Kinn hochgezogen. Sie schlief tief und fest.

Nachdenklich betrachtete Max sie, während er sich daran erinnerte, was Mimi nach der Trauzeremonie zu ihm gesagt hatte. Die Frau war vorlaut und dreist, und er wollte verdammt sein, wenn er die Freundschaft zwischen ihr und Elizabeth verstand. Aber sein Instinkt sagte ihm, dass sie recht hatte.

Er war ein Glückspilz. Elizabeth besaß nicht nur die Beziehungen und die gute Herkunft, die er von einer Ehefrau erwartete. Sie sah auch noch verdammt gut aus.

Ein echter Glücksgriff. Nun ja, mit Glück hatte es eigentlich nicht viel zu tun. Er hätte sie nicht ausgewählt, wenn er sie nicht attraktiv gefunden hätte – egal wie sehr er sich den Zugang zu dem Geldadel von Houston wünschte. Es gab andere attraktive Frauen in der dortigen Gesellschaft. Er hätte genauso gut eine von ihnen heiraten können. Aber irgendetwas an Elizabeth hatte ihn vom ersten Moment an in ihren Bann gezogen.

Max nestelte die goldenen Manschettenknöpfe heraus und legte sie auf den Nachttisch. Ein Lächeln kräuselte seine Mundwinkel. Er erinnerte sich daran, wie enttäuscht er seinerzeit über den Ehering an ihrer Hand gewesen war. Ganz besonders, als er herausgefunden hatte, dass sie mit Edward Culpepper verheiratet war.

Max mochte den Mann nicht. Edward war damals – und vermutlich hatte sich das nicht geändert – ein aufgeblasener Wichtigtuer gewesen. Einem solchen Mann gegenüber konnte Max keinerlei Respekt empfinden. Und er hatte ihm von Anfang an nicht über den Weg getraut. Dass Edward mit Natalie Brussard und Elizabeths Geld abgehauen war, hatte Max' schlechte Meinung von ihm nur bestätigt.

Noch immer sah Max die schlummernde Elizabeth an. Ihr Gesicht wirkte ohne Make-up noch zarter, und der Schlaf verlieh ihren Zügen etwas unendlich Sanftes. Sie sah aus wie ein wunderschöner Engel.

Edward Culpepper, entschied Max, ist ein Idiot.

Ihre langen Wimpern lagen wie winzige halbmondförmige Fächer auf der pfirsichweichen Haut. Die Lippen hatte sie leicht geöffnet. Sie waren weich und voll und wirkten verdammt einladend – genau wie ihr braunes Haar, das in glänzenden Strähnen über das Kopfkissen fiel.

Er zog das Hemd aus und warf es auf einen Stuhl in der Nähe. Ohne den Blick von Elizabeth zu wenden, streifte er Schuhe und Strümpfe ab. Dann machte er seinen Gürtel auf, schlüpfte aus der Hose und legte sie ebenfalls über den Stuhl.

Heute war ihre Hochzeitsnacht. Es war sein gutes Recht, seine Frau aufzuwecken, um die Ehe zu vollziehen. Wenn Elizabeth so sanftmütig war, wie alle behaupteten, hatte sie wahrscheinlich noch nicht einmal etwas dagegen einzuwenden.

Als er nur mit einem schwarzen Slip bekleidet neben dem Bett stand, zögerte Max und rang mit sich. Sie sah so klein aus. So friedlich. Es war eine lange und harte Woche gewesen. Die hastige Hochzeitsplanung, die Unruhe der letzten Tage, die Aufregung und der Flug hatten sie wahrscheinlich gründlich erschöpft.

Nachdenklich streifte Max seinen Slip ab und stieg zu seiner Frau ins Bett. Auf den Ellbogen gestützt, blickte er auf sie hinab und betrachtete sie aus diesem neuen Blickwinkel. *Verdammt!* Alles an ihr war so zart und überaus weiblich, sogar die sanfte Rundung ihrer Wange und ihre gerade kleine Nase. Mit einem Seufzer beugte er sich über sie und küsste sie auf die Stirn.

„Schlaf gut, Elizabeth", flüsterte er.

5. KAPITEL

Zwanzig Häuserblocks weiter fuhr ein silberner Lexus die schlecht beleuchtete Rampe eines verlassenen Parkhauses hinauf. Ein paar nackte Glühbirnen warfen hier und da Lichtkreise auf den Betonboden. Das einzige Geräusch war das Brummen des Motors und das leise Knirschen der Reifen.

Langsam fuhr der Wagen die Rampe zum dritten Stockwerk hinauf. Seinen Anweisungen folgend, lenkte der Fahrer das Auto zur Mitte des Parkhauses. In der Nähe des Aufzugs hielt er an, ließ aber den Motor laufen. Für alle Fälle.

Der Fahrer öffnete das Seitenfenster und sah sich um. Selbst an sonnigen Tagen waren Parkhäuser keine besonders angenehmen Orte. Aber an diesem frühen Morgen kam ihm das höhlenartige Gebäude geradezu unheimlich vor.

Vor Kurzem hatte es einen Sturm gegeben, und der Beton schien immer noch Feuchtigkeit auszudünsten. Die Luft war getränkt mit dem muffigen Geruch von Benzin, Motoröl und Regen.

Von Minute zu Minute wurde der Fahrer nervöser. Er rutschte auf seinem Ledersitz hin und her und starrte in die Dunkelheit. Verdammt, war das ein unheimlicher Ort. Und still. Zu still.

Vielleicht war es doch keine so gute Idee gewesen, einem Treffen hier zuzustimmen. Es gab keinen Grund, warum man dieses Geschäft nicht in einer freundlicheren Umgebung hätte abwickeln können. Irgendwo in der Öffentlichkeit. Zum Beispiel … bei einem Drink in einem exklusiven Club. In dieser Stadt achtete doch sowieso niemand darauf, was die Leute um einen herum trieben. In New York hatte man es zu einer Kunstform erhoben, sich nur um die eigenen Angelegenheiten zu kümmern.

Unten auf der Straße hupte jemand, und der Fahrer zuckte zusammen.

Verdammt! Gingen die Leute in dieser Stadt eigentlich nie schlafen?

Die Minuten verstrichen quälend langsam. Fast glaubte der Fahrer schon, dass der Mann gar nicht mehr auftauchen würde, als er von weiter unten das Motorengeräusch eines Wagens hörte.

Der schwarze Sedan erreichte das dritte Stockwerk, rollte ein Stück in den Raum und blieb stehen. Die dunkle Tönung der Scheiben machte es unmöglich, etwas im Inneren des Fahrzeugs zu erkennen. Aber der Fahrer wusste, dass der Neuankömmling die Umgebung scharf musterte, um sich zu vergewissern, dass ihm niemand gefolgt war.

In gewisser Weise machte die außerordentliche Vorsicht des Mannes die Situation noch furchterregender. Während er dem anderen Auto entgegensah, überlief den Fahrer des Lexus eine Gänsehaut.

Das Gefühl der Bedrohung, das von dem schwarzen Fahrzeug ausging, ließ sich beinahe mit Händen greifen. Vielleicht hing es mit der Farbe zusammen oder mit den getönten Scheiben. Oder es lag an der unheimlichen Langsamkeit, mit der der Wagen die Parkhausetage umrundete, ehe er sich näherte. Was immer es war, allein der Anblick des Sedan ließ dem Fahrer des Lexus die Nackenhaare zu Berge stehen.

Endlich hielt der schwarze Wagen neben dem kleineren Auto. Die getönte Fensterscheibe des Beifahrersitzes öffnete sich zur Hälfte. „Sie haben etwas für mich?“, erklang eine kalte monotone Stimme.

„Sind Sie Angelo?“

„Ja.“

Der Fahrer stieg aus dem Lexus und griff nach der Beifahrertür des Sedan. Als der grelle Lichtkegel einer Taschenlampe ihn blendete, hielt er inne.

„Stopp. Und behalten Sie Ihre Hände, wo ich sie sehen kann."

„Jetzt hören Sie aber mal …"

„Glauben Sie mir, es ist für uns beide besser, wenn Sie mich nur hören, aber nicht sehen können. Übergeben Sie mir einfach Ihre Anweisungen, schön langsam und in Ruhe."

„Wie Sie wollen. Sie finden alles, was Sie brauchen, hier", sagte der Lexus-Fahrer und reichte eine schwarze Aktentasche durch das offene Fenster. „Ein Foto der Zielperson, die Adressen des Hauses in Houston und der Farm und die Wegbeschreibungen dorthin. Außerdem eine Telefonnummer, unter der Sie mich im Notfall erreichen können. Die Aktentasche enthält auch die Hälfte Ihrer Bezahlung. Die andere Hälfte bekommen Sie, wenn Sie den Auftrag erledigt haben."

Der Mann im Sedan klemmte die kleine Taschenlampe zwischen die Zähne und öffnete die Aktentasche. Er zählte das Bündel Tausenddollarscheine, dann richtete er den Lichtkegel auf das Foto. „Hmm. Eine schöne Frau. Sind Sie sicher, dass sie getötet werden soll?"

„Ganz sicher."

Der Lexus-Fahrer spürte mehr, als dass er sehen konnte, wie der Auftragskiller mit den Schultern zuckte. „Es ist Ihr Geld."

„Haben Sie ein Problem damit, eine Frau aus dem Weg zu räumen?"

„Nein", antwortete der Mann in gleichgültigem Tonfall. „Obwohl es eine Schande ist, so eine Schönheit wegzupusten. Vielleicht werde ich vorher noch ein bisschen Spaß mit ihr haben. Nur um das Material zu prüfen, sozusagen."

„Das wird nicht nötig sein. Ich will, dass sie getötet wird. Erniedrigen muss man sie nicht."

Der Lichtstrahl richtete sich wieder mitten ins Gesicht des Lexus-Fahrers. Die Stimme der schemenhaften Figur hinter der Taschenlampe bekam einen drohenden Unterton. „Ich werden den Auftrag ausführen, für den Sie mich bezahlen. Das ist alles, was Sie dazu zu sagen haben."

Der Magen des Fahrers verkrampfte sich bei dem Gedanken, was Elizabeth nun wahrscheinlich erwartete. Aber er unterdrückte Zweifel und Gewissensbisse sofort.

„Wie lange werden Sie voraussichtlich brauchen?"

„So lange wie nötig."

„Ich möchte, dass es so bald wie möglich erledigt wird."

„Dann stellen Sie sich hinten an. Ich habe noch zwei andere Aufträge, die ich für Mr. Voltura erledigen muss. Und der große Boss hat es nicht gern, wenn man ihn warten lässt."

„Sie verstehen nicht ganz. Sie ist hier. In New York. Wenn Sie den Job innerhalb der nächsten paar Tage erledigen können, müssen Sie nicht extra nach Houston fliegen."

„Hier? Wo wohnt sie denn?"

„Im Ritz-Carlton. Sie hat gerade geheiratet, daher sind sie und ihr Ehemann als Mr. und Mrs. Max Riordan eingetragen. Erledigen Sie den Job gleich, und Sie sparen sich die Reise nach Texas."

Lastendes Schweigen senkte sich über das Parkhaus, während der Mann darüber nachdachte. „Ich sag Ihnen was. Ich gebe Ihnen zwei Tage. Wenn ich sie in dieser Zeit allein erwische, dann erledige ich sie. Wenn nicht, dann müssen Sie eben warten, bis Sie an der Reihe sind. Ich geb Ihnen Bescheid, sobald ich weiß, wie ich vorgehe."

„Wie lange brauchen Sie Ihrer Schätzung nach?"

„Wenn ich sie hier verpasse und nach Houston fliegen muss, dann vielleicht … ach, ich weiß nicht. Vielleicht einen Monat. Sechs Wochen. Aber ein guter Rat: Werden Sie nicht zappelig und rufen mich alle halbe Stunde an. Ich kann es nicht leiden, wenn man mich unter Druck setzt. Ich leiste gründliche Arbeit. Und ich garantiere, dass nichts zu Ihnen oder zu mir zurückverfolgt werden kann."

Die getönte Fensterscheibe glitt nach oben und beendete die Diskussion. Der Sedan rollte davon. Sekunden später verschwanden die Rücklichter des Autos die Rampe hinunter. Der Fahrer des Lexus blieb in der Mitte des Parkdecks zurück. Ein eisiger Schauder lief ihm den Rücken hinunter.

„Du hast es wirklich getan", murmelte der Fahrer. Seine Worte klangen in seinen Ohren wie Schüsse. Jetzt gab es kein Zurück mehr.

Elizabeth Victoria Stanton Riordan war so gut wie tot.

6. *KAPITEL*

Elizabeth kuschelte sich tiefer in ihre Decke und lächelte. Als sie sich streckte, genoss sie die Wärme an ihrem Rücken und das Gefühl der wolkenweichen Matratze. Die Lider noch schwer vom Schlaf, öffnete sie halb die Augen. Sie blinzelte. Dann blinzelte sie noch einmal und blickte sich in dem unbekannten Raum um. Ihr Lächeln wich einem Stirnrunzeln.

Wo in aller Welt …?

Dann kehrte die Erinnerung zurück.

Augenblicklich verspannte sie sich und wagte es nicht, sich zu rühren. Max lag hinter ihr auf dem Rücken und schlief. Oh Gott, die angenehme Wärme ging von ihm aus!

Die Bettdecke war ihm bis zu den Hüften hinuntergeglitten. Elizabeths vorsichtiger Blick glitt über die Löckchen auf seiner Brust, folgte der feinen Haarlinie nach unten bis zu seinem Nabel und noch weiter bis zu dem Saum der Satinbettwäsche. Die Decke verbarg seinen Körper nur knapp bis zur Hüfte. Einer seiner Arme lag über seinem flachen Bauch, den anderen hatte er über den Kopf ausgestreckt. Elizabeth starrte den dunklen Flaum in seiner Achselhöhle an.

Elizabeth schluckte. Er schien nackt zu sein. *Oh Gott.*

So vorsichtig wie nur möglich schob sie sich auf die Bettkante zu und warf alle paar Sekunden einen Blick über die Schulter zurück. Zentimeter um Zentimeter richtete sie sich in eine Sitzposition auf, dann schwang sie die Beine auf den Boden und erhob sich.

Leise sammelte sie ihre Kleider ein und ging auf Zehenspitzen ins Bad. Dort angekommen, lehnte sie sich mit dem Rücken gegen die geschlossene Tür und atmete tief durch. Sie hatte es geschafft.

Elizabeth war nicht naiv. Sie wusste, dass sie und Max die

Ehe vollziehen würden, und das wahrscheinlich recht bald. Damit hatte sie sich abgefunden. Aber wenn es nach ihr ging, dann würde der erste Sex nicht ausgerechnet im harten Licht des frühen Morgens stattfinden.

Eilig zog sie ihr Nachthemd aus, suchte Shampoo und Duschgel zusammen und stieg in die luxuriöse, verglaste Duschkabine. Als sie an den Knöpfen drehte, prasselte wohltuend warmes Wasser aus zwei großen Duschköpfen in der Decke und aus zahlreichen seitlichen Düsen. Sie drückte einen Klecks Shampoo in ihre Handfläche und massierte sich das duftende Gel ins Haar. Bis Max aufwachte, wollte sie fertig und angezogen sein.

Nachdem sie sich den Schaum abgespült hatte, blieb sie noch einen Augenblick lang stehen, das Gesicht dem warmen Wasserstrahl zugewandt, die Augen geschlossen. Sie genoss den sanften Schauer der Tropfen, die ihr über die Haut liefen, und entspannte sich allmählich.

Plötzlich öffnete sich dic Tür der Duschkabine. Elizabeth riss die Augen auf, und unwillkürlich entschlüpfte ihr ein Aufschrei. Als sie einen schnellen Blick über die Schulter warf, sah sie Max, der splitterfasernackt zu ihr hereinkam.

Bevor sie einen klaren Gedanken fassen konnte, hatte sie bereits die Arme schützend vor die Brust gelegt. „Max! Was machst du hier drin? Ich dusche gerade."

„Das weiß ich." Er legte ihr die kräftigen Hände um die Taille, als er von hinten auf sie zutrat. „Ich habe mir gedacht, ich leiste dir Gesellschaft."

Noch näher schob er sich an sie heran und ließ die Hände über ihre nasse Haut gleiten. Als sie auf ihrem Bauch lagen, zog er Elizabeth mit leichtem, aber beharrlichem Druck nach hinten, sodass sie seine sich regende Männlichkeit spüren konnte. Max begann an der empfindlichen Haut unterhalb ihres rechten Ohres zu knabbern. „Mmh, du schmeckst gut", murmelte er und ließ seine Zungenspitze über die Rundungen ihrer Ohrmuschel gleiten. „Und du riechst köstlich."

Elizabeth sog scharf die Luft ein. „Aber Max, ich habe nicht … ich … ich meine …"

Er lachte leise, und sie konnte an ihrem Nacken spüren, wie seine Mundwinkel zuckten. „Was ist los, Liebling? Hast du noch nie zuvor die Dusche mit einem Mann geteilt?"

„Nein! N-natürlich … nicht."

„Nicht einmal mit Edward?"

„Mit wem? Oh! Nein. Er … wir …"

„Dann ist er sogar ein noch größerer Idiot, als ich dachte. Und ein Wichtigtuer."

„Das ist wahr, aber … oh! Wa-was machst du denn da?"

„Ich trage zu deiner Bildung bei. Schsch", befahl er, als er seine Hände über ihren Körper nach oben gleiten ließ und ihre Brüste umfasste. „Entspann dich und genieß einfach."

Mit den Daumen rieb er leicht über ihre empfindlichen Knospen, während er ihr sanft am Ohrläppchen knabberte. Dann strich er mit geöffnetem Mund ihren Nacken hinunter, über ihre Schulter und auf der anderen Seite wieder hinauf. Sein heißer Atem liebkoste ihre nasse Haut, und wo er sie berührte, hinterließ er eine erregende Gänsehaut.

„Aber Max, das ist nicht …" Sie holte tief Luft. Dann entschlüpfte ihr ein Laut des Vergnügens – nicht ganz Seufzer, nicht ganz Stöhnen – als seine Hand nach unten wanderte. Seine Finger fanden die seidigen Haare und schlüpften dann zwischen ihre Schenkel. „Wir … wir kennen uns … doch kaum."

„Kannst du dir einen besseren Weg vorstellen, einander kennenzulernen?", erwiderte er mit verhaltenem Lachen. Die ganze Zeit über waren seine Finger dabei, ihren Körper mit einer sanften Sinnlichkeit zu erforschen, die sie in den Wahnsinn trieb.

Elizabeth versuchte einen klaren Gedanken zu fassen, aber ihr Verstand war wie benebelt. Sie konnte sich nur noch ihren Empfindungen hingeben.

Erneut stöhnte sie, als seine Finger die empfindliche Knospe fanden, die er spielerisch umkreist hatte. Alle Einwände, die ihr auf der Zunge gelegen hatten, waren augenblicklich vergessen. Plötzlich von einer eigentümlichen Kraftlosigkeit ergriffen, ließ sie den Kopf nach hinten gegen Max' Brust fallen. Sie konnte sich kaum auf den Beinen halten. Ihr Atem ging schwer, die Augenlider senkten sich, und sie öffnete die Lippen. Ihr ganzer Körper schien zu beben.

Gemächlich ließ Max die Hände über ihre Haut gleiten, als wäre er blind und müsste sich ihre Gestalt einprägen. „Verdammt, was hast du für einen schönen Körper", flüsterte er ihr ins Ohr. „Ich habe gedacht, du wärst vielleicht mager, so wenig, wie du wiegst. Aber du bist wunderbar, mit Rundungen an genau den richtigen Stellen."

„Mager?!", entgegnete Elizabeth. Sie klammerte sich an ihre Entrüstung. Wenigstens für einen Moment konnte sie so verhindern, von Verlegenheit und Sinnenlust überwältigt zu werden. „Also wirklich … ich weise dich darauf hin …"

„Ganz ruhig, meine Liebe. Reg dich nicht auf", sagte Max langsam. „Das sollte ein Kompliment sein."

Leise lachend fasste er um sie herum und griff nach dem Duschgel. „Und um dir zu zeigen, was für ein netter Kerl ich bin, werde ich dir den Rücken waschen."

„Ich … ich bin doch schon geduscht. Ich wollte gerade rauskommen, als du … äh …" Sie machte eine unbestimmte Handbewegung.

„Als ich hereingeplatzt bin?", beendete er den Satz für sie. Er blieb völlig ungerührt. „Wenn das so ist, kannst du mich ja waschen." Er gab ihr das Duschgel und drehte sich um. „Du kannst mit meinem Rücken anfangen."

„Ich soll … ich soll dich waschen?“ Elizabeth drehte sich um und stand stocksteif da, die Flasche mit Duschgel in der Hand. Sprachlos starrte sie ihn an – seinen breitschultrigen, durchtrainierten Rücken und einen Po, der knackiger war als jeder andere, den sie bisher zu Gesicht bekommen hatte. An seinen langen muskulösen Beinen lief das Wasser in kleinen Rinnsalen herab.

Max warf ihr über die Schulter hinweg einen wissenden Blick zu.

„Worauf wartest du? Komm schon, ein bisschen Duschgel in die Hand und einseifen!“

Aber Elizabeth rührte sich noch immer nicht, wenn man davon absah, dass sie innerlich bebte. Wie gebannt sah sie Max’ prächtigen Männerkörper an. Ihr fiel einfach kein Weg ein, den würdevollen Rückzug anzutreten. Also gehorchte sie schließlich, drückte etwas Gel in ihre Handfläche und verrieb es.

Die Hände voller Schaum, zögerte sie wieder. Unverwandt blickte sie auf Max’ nackte Haut, die auf einmal so nah war. Sie war einige Töne dunkler als ihre eigene, mit einem goldenen Schimmer, der nur von der Sonne herrühren konnte. Auf seiner rechten Schulter hob sich dunkel ein kleines Muttermal ab.

Du liebe Zeit, dachte Elizabeth überwältig. Er sieht einfach großartig aus!

Sie holte tief Luft und nahm ihren ganzen Mut zusammen. Dann legte sie Max die schaumbedeckten Hände flach auf die Hüften. Langsam und mit kreisenden Bewegungen seifte sie seinen Rücken und seine Schultern ein.

„Mmh, das fühlt sich gut an“, lobte Max. „Jetzt tiefer.“

Er hatte die Arme zur Seite ausgestreckt und stand mit weit gespreizten Beinen da. Wie ein Herrscher, der darauf wartet, dass die Zofe seinen Befehlen nachkommt, dachte

Elizabeth. Sie versuchte, wenigstens ein bisschen Ärger zu verspüren.

Und versagte völlig.

Entschlossen senkte sie den Blick auf seinen Po. Im gleichen Moment fühlte sie Hitze in sich aufwallen, die sich von den Zehenspitzen bis zum Haaransatz ausbreitete. Als sie die feste Wölbung umfasste, wurden ihr beinahe die Knie weich. Zögerlich verteilte sie den Seifenschaum über seine nasse Haut, beschrieb Kreise, massierte, knetete. Ihre Hände wanderten über die Backen und die schmalen Hüften entlang.

Die kleinen Laute des Behagens, die Max von sich gab, ließen Elizabeth mutiger werden. Sie fasste um ihn herum, ertastete seine Hüftknochen, fuhr darüber, tiefer ...

Ihr Mut verließ sie. Blitzschnell zog sie die Hände fort und wich zurück.

Um ihre Verlegenheit zu verbergen, beugte sie sich schnell hinunter und begann seine Beine zu bearbeiten, vorn und hinten, bis zu den Zehen.

„Hmm. Wunderbar.“ Max überraschte sie, indem er sich umdrehte. Im nächsten Augenblick hatte er sich gebückt und sie am Arm wieder hochgezogen. „Fast fertig“, sagte er in rauem Flüsterton. Sein Blick schien sie zu verbrennen. „Jetzt kommt die Vorderseite dran.“

„Vorderseite? Oh, aber ich kann doch nicht ...“

„Tu es einfach.“ Er nahm ihre Hände und legte sie auf seine Brust. „Wasch mich, Elizabeth.“

Sprachlos und zu erregt, um noch einen klaren Gedanken zu fassen, starrte Elizabeth ihn an. In seinem markanten Gesicht stand unverhohlene Leidenschaft zu lesen. Seine blauen Augen loderten dunkel vor Verlangen.

Elizabeth schluckte schwer. Zögernd und unsicher legte sie ihm die Handflächen auf die Brust. Wie von selbst strichen ihre Finger über die seidigen Härchen. Als sie eine Brustwarze streifte, sog Max scharf den Atem ein. Augenblicklich ließ Elizabeth die Hände sinken.

„Nicht aufhören." Seine Stimme klang hart, beinahe knurrend. Er griff nach Elizabeth und zog sie an den Handgelenken an sich, bis ihre Finger wieder seinen Körper berührten.

Sie zitterte so sehr, dass sie befürchtete, ihre Knie würden nachgeben. Trotzdem wusch sie die harten Muskeln seiner Brust, seinen ausgeprägten Bizeps, die Unterarme. Die ganze Zeit über hielt Max sie mit seinem durchdringenden Blick gefangen. Sie ließ die Hände über seinen Brustkorb tanzen, über seinen Bauch. Mit den Fingern umkreiste sie seinen Nabel, glitt über seine Hüftknochen, berührte ihn überall – mit Ausnahme jener intimsten Stelle.

„Berühre mich", brachte er mühsam hervor. Er nahm ihre Hände und legte sie an seine erregte Männlichkeit. Als sich ihre schlanken Finger enger um ihn schlossen, stöhnte Max und biss die Zähne zusammen.

Elizabeth schloss die Augen, nur um sie sofort wieder aufzureißen, als er knurrte: „Schau mich an."

Wieder hielt sein Blick sie gefangen. Während sie Max einseifte und liebkoste, schien sogar die Luft zwischen ihnen zu flirren wie Hitze über dem Wüstensand.

Elizabeth hatte das Gefühl, zerschmelzen zu müssen. Ihr Körper stand in Flammen, verzehrt von einem Verlangen, das sie nie zuvor gespürt hatte.

Ganz plötzlich, als könnte er diese köstliche Folter keinen Augenblick länger ertragen, schob Max ihre Hände weg. „Zeit zum Abwaschen", erklärte er. Einen Arm stützend um Elizabeths Hüften gelegt, drehte er die Dusche an.

Schaumflocken stromten ihre Körper hinunter und verschwanden im Abfluss. Als das Wasser wieder klar war, wandte sich Max zu Elizabeth um. „Du hast mich für dich entflammt“, flüsterte er. „Weißt du das?“

Sie konnte nicht sprechen, also schüttelte sie einfach nur den Kopf.

„Ich wollte dich, seit ich dich zum ersten Mal getroffen habe. Ich kann dir gar nicht sagen, wie enttäuscht ich war, als ich erfuhr, dass du verheiratet warst.“

Er legte ihr die Hände um die Taille und hob sie so mühelos hoch, als wäre sie nicht schwerer als ein Kind.

Ohne nachzudenken, griff Elizabeth nach seine Schultern, um das Gleichgewicht zu halten.

„Leg deine Beine um mich“, wies Max sie an. Seine Stimme war nichts als ein sinnliches Raunen. Sie gehorchte, und er drehte sich mit ihr um, bis er sie mit dem Rücken gegen die gekachelte Wand der Duschkabine presste.

Ohne den Blick von ihrem Gesicht zu wenden, ließ er sie an seinem nassen Körper entlang nach unten gleiten. „Oh!“ Sie rang nach Luft, und ihre Augen weiteten sich, als sie ihn an der empfindlichsten Stelle ihres Körpers spürte. Sie brannte lichterloh, und das Verlangen pulsierte in ihr. Ohne es zu merken, grub sie Max die Fingernägel in die Schultern.

Unbeirrt senkte er sie weiter ab und drang mit quälender Langsamkeit in sie ein. Die ganze Zeit sah er ihr in die Augen. Elizabeth fühlte, wie er sie mit seiner Härte ausfüllte, bis er ganz und gar in ihr war.

Einen Moment lang bewegte sich keiner von beiden, und keiner sprach ein Wort. Schwer atmend sahen sie einander an, in die intimste aller Umarmungen versunken. Endlich beugte sich Max vor und küsste sie zärtlich. „Hallo, meine Frau“, flüsterte er an ihren Lippen.

Dann begann er sich zu bewegen, zunächst quälend langsam. Aber mit jeder Sekunde wurde sein Rhythmus heftiger und schneller.

Das alles war völlig ungewohnt für Elizabeth. Sie konnte nur ihre Arme um Max' Nacken legen, ihr Gesicht an seiner Schulter bergen und sich festklammern. Ihre Vereinigung war die ungewöhnlichste, erotischste und intensivste Erfahrung ihres Lebens. Sie hatte keine Ahnung gehabt, dass Sex so sein konnte: so wild und ungehemmt. So sinnlich und lustvoll. So perfekt.

Übermannt von den Reizen, die auf sie einstürmten, kam es Elizabeth so vor, als müsste sie jeden Augenblick explodieren. Gleichzeitig nahm sie jeden Sinneseindruck doppelt so intensiv wahr wie sonst – die kühlen, glatten Kacheln an ihrem Rücken, die warmen Wasserstrahlen, die sie aus verschiedenen Richtungen trafen, die muskulöse Härte und Hitze von Max' Körper. Sie spürte, wie die Haare auf seiner Brust ihre empfindlichen Knospen streiften und ihre Körper schlüpfrig-nass aneinander entlangglitten.

Doch irgendwann wurden all diese Empfindungen von der Welle der Lust erstickt, die sie unaufhaltsam überrollte. Das Geräusch der Dusche schien auf einmal weit entfernt, genau wie der Klang ihrer Atemzüge und ihr Herzschlag. Elizabeth konnte keinen klaren Gedanken mehr fassen. Sie war hilflos den himmlischen Gefühlen ausgeliefert, die sie durchströmten.

Max erging es kaum besser. Nur noch ein einziges Ziel vor Augen, versenkte er sich wieder und wieder in ihr. Er folgte dem uralten Instinkt, der ihn dazu trieb, sich mit ihr zu vereinen und dem Höhepunkt körperlichen Glücks entgegenzustreben. Während er Elizabeths Po umfasst hielt, entrangen sich ihm im Rhythmus seiner Bewegungen kehlige Laute.

Die Empfindungen, die Elizabeth erfüllten, waren so beglückend, dass es schon fast schmerzhaft war. Beinahe zu intensiv war ihre Lust, um sie noch länger aushalten zu können. Aber ihr Körper strebte nach mehr, immer mehr, und steuerte auf den verlockenden Gipfel zu.

Als Elizabeth ihren Höhepunkt erreichte, stellte er alles in den Schatten, was sie je zuvor erlebt hatte. Ein lustvoller Aufschrei entrang sich ihr, und selbst wenn sie es bemerkt hätte, wäre sie außerstande gewesen, ihn zu unterdrücken. Eine kleine Ewigkeit lang füllte die Ekstase ihr gesamtes Sein aus.

Ihr Höhepunkt schien das Signal für Max zu sein, sich gleichfalls gehen zu lassen. Ein letztes Mal drang er tief in sie ein, bevor ihn ein heftiges Beben überlief. Er stöhnte dunkel auf.

Ausgelaugt und zu erschöpft, um sich zu bewegen, sanken sie gegeneinander. Elizabeth hatte immer noch Arme und Beine um Max geschlungen.

Er lehnte sich schwer gegen sie und presste ihren Rücken gegen die glatten Kacheln. Sein keuchender Atem klang heiser in ihrem Ohr.

„Alles in Ordnung?“, brachte er nach einer Weile heraus.

„Ich ... ich denke schon“, flüsterte sie zurück, aber sie rührte sich nicht.

Vorsichtig löste sich Max von ihr und betrachtete sie. Sanft strich er ihr eine nasse Strähne aus dem Gesicht. „Bist du sicher?“

In dem Maße, in dem ihre Lust ins Reich der Erinnerung entschwand, kehrte Elizabeths Verlegenheit wieder. Sie spürte, wie ihr heiße Röte in die Wangen stieg. Sie senkte den Kopf. „Ja. Du ... du kannst mich jetzt runterlassen.“

Max gehorchte. Aber als ihre Füße den Boden berührten, hätten ihre Knie nachgegeben, wenn er sie nicht gehalten hätte.

„Hier, lass mich dich noch mal waschen“, bot Max an. Ehe sie Einspruch erheben konnte, hatte er auch schon zuerst sie, dann sich selbst sorgfältig eingeseift und abgeduscht. Er erledigte diese Aufgabe so lässig und gründlich, dass sich Elizabeth beim Abbrausen fragte, mit wie vielen Frauen er schon die Dusche geteilt hatte. Dieser ernüchternde Gedanke brachte sie unvermittelt in die Wirklichkeit zurück.

Endlich konnte Elizabeth aus der Duschkabine hinaustreten. Sie war froh, der unvertrauten Zweisamkeit in der Enge der Duschkabine zu entkommen. Schnell nahm sie ein Handtuch von den Wärmestangen und trocknete sich ab. Den Blick hielt sie die ganze Zeit über von Max abgewendet. Als sie fertig war, schlüpfte sie in einen der weichen Frotteebademäntel des Hotels und zurrte den Gürtel eng um ihre Taille fest.

Während Max ihrem Beispiel folgte, nahm sie eine große Rundbürste und den Föhn zur Hand und begann ihr Haar zu frisieren. Vielleicht mit etwas mehr Energie als gewöhnlich. Der Lärm des Haartrockners bildete ein Schutzschild, das eine Unterhaltung unmöglich machte, und dafür war sie außerordentlich dankbar.

Ihre Reaktion auf das Liebespiel mit Max hatte sie völlig durcheinandergebracht. Sie wünschte sich nichts mehr, als an einen Ort zu fliehen, an dem sie allein sein und nachdenken konnte.

Als hätten die Mächte des Schicksals ihre Gedanken gelesen, läutete in diesem Augenblick das Telefon.

„Ich gehe im Wohnzimmer ran", sagte Max so laut, dass seine Worte den Lärm des Haartrockners übertönten. Er drehte sich um und verschwand aus dem Badezimmer.

Elizabeth beeilte sich, ihre Haare zurechtzumachen. Als sie den Föhn ausstellte, warf sie einen schnellen Blick durch die Badezimmertür. Von Max war nichts zu sehen, obwohl sie den Klang seiner Stimme von nebenan hören konnte. Sie nutzte die Gelegenheit, schlüpfte aus dem Bademantel und in die Kleidung, die sie sich vorher zurechtgelegt hatte.

In ihrem langen Rock und dem Pullover fühlte sie sich selbstsicherer und ruhiger. Sie setzte sich an den Frisiertisch im Schlafzimmer. Gerade hatte sie angefangen, ihr Make-up aufzulegen, als Max wieder hereinkam.

„Das war Troy", teilte er ihr mit. „Er ist in ungefähr zehn Minuten hier. Wir müssen noch unsere Strategie besprechen, bevor wir zu dem Meeting mit dem Kunden um zwei Uhr aufbrechen."

„Ich verstehe", sagte Elizabeth. Sie brachte es nicht fertig, ihm ins Gesicht zu schauen. Aber sie konnte es nicht vermeiden, sein Abbild im Spiegel über dem Frisiertisch zu sehen.

Ohne die geringste Befangenheit zog er den Bademantel aus und warf ihn über einen Stuhl. Elizabeth befahl sich wegzuschauen. Aber sie konnte den Blick nicht von dem Bild im Spiegel abwenden. Der Atem stockte ihr, als sie beobachtete, wie Max nackt den Raum durchquerte. Er nahm eine saubere Shorts aus der Kommode und zog sie an.

Bebend schloss Elizabeth die Augen. Herr im Himmel, was für ein beeindruckendes Exemplar von Mann! Max hätte für eine griechische Statue Modell stehen können.

Aber es war nicht nur seine Figur, die sie so fesselte. Die Art, wie er sich bewegte, wie er sich hielt, wie er sprach – alles an ihm strahlte Selbstbewusstsein und Macht aus.

„Ich weiß, diese Flitterwochen fallen nicht besonders romantisch aus, aber dieses Geschäft ist wichtig", erklärte er, während er seine Hose anzog. Er schien gar nicht wahrzunehmen, wie Elizabeth ihn beobachtete. „Ich werde mein Bestes tun, um die Sitzung zeitig zu beenden. Dann werde ich dich heute Abend zum Essen ausführen. Und wenn du möchtest, bitte ich den Empfangschef, uns Karten für ein Theaterstück zu besorgen. Was hältst du davon?"

„Das wäre schön. Vielen Dank."

Ihr überaus höflicher Tonfall ließ ihn aufschauen. „Bist du sicher, dass es dir nichts ausmacht, wenn ich dich allein lasse?" Ehe sie antworten konnte, nahm er seine Brieftasche vom Nachttisch und zog eine Plastikkarte heraus. „Hier ist meine Kreditkarte. Nimm sie und geh einkaufen."

„Max, ich brauche deine Kreditkarte nicht. Und mach dir keine Gedanken um mich, in Ordnung? Ich bin ein großes Mädchen. Ich kann mich gut allein beschäftigen."

Er ahnte es nicht, aber hatte ihr gerade den rettenden Strohhalm zugeworfen. Sie brauchte Zeit für sich allein, um nachzudenken. Wenn Max sich in ihrer Nähe aufhielt, schien sie dazu nicht in der Lage zu sein. Als ob er eine Art Magnetfeld ausstrahlte, das ihr Denkvermögen beeinträchtigte. Wann immer er bei ihr war, fühlte sie sich aufgewühlt, und ihr Körper schien auf eine beunruhigende Art und Weise zu vibrieren.

„Außerdem würde ich lieber zum Metropolitan Museum gehen. Sie haben da eine neue Ausstellung, die ich noch nicht gesehen habe. Und ich könnte meinen Cousin Quinton anrufen und ihn fragen, ob er sich mit mir zum Lunch trifft."

„Ich wusste nicht, dass du Cousins hast. Ich dachte, deine Mutter und dein Vater wären beide Einzelkinder gewesen."

„Das waren sie auch. Quinton und Camille Moseby sind mein Cousin und meine Cousine zweiten Grades. Ihre Großmutter war Mariah Stanton. Sie und meine Großtante Talitha waren Zwillinge und die Schwestern meines Großvaters. Als Nachkömmlinge stehen sie altersmäßig meinem Vater näher als Großvater Pierce. Ich habe Tante Mariah nie persönlich kennengelernt. Sie und ihr Mann wurden vor Jahren bei einem Lawinenunglück in der Schweiz getötet, als sie dort Skiurlaub machten."

„Aha." Max näherte sich Elizabeth von hinten und schaute

in den Spiegel, während er sein Hemd zuknöpfte. Sie konnte seine Körperwärme an ihrem Rücken spüren und musste ein Zittern unterdrücken. „Und wie hat es diesen Teil der Familie nach New York verschlagen? Es ist ein weiter Weg von einer texanischen Plantage aus dem 19. Jahrhundert bis nach Manhattan. Und das gilt sowohl für die Entfernung als auch für Kultur und Lebensstil, auch noch vor fünfzig Jahren."

„Ja, da hast du recht. Mariah und ihr Mann hatten nur ein Kind, einen Sohn namens Colin. Er erbte, was von ihrem Vermögen noch übrig war, und das war unter anderem ein schönes fünfstöckiges Gebäude in New York. Seitdem ist das das Zuhause der Familie."

Elizabeth beugte sich vor, trug einen Hauch blassbraunen Lidschatten auf und verwischte ihn leicht. „Momentan lebt Quinton die meiste Zeit allein in dem Haus. Aber er reist gern, also ist er viel unterwegs. Seine Schwester Camille zieht immer wieder ein und aus, meistens zwischen ihren Ehen oder während einer längeren Trennung."

Max lachte leise. „Wie viele Ehemänner hatte sie denn schon?"

„Vier. Bei ihren Trennungen habe ich aufgehört mitzuzählen. Camille ist eine launische Person." Sie warf Max schräg von der Seite einen Blick zu. „Wie du dir wahrscheinlich ausmalen kannst, kommen wir beide nicht so gut miteinander aus. Quinton und ich verstehen uns aber prima."

„Dann solltest du ihn unbedingt anrufen, finde ich. Und nimm die Karte trotzdem mit. Vielleicht überlegst du dir die Sache mit dem Shopping ja doch noch anders", beharrte er und steckte die Kreditkarte in ihre Geldbörse.

Elizabeth machte sich auf den Weg, bevor Troy auftauchte. Im Taxi zum Museum überlegte sie, ob sie ihren Cousin anrufen sollte. Sie hatte eigentlich keine Lust auf Gesellschaft. Andererseits kam es ihr furchtbar trübselig vor, während ihrer

Flitterwochen allein unterwegs zu sein. Schließlich wählte sie seine Nummer.

Obwohl er erst tags zuvor nach Hause zurückgekommen war, musste Quinton schon wieder für eine andere Reise packen und konnte nicht mit ihr ins Museum gehen. Aber sie verabredeten sich zum Lunch in einem netten kleinen Restaurant, das er vorschlug.

Das Thema Essen rief Elizabeth in Erinnerung, dass sie seit dem Hochzeitsbüfett gestern nichts Ordentliches mehr gegessen hatte. Wenn man die paar Bissen, die sie zu sich genommen hatte, überhaupt essen nennen konnte! In einem ihrer Lieblingscafés legte sie einen Zwischenstopp ein, um zu frühstücken. Von dort ging sie trotz der eisigen Temperaturen den Rest des Weges zum Museum zu Fuß.

Während der nächsten paar Stunden wanderte Elizabeth durch die verschiedenen Säle. Sich Ausstellungen anzuschauen war eine ihrer liebsten Freizeitbeschäftigungen. Trotzdem hätte sie später nicht mehr sagen können, was sie gerade angesehen hatte.

Wie sehr sie es auch versuchte, sie konnte nicht aufhören, an Max und das heiße Liebesspiel dieses Morgens zu denken.

Was an ihm löste bloß derartige Reaktionen bei ihr aus? Sie hatte sich in ihrem ganzen Leben noch nie so … so hemmungslos benommen. Und das mit einem Mann, der für sie beinahe ein Fremder war!

Vor der Hochzeit hatte sie sich vorgestellt, dass sie die intimen Momente gewissermaßen wie eine viktorianische Lady ertragen würde: mit zusammengebissenen Zähnen und als eheliche Pflicht. Stattdessen brauchte Max sie nur zu berühren, und jeder Gedanke an Anstand und Schicklichkeit war vergessen.

Sie konnte das einfach nicht verstehen. Sex mit Edward

war doch durchaus angenehm gewesen! Zumindest am Anfang ihrer Ehe. Aber mit ihm zu schlafen hatte niemals ihre Welt ins Wanken gebracht. Der körperliche Aspekt ihrer Ehe war immer etwas gewesen, worauf sie ebenso gut hätte verzichten können.

Zur Lunchzeit erreichte Elizabeth das Restaurant vor Quinton, was typisch war. Sie hatte noch nie erlebt, dass ihr Cousin pünktlich kam. Elizabeth ließ sich an einem der Tische neben dem Kamin nieder. Sie wärmte sich gerade mit einem heißen Tee auf und schaute sich die Speisekarte an, als er hereinstürmte. Überschwänglich entschuldigte er sich und versprühte einen Charme, der ebenfalls typisch für ihn war.

„Hallo, Püppchen. Tut mir so leid, dass ich spät dran bin. Der Verkehr war die Hölle! Es ist einfach furchtbar, in dieser Stadt Auto zu fahren. Und die Parkplatzsuche ist noch schlimmer, als eine Stecknadel in einem Heuhaufen finden zu wollen!“ Quinton ergriff Elizabeths Hände und beugte sich zu ihr herunter, um sie auf die Stirn zu küssen. Seine Finger waren eiskalt, und er brachte eine Duftwolke von teurem Eau de Toilette und der scharfen Kälte des New Yorker Winters mit herein. „Du siehst fantastisch aus.“

„Danke dir“, antwortete Elizabeth mit einem warmen Lächeln. Sie schaute in seine braunen Augen, in denen ständig ein humorvoller Funke blitzte. Plötzlich war sie froh, dass sie ihn angerufen hatte. Wenn jemand ihre Laune heben konnte, dann Quinton.

Ihr Cousin war ebenso gutmütig wie höflich. Und er hatte die Gabe, selbst der unscheinbarsten Frau das Gefühl zu geben, dass er sie faszinierend fand. Mit seinem blonden Haar, den braunen Augen und den fein geschnittenen Gesichtszügen war er ein attraktiver Mann. Elizabeth hatte sich oft gefragt, wie er es geschafft hatte, vierzig Jahre alt zu werden, ohne zu heiraten. Frauen waren verrückt nach ihm, und es mangelte ihm nie an weiblicher Begleitung. Als alleinstehender Mann war er der Liebling aller älteren Damen der besseren Gesellschaft.

Selbst jetzt, als er sich Elizabeth gegenüber niederließ, warfen ihm die anderen Frauen im Restaurant verstohlene Blicke zu. Quinton kleidete sich immer ausnehmend gut. Sein beigefarbener Pullover, die Jeans und das schwarze Wildlederjackett zeigten gerade die richtige Mischung aus Lässigkeit und Eleganz.

„Also …“, fing er an und warf ihr einen neckenden Blick zu, als er seine Serviette ausschüttelte. „Was zur Hölle machst du hier? Warum isst du hier mit mir zu Mittag, wenn du gestern geheiratet hast? Was für ein Idiot ist dein neuer Ehemann denn? Und ich hatte gehofft, er wäre eine bessere Wahl als Edward.“

„Max hat eine wichtige geschäftliche Verabredung, die er nicht verschieben konnte. Und ich dachte, du mochtest Edward.“

„Ich habe ihn für einen Widerling gehalten. Aber weil ich dich lieb habe, habe ich mich benommen, wenn er in der Nähe war. Wenn du mich fragst, hat er dir einen Gefallen getan, als er mit Natalie Brussard auf und davon ist.“ Quinton verzog den Mund. „Ich spreche nicht gern schlecht über Frauen, wie du weißt, aber die hat es für meinen Geschmack dann doch ein wenig zu weit … getrieben.“

Elizabeth lachte. „Danke. Genau das brauche ich jetzt.“

„Stets zu Diensten. Aber jetzt lass uns nicht mehr an Natalie und diesen Schwachkopf von Ex denken. Ich will etwas über den neuen Mann in deinem Leben erfahren. Ich muss schon sagen, dieser Geschäftstermin muss schon verdammt wichtig sein, wenn er dafür die Flitterwochen mit so einem wunderbaren Wesen wie dir unterbricht. Was für Geschäfte macht er denn?“

Elizabeth drehte das Wasserglas zwischen ihren Fingern. „Max ist auf Geldanlagen spezialisiert. Finanzen. Solche Dinge“, antwortete sie vage. „Er bringt Geschäfte und Investoren zusammen.“

Der Ober kam und nahm ihre Bestellung auf. Als er wieder verschwunden war, grinste Quinton sie an. „Nun sag schon, ist er reich?“

„Quinton! Wie kannst du so etwas nur fragen?“

„Und? Ist er?“, erwiderte er, völlig ungerührt.

„Du bist furchtbar“, murmelte sie. Sie konzentrierte sich auf die Speisekarte und versuchte ihn zu ignorieren und gleichzeitig ein Lächeln zu unterdrücken. Beides misslang völlig.

„Ich weiß“, stimmte er ihr fröhlich zu. Als sie wieder aufblickte, hob er anzüglich die Augenbrauen. „Aber du hast mich trotzdem lieb, stimmt's? Also los, beantworte meine Frage.“

Elizabeth lachte. „Ja. Er ist stinkreich.“

„Holla! Gut gemacht, Cousinchen!“ Er stieß sein Wasserglas an ihres und hob es dann zu einem Toast. „Möge dein Leben voller Glück, Liebe und heißem Sex sein und dein Bankkonto immer voller Knete.“

„Darauf trinke ich“, sagte sie und stieß mit ihrer Teetasse gegen sein Glas. „Also, wie geht es Camille?“, fragte sie, eigentlich aus reiner Höflichkeit.

„Ach, du kennst doch meine Schwester“, sagte Quinton. „Ich bin gerade von einem Besuch bei ihr und Leon zurück. Sie sind jetzt drei Jahre verheiratet, und der erste Zauber der Liebe ist ganz offensichtlich verflogen. Die ganze Zeit, während ich dort war, hat sie immer wieder was von Scheidung gefaselt.“

„Ach du liebe Güte. Wie steht Leon dazu?“

„Der hat keine Ahnung, der arme Teufel. Er betet sie auf

Knien an, was wahrscheinlich der Grund ist, warum er sie so langweilt."

„Meinst du wirklich, dass sie sich von ihm scheiden lässt?"

„Glaub mir, Süße, ich erwarte täglich ihr Eintreffen in New York, vermutlich mit genug Koffern, um das ganze Erdgeschoss zu füllen. Aber eines muss man meiner Schwester lassen: Jeder neue Mann, den sie geheiratet hat, war reicher als der andere. Sie wird also ordentlichen Unterhalt aus Leon herausholen."

Während des gesamten Lunchs erhielten sie ihr ungezwungenes Geplänkel aufrecht. Es war, als hätten sie sich erst vor ein paar Tagen das letzte Mal gesehen und nicht vor Monaten. Normalerweise traf Elizabeth ihren Cousin nur drei- bis viermal im Jahr, wenn Mimi und sie zu einer Modenschau nach New York kamen oder er sie in Texas besuchte. Dennoch war er einer ihrer engsten Freunde und Vertrauten.

Quinton hatte sie anvertraut, wie Edward ihr Vermögen gestohlen hatte. Zwar nicht in allen Einzelheiten, aber genügend ausführlich, dass er über ihre finanziellen Schwierigkeiten Bescheid wusste. Sie war versucht, ihm etwas über die Beweggründe der Hochzeit mit Max zu erzählen. Aber etwas hielt sie zurück. Irgendwie kam es ihr Max gegenüber nicht fair vor, etwas so Privates jemand anderem als Mimi zu offenbaren.

Nach dem Lunch ging Elizabeth mit Quinton zu seinem Wagen. Auf dem winzigen Rücksitz seines Sportwagens stapelten sich Koffer und Taschen. Quinton wollte gleich nach Miami Beach weiterfahren, um Freunde zu besuchen.

Draußen wehte ein schneidend kalter Wind. Der feuchte Geruch der Luft versprach baldigen Schneefall. Elizabeth zitterte und wickelte sich enger in ihren langen nerzbesetzten Wintermantel. Als sie neben Quintons kleinem Flitzer standen, trat sie von einem Fuß auf den anderen, um nicht zu frieren.

„Also, Cousinchen, es war klasse, dich mal wiederzusehen“, sagte Quinton. Er schenkte ihr ein warmes Lächeln. Dann streckte er die Hand aus, strich ihr eine Haarsträhne aus dem Gesicht und steckte sie hinter ihr Ohr. „Scherz beiseite, Süße, ich wünsche dir ein langes und glückliches Leben mit deinem Max. Und richte ihm von mir aus, dass ich persönlich nach Houston komme und ihm in den Hintern trete, wenn er dich nicht gut behandelt.“

Elizabeth lachte leise. Vor ihrem inneren Auge tauchte ein lebhaftes Bild von ihrem schlanken eleganten Cousin und ihrem Ehemann auf, die aufeinander losgingen. In einer körperlichen Auseinandersetzung wäre Max dem Dandy Quinton in jedem Fall haushoch überlegen.

„Ich werde es ihm sagen“, antwortete sie. Sie umarmten sich, und Quinton stieg in den Wagen. Elizabeth winkte ihm hinterher, als er davonfuhr.

Sie war wirklich froh, dass sie die Mühe auf sich genommen hatte, Quinton anzurufen. Mit seinem unbeschwerten Charme und seiner Einstellung, das Leben nicht allzu ernst zu nehmen, half er ihr, auf dem Boden zu bleiben. Gleichzeitig heiterte er sie auf.

Eine neuerliche Windböe erfasste sie. Elizabeth zitterte, zog die pelzbesetzte Kapuze über den Kopf und trat vom Gehsteig, um ein Taxi herbeizuwinken. „Taxi!“

„Hey, passen Sie auf!“

Der warnende Ruf kam von irgendwo hinter Elizabeth. Instinktiv wandte sie sich halb in Richtung der Stimme um.

Das Folgende spielte sich innerhalb eines Herzschlags ab, aber Elizabeth nahm es wahr wie in Zeitlupe. Unerträglich langsam sah sie ein Auto auf sich zukommen und erblickte die kalte Miene des Fahrers. Gleichzeitig streckte links von ihr eine ältere Frau zu Tode erschrocken beide Hände nach ihr aus.

„Wa…"

Und dann schien alles gleichzeitig zu passieren. Schreie ertönten, und die Frau erwischte Elizabeth am Mantel. Obwohl sie sich bemühte, sie aus der Gefahrenzone fortzureißen, war sie nicht schnell genug. Es gab einen dumpfen Schlag, als der Sedan Elizabeth streifte. Im nächsten Augenblick schoss brennender Schmerz durch ihre rechte Hüfte.

Das Nächste, was Elizabeth mitbekam, war, dass sie auf der Straße lag. Die alte Dame, die ihr das Leben gerettet hatte, war mit ihr gefallen. Um sie herum drängten sich Leute.

„Haben Sie das gesehen? Der Kerl hat sie doch mit Absicht überfahren!"

„Ja. Der hat genau gezielt, geradewegs auf sie."

„Jemand sollte die Polizei holen."

„Hat jemand sich das Kennzeichen gemerkt?"

„Ja, ich!"

„Hier kommt ein Polizist."

„Was ist hier los? Polizei. Bitte alles zurücktreten. Aus dem Weg."

Elizabeth schaute in das besorgte Gesicht eines jungen Mannes in Polizeiuniform. „Sind Sie in Ordnung?"

„J-ja. Dank dieser Dame." Sie wandte sich an die ältere Frau. „Sie haben mir das Leben gerettet. Ich kann Ihnen niemals genug danken." Elizabeth versuchte aufzustehen, jedoch nur, um vor Schmerzen aufzuschreien.

Der Polizist ging neben ihr in die Hocke. „Sind Sie verletzt?"

„Natürlich ist sie das", schnauzte die alte Frau, die mit der Hilfe einiger umstehender Passanten auf die Füße kam.

„Sie ist von einem Auto angefahren worden. Es ist ein Wunder, dass sie nicht tot ist.“

„*Sí*“, mischte sich ein Mann ein, der offenbar aus Lateinamerika stammte. „Es war kein Unfall. Der Mann … er hat versucht, sie zu überfahren.“

„Sind Sie sicher?“, fragte der Polizist.

„*Sí*, ich bin sicher.“

„Ich auch“, erklärte ein weiterer Passant. „Er stand da, mit dem Motor im Leerlauf. Der Taxifahrer hinter ihm hat gehupt, dass er sich endlich bewegt …“

„Das war ich“, sagte der Mann, der das Kennzeichen aufgeschrieben hatte. „Der Idiot saß einfach nur da und hat den Verkehr blockiert.“

„Ja“, fuhr der erste Mann fort. „Aber dann ist die Lady da vom Gehweg runter, um das Taxi von ihm hier rüberzuwinken, und der Fahrer in dem schwarzen Auto hat das gesehen und ist genau auf sie los.“

„Hätte die Dame sie nicht weggerissen, dann hätte der Kerl sie bestimmt überfahren“, behauptete ein anderer Zeuge.

„Ich werde einen Krankenwagen rufen“, sagte der Polizist.

„Nein, bitte nicht. Es geht mir gut, wirklich“, beharrte Elizabeth. „Er hat mich lediglich gestreift. Sicher habe ich nur ein paar blaue Flecke.“ Um ihre Behauptung unter Beweis zu stellen, versuchte sie erneut aufzustehen. Doch der Schmerz, der durch ihre Seite schoss, ließ sie scharf Luft holen.

„Das mag schon sein, aber wenn Sie solche Schmerzen haben, dann sollten Sie das mal ansehen lassen.“

Minuten später lag Elizabeth in einem Krankenwagen. Auf dem Weg ins Krankenhaus machte sie sich Sorgen darüber, was Max wohl sagen würde. Er wäre über eine Unterbrechung seiner Geschäfte bestimmt nicht erfreut, so viel stand fest.

In der Notaufnahme wurde Elizabeth untersucht und geröntgt. Die oberflächlichen Kratzer, einer an ihrer rechten Hand und ein weiterer am rechten Knie, wurden gereinigt und verbunden.

Als sie auf einer Trage lag und auf die Ergebnisse der Röntgenuntersuchung wartete, schob ein Mann im dunklen Anzug den Vorhang zur Seite und trat in den Raum.

„Mrs. Riordan?"

„Ja?"

„Ich bin Detective Gertski vom New York City Police Department. Es tut mir leid, Sie zu belästigen. Aber wenn Sie sich einem kurzen Gespräch gewachsen fühlen, hätte ich gern einige Informationen von Ihnen."

Detective Gertski war ein Mann mittleren Alters, mit schütter werdendem hellblonden Haar und einem leichten Bauchansatz. Er benahm sich zurückhaltend, beinahe entschuldigend. Aber Elizabeth hatte das Gefühl, dass hinter diesen ruhigen braunen Augen ein scharfer Verstand arbeitete.

„Ist es wirklich nötig, dass die Polizei eingeschaltet wird?", fragte Elizabeth. „Das war doch einfach nur ein Unfall."

„Das sehen die Augenzeugen aber anders. In New York ist es normalerweise schwierig, auch nur einen Zeugen zu finden, der sich willig mit der Polizei einlässt. Vier Zeugen – vor allem wenn alle in ihrer Aussage übereinstimmen –, das lässt einen hellhörig werden. Außerdem nehmen wir Unfälle mit Fahrerflucht sehr ernst. In Ihrem Fall müssen wir davon ausgehen, dass der Fahrer Sie vorsätzlich angefahren hat. Und dann handelt es sich um versuchten Mord."

„Ach du meine Güte", flüsterte Elizabeth entsetzt mit zitternder Stimme.

—

„Können Sie uns sagen, ob es irgendjemanden gibt, der Ihnen möglicherweise etwas antun wollte?“

„Nein. Niemanden. Ich lebe doch nicht einmal hier! Und selbst in Houston kann ich mir nicht vorstellen, warum mich irgendjemand töten wollte. Schon gar nicht, wenn dazu so eine weite Reise nötig ist. Außerdem habe ich das Gesicht des Mannes gesehen, der am Steuer saß. Es war niemand, den ich kenne.“

„Schon mal was von Auftragskillern gehört?“

Elizabeth lachte überrascht auf. „Das … das ist doch lächerlich.“

„Vielleicht. Vielleicht auch nicht“, murmelte der Detective. „Ich sehe, dass Sie einen Ehering tragen. Wie steht es mit Ihrem Ehemann? Könnte er irgendeinen Grund haben, Sie loswerden zu wollen?“

„Das kann ich mir kaum vorstellen. Wir verbringen hier unsere Flitterwochen. Gestern Nachmittag haben wir geheiratet.“

„Wirklich?“ Detective Gertski sah sich um. „Wo ist er dann?“

„Also, nun ja … Max hatte heute einen wichtigen Geschäftstermin.“

„Aha. Haben Sie ihn angerufen, oder hat jemand vom Krankenhauspersonal ihn benachrichtigt?“

„Nun … nein. Ich wollte nicht, dass er sich Sorgen macht. Die Verletzung ist nicht wirklich schlimm.“ Um die Wahrheit zu sagen, ihre Hüfte tat verdammt weh, aber sie wollte niemandem Unannehmlichkeiten bereiten oder zur Last fallen. Max hatte sie schließlich aus geschäftlichen Gründen geheiratet, nicht weil ihm etwas an ihr lag.

„Wie steht es mit Geld? Würde Mr. Riordan in irgendeiner Art und Weise von Ihrem Tod profitieren?“

„Nein. Überhaupt nicht. Das kann ich Ihnen versichern.

Max und ich haben einen Ehevertrag unterschrieben."

„Wirklich? Wie sieht es mit Versicherungen aus? Könnte es sein, dass er vor der Hochzeit eine Versicherung auf Sie abgeschlossen hat?"

„Detective, ich versichere Ihnen, dass Sie da auf dem Holzweg sind. Mein Ehemann ist ein wohlhabender Mann. Sehr wohlhabend. Es gäbe für ihn wirklich keinen Grund, mich an dem einen Tag zu heiraten, nur um mich am nächsten ermorden zu lassen."

„Ich verstehe", sagte der Detective und kritzelte etwas auf seinen Notizblock. „Nichtsdestoweniger brauche ich seinen Namen und eine Telefonnummer, unter der ich ihn erreichen kann."

Nach den vielen Telefonaten und Rückrufen der letzten Woche wusste Elizabeth die Handynummer von Max auswendig. Aber die würde sie dem Detective nicht geben. Sie seufzte. „Na schön. Der Name meines Mannes ist Maxwell Riordan. Wir wohnen im Ritz-Carlton. Morgen können Sie ihn dort wahrscheinlich erreichen." *Und mit ein bisschen Glück kann ich den Anruf abfangen, oder wir sind schon auf dem Weg nach Texas.*

„Erzählen Sie mir alles, woran Sie sich erinnern", begann der Detective das Verhör mit vorgetäuschter Lässigkeit. Trotzdem gewann Elizabeth den Eindruck, dass sich hinter seiner fast großväterlichen Freundlichkeit ein zäher New Yorker Cop mit der Verbissenheit einer Bulldogge verbarg.

„Es gibt nicht viel, was ich Ihnen sagen kann, Detective. Es ist alles so schnell passiert. Ich weiß nicht, was für ein Wagen es war, nur dass er dunkel war und dunkel getonte Scheiben hatte."

„Das entspricht der Beschreibung der vier anderen Augenzeugen", erklärte Detective Gertski. „Wie steht es mit dem Fahrer? Sie haben gesagt, dass Sie ihn gesehen haben?"

Elizabeth zitterte. „Ja. Die Seitenfenster waren undurchsichtig, aber nicht die Windschutzscheibe. Ich habe ihn nur eine Sekunde lang gesehen, und ich bezweifle, dass ich sein Gesicht jemals vergessen kann. Es war so kalt. So kalt wie das Gesicht eines Toten."

Als Elizabeth endlich zum Hotel zurückkehrte, war es fast fünf Uhr. Die Wirkung der schmerzstillenden Medikamente, die man ihr in der Notaufnahme gegeben hatte, fing an nachzulassen.

Die Kapseln hatten sie schläfrig gemacht. In Kombination mit dem nervenaufreibenden Vormittag sorgten sie dafür, dass sie sich fix und fertig fühlte. Als sie die Tür zu der Suite öffnete, wünschte sie sich nichts sehnlicher, als sich auszuziehen, Schmerzmittel zu nehmen und ins Bett zu gehen. Hoffentlich hatte Max es nicht geschafft, Karten für ein Theaterstück zu besorgen. Falls doch, mussten eben er und Troy zusammen hingehen. Sie war erledigt.

Draußen wurde es bereits dunkel, aber von Max war nichts zu sehen. Elizabeth knipste im Wohnzimmer ein paar Lampen an und hinkte ins Schlafzimmer. Als sie ihren Mantel aufhängte, bemerkte sie einen langen Riss darin. Zudem fehlten zwei Knöpfe. Zu müde, um sich deswegen Gedanken zu machen, zog Elizabeth Stiefel und Kleider aus.

Sie zog ein frisches Nachthemd aus der Kommode. Dann holte sie das Fläschchen mit dem Schmerzmittel aus ihrer Handtasche und ging, nur mit ihrem cremefarbenen Slip bekleidet, ins Badezimmer.

Dort warf sie einen Blick auf ihr Spiegelbild und zog eine Grimasse. Sie war bleich, und ihr Haar war zerzaust. Aber am schlimmsten war, dass sich an ihrer Hüfte ein riesiger Bluterguss bildete. Das lila und schwarz schillernde Mal verlief über ihre gesamte Seite.

Elizabeth stöhnte. Ich werde es nie schaffen, das vor Max geheim zu halten, dachte sie, als sie die Verletzung näher untersuchte. Nun musste sie ihm von dem Zwischenfall erzählen.

Der Gedanke war ihr zuwider. Auf keinen Fall wollte sie Max schon gleich am Anfang ihrer Ehe zur Last fallen. Vielleicht, wenn sie das Thema im richtigen Moment ansprach und den ganzen Zwischenfall herunterspielte … Ob er trotzdem verärgert wäre?

Nachdem sie eine weitere Schmerztablette genommen hatte, putzte sie sich die Zähne und wusch das Gesicht. Sie war gerade dabei, sich abzutrocknen, als sich die Badezimmertür öffnete.

Elizabeth schrie erschrocken auf und drehte sich zur Tür, das Handtuch vor die Brüste gepresst, als Max hereinkam.

„Da bist du ja. Es tut mir leid, dass ich so spät bin. Die Sitzung …"

Max blieb wie angewurzelt stehen und starrte auf ihre Hüfte. „Was zur Hölle ist das?"

Elizabeth biss sich auf die Unterlippe und begegnete Max' fassungslosem Blick mit einem schuldbewussten Gesichtsausdruck. „Es … äh … es sieht schlimmer aus, als es ist", äußerte sie. „Wirklich."

„Das will ich hoffen, verdammt noch mal. Weil es nämlich so aussieht, als wärst du von einem Panzer überfahren worden."

„Nicht ganz. Es war ein Sedan", antwortete sie mit einem schwachen Lächeln. Aber ihr Versuch, dem Ganzen etwas Humor abzugewinnen, führte nur dazu, dass er die Stirn runzelte.

„Was ist passiert?"

„Ich … hatte einen kleinen Unfall."

„Was für einen Unfall?"

„Nichts, worüber du dir Gedanken machen musst. Ich bin von der Bordsteinkante auf die Straße getreten. Vermutlich habe ich einfach nicht gut genug achtgegeben, jedenfalls hat mich ein Auto an der Hüfte gestreift."

„Du bist von einem Auto angefahren worden?" Sein Blick glitt wieder zu ihrer Hüfte. „Und du meinst, das ist kein Grund zur Besorgnis?"

Ehe sie antworten konnte, hatte er das Fläschchen mit den Tabletten neben dem Waschbecken erspäht und danach gegriffen. „Was ist das?"

Sie verengte die Augen. Wenn sie geglaubt hatte, dass er vorher ärgerlich ausgesehen hatte, dann wurde sie jetzt eines Besseren belehrt. Sein Stirnrunzeln eben war nichts im Vergleich zu dem Zorn, den er jetzt ausstrahlte. „Du bist so schwer verletzt, dass man dich in die Notaufnahme gebracht hat? Warum zur Hölle hast du mich nicht angerufen?"

„Ich … ich wollte deine Sitzung nicht stören."

„Verdammt, Elizabeth …“

Das Telefon in der Suite läutete und schnitt ihm das Wort ab. Während er sie noch anfunkelte, ging Max an den Apparat im Badezimmer.

„Ja“, bellte er.

Elizabeth drehte sich um, dankbar für die Unterbrechung. Sie zog einen der Frotteebademäntel des Hotels an und zog den Gürtel um die Taille fest. Die ganze Zeit versuchte sie, einen klaren Kopf zu bekommen. Sie musste sich unbedingt etwas ausdenken, um die Situation zu entschärfen. Aber ihr fiel nichts ein. Sie hatte gedacht, dass Max ärgerlich sein würde, wenn sie ihn anrief und seine Sitzung störte, nicht anders herum.

„Ich verstehe“, sagte Max zu dem Anrufer, während er Elizabeth immer noch ansah, als wollte er sie erwürgen. „Ja. Das geht in Ordnung. Ich erwarte Sie dann.“

Er hängte auf. „Das war Detective Gertski“, erklärte er mit eisiger, täuschend sanfter Stimme. „Er will mit mir über den Unfall mit Fahrerflucht sprechen, bei dem meine Frau beinahe getötet wurde.“

„Oh.“ Elizabeth blinzelte, um die Tränen zurückzuhalten, die ihr in die Augen steigen wollten. Sie presste die Lippen aufeinander, um zu verhindern, dass sie zitterten. Erst die Geldsorgen, dann Max’ unverblümter Heiratsantrag, der Stress der vergangenen Woche, die Hochzeit und nun der heutige Zwischenfall – ihre Nerven lagen einfach blank.

„Das ist alles, was du dazu zu sagen hast? Oh?“ Max schüttelte den Kopf. „Großartig. Das wird ja immer schöner. Erst erzählst du mir, dass du einen kleinen Unfall hattest. Dann finde ich heraus, er war schlimm genug, dass du in die Notaufnahme musstest. Und jetzt ruft dieser Detective an und erzählt mir von Zeugen, die aussagen, dass der Kerl hinter dem Steuer dich töten wollte. Verdammt noch mal, Elizabeth! Was zur Hölle geht hier vor?“

„Ich habe keine Ahnung“, rief sie und verlor die Fassung. Wütend funkelte sie ihn an, während ihr Kinn bebte. „Ich bin müde. Ich ha-habe Schmerzen, und mein Tag war abscheulich. Wag es ja nicht, mich anzuschreien!“

Seine Gestalt verschwamm, als ihr das Wasser in die Augen stieg. Eine Träne, dann noch eine, lief über und rann ihr die Wange herunter. In Max' Miene wurde der Ärger durch Schrecken verdrängt.

„Komm schon, hör auf. Verdammt, wein doch nicht“, bat er.

„Ich … w-weine nicht“, schluchzte Elizabeth zwischen zittrigen Atemzügen. „Ich … ich weine … niemals.“

Diese alberne Behauptung brachte den Hauch eines Lächelns auf seine Lippen. „Ja, natürlich. Du hast recht. Was hab ich mir nur eingebildet? Ein tapferes Mädchen wie du? Deine Augen sind einfach nur gereizt, nicht wahr?“

„Das ist nicht lustig“, entrüstete sie sich.

„Ach verdammt, komm schon her.“ Max trat vor und zog sie in seine Arme. Mit einer Hand drückte er ihren Kopf gegen seine Brust, während er sie sanft hin und her wiegte. „Komm schon, Elizabeth. Ganz ruhig. Es tut mir leid. Ich hätte nicht laut werden sollen.“

Seine unbeholfene Zärtlichkeit war für Elizabeth der Tropfen, der das Fass zum Überlaufen brachte. So lange hatte sie versucht, stark und gelassen zu sein. Aber jetzt war sie am Ende. Sie ließ sich fallen, klammerte sich mit beiden Händen an sein Hemd und weinte.

Die Schluchzer schüttelten ihre schmale Gestalt. Laute, in denen sich Schmerz und Verzweiflung mischten, brachen aus ihr hervor. Schweigend streichelte Max ihr über den Rücken.

Elizabeth kam es auf einmal so vor, als sei seine Umarmung der letzte sichere Hafen auf dieser Welt. Und sie genoss dieses Gefühl. So gierig, wie ein Verhungernder den Anblick eines reich gedeckten Tisches in sich aufnimmt, klammerte sie sich an die Wärme, den Trost und das Gefühl der Sicherheit, die Max ihr bot.

„Oh Max ... es ... es war so ... schrecklich", schluchzte sie an seiner Brust.

„Ich weiß, Baby. Ich weiß. Aber jetzt bist du in Sicherheit."

„Der Ausdruck in seinen Augen war so ..." Sie schauderte und konnte nicht weitersprechen. Das Schluchzen übermannte sie erneut.

Max wurde ganz still. „Wessen Augen? Du meinst den Mann, der dich beinahe überfahren hat? Du hast ihn gesehen?"

Elizabeth schniefte und nickte.

„Hast du ihn erkannt?"

„Nein. Ich hab ... ihn noch nie zuvor gesehen. Da bin ... bin ich mir ganz sicher."

Wieder stand Max stumm und regungslos, aber Elizabeth konnte erkennen, dass er das, was sie gesagt hatte, in Gedanken drehte und wendete, um noch das letzte Detail daran zu analysieren. Nachdem sich ihre aufgestauten Gefühle Bahn gebrochen hatten, wurde Elizabeth nach und nach ruhiger. Mit der Ruhe stellte sich auch die Verlegenheit wieder ein. Sie entzog sich seiner Umarmung und griff nach einem Taschentuch. „Es tut mir leid. Ich bin sonst nicht so eine Heulsuse", murmelte sie.

„Das ist schon in Ordnung. Du hast allen Grund dazu." Er wartete, während sie ihre Tränen trocknete, dann fragte er: „Erklär mir nur eine Sache: Warum hast du mich heute nicht angerufen?"

Elizabeth legte sich die Fingerspitzen an die Schläfen,

dann an die Stirn. Sie schüttelte den Kopf. „Macht es dir etwas aus, wenn wir diese Diskussion im Schlafzimmer fortsetzen? Meine Hüfte tut schrecklich weh."

„Verdammt. Warum hast du das nicht schon vorher gesagt? Brauchst du eine Schmerztablette?"

„Nein", antwortete sie. „Ich hab ein paar genommen, bevor du gekommen bist."

„Dann bringen wir dich jetzt mal ins Bett."

Max hob sie vorsichtig hoch, wobei er es vermied, ihre verletzte Körperseite zu berühren. Er trug sie ins Schlafzimmer und stellte sie dort wieder auf die Füße – alles so selbstverständlich, als hätte er das schon hundertmal gemacht. Ehe Elizabeth merkte, was er vorhatte, streifte er ihr den Bademantel ab.

„Oh!", keuchte sie. Sofort verschränkte sie die Arme vor den Brüsten. Hitze überflutete ihren ganzen Körper, vom Kopf bis zu den Zehenspitzen. Sie hatte das Gefühl zu glühen.

Der Hauch eines Lächelns umspielte Max' Mund. „Hey, warum so bescheiden? Ich bin dein Ehemann, weißt du noch? Du solltest dich daran gewöhnen, dass ich dich nackt sehe. Denn wenn es nach mir geht, kommt das häufiger vor." Er strich mit dem Zeigefinger am Saum ihres Slips entlang. „Nettes Höschen, übrigens", sagte er langsam, die Augen fest auf sie gerichtet.

Die federleichte Berührung schien eine Feuerspur auf ihrer Haut zu hinterlassen. Seine Worte und sein Blick ließen Elizabeth noch tiefer erröten. Sie wusste einfach nicht, was sie sagen sollte. Sprachlos stand sie da und fühlte sich wie eine Idiotin.

Während sie mit ihren widerstreitenden Gefühlen rang, ging Max seelenruhig zur Kommode und nahm ein frisches Nachthemd heraus. Er zog es ihr über den Kopf, dann brachte er sie ins Bett.

„So. Fühlst du dich jetzt wohler?“, fragte er, als er sie ins Bett gesteckt und ihr die Decke bis zur Taille hochgezogen hatte.

„Ja. Danke“, murmelte sie. Die Schmerzmittel fingen an zu wirken. Sie hatte Schwierigkeiten, die Lider offen zu halten.

Als sich Max neben ihr auf dem Bett niederließ, riss sie die Augen wieder auf. Augenblicklich war ihre Teilnahmslosigkeit verflogen, und sie spürte nur noch die Wärme seines Beines, das sich gegen ihre linke Seite presste.

„Jetzt erzähl mir ganz genau, was passiert ist, nachdem du hier weggegangen bist“, befahl Max. „Und lass nichts aus.“

Elizabeth versuchte ruhig zu wirken. Sie faltete die Hände und legte sie auf die Bettdecke. „Also schön. Ich hab ein Taxi zu einem kleinen Café genommen, das ich kenne. Dort habe ich gefrühstückt. Dann bin ich den Rest des Weges zum Museum gelaufen …“

Schritt für Schritt gab Elizabeth den Ablauf der Ereignisse bis zu dem Unfall und unmittelbar danach wieder.

Als sie fertig war, starrte Max sie so lange schweigend an, bis sie anfing, unruhig zu werden.

„Und die ganze Zeit ist dir nicht ein einziges Mal in den Sinn gekommen, mich anzurufen?“, fragte er endlich.

„Ich hab es dir doch gesagt: Ich wollte dich nicht stören.“

„Elizabeth, du bist meine Frau. Wenn dir etwas passiert, dann will ich Bescheid wissen.“

„Aber … dann hätte ich deine Sitzung unterbrochen. Ich habe angenommen, dass es dir nicht recht wäre, wenn man dich dabei unterbricht. Schließlich ist dieses Geschäft offenbar so wichtig, dass du deinen Assistenten mit in die Flitterwochen nimmst.“

Er warf ihr einen langen Blick zu. „Touché. Ich schätze, das habe ich verdient."

„Aber nein! Du verstehst mich falsch." Sie streckte die Hand aus und berührte seinen Arm. Max hatte Jackett und Krawatte ausgezogen, ehe er sie im Badezimmer überrascht hatte. Unter seinem Hemd fühlte sich sein Arm stark und warm an. „Das war nicht als Kritik gedacht, Max. Ich erwarte nicht, dass du dich um mich kümmerst. Ich weiß, dass wir keine solche Ehe führen."

„Was für eine Ehe?"

„Du weißt schon, eine ... eine traditionelle, romantische Ehe. Der einzige Grund, warum wir so eine Art Flitterwochen machen, ist doch, um die Form zu wahren."

Wieder starrte er sie eine lange Zeit schweigend an. Seine Kiefermuskeln verhärteten sich. Obwohl Elizabeth ihn keineswegs gut kannte, war sogar für sie deutlich, dass er ungehalten war.

„Damit liegst du vollkommen daneben", sagte er schließlich. „Mir ist es verdammt noch mal egal, was die Leute denken. Wir sind nicht der Form halber hier, sondern weil ich etwas Zeit haben wollte, damit wir uns besser kennenlernen. Ich dachte, dafür sind Flitterwochen da."

„Nun ja. Wenn man verliebt ist."

Max schaute zur Decke, als müsste er um Geduld ringen. „Ich hatte gedacht, wir hätten das geklärt. Schau mal, wir sind vielleicht nicht ineinander verliebt – was auch immer das bedeuten mag –, aber was macht das schon? Ich persönlich glaube sowieso, dass dieses Gefühl völlig überbewertet wird. Gott sei Dank habe ich diese Art Gefühlsaufwallung nie erlebt. Gegenseitiger Respekt und Bewunderung, Loyalität, Ehrlichkeit – das sind doch die Dinge, auf die es ankommt. In einer Ehe genauso wie im Geschäftlichen."

Elizabeth starrte ihn an. Auf einmal fühlte sie sich wie

eine Comicfigur, über deren Kopf plötzlich eine Glühbirne erscheint, weil ihr ein Licht aufgeht. „Für dich ist unsere Ehe wie eines deiner Geschäfte, stimmt's?"

„Na ja, so in der Art. Wie bei einer Fusion sollten wir unsere Stärken kombinieren, um beide zu profitieren." Plötzlich lächelte er. „Natürlich gibt es in einer Ehe zusätzliche Leistungen, die im Geschäftsleben fehlen", fügte er mit einem verführerischen Blick hinzu.

Er streckte die Hand nach ihr aus und streichelte ihr mit den Fingerspitzen über die Wange bis zum Mundwinkel. In noch sanfterem Tonfall fuhr er fort: „Wie die, die wir heute morgen ausgetauscht haben. Ich habe mich den ganzen Tag darauf gefreut, diese Erfahrung zu wiederholen. Jetzt fürchte ich allerdings, dass das warten muss, bis du dich wieder besser fühlst."

Elizabeths Gesicht glühte. Schweigend schaute sie auf ihre Finger, die an der Bettdecke herumzupften.

Mit einiger Verspätung schien Max aufzufallen, dass es vielleicht nicht ganz angebracht war, ihre Ehe eine geschäftliche Abmachung zu nennen. „Natürlich gibt es auch noch andere Vorteile", ergänzte er eilig. „Einen Partner zu haben, jemanden, auf den man zählen kann. Solche Sachen."

Sie schaute ihn schweigend an. Max fuhr sich mit der Hand durchs Haar. „Schau mal, Elizabeth, ich bin ein Geschäftsmann, und zwar ein verdammt guter. Aber was diese Gefühlsduseleien angeht, kenne ich mich nicht aus. Du weißt schon … über Gefühle reden und dieses ganze Zeug. Aber das heißt nicht, dass ich mir nichts aus dir mache."

„Ach so. Du willst also sagen, dass ich dir wichtig bin, so wie dir auch sonst große Investitionen ins Geschäft wichtig sind." Sie nickte. „Das verstehe ich. Du hast ja auch einiges für mich gezahlt."

Max runzelte die Stirn. „Das ist nicht …"

„Mach dir keine Gedanken. Ich werde dich von nun an über alle Veränderungen meines Zustands oder meiner Lage in Kenntnis setzen."

„Gut. Nein, warte, das habe ich auch nicht gemeint! Verdammt, Elizabeth. Du verdrehst alles."

„Aber du hast gesagt ..."

„Vergiss es!" Max schaute wieder zur Decke und seufzte. „Du willst, dass ich es dir buchstabiere, ja? Also schön. Dann hör gut zu, weil ich das nur ein einziges Mal sagen werde." Er blickte ihr geradewegs in die Augen. „Ich habe dich aus geschäftlichen und persönlichen Gründen geheiratet. Die geschäftlichen kennst du. Auf der persönlichen Ebene habe ich dich geheiratet, weil ... nun ja ... weil du mir gefällst."

Elizabeth blinzelte. „Wie bitte?"

„Ich sagte, du gefällst mir. Ich mag alles an dir – dein Aussehen, deine Persönlichkeit, deinen Verstand, deine sanfte Stimme, deine Anmut, dieses wunderschöne dichte Haar." Als wollte er seinen Worten Nachdruck verleihen, streckte er die Hand aus und berührte die Locken, die auf dem Kissen ausgebreitet lagen. „Ich mag auch deinen Duft. So süß und blumig und weiblich."

Völlig verblüfft konnte Elizabeth ihn nur anstarren. Das klang nicht gerade nach einer Liebeserklärung. Trotzdem hatte er ihr gerade vermutlich das Höchste der Gefühle gestanden, derer ein Mann wie Max fähig war.

In diesem Augenblick beschloss Elizabeth, ihm eine so gute Ehefrau zu sein, wie sie nur konnte. Nach Kräften würde sie ihren Anteil zu dem Geschäft beitragen. Er wollte an den alten Geldadel von Houston herankommen? Dann würde sie ihn vorstellen und ihm beibringen, wie er jeden einzelnen möglichen Investor am besten ansprach. Sie konnte ihm wertvolle Hinweise geben, wie er mit den verschiedenen Persönlichkeiten der besseren Gesellschaft umgehen sollte.

So weit war sie in ihren Gedanken gekommen, als Max hinzufügte: „Und weil ich dich zusätzlich noch achte und bewundere, dachte ich, das ist die perfekte Grundlage für eine Ehe mit dir."

Elizabeth warf ihm einen zweifelnden Blick zu. „Du achtest mich?"

„Aber natürlich. Ich habe dich das ganze letzte Jahr hindurch beobachtet. Du hast eine schwierige Zeit durchgemacht. Edward ist mit Natalie Brussard durchgebrannt. Dann all das Gerede und die Gerüchte um diese Sache. Und schließlich musstest du auch noch erkennen, dass er dich bis aufs letzte Hemd ausgeraubt hat. Trotzdem hast du alles mit Würde und Anstand hinter dich gebracht."

Elizabeth zuckte mit den Schultern. „Was hätte ich denn sonst tun sollen?"

Max' Mund verzog sich zu einem Lächeln. „So einiges. Du hättest dich völlig zurückziehen können, verbittert werden oder auf Rache sinnen können. Oder du hättest Edward und die kleine Schlampe öffentlich beschimpfen können. Aber du hast nichts dergleichen getan. Du hast dich wie eine Dame verhalten, den Kopf hoch erhoben, und hast den Tratsch kommentarlos an dir abgleiten lassen. Das finde ich bemerkenswert."

Elizabeth zuckte wieder mit den Schultern. „Ich würde dem an deiner Stelle nicht so große Bedeutung beimessen. Das ist eben meine Art, mit den Dingen umzugehen. Eine instinktive Reaktion."

„Aber genau das ist es, was ich meine."

Er wartete einen Moment, als wollte er ihr Gelegenheit zu einer Antwort geben. Aber Elizabeth hielt den Blick weiter auf ihre zupfenden Finger gesenkt.

„Lass uns noch mal zum Thema zuruckkommen. Wie schwer bist du verletzt? Ich nehme an, dass sie im Krankenhaus deine Hüfte geröntgt haben?“

„Ja. Der Arzt hat gesagt, ich hätte Glück gehabt. Nichts gebrochen. Nur ein paar böse Prellungen.“ Ein Zittern überlief Elizabeth. „Wenn diese alte Dame nicht gewesen wäre, dann hätte mich das Auto voll erwischt. Sie hat meinen Mantel gepackt und mich zurückgerissen, sodass mich der Wagen nur zur Seite geschleudert hat. Ich bin auf meine Retterin draufgefallen.“

„Hast du ihren Namen?“, fragte Max. „Ich würde ihr gern danken.“

„Nein, aber ich bin sicher, dass die Polizei ihn hat.“

„Gut.“ Max nahm den elektronischen Organizer aus der Hemdtasche und machte sich eine Notiz. „Also dann“, sagte er, als er fertig war. „Wie lauten die Anweisungen des Arztes?“

„Ich soll mich für ein paar Tage schonen, damit meine Hüfte heilen kann. Wenn mir die Prellungen Beschwerden machen, soll ich kühle Kompressen auflegen und bei Bedarf Schmerzmittel einnehmen.“

Es klopfte an der Wohnzimmertür.

„Verdammt. Das hätte ich beinahe vergessen. Das dürfte Detective Gertski sein.“

„Er kommt hierher? Heute Abend?“

„Ja.“

Max erhob sich. Als Elizabeth sich anschickte, ebenfalls aufzustehen, legte er ihr eine Hand auf die Schulter und hielt sie zurück. „Was genau tust du da?“

„Aufstehen, um mit dem Detective zu reden“, sagte Elizabeth.

„Oh nein. Kommt nicht infrage. Du bleibst, wo du bist, und zwar im Bett.“

„Aber Max …“

„Vergiss es, Elizabeth. Der Arzt im Krankenhaus hat gesagt, dass du dich schonen sollst. Und genau das wirst du auch tun“, erklärte er in einem Tonfall, der keinen Widerspruch duldete. „Wenn der Detective mit dir sprechen muss, dann bringe ich ihn zu dir. Aber jetzt will ich, dass du dich ausruhst.“

„Aber ...“

Zu Elizabeths Überraschung beugte sich Max über sie, küsste sie sanft auf die Lippen und schnitt ihr so das Wort ab. Er richtete sich halb auf, schaute ihr in die Augen und flüsterte: „Nichts ‚aber‘. Schlaf jetzt.“

„In Ordnung“, flüsterte sie folgsam. Tatsächlich hatte Elizabeth weder das Verlangen noch die Kraft, sich mit ihm zu streiten. Die kombinierte Wirkung von Müdigkeit und Medikamenten machte sie so schläfrig, dass sie kaum noch die Augen aufhalten konnte. Ihr Körper brauchte Schlaf.

„Die Sache dürfte nicht lange dauern. Wenn er weg ist, bestelle ich uns über den Zimmerservice Abendessen.“ Auf der Türschwelle hielt Max inne und schaute zurück. „Ach ja, was hättest du denn gern?“

„Oh, einfach irgendwas Leichtes. Einen Salat oder eine Suppe.“

„Alles klar.“

Max schloss die Schlafzimmertür hinter sich und ging zum Eingang der Suite.

Ein Blick durch den Spion zeigte ihm einen dicklichen Mann mittleren Alters mit beginnender Glatze, der in der Mitte des Korridors stand und seine prunkvolle Umgebung musterte. Max öffnete. „Sie müssen Detective Gertski sein.“

„Ja. Und Sie sind Mr. Riordan?“

Max nickte. „Kommen Sie herein. Meine Frau hat mir gerade alles erzählt.“

„Wie geht es ihr?“

„Sie ist ziemlich angeschlagen und grün und blau, aber sonst geht es ihr gut."

„Gut, gut. Freut mich, das zu hören. Ihre Frau scheint eine ganz reizende Person zu sein."

„Das stimmt. Bitte setzen Sie sich, Detective." Max deutete auf das Sofa. Als sie sich beide niedergelassen hatten, fügte er hinzu: „Und nun sagen Sie mir, wie ich Ihnen helfen kann."

„Zunächst einmal muss ich Ihnen ein paar Fragen stellen, um Sie aus dem Kreis der Verdächtigen ausschließen zu können, Mr. Riordan", teilte der Detective ihm mit. „Ich hoffe, Sie nehmen daran keinen Anstoß."

„Nein. Nur zu. Ich habe nichts zu verbergen."

„Wo waren Sie heute um 13:25 Uhr nachmittags?"

„In einer Besprechung mit meinem Assistenten Troy Ellerbee und einem Finanzier namens Lloyd Baxter. Wir haben uns in Baxters Büro im Colfax-Gebäude getroffen."

„Aha. Und wenn ich Mr. Baxter und Mr. Ellerbee frage, können sie das bestätigen?"

„Auf jeden Fall."

„Haben Sie einen Killer angeheuert, um Ihre Ehefrau zu töten?"

Falls der Detective geglaubt hatte, ihn mit dieser direkten Frage zu verunsichern, hatte er versagt. Max' Gesichtsausdruck veränderte sich kein bisschen.

„Nein. Du liebe Zeit, wir haben doch erst gestern geheiratet!"

„Ja, das hat Ihre Frau erwähnt. Können Sie sich vorstellen, wer Mrs. Riordan töten will?"

„Nein. Jeder, den ich kenne, bewundert sie."

„Verstehe." Detective Gertski schürzte die Lippen und überlegte ein paar Augenblicke lang.

„Ich bin neugierig, Detective. Betreiben Sie in solchen

Fällen immer so viel Aufwand? Ich meine, in dieser Stadt passieren ständig schreckliche Verbrechen. Wie kommt es, dass ein Unfall mit Fahrerflucht ohne Todesfolge so viel Aufmerksamkeit bekommt?"

„Um ehrlich zu sein, normalerweise würde das recht schnell zu den Akten gelegt. Die New Yorker Polizei hat nicht genug Personal, um jeden Zwischenfall im Straßenverkehr zu untersuchen. Momentan verfolgen wir die Sache als Unfall mit Fahrerflucht, aber je mehr ich mit den Leuten rede, desto eher sieht das Ganze wie ein Auftrag aus."

Max runzelte die Stirn. „Was bringt Sie dazu, so etwas zu sagen?"

„Der Fahrer des Taxis hinter dem schwarzen Sedan hat sich das Kennzeichen notiert. Wir haben es durch die Datenbank gejagt und herausgefunden, dass die Nummernschilder heute Morgen von einem blauen Minibus in Queens gestohlen wurden. Inzwischen hat der Fahrer des schwarzen Sedan die Kennzeichen wahrscheinlich wieder ausgetauscht, sodass das Auto unauffindbar ist. So etwas tun nur Profis."

Detective Gertski räusperte sich. „Wir haben vier Augenzeugen, deren Aussagen übereinstimmen. Demnach hat der Fahrer des schwarzen Sedan offenbar auf die Gelegenheit gewartet, Ihre Frau zu überfahren. Sein Wagen stand mit laufendem Motor still. Er hat die Straße blockiert und jede Menge andere Fahrer verärgert. Das Gehupe hat die Aufmerksamkeit der Passanten auf sich gezogen. Als Mrs. Riordan von der Bordsteinkante auf die Straße trat, hat der Fahrer des Sedan das Gaspedal durchgetreten und geradewegs auf sie zugehalten."

Max schüttelte den Kopf. „Das ergibt überhaupt keinen Sinn. Elizabeth ist allseits beliebt und geachtet. Es gibt überhaupt keinen Grund, warum irgendjemand planen sollte, sie zu töten.“

Einen Moment lang dachte Detective Gertski nach. Dann äußerte er: „Na ja, natürlich ist es möglich, dass sie verwechselt wurde. Alle Zeugen sagen, dass Ihre Frau einen kamelfarbenen Mantel mit einer Kapuze anhatte, die sie über den Kopf gezogen hatte und die weitestgehend auch ihr Gesicht bedeckte. Es könnte sein, dass der Fahrer sie für jemand anders gehalten hat.“

„Das muss es sein“, antwortete Max mit offensichtlicher Erleichterung. „Es gibt keine andere Erklärung.“

„Ihre Frau ist die Einzige, die den Verdächtigen wirklich gesehen hat. Wäre es möglich, dass Sie sie morgen auf der Wache vorbeibringen? Ich würde ihr gern ein paar Fahndungsfotos zeigen. Vielleicht erkennt sie ihn wieder.“

„Sicher. Das lässt sich einrichten.“

Nachdem Detective Gertski sich verabschiedet hatte, trat Max ans Fenster und schaute auf die Lichter von New York hinunter. Es hatte angefangen, heftig zu schneien. Dicke nasse Flocken sanken auf die Stadt nieder. Morgens würde alles weiß sein.

Der Gedanke, dass möglicherweise dort draußen ein Irrer herumlief, der versucht hatte, Elizabeth umzubringen, bereitete ihm Sorgen. Es musste einfach eine Verwechslung vorliegen. Es gab keine andere logische Erklärung.

Ruhelos wanderte Max von einem Fenster zum anderen. Er blickte durch den Schleier der Schneeflocken hindurch auf die nächtliche Skyline hinaus. Aber in diesem Moment vermochte er die Schönheit oder das pulsierende Leben der Stadt vor seinen Augen nicht zu würdigen. Er fühlte sich gereizt und angespannt und haderte mit der Situation.

Verdammt, schließlich hatte er Elizabeth unter anderem deshalb einen Antrag gemacht, weil sie ihm so selbstständig vorgekommen war! Er hatte damit gerechnet, dass sie die meiste Zeit ihrer Wege gehen würde und nicht allzu viele Ansprüche an ihn stellte. Was sie heute ja auch getan hatte.

Aber das war ihm auch nicht recht. Warum hatte sie ihn nicht um Hilfe oder Zuspruch gebeten, nachdem sie dem Tod so knapp entronnen war? Es wurmte ihn, dass sie gedachte hatte, sie könnte sich nicht an ihn wenden.

Max schüttelte den Kopf. Er hatte alles so sorgfältig geplant. In seinen Vorstellungen führten Elizabeth und er eine angenehme Ehe, von der beide profitierten. Mit ein bisschen Glück entwickelte sich im Laufe der Zeit sogar eine gewisse Zuneigung. Und jetzt waren sie gerade einmal einen Tag lang verheiratet, und schon empfand er ihr gegenüber Beschützergefühle. Wie ungemein passend.

Ungehalten darüber, dass sich seine Gedanken ständig im Kreis zu drehen schienen, kehrte Max ins Schlafzimmer zurück. Der Raum wurde nur von dem gedämpften Schein der Nachttischlampe erhellt, aber auch so konnte er erkennen, dass Elizabeth tief und fest schlief. Während er sie beobachtete, versuchte er der widerstreitenden Gefühle in seinem Innern Herr zu werden.

Sie war unglaublich schön und zart. Beinahe kam sie ihm vor wie ein Engel, der zur Erde herabgestiegen war. Sie gehörte zu der Art Frau, die in jedem Mann instinktiv Beschützerinstinkte wachrief. Anscheinend war er da keine Ausnahme.

Der bloße Gedanke daran, dass jemand ihr etwas antun könnte, erfüllte ihn mit Wut. Warum in Gottes Namen sollte jemand sie töten wollen? Das ergab einfach keinen Sinn.

Am nachsten Morgen wurde Elizabeth vom Klang lauter Männerstimmen geweckt. Sie gähnte und setzte sich im Bett auf. Mit beiden Händen strich sie sich die Haare aus dem Gesicht und warf einen Blick auf die Uhr neben dem Bett. Du lieber Himmel! Sie hatte stundenlang geschlafen. Es war nach acht.

Vorsichtig betastete sie den Bluterguss an ihrer Hüfte. Er schmerzte, aber nicht mehr so stark wie am Vortag.

Nebenan schwoll das Gemurmel der Stimmen an. Elizabeth ließ schläfrig den Blick zur Tür wandern. Es klang, als hätten Max und sein Assistent Streit. Zu mitgenommen, um darüber zu grübeln, schob sie den Gedanken an die beiden Männer beiseite. Sie schlug die Decken zurück und stieg aus dem Bett. Sobald sie auf den Füßen stand, fühlte sie sich so steif und zerschlagen, dass sie sich in einem plötzlichen Schwindelanfall am Bettpfosten festhalten musste.

Hoppla, dachte sie und fasste sich an die Stirn. Was auch immer das für Schmerzmittel waren, sie waren äußerst stark. Sie konnte sich kaum noch die Auseinandersetzung mit Max ins Gedächtnis rufen, die mit der Ankunft von Detective Gertski geendet hatte. Danach war alles ganz verschwommen. Nur ganz vage erinnerte sie sich daran, wie Max sie irgendwann geweckt und darauf bestanden hatte, dass sie einen Teller Suppe aß.

Falls sie während des Essens überhaupt gesprochen hatten, dann wusste sie jedenfalls nicht, worüber. Nach dem Abendessen war sie zurück ins Bett geschlüpft und eingeschlafen.

Elizabeth nutzte die Gelegenheit, so lange sie allein war, um ins Bad zu gehen. Eine heiße Dusche half ihr, den Kopf frei zu bekommen. Danach föhnte sie die Haare, bis sie ihr wie ein glänzender brauner Vorhang über die Schultern fielen. Sie legte Make-up auf und zog braune Tweedhosen und einen cremefarbenen Rollkragenpullover an. Goldene Ohrringe, eine goldene Kette und ein goldener Armreif waren ihr einziger Schmuck.

Durch die geschlossenen Türen des Schlafzimmers konnte sie immer noch die Stimmen der Männer hören, allerdings weniger laut als vorher. Einen Augenblick lang überlegte Elizabeth, ob sie im Schlafzimmer bleiben oder hinausgehen und es riskieren sollte, mitten in einen Streit hineinzuplatzen. Schließlich kam sie zu dem Ergebnis, dass es sich nicht lohnte, sich darüber Gedanken zu machen. Sie hatte nicht vor, den ganzen Tag im Schlafzimmer zu verbringen.

Die Unterhaltung der Männer verstummte, sobald sie den Raum betrat. „Elizabeth. Warum liegst du nicht im Bett?“, fragte Max. „Der Arzt hat gesagt, du sollst dich schonen.“

Troy presste die Lippen zusammen. Er schaute sie kaum an, als er „Morgen“ murmelte.

„Guten Morgen“, erwiderte sie so freundlich, wie sie konnte. Dann wandte sie sich an ihren Mann. „Der Arzt hat zwar gesagt, ich soll mich schonen, aber von strenger Bettruhe hat er nichts erwähnt. Schonen kann ich mich auch so.“

„Was macht deine Hüfte?“ Max beobachtete, wie sie den Raum durchquerte, und runzelte die Stirn. „Du hinkst immer noch.“

„Es tut noch ein bisschen weh, und ich fühle mich etwas steif, das ist alles.“ Sie ließ sich in einen Sessel sinken und legte die Beine hoch.

„Troy und ich wollten gerade zu einem schnellen Meeting mit Lloyd Baxter aufbrechen. Bis Mittag bin ich zurück.“

Troy runzelte die Stirn. „Max, ich glaube nicht, dass wir bis dahin fertig sind.“

Max warf seinem Assistenten einen harten Blick zu, den Elizabeth inzwischen zu deuten gelernt hatte. Er war kurz davor, ernsthaft ärgerlich zu werden.

„Bis Mittag bin ich zurück“, wiederholte Max, den Blick herausfordernd auf Troy gerichtet.

Dieser widersprach nicht. Aber Elizabeth sah die Muskeln an seinem Kiefer deutlich hervortreten. Wenn Troy nicht aufpasste, würde er sich noch einen Zahn ausbeißen. Schweigend begann er, die auf dem Tisch verstreuten Papiere und Unterlagen einzusammeln.

„Wenn ich wieder da bin, essen wir gemeinsam zu Mittag, und dann bringe ich dich zur Polizei“, fuhr Max fort. „Detective Gertski möchte, dass du dir ein paar Fahndungsfotos ansiehst.“

„Das ist doch mal eine produktive Art, seine Zeit zu verbringen“, murmelte Troy gerade laut genug, dass Elizabeth ihn verstehen konnte.

„Wie bitte?“, fragte Max.

„Nichts“, antwortete sein Assistent und stopfte die Unterlagen in seine Aktentasche.

Als die beiden Männer aufbruchsbereit waren, wollte Elizabeth aufstehen. Aber Max legte ihr eine Hand auf die Schulter und drückte sie in den Sessel zurück. „Nein, bleib einfach sitzen und ruh dich aus.“ Er beugte sich über sie und gab ihr einen langen Kuss. „Ruf den Zimmerservice, wenn du irgendwas brauchst. In Ordnung? In ein paar Stunden bin ich wieder da“, wiederholte er.

Da sie sich immer noch etwas erschöpft fühlte, gab Elizabeth gern nach. Als die Tür hinter den Männern zufiel, ließ sie den Kopf gegen das Polster zurücksinken und schloss die Augen. Doch es konnte kaum mehr als eine Minute vergangen sein, als es laut klopfte.

Elizabeth stöhnte. Was war jetzt los? Sie stemmte sich hoch und humpelte zur Tür. Als sie sich auf die Zehenspitzen stellte, um durch den Spion zu schauen, keuchte sie unwillkürlich auf. Ihre Hand flog zum Mund, und ihre Augen weiteten sich vor Schreck.

Vor der Tür stand der Fahrer des schwarzen Sedan.

Er klopfte noch einmal. Elizabeth stand stockstill. Dann rüttelte er zu ihrem Entsetzen am Türknauf. Oh Gott! Er versuchte das Schloss zu knacken!

Elizabeth wich zurück, und ihr Blick irrte durch den Raum. Sie musste sich verstecken. Aber wo?

8. KAPITEL

Auf halbem Weg aus dem Hotel merkte Max, dass er etwas vergessen hatte. „Verdammt. Ich habe den überarbeiteten Kostenvoranschlag im Fax stecken lassen, nachdem ich ihn gesendet habe.“ Als der Aufzug die Lobby erreicht hatte, bedeutete Max seinem Assistenten, schon mal vorauszugehen. „Warte draußen auf mich. Ich geh nur noch mal schnell hoch und hole das Papier. Ich brauche nicht lange.“

„In Ordnung.“ Troy klang kurz angebunden.

Max beobachtete, wie sein Mitarbeiter den Aufzug verließ, und seufzte. Offenbar war Troy immer noch ärgerlich. Max hatte das heutige Treffen mit Baxter eigentlich absagen und bei Elizabeth bleiben wollen, aber vermutlich wäre Troy dann durchgedreht. Seit mehr als zehn Jahren arbeiteten sie zusammen, und an diesem Morgen hatten sie ihre erste ernsthafte Meinungsverschiedenheit gehabt.

„Fahren Sie nach oben?“, rief ein anderer Hotelgast in der Lobby mit seiner Frau im Schlepptau.

Max nickte und hielt dem Paar die Türen auf. Die beiden betraten den Aufzug und drückten den Knopf für den vierten Stock.

Max würdigte ihren Dank mit einem Nicken. Aber in Gedanken war er schon wieder bei seinem Assistenten. Troy hatte diese Hochzeit von Anfang an missbilligt. Aber bis zu diesem Morgen war Max nicht klar gewesen, wie tief sein Groll reichte.

Er war so weit gegangen, Elizabeth zu unterstellen, sie hätte die Geschichte mit dem Unfall erfunden. Oder zumindest das Geschehene ausgeschmückt.

„Siehst du denn nicht, wie sie mit dir spielt?“, hatte Troy ihn angebrüllt. „Nicht genug damit, dass sie dich nur des Geldes wegen heiratet. Das reicht solchen Frauen selten.

Nein, sie will auch noch, dass du sie auf Händen trägst."

„Was meinst du mit ‚solche Frauen'?", hatte Max gefragt. Er musste sich zügeln, damit sein Temperament nicht mit ihm durchging.

„Reiche, verwöhnte Damen der besseren Gesellschaft", schoss Troy zurück. „Von Geburt an bekommen sie alles auf einem Silbertablett serviert. Die wachsen doch mit der Überzeugung auf, dass sich die ganze Welt nur um sie dreht."

„Elizabeth ist nicht so."

„Klar ist sie das", schnaubte Troy verächtlich. „Schau mal, Max, ich habe wirklich nichts gegen Elizabeth persönlich, aber eine Ehefrau – und zwar jede – beansprucht nur deine Zeit. Und du hast mir schon vor Jahren beigebracht, dass Zeit Geld ist."

Mit den eigenen Worten geschlagen zu werden war nie angenehm. Aber Max konnte Troy kaum vorwerfen, dass er diese Lektion gründlich verinnerlicht hatte.

„Das ist wahr", gab er zu. „Aber da ich mehr Geld habe, als ich in einem Leben ausgeben kann, kann ich es mir wohl leisten, etwas Zeit mit meiner Frau zu verbringen."

„Also bist du bereit, das Geschäft ihretwegen platzen zu lassen?", wollte Troy wissen. „Obwohl der Detective gesagt hat, dass wahrscheinlich eine Verwechslung vorliegt?"

Der Fahrstuhl hielt im vierten Stock, und das Ehepaar stieg aus. In Gedanken immer noch bei dem Streit, achtete Max kaum darauf.

Am Ende hatten er und Troy sich auf einen Kompromiss geeinigt. Max hatte Lloyd Baxter angerufen und das Treffen auf zehn Uhr verlegt.

Der Aufzug war auf seinem Stockwerk angekommen. Als Max um eine Ecke im Flur bog, sah er einen großen, muskulösen Mann mit schwerfälligem Gang auf sich zukommen. Er hielt den Kopf gesenkt und hatte den Mantelkragen hochgeschlagen.

Max runzelte die Stirn. Irgendetwas störte ihn an diesem Kerl, aber er konnte nicht genau sagen, was es war. Sie nickten sich zu, als sie aneinander vorbeigingen. Aber der andere vermied es, ihm in die Augen zu sehen, und das verstärkte Max' Unbehagen.

Von Elizabeth war nichts zu sehen, als Max die Suite betrat. War sie wieder ins Bett gegangen? Falls ja, musste ihre Hüfte stärker schmerzen, als sie hatte zugeben wollen. Er öffnete die Flügeltür zum Schlafzimmer. Das Erste, was er sah, war das leere Bett.

„Elizabeth?"

Er trat in den Raum und sah aus dem Augenwinkel eine Bewegung. Als er sich umdrehte, erkannte er gerade noch, wie seine Frau hinter der Tür hervorstürzte, eine Kristallvase mit beiden Händen über den Kopf erhoben. Er hatte kaum Zeit, die Arme zu heben und den Schlag abzuwehren.

„Au!", schrie er, als die schwere Vase seinen Unterarm traf. „Verdammt noch mal, Elizabeth! Was zur Hölle ist mit dir los? Du hast mir beinahe den gottverdammten Arm gebrochen."

„Max?" Sie hielt inne, die Augen schreckensweit, das Gesicht kalkweiß. Im nächsten Augenblick ließ sie die Vase fallen und warf sich in seine Arme. „Max! Oh Max, Gott sei Dank!"

„Hey, ganz ruhig." Er schloss die Arme um sie, als sie sich an ihn drängte und mit beiden Händen sein Hemd festhielt. „Verdammt, du zitterst ja am ganzen Körper. Was ist los? Was ist passiert?"

„E-er war hie-hier. Er … er …"

„Wer war hier?"

„Dieser … dieser Ma-Mann. Oh Max!", rief sie und fing

an zu weinen, das Gesicht an seiner Brust geborgen.

„Alles in Ordnung. Beruhige dich. Von welchem Mann sprichst du?"

„D-der Mann in d-dem Auto."

Max war auf einmal ganz gespannte Aufmerksamkeit. „Der versucht hat, dich zu überfahren?"

Er spürte, wie sie mit dem Kopf nickte. „Bist du sicher, dass du ihn erkannt hast? War es nicht vielleicht ein Hotelangestellter?"

„Nein. Ich bin ganz sicher. Das war der Fahrer dieses Wagens. Dieses Gesicht werde ich niemals vergessen. Er ... er hat an die Tür geklopft, nur ein paar Minuten nachdem ihr gegangen seid. Durch den Spion habe ich ihn gesehen. Oh Gott, ich hatte solche Angst! Du musst mir glauben! Er war es!"

„Ich glaube dir. Schsch. Ganz ruhig, du bist in Sicherheit."

„Weil ich nicht aufgemacht habe, hat er versucht, das Schloss zu knacken. Also habe ich die Vase genommen und mich hinter der Tür versteckt. Ich habe nicht gewusst, was ich sonst tun sollte."

Max fiel der Mann ein, an dem er im Flur vorbeigegangen war. „War das so ein großer Kerl in einem schwarzen Ledermantel? Dunkler Typ mit einer bulligen Figur? Beinahe kein Nacken?"

„Ja!" Elizabeth wich gerade weit genug zurück, dass sie zu ihm aufschauen konnte. „Hast du ihn gesehen?"

„Ja. Ich bin im Flur an ihm vorbeigekommen. Wahrscheinlich wurde er dadurch unterbrochen, dass der Aufzug auf diesem Stockwerk gehalten hat. Verdammt, sobald ich den Kerl gesehen habe, wusste ich, dass etwas nicht stimmt. Aber erst jetzt fällt mir ein, was es war. Der Korridor endet an unserer Suite. Ein Fremder hatte so weit hinten überhaupt nichts zu suchen."

„Wie hat er mich gefunden?", rief Elizabeth. „Warum tut er das nur?"

„Ich weiß es nicht. Aber ich werde es herausfinden." Max griff nach Elizabeths Oberarmen, um sie zur Seite zu schieben, aber sie klammerte sich an ihm fest.

„Wo gehst du hin? Lass mich nicht allein!"

„Ganz ruhig. Ich gehe nirgendwohin. Ich muss nur ein paar Anrufe machen. Zuerst Detective Gertski. Warum gehst du nicht wieder ins Bett und ruhst dich aus? Ich bin gleich nebenan im Wohnzimmer."

„Nein! Ich will bei dir bleiben!"

Ihre Blässe machte ihm Sorgen. Es war wahrscheinlich das Beste, wenn sie ins Bett ging, aber in ihren Augen stand nackte Angst. „Na gut. Komm her."

Er hob sie hoch und trug sie ins Wohnzimmer, wo er sie auf eins der Sofas bettete. Um sie zu beruhigen, setzte er sich neben sie auf das Polster und hielt ihre Hand. Er konnte spüren, dass sie immer noch zitterte.

Nacheinander erledigte Max eine Reihe von Anrufen – Detective Gertski, Troy, der Hotelmanager, sein Pilot und Lloyd Baxter. Er hatte nach dem letzten Telefonat kaum die Off-Taste betätigt, als es an der Tür klopfte. Elizabeth fuhr wie von der Tarantel gestochen hoch.

„Ganz ruhig. Das ist vermutlich Troy." Max musste beinahe mit Gewalt seine Hand aus ihrer Umklammerung befreien.

Ein schneller Blick durch den Spion bestätigte seine Annahme.

„Was für eine Verzögerung gibt es denn jetzt schon wieder, verdammt noch mal?", wollte sein Assistent wissen, als er hereinstürmte. „Wenn wir uns nicht beeilen, kommen wir zu spät."

„Ich habe schon mit Baxter telefoniert und das Treffen verschoben. Du wirst dich mit ihm um zwei Uhr treffen."

„Ich? Du meinst ohne dich?" Troy warf Elizabeth einen angewiderten Blick zu. „Ich wusste, ich hätte dich nicht wieder allein hier raufkommen lassen sollen. Sie hat dich dazu überredet, nicht wahr? Verdammt, Max ..."

„Halt einfach den Mund und hör zu." So knapp wie möglich erklärte Max, was passiert war. Aber Troy schien immer noch nicht überzeugt.

„Ach komm schon. Du glaubst doch wohl selbst nicht, dass jemand versucht hat, hier einzudringen und sie zu töten, oder?"

„Verdammt, Troy! Ich hab den Kerl mit eigenen Augen gesehen. Auf dem Weg zurück zur Suite bin ich an ihm vorbeigegangen."

„Nur dass du jemanden im Flur gesehen hast heißt noch gar nichts. Es war wahrscheinlich ein anderer Gast."

„Aber was hatte er hier hinten verloren? Die nächste Tür ist mehr als fünfzehn Meter weit weg."

„Wer weiß? Es kann jede Menge Gründe geben. Verdammt, vielleicht hat er sich einfach verlaufen. Das Geschäft ist wichtig. Wenn wir Baxter davon überzeugen können, jetzt zu investieren, dann können wir die Sache in Dallas nächste Woche ins Rollen bringen."

„Hör zu, mir gefällt das ebenso wenig wie dir, aber Elizabeth ist jetzt meine Frau. Ich kann sie nicht einfach sich selbst überlassen."

„Entschuldigung", mischte sich Elizabeth in den Schlagabtausch ein. „Falls ihr es vergessen habt, ich sitze hier direkt vor euch. Max, ich will niemandem zur Last fallen." Troy schnaubte nur. Elizabeth ignorierte ihn und zwang sich, schnell weiterzusprechen. Dabei ließ das, was sie vorschlagen wollte, sie innerlich beben. „Wenn du mich einfach mit einem normalen Flug heimschickst, dann kannst du dich hier weiter um deine Geschäfte kümmern."

„Nein", sagte Max.

„Nein? Was soll das heißen?", erkundigte sich Troy. „Das ist der erste vernünftige Satz, den ich gehört habe, seit ich diese Suite betreten habe. Schick sie nach Hause, und wir ziehen die Sache mit Baxter durch."

Noch ehe Max antworten konnte, klopfte es wieder an der Tür. Ein Blick auf Elizabeth zeigte ihm, dass sich ihre Augen vor Schreck geweitet hatten. „Ganz ruhig. Das ist wahrscheinlich der Manager. Ich habe ihm eben telefonisch erklärt, was passiert ist und dass wir abreisen. Er hat versprochen, gleich mit der Rechnung hochzukommen. Und er bringt ein paar Zimmermädchen mit, die für uns packen."

„Du reist ab?" Troy war empört. „Also wirklich, Max. Meinst du nicht, dass du überreagierst?"

„Nein. Das tue ich nicht. Und ich zähle darauf, dass du das Geschäft mit Baxter zu einem guten Abschluss bringst. Sorg dafür, dass er sich schriftlich verpflichtet. Wenn das Geschäft unter Dach und Fach ist, ruf mich auf dem Handy an. Wenn Elizabeth und ich dann noch am Boden sind, kannst du mit uns zurückfliegen. Ansonsten musst du einen normalen Flug zurück nach Houston nehmen."

Troy öffnete den Mund, um zu protestieren, aber Max hob abwehrend die Hand und schnitt ihm scharf das Wort ab: „Ich will nichts mehr davon hören. Meine Entscheidung ist getroffen." Er ging zur Tür, ohne Troy aus den Augen zu lassen. „Du hast einfach nur um zwei in Baxters Büro zu sein."

Als Max öffnete, trat der Hotelmanager zusammen mit zwei livrierten Zimmermädchen und einem Mann ein, den er als Chef des Sicherheitsdienstes vorstellte. Die beiden Frauen benötigten keine weiteren Anweisungen, sondern verschwanden gleich im Schlafzimmer und begannen zu packen. Es waren nicht mehr als ein paar Worte gewechselt worden, als Detective Gertski eintraf.

Während Max alle Einzelheiten des Vorfalls berichtete, machte der Detective Notizen auf seinem Block.

„Ich verstehe nicht, warum dieser Mann das tut", sagte Elizabeth, als Max geendet hatte. „Und wie hat er mich bloß gefunden?"

„Er ist Ihnen wahrscheinlich vom Tatort zum Krankenhaus und dann vom Krankenhaus zum Ritz gefolgt", mutmaßte Gertski. „Ein bisschen Geld über den Tresen geschoben, und er hatte die Nummer Ihrer Suite. Warum er hinter Ihnen her ist, das ist die Frage, die wir erst noch beantworten müssen."

Der Detective steckte seinen Notizblock weg und ging zur Tür, um das Schloss anzusehen. Er ging in die Hocke und untersuchte sorgfältig die Beschläge und das Holz um das Schloss herum. Dann stand er auf und leuchtete mit einer kleinen Taschenlampe in den Kartenschlitz. „Hey, kommen Sie mal her und sehen Sie sich das an", forderte er den Mann vom Sicherheitsdienst auf. Dieser ging zu ihm und schaute an die Stelle, die ihm der Detective wies.

„Holla, wer hätte das gedacht!"

„Was ist los?", fragte Max.

„Werkzeugspuren innen am Schließmechanismus. Es hat tatsächlich jemand versucht, das Schloss zu knacken."

„Das reicht", verkündete Max. „Wir verschwinden jetzt."

„Ich kann sehr gut nachvollziehen, wie Sie sich fühlen, Mr. Riordan", erklärte Detective Gertski. „Wenn dieser Kerl hinter meiner Frau her wäre, würde ich wahrscheinlich genauso reagieren. Aber für die Aufklärung des Falles könnte es wirklich hilfreich sein, wenn Sie Mrs. Riordan auf die Wache bringen. Bevor Sie aus New York abreisen, sollte sie sich ein paar Fahndungsfotos ansehen. So wie die Dinge stehen, haben wir momentan nicht allzu viele Fakten, mit denen wir arbeiten können."

„Wenn Elizabeth jemanden identifizieren kann, wäre das genug, um ihn festzunehmen?", erkundigte sich Max.

„Nun ja ... leider nein. Wir bräuchten stichhaltige Beweise, bevor wir das t..."

„Das dachte ich mir. Tut mir leid, Detective. Aber verglichen mit dem verbundenen Risiko ist es das einfach nicht wert. Ich bringe meine Frau aus dieser Stadt. Und zwar jetzt, bevor dieser Irre noch Erfolg hat."

Der Mann in dem schwarzen Auto beobachtete den Eingang des Ritz-Carlton. Endlich hielt eine große Limousine vor dem Gebäude, und die Zielperson ging zum Auto, begleitet von einer ganzen Leibgarde. Hinter ihr stieg der Mann ein, der sich als ihr neuer Ehemann herausgestellt hatte. Ein kleinerer Typ mit schütterem Haar und einem Mantel, der schon bessere Zeiten gesehen hatte, kletterte ebenfalls hinein.

Der Sedan-Fahrer schnaubte verächtlich. Der Mann hätte ebenso gut ein Schild mit sich herumtragen können, auf dem „Polizist" geschrieben stand.

Endlich fuhr die Limousine los. Der schwarze Sedan folgte ihr einen Häuserblock weit. Während der Fahrer Sichtkontakt mit dem Wagen hielt, nahm er sein Handy und wählte eine Nummer.

„Angelo hier", sagte er kurz angebunden, als sein Gesprächspartner antwortete. „Ich habe zweimal versucht, die Zielperson zu erwischen. Aber sie hat beide Male Glück gehabt. Jetzt hat sie es wohl mit der Angst zu tun gekriegt. Sieht so aus, als ob sie und ihr Ehemann abreisen. Ich folge der Limousine, aber ich schätze, dass sie auf dem Weg zum Flughafen sind."

„Was ist passiert?“, fragte die Person am anderen Ende.

„Ich hab es Ihnen doch gesagt. Die Schlampe hat Glück gehabt.“

„Wie das?“

Angelo biss die Zähne zusammen. Die Stille dehnte sich unangenehm lang. Er mochte es nicht, wenn man ihn ausfragte. Der einzige Mann, dem er Rede und Antwort zu stehen hatte, war sein Boss Tony Voltura. Schließlich beschloss er jedoch, eine Ausnahme zu machen. Immerhin hatte er diesen Job übernommen, weil der Boss ihn darum gebeten hatte.

„Gestern hab ich versucht, sie zu überfahren, aber eine nervige Alte hat sie weggezerrt. Also habe ich sie nicht richtig getroffen. Sie ist ein bisschen angeschlagen, aber nichts Ernsthaftes. Eigentlich hatte ich gehofft, sie hält das Ganze für einen Unfall.“

Er schnaubte verächtlich. „Heute hab ich mich im Treppenhaus neben der Suite versteckt und gewartet, bis ihr Mann geht. Als er endlich weg war, habe ich ein paarmal an die Tür geklopft. Die Zielperson hat nicht aufgemacht, also hab ich gedacht, sie hat sich hingelegt. Ich hab mich dann an das Schloss gemacht. Als ich das Ding beinahe offen hatte, hörte ich den Aufzug auf der Etage anhalten. Ein paar Sekunden später kam der Ehemann den Flur runter auf mich zu. Ich musste sehen, dass ich verschwinde, bevor der Typ zwei und zwei zusammenzählt und merkt, was ich da mache.“

Das, was jetzt kam, war Angelo unangenehm. „Entweder hat die Zielperson mich durch den Spion gesehen, oder sie hat was gehört. Jedenfalls war auf einmal die Suite voller Leute – Hotelmanager, Sicherheitsdienst, Polizei. Sie und ihr Mann haben gerade 'nen Polizisten mit im Wagen.“

„Verdammt“, schimpfte der Auftraggeber. „Also, was passiert jetzt?“

„Sie ist jetzt gewarnt. Also schlage ich vor, dass wir uns einen Monat oder so zurückhalten, damit sie denkt, die Gefahr ist vorbei. In der Zwischenzeit kümmere ich mich um die anderen Jobs, die ich am Laufen habe. Sobald sie sich wieder eingekriegt hat, macht sie irgendwann 'nen Fehler. Dann bin ich zur Stelle."

„Das ist alles? Etwas Besseres haben Sie nicht zu bieten?"

Bedrohliches Schweigen senkte sich über das Wageninnere. Endlich antwortete der Sedan-Fahrer. Seine Stimme hatte er zu einem drohenden Flüstern gesenkt. „Wenn es Ihnen nicht passt, wie ich die Sache anpacke, suchen Sie sich jemand anders. So oder so behalte ich das Geld, das Sie mir gegeben haben."

„Nein, nein", platzte der Kunde heraus. „Ich hab das nicht so gemeint. Es funktioniert sicher so, wie Sie das machen. Sie haben recht. Wenn Elizabeth erst ein paar Wochen daheim in Houston ist, lässt ihre Aufmerksamkeit irgendwann nach. Und dann macht sie einen Fehler."

„Richtig", bestätigte Angelo. An der nächsten Ecke bog er rechts ab, während die Limousine geradeaus weiterfuhr. „Ich rufe Sie an, sobald ich nach Houston fliegen kann."

Die Limousine hielt vor einem unscheinbaren Apartmentgebäude.

„Wo sind wir? Warum halten wir an?", fragte Elizabeth und sah sich nervös um.

Max legte ihr seine Hand aufs Bein. „Ganz ruhig. Es dauert nicht länger als eine Minute. Detective Gertski bleibt bei dir, während ich schnell reingehe." Er öffnete die Autotür und stieg aus. Bevor er ging, wandte er sich noch einmal um. „Apartment 3 B, richtig?"

„Ja. Ihr Name ist Minnie Phelps."

„Was macht er denn?", erkundigte sich Elizabeth, während Max die Treppe zur Haustür hinaufeilte und dabei immer zwei Stufen auf einmal nahm.

„Hier lebt die alte Dame, die Ihnen gestern das Leben gerettet hat", antwortete Detective Gertski. „Mr. Riordan hat mich eben nach ihrem Namen und ihrer Adresse gefragt. Er will ihr persönlich danken und eine Belohnung überreichen."

Elizabeth fuhr herum. „Wirklich?"

„Ja."

„Oh, wie schön." Elizabeth sah an dem grauen Haus hoch, und ein warmes Gefühl erfüllte sie. „Sie hat die Belohnung verdient. Gestern ist alles so schnell gegangen, dass ich mich kaum an sie erinnere. Aber wenn ich mir diese Gegend so ansehe, dann glaube ich, dass sie einen unverhofften Geldsegen gut gebrauchen kann. Hoffentlich ist Max großzügig."

Detective Gertski gab ein schnaubendes Lachen von sich. „Machen Sie sich keine Gedanken. Ich hab neben ihm gestanden, als er den Scheck ausgestellt hat. Nicht dass Sie denken, ich wollte spionieren oder so was! Aber ich konnte nicht vermeiden, den Betrag zu sehen. Ich würde sagen, die Geldsorgen von Mrs. Phelps sind vorbei."

In diesem Augenblick kam Max mit einer gedrungenen kleinen Frau aus dem Haus, die ein bunt bedrucktes Kleid und eine Schürze trug. Um die Schultern hatte sie einen breiten Strickschal gelegt, um sich vor der beißenden Kälte zu schützen. Sie fuchtelte mit den Händen und redete wie ein Wasserfall.

Max öffnete den Schlag der Limousine. „Steigen Sie ein, Mrs. Phelps. Wir reden drinnen, da ist es wärmer."

Die alte Dame kletterte in den Wagen, ohne ihren Redestrom auch nur einmal zu unterbrechen. „Ach du liebe Güte, nun schau sich einer das an", rief sie aus. Ihr Blick glitt über das geräumige Wageninnere, während ihre abgearbeiteten Hände ehrfürchtig das Polster streichelten. „Oh, das ist ja echtes Leder! Und ist das eine Bar? Ach du liebe Güte. Das glauben mir meine Freundinnen nie im Leben. Ich, Minnie Phelps, in so einem Wagen."

„Mrs. Phelps wollte selbst sehen, ob es dir gut geht", erklärte Max an Elizabeth gewandt, als er einstieg und seinen Platz wieder einnahm.

„Ja, stimmt, das wollte ich", bestätigte die gesprächige Frau. „Die haben Sie gestern so schnell zum Krankenhaus abtransportiert, dass ich nicht mal rausfinden konnte, wie es Ihnen geht oder wie Sie heißen. Ich hab gedacht, ich höre nie wieder was von Ihnen. Dann hat Ihr reizender Mann hier bei mir geschellt und mir einen Scheck in die Hand gedrückt. Und ich muss sagen, so viel Geld hab ich noch nie auf einem Haufen gesehen."

Elizabeth beugte sich vor und ergriff die Hände der alten Frau. „Sie haben jeden Cent davon verdient. Ich weiß nicht, wie ich Ihnen jemals genug danken kann. Wenn Sie mich nicht zurückgezogen hätten, wäre ich wahrscheinlich tot. Das werde ich Ihnen nie vergessen."

Mrs. Phelps erwiderte ihren Druck. „Ich hab dankbar zu sein, Kindchen. Ihnen und Ihrem Mann. Das Geld ist ein Segen für eine alte Frau wie mich. Mein Leben lang musste ich jeden Cent umdrehen. Gott segne Sie beide."

Sie unterhielten sich noch ein wenig und verabschiedeten sich dann. Zum Schluss mussten sie ihr versprechen, sich bei dem nächsten Besuch in New York bei ihr zu melden. Schließlich blieb Mrs. Phelps auf dem Gehsteig hinter ihnen zurück, strahlend und winkend.

Elizabeth legte Max die Hand auf den Arm. „Da hast du etwas sehr Nettes getan. Danke dir."

„Ich kümmere mich um das Meinige", antwortete er mit

einem Schulterzucken.

Tom Givens hatte den Jet betankt und startklar gemacht, als sie auf dem Flugplatz ankamen. Anstatt in die VIP-Lounge zu gehen, wies Max den Fahrer an, auf die Startbahn hinauszufahren. Sie hielten am Fuß der Gangway zu dem kleinen Jet.

Elizabeths Nerven waren augenblicklich zum Zerreißen gespannt. Obwohl sie wusste, dass das eine Täuschung war, fühlte sie sich im Auto sicherer.

„Sitz still", befahl Max, als er und der Detective ausstiegen. Detective Gertski behielt die Umgebung aufmerksam im Blick. Aus dem Innern des Flugzeugs tauchte Tom Givens auf und kam die Treppe herunter, um Max zu begrüßen. Max blieb wachsam, während er sich mit dem Piloten unterhielt, und während des Gesprächs wandelte sich auch Toms Gesichtsausdruck. Aus einem freundlichen Lächeln wurde tiefe Besorgnis, und er fing ebenfalls an, sich misstrauisch umzuschauen.

„Sieht gut aus", rief Detective Gertski Max zu.

Max öffnete den Schlag der Limousine. „Okay, dann mal los", sagte er kurz angebunden.

Elizabeth bemühte sich, ihre Angst zu unterdrücken, und schickte sich an, aus dem Wagen auszusteigen. Aber noch bevor ihre Füße den Boden berührten, hob Max sie hoch.

„Max, ich kann laufen", protestierte sie. Aber er achtete nicht auf ihre Worte und trug sie so mühelos die Stufen zum Flugzeug hinauf, als wäre sie ein Kind. Detective Gertski folgte ihm auf den Fersen, die Augen immer noch wachsam auf die Umgebung gerichtet.

Im Flugzeug trug Max seine Frau quer durch die Kabine und in das kleine Schlafzimmer im Heck. Dort legte er sie aufs Bett.

Von der Tür aus sagte der Detective: „Ich denke, dann

heißt es jetzt, Lebewohl zu sagen. Ich werde Sie und Ihren Ehemann informieren, sobald es irgendwelche neuen Entwicklungen in dem Fall gibt. Es tut mir sehr leid, dass Ihre Flitterwochen ruiniert sind, Mrs. Riordan, aber wenigstens dürften Sie jetzt in Sicherheit sein.“

9. KAPITEL

Von dem Moment an, in dem sie in Max' Armen in dem Jet verschwand, fühlte sich Elizabeth sicherer. Aber noch ungleich größer war ihre Erleichterung, als das Flugzeug kurze Zeit später die Startbahn entlangdonnerte, die Düsenmotoren ein schrilles Pfeifen von sich gaben und sie abhoben. Mehrere Minuten lang gewannen sie an Höhe. Dann ging das Flugzeug in Schräglage, und sie steuerten in Richtung West-Südwest.

„Auf Wiedersehen, New York City, halloooo Houston", schmetterte Tom Givens über die Sprechanlage.

Durch das Fenster neben ihrem Bett beobachtete Elizabeth, wie die Skyline unter ihnen immer kleiner wurde. Sie zog den Reißverschluss ihrer hochhackigen Stiefel auf und streifte sie ab. Mit einem tiefen Seufzer lehnte sie sich gegen den Berg Kissen an der Stirnseite des Bettes und schloss die Augen. Gott sei Dank. Zum ersten Mal seit fast zwei Tagen fühlte sie sich sicher und geborgen.

Kurz nachdem der Jet die endgültige Flughöhe erreicht hatte, erschien Max in der Tür. „Alles in Ordnung?"

„Jetzt geht es mir gut", sagte sie lächelnd.

„Gut. Dann ruh dich aus. Und ruf mich, wenn du irgendetwas brauchst." Er wollte sich schon umdrehen, als sie ihn ansprach.

„Max, könnten wir uns unterhalten?"

„Ja, sicher. Was hast du denn auf dem Herzen?"

„So einiges, um ehrlich zu sein."

„In Ordnung. Worüber möchtest du zuerst reden?"

Elizabeth lächelte darüber, wie er alles in seiner brüsken, geschäftsmäßigen Art nach Wichtigkeit sortierte. Sie klopfte auf die Matratze neben sich. „Warum setzt du dich nicht gemütlich hin? Es sei denn natürlich, du hast wichtige

Arbeit zu erledigen.“

„Nein, nichts, das nicht warten könnte.“ Er hatte schon den Mantel, das Jackett und die Krawatte abgelegt. Nun entfernte er seine goldenen Manschettenknöpfe und steckte sie in die Tasche, bevor er sich auf die Matratze setzte. Dann wandte er sich zu Elizabeth und fing an, die Ärmel hochzukrempeln. „Also? Schieß los.“

„Na ja, zuallererst habe ich mich gefragt, wie dein Terminplan in der nächsten Woche oder so aussieht.“

„Warum willst du das wissen?“, fragte er. Aus seinen Worten sprach die Zurückhaltung eines Mannes, der es nicht gewöhnt ist, über seine Zeit Rechenschaft abzulegen.

„Keine Angst, ich habe nicht vor, dich zu überwachen. Ich will nur anfangen, meinen Anteil an unserem Abkommen zu erfüllen. Um das tun zu können, muss ich wissen, wann wir an gesellschaftlichen Ereignissen teilnehmen oder Gäste zu uns einladen können.“

Er bedachte sie mit einem langen Blick, ohne ein Wort zu sagen. Schließlich meinte er: „Mit ‚zu uns nach Hause‘ meinst du vermutlich die Villa in River Oaks oder Mimosa Landing, richtig?“

„Oh, das tut mir leid. Ich habe einfach angenommen, dass du bei mir einziehst. Es ist mir nie in den Sinn gekommen, dass du vielleicht lieber in deiner Wohnung mit mir leben möchtest. Darüber hätten wir vermutlich schon vor unserer Hochzeit sprechen sollen.“

„Nein, das ist in Ordnung. Ehrlich, mir gefällt dein Zuhause besser.“

„Oh, gut“, antwortete sie und gab sich keine Mühe, ihre Erleichterung zu verbergen. „Denn um die Wahrheit zu sagen, ich könnte es nicht verkaufen. Gladys und Dooley würden dadurch ihren Job verlieren, und das möchte ich ihnen einfach nicht antun.“

Max legte den Kopf auf die Seite. Sein Blick verriet Neugierde. „Sie arbeiten schon lange für dich, nicht wahr?"

„Nicht nur für mich. Als ganz junges Ehepaar kamen sie schon zu meinen Eltern." Sie zog die Nase kraus und lächelte ironisch. „Ich glaube, tief in ihrem Innersten betrachten sie das Haus in Houston eher als ihren Besitz denn als meinen."

„Das ist eine schöne Sache. Und du hast recht, deine Häuser eignen sich besser für Gesellschaften. Wegen meines Terminplans habe ich schon meine Sekretärin angerufen und sie gebeten, ihn etwas freizulegen. In den nächsten paar Wochen muss Troy für mich mitanpacken und sich um alles kümmern, was so anfällt."

„Ach du meine Güte! Das wird ihm bestimmt nicht gefallen."

„Vermutlich bekommt er einen Anfall. Aber das spielt keine Rolle. Troy und ich sind befreundet, seit wir zusammen an der Uni waren. Trotzdem bezahle ich ihn dafür, zu tun, was ich sage, und nicht dafür, dass er mir Befehle erteilt. Ich werde dich auf keinen Fall allein lassen, bis wir sicher sind, dass du nicht mehr in Gefahr schwebst."

Ein warmes Gefühl der Dankbarkeit und der Erleichterung erfüllte Elizabeth. „Danke. Ich weiß das zu schätzen. Es tut mir wirklich sehr leid, dass ich dich von deiner Arbeit abhalte. Aber ich muss zugeben, dass ich mich viel sicherer fühle, wenn du in der Nähe bist."

„Na ja, als ich unsere Abmachung eingegangen bin, habe ich gewusst, dass die Rolle als Ehemann eine gewisse Verantwortung mit sich bringt. Und ich erfülle meine Verpflichtungen."

Es war albern, sich gekränkt zu fühlen, aber seine Worte versetzten ihr trotzdem einen Stich. Sie hätte wissen müssen, dass er nur aus Pflichtgefühl handelte. Mit starrer Miene sah sie auf ihre gefalteten Hände, die auf der Decke ruhten. „Trotzdem, ich weiß zu schätzen, was du getan hast."

Das Schweigen dehnte sich endlos. Nach einer Weile wurde Elizabeth unruhig, und sie räusperte sich. „Ja, also ... du bist dir sicher im Klaren darüber, dass übermorgen Thanksgiving ist."

„Wirklich? Hmm. Daran habe ich noch gar nicht gedacht."

Sie wandte den Kopf und blinzelte Max ungläubig an. „Wie kann einem entfallen, dass am Donnerstag Erntedank gefeiert wird?"

Max zuckte mit den Schultern. „Ich nehme an, ich hatte einfach zu viel anderes um die Ohren. Außerdem, was bedeutet das schon?"

„Das bedeutet, dass übermorgen ein traditioneller Familienfeiertag ist. Und zwar einer, der von den Stantons traditionell ganz groß begangen wird."

„Okay, dann feiern wir eben."

„Das Problem ist, dass uns niemand rechtzeitig zum Fest zurückerwartet. Und dass wir nichts geplant haben."

„Aha? Na ja, dann musst du das wohl nachholen", bemerkte Max. „Du hast ja noch zwei Tage."

Elizabeth warf ihm einen vielsagenden Blick zu.

„Was denn? Wenn du noch nichts organisiert hast, dann tu es eben jetzt. Wo liegt das Problem?", fragte Max, ehrlich verwirrt. „Ruf Gladys an und sag ihr, dass wir zu Thanksgiving daheim sind."

Elizabeth verdrehte die Augen himmelwärts, als erwarte sie von oben Hilfe. „Gladys und Dooley sind diese Woche im Urlaub. Sie besuchen einen ihrer Söhne in Lubbock. Eventuell könnte ich Martha anrufen. Sie ist alleinstehend und hat keine nahen Verwandten. Wenn sie noch keine Pläne hat, könnte ich sie vielleicht überreden, für uns

so kurzfristig ein Festessen auszurichten."
„Na also. Ruf sie an", sagte Max.
„Du meinst, jetzt gleich?"
„Ja, natürlich." Er griff in die Hemdtasche, nahm sein Handy heraus und reichte es ihr. „Sag ihr und deiner Tante, dass wir Donnerstag früh da sind. Morgen sind wir mit rechtlichen Angelegenheiten beschäftigt."
„In Ordnung. Ich werde sehen, was ich tun kann", stimmte Elizabeth zu. „Wie sieht es bei deiner Mutter aus? Kommt sie bis Donnerstag nach Hause?"
„Nein. Ihre Kreuzfahrt geht noch bis Mitte Januar."
„Und Troy?" Der Mann mochte sie zwar nicht, aber vielleicht war er sonst allein. Ihr war nicht wohl bei dem Gedanken, ihn auszuschließen.
„Er hat Familie. Oder so etwas in der Art, nämlich seinen Vater und eine Stiefmutter, die er verabscheut. Ich werde darauf bestehen, dass er sich das lange Wochenende freinimmt und sie besucht. Er ist genauso ein Workaholic wie ich. Vermutlich streitet er sich mit mir darüber, aber am Ende wird er schon hinfahren."
„Aha. Dann bleibt es also bei uns beiden, Mimi und Tante Talitha. Mimi ist übrigens noch auf Mimosa Landing. Sie hat mir bei der Hochzeit gesagt, dass sie dort bleibt und Tante Talitha Gesellschaft leistet, bis wir wieder zurück sind."
„Gut." Er deutete auf das Handy. „Na, dann los."
Während Elizabeth telefonierte, zog Max seine Schuhe aus und machte es sich bequem. Er legte sich neben ihr auf die Seite, den Kopf in eine Hand gestützt. Die ganze Zeit, während sie sprach, konnte sie spüren, wie er ihr Profil betrachtete und sie musterte.
„Martha, meine Liebe, ich weiß, es ist furchtbar kurzfristig, aber tun Sie einfach, was noch möglich ist, in Ordnung?

Dafür bekommen Sie auch eine saftige Zulage, das verspreche ich."

Es gab eine kurze Pause, und Elizabeth verzog das Gesicht, während sie der anderen Frau zuhörte.

„Ja, ja, ich weiß, dass Sie keine höhere Bezahlung erwarten. Aber sonst fühle ich mich einfach nicht wohl bei dem Gedanken, Sie darum zu bitten, an einem Feiertag zu arbeiten."

Die Diskussion zog sich noch etliche Minuten hin, bis Elizabeth das Gespräch endlich beenden konnte.

„Wie ist es gelaufen?", fragte Max.

Elizabeth lachte kurz auf. „Das hast du doch gehört. Martha ist immer beleidigt, wenn ich ihr mehr Geld anbiete. Sie betrachtet mich und Tante Talitha als ihre Familie. Trotzdem würde es ihr im Traum nicht einfallen, zusammen mit uns an Thanksgiving zu Abend zu essen. Tante Talitha und Mimi sind natürlich neugierig, warum wir vorzeitig heimkommen. Aber ich habe es geschafft, sie zu vertrösten, sodass wir ihnen erst übermorgen eine Erklärung geben müssen."

„Hmm. Aber was Thanksgiving angeht, ist jetzt alles so weit klar?"

„Ja. Martha ist natürlich ganz aufgeregt. In anderen Worten: Sie schwebt im siebten Himmel. Kochen ist ihre große Leidenschaft, und am glücklichsten ist sie, wenn es richtig drunter und drüber geht. Ich sehe sie direkt vor mir, wie sie jetzt durch die Küche flattert und eine Einkaufsliste zusammenstellt und ganz außer sich ist. Ehrlich gesagt fühle ich mich fast verpflichtet, den Geschäftsführer des Supermarkts in Brenham anzurufen, wo sie einkaufen geht. Dann könnte ich ihn warnen, dass sie in Kürze wie ein Tornado über den Laden hereinbrechen wird."

Max schwieg einen Moment. Als sie ihn ansah, zog er eine Augenbraue hoch.

„Was ist? Warum schaust du mich so an?"

„Ich bin nur neugierig. Bist du so vertraut mit allen deinen Angestellten?"

„Darüber habe ich noch nie nachgedacht. Ich vermute ja. Warum? Missfällt dir das?"

„Nein, überhaupt nicht. Ich bin nur überrascht. Scheint so, als würde ich jeden Tag etwas Neues über dich erfahren", murmelte er.

„Tatsächlich?" Sie hob das Kinn. „Und? Bringe ich das feste Bild ins Wanken, das du dir von mir gemacht hast?"

„So was in der Art", gab er zu.

Elizabeth starrte ihn an, so lange sie konnte, aber er ließ sich durch ihre Gereiztheit nicht aus der Ruhe bringen. Schließlich wandte sie den Blick ab und fragte: „Hast du Samstag in einer Woche Zeit? Am ersten Dezemberwochenende geben die Van Cleaves traditionell eine Party im Country Club. In der Houstoner Gesellschaft ist das der inoffizielle Startschuss für die Wintersaison. Ich habe meine Einladung vor ungefähr einer Woche bekommen."

„Schau an!" Max' Mund verzog sich zu einem leichten Lächeln. „So was, meine muss irgendwie auf dem Postweg verloren gegangen sein."

„Na ja, was soll ich dazu sagen? Die Van Cleaves sind eben Snobs erster Güte", erklärte Elizabeth mit einer wegwerfenden Handbewegung. „Dabei lebt die Familie erst in zweiter Generation hier in Texas. Aber wenn man sie reden hört, könnte man meinen, ihre Vorfahren hätten bei der Schlacht von Alamo mitgekämpft. Mimi sagt immer, die würden glatt ertrinken, wenn sie mal in den Regen kommen – so hoch, wie die ihre Nase tragen."

Max musste grinsen. „Deine Freundin mag vorlaut und unberechenbar sein, aber sie nimmt jedenfalls kein Blatt vor den Mund."

„Inzwischen hat die Neuigkeit unserer Hochzeit auf jeden Fall die Runde gemacht“, fügte Elizabeth hinzu. „Die Party der Van Cleaves ist die perfekte Gelegenheit für uns, zum ersten Mal als Paar in der Öffentlichkeit zu erscheinen.“

„Glaubst du, deine Hüfte ist bis Samstag wieder in Ordnung?“

„Da bin ich mir sicher.“

„Dann bin ich zu allem bereit – wenn du es auch bist.“

„Wunderbar, dann ist das ja geklärt.“ Gedankenverloren spielte sie mit ihrem Ehering und drehte ihn wieder und wieder um den Finger. „Dir ist hoffentlich klar, dass wir in den nächsten Monaten in Einladungen ertrinken werden. Nicht nur, dass die Saison beginnt – die Leute werden auch einfach neugierig sein und uns zusammen sehen wollen.“

Sie lächelte. „Glaub mir, in Houston dürfte die Gerüchteküche in diesem Augenblick brodeln. Klatschen und tratschen zählt zu den olympischen Disziplinen, die im Country Club besonders gepflegt werden. Alle meine Freunde und Bekannten werden auf jedes noch so geringe Anzeichen für Unstimmigkeiten zwischen uns lauern.“

„Hmm. Nein, daran hatte ich ehrlich gesagt noch nicht gedacht. Aber danke für die Warnung.“ Er überdachte die Sache, dann meinte er: „Wir müssen in der Öffentlichkeit einfach das verliebte Paar spielen.“

„Das heißt … du meinst, du möchtest nicht, dass bekannt wird, warum wir geheiratet haben?“

„Das geht niemanden außer uns beiden etwas an.“

Wenigstens bleibt mir diese öffentliche Demütigung erspart, dachte Elizabeth und seufzte tief vor Erleichterung.

„Wenn wir Einladungen bekommen, überlasse ich einfach dir die Entscheidung, an welchen Veranstaltungen wir teilnehmen“, sagte Max. „In dieser Hinsicht verlasse ich mich voll und ganz auf dein Urteilsvermögen. Du weißt, wer in deinen Kreisen das größte Vermögen hat und wer für Investitionsmöglichkeiten aufgeschlossen ist. Sag mir einfach nur Bescheid, wann ich mich bereithalten soll."

„In Ordnung", sagte Elizabeth.

„Sind wir damit am Ende unserer kleinen Unterhaltung?"

„Ich denke schon. Für den Augenblick wenigstens."

„Gut. Wenn du dich dazu in der Lage fühlst, dann würde ich gern ein bisschen mit dir über dein Anlageportfolio sprechen. Ich habe ein paar Vorschläge dazu, die ich dir und deinem Anwalt gern vorlegen möchte."

„Zum Beispiel?"

„Also, zunächst einmal ..."

Die nächste Stunde verbrachten Elizabeth und Max gemütlich auf dem Bett ausgestreckt, während sie die Entwicklung aller ihrer Wertpapiere unter die Lupe nahmen. Bald fühlten sie sich so entspannt und gelöst, dass sie Ideen und Meinungen austauschten, als wären sie alte Freunde.

Wenn Max ihr riet, bestimmte Werte zu verkaufen, konnte er das ausführlich begründen. Zudem machte er Vorschläge, wie sie den Erlös der Verkäufe wieder anlegen konnte. In diesem Zusammenhang erzählte er ihr von einem Projekt, das er und Troy momentan zusammen planten.

Der Plan sah vor, ein riesiges Areal von acht Häuserblocks in einer heruntergekommenen Gegend von Dallas zu kaufen. Das Ganze sollte dann renoviert und durch Luxusapartments, teure Läden, Parks, Jogging-Strecken und Büroräume aufgewertet werden.

„Unser Ziel ist es, dadurch ein junges, gut verdienendes Publikum anzuziehen. Die Gegend ist ideal für trendige Leute, die im Stadtzentrum leben wollen, nicht weit weg von ihrer Arbeitsstelle. Das gibt ihnen die Möglichkeit, beinahe alles zu Fuß zu erreichen, ob es das Büro ist oder diverse Freizeiteinrichtungen. Außerdem bekommen sie ein großartiges Zuhause in einem schönen Viertel. Ich habe schon angefangen, die Grundstücke aufzukaufen. Bisher habe ich ungefähr die Hälfte des gesamten Areals erworben. Dieses Projekt birgt höhere Risiken als andere, aber ich gehe davon aus, dass es auch mehr abwirft. Aus diesem Grund glaube ich auch, dass es für dich geeignet ist."

„Es klingt gut."

„Wunderbar. Warum rufst du nicht gleich Fossbinder an und bittest ihn um einen Termin, damit wir uns morgen mit ihm treffen können?"

„In Ordnung."

Der Anruf dauerte nicht lange.

„Morgen um zwei erwartet er uns", sagte sie, ehe sie das Handy an Max zurückgab.

Erneut senkte sich Schweigen über die Kabine. Endlich gab Elizabeth ihrer Neugier nach und berührte die Narbe in Max' Gesicht. Mit den Fingerspitzen folgte sie der dünnen Linie von den Augenbrauen über die Nase bis zur linken Wange. „Hattest du einen Autounfall?"

„Nein. Das ist ein Andenken an meine wilde Jugend."

„Oh. Ach so."

„Warum? Stört sie dich?"

„Nein. Ehrlich gesagt gibt sie dir etwas Banditenhaftes, das bestimmt vielen Frauen gefällt."

„Wirklich? Gilt das auch für dich?"

Elizabeth lächelte. „Einigen wir uns darauf, dass ich mich noch entscheiden muss. Also, erzählst du mir jetzt, was passiert ist, oder nicht?"

Max zuckte mit den Schultern. „Ich hatte gerade die Militärzeit hinter mir und sollte im Herbst aufs College gehen. Den Sommer über habe ich als Hilfsarbeiter auf einer Ölplattform vor der Küste von Louisiana gearbeitet. Gerade war ich nach zwei Wochen Arbeit an Land gekommen und bin mit ein paar Kumpels in eine Kneipe gezogen – eine von diesen wilden Spelunken, in denen sie ein bisschen Country-Music und ein bisschen Rockabilly spielen. Wir wollten ein paar Bier trinken und möglichst auch ein paar Mädels abschleppen."

Elizabeth stieg die Röte in die Wangen, aber Max fuhr fort: „Ich war zweiundzwanzig, und der Hafer hat mich gestochen. Um es kurz zu machen, ich habe mit einer niedlichen schwarzhaarigen Schönheit geflirtet, die ganz allein an der Bar saß. Wie hätte ich denn wissen sollen, dass sie und ihr Freund gerade einen Streit hatten und er nur aufs Klo gegangen war, um sich zu beruhigen? Als er zurückkam und sah, wie ich mit seiner Süßen tanzte, ging er dazwischen. Ich war größer als er, also dachte ich, dass ich es leicht mit ihm aufnehmen könnte. Ein oder zwei Schläge, und dann könnten wir weitertanzen."

Max warf Elizabeth von der Seite einen Blick zu. „Falls es dich interessiert, den Texas-Two-Step und ähnliche Tänze beherrsche ich wie kein Zweiter."

„Ach wirklich?", erwiderte sie und versuchte ein Lächeln zu unterdrücken. Sosehr sie sich auch bemühte, sie konnte sich diesen hünenhaften Mann nicht beim Tanzen vorstellen.

„Jedenfalls hatte ich nicht damit gerechnet, dass dieser heißblütige Typ mit einer Bierflasche auf mich losgeht, die er vorher an der Bar abgebrochen hat. Gleich beim ersten Schlag hat er mir das Gesicht aufgeschlitzt. Hat mich höllisch sauer gemacht. Ich hab ihm ein paar ordentliche Hiebe verpasst, bevor meine Kumpels eingegriffen haben. Wenn nicht, wäre ich wahrscheinlich dort verblutet."

„Du willst sagen, dass ihr euch wirklich geschlagen habt? In einer Kneipe?"

Angesichts ihrer leicht schockierten Miene bemerkte Max:

„Lass mich raten, du warst noch nie in deinem Leben in einem waschechten Tanztempel der Südstaaten, stimmt's?"

„Nun … nein. Das nicht, aber …"

„Das dachte ich mir. Glaub mir, das ist eine andere Welt als die der Bälle und gesellschaftlichen Veranstaltungen, mit denen du aufgewachsen bist."

Dem war nichts entgegenzusetzen, und so schwiegen sie wieder.

„Wenn wir schon von Unfällen sprechen, wie geht es deiner Hüfte?", erkundigte sich Max nach einer Weile.

„Ich glaube, die Prellung heilt. Es tut nur weh, wenn ich herumlaufe."

„Tatsächlich?"

Er hob den Kopf und schaute sie an. In den Tiefen seiner Augen konnte sie sehen, wie sein Verlangen zu glühen begann. Sie spürte, dass es ganz von ihr abhing, was als Nächstes passierte.

Mit ein paar Worten konnte sie das Feuer löschen und sich abwenden. Er würde es zulassen. Selbst wenn sie wenig über den Mann wusste, mit dem sie verheiratet war – das bezweifelte sie nicht.

In den vergangenen paar Tagen hatte er wiederholt bewiesen, dass er sich um ihr Wohlergehen sorgte. Natürlich wusste sie nicht, ob das daran lag, dass er sie als wertvolle Investition betrachtete, oder ob er seine Pflicht als ihr Ehemann ernst nahm. Vielleicht empfand er auch ganz allgemein Frauen gegenüber einen starken Beschützerinstinkt. Jedenfalls war sie sich sicher, dass sie lediglich Müdigkeit oder Schmerzen vorschützen müsste, damit er die Glut seines Verlangens für ein anderes Mal bewahrte. Sicherlich würde er ihr noch nicht einmal Vorwürfe deswegen machen.

Doch als sie in seine tiefblauen Augen blickte, erkannte Elizabeth, dass sie ihn überhaupt nicht abweisen wollte. Vielleicht, weil er ihr ein Gefühl der Sicherheit einflößte. Vielleicht aus ehelichem Pflichtgefühl. Vielleicht hatte sie aber auch einfach das Bedürfnis, nach den aufwühlenden Ereignissen der letzten Tage die Berührung eines anderen Menschen zu spüren. Sie wollte sich wieder lebendig und begehrenswert fühlen. Eigentlich tat der Grund auch überhaupt nichts zur Sache.

Sie lächelte und murmelte: „Im Bett tut mir gar nichts weh."

Max brauchte keine weitere Ermunterung.

„Wirklich nicht?", fragte er und verlieh seiner Stimme einen so erotischen Unterton, dass Elizabeth ein Schauer den Rücken herunterlief.

Sie nickte. Plötzlich fühlte sie sich zu schüchtern, um zu sprechen.

„Ich finde, wir sollten uns auf jeden Fall diesen blauen Fleck noch einmal ansehen. Nur um ganz sicherzugehen."

Max ließ seinen Worten Taten folgen. Er ließ seine Fingerspitzen am Bund ihrer Tweedhose entlanggleiten, bis er den Knopf gefunden hatte. Eine geschickte Drehung, das leise Geräusch des Reißverschlusses, und die Hose war offen.

„Heb die Hüften an", befahl er, und Elizabeth gehorchte ihm.

Sofort streifte er ihr die Hose bis zu den Knien hinunter. Dann stand er auf und ging zum Fußende des Bettes.

Ehe sie merkte, was er vorhatte, hatte er sich die Enden der Hosenbeine gegriffen und ihr die Hose ausgezogen.

„Oh! Max, wa…?"

Er ignorierte ihren gestotterten Einwand und ließ sich wieder auf der Bettkante nieder. Als Nächstes brachte er sie in eine sitzende Position und zog ihr den cremefarbenen Pullover über den Kopf. Er warf das Kleidungsstück achtlos über die Schulter, und es landete neben der Hose mitten auf dem Fußboden.

Unwillkürlich zog Elizabeth die Knie an den Körper und schlang die Arme darum. „Du hättest meine Hüfte anschauen können, ohne mir den Pullover auszuziehen, weißt du.“

„Ja, weiß ich.“ Er betrachtete sie mit einem sinnlichen Leuchten in den Augen, während er nun seinerseits die Hose auszog und sein Hemd aufzuknöpfen begann. Völlig unbefangen streifte er sich den schwarzen Slip ab, bettete sich neben sie und brachte sie dazu, sich ebenfalls wieder hinzulegen.

„Du brauchst vor mir nichts zu verstecken. Ich hab alles schon gesehen, was es da zu sehen gibt“, bemerkte er. Langsam schob er ihre Hände zur Seite. „So, das wär's. Dann lass mich mal den Bluterguss ansehen.“

Vor Verlegenheit lag Elizabeth ganz still. Sie versuchte erfolglos, ihr Nervenflattern zu unterdrücken, aber unter Max' durchdringendem Blick fühlte sie sich unsagbar verletzlich und ausgeliefert. Falls Max ihr Unbehagen bemerkte, dann ließ er sich das jedenfalls nicht anmerken.

Sein sinnlicher Gesichtsausdruck wich einem Stirnrunzeln, als er das schwarzblaue Mal anschaute, das sich über ihre Seite zog. „Verdammt. Das sieht noch schlimmer aus als gestern. Bist du sicher, dass es nicht wehtut?“

„Du weißt doch, wie blaue Flecke sind. Sie sehen am zweiten oder dritten Tag immer schlimmer aus.“

Sanft drückte Max mit dem Finger auf die verfärbte Haut. „Tut das weh?“

Elizabeth schüttelte den Kopf. „Es ist ein bisschen empfindlich, das ist alles.“

Zu ihrer Überraschung schob sich Max näher an sie heran und beugte sich über ihre Hüfte. Sanft küsste er sie genau in die Mitte des Blutergusses. Die zarte Liebkosung ließ sie erzittern. Er blickte auf und lächelte.

Erneut senkte er den Kopf und beschrieb mit kleinen Küssen eine Linie von ihrem Nabel ... über den Bauch ... bis hinunter zum Saum ihres marineblauen Slips.

Als er bei dem winzigen Dreieck aus Seide und Spitze angekommen war, hob Max den Kopf und ließ den Blick aufreizend langsam über den Slip und den passenden BH wandern. „Verdammt, Weib, du hast aber sexy Unterwäsche. Nie im Leben hätte ich geglaubt, dass sich unter deinem eleganten, damenhaften Äußeren Wäsche verbirgt, die nicht jugendfrei ist."

Er schien sie mit seinen leuchtend blauen Augen förmlich verschlingen zu wollen, und Elizabeth spürte, wie eine Hitzewelle sie von Kopf bis Fuß überflutete. „Das stimmt doch gar nicht. Das ist ganz und gar schickliche Unterwäsche. Nur weil sie hübsch aussieht, kann man sie noch lange nicht als Reizwäsche bezeichnen."

„Das hängt ganz davon ab, wer sie trägt. Glaub mir, an dir sind die Sachen so sexy, wie sie nur sein können." Mit einer geschickten Bewegung der Finger öffnete er den Vorderverschluss ihres BHs und lächelte beifällig, als sich ihm die sanften Rundungen ihrer Brüste unbedeckt darboten. „Und noch erotischer ist es, wenn du nichts anhast", fügte er heiser flüsternd hinzu. Im nächsten Augenblick hatte er die Lippen um eine ihrer aufgerichteten Spitzen gelegt.

Elizabeth gab nur einen undeutlichen Laut von sich. Ihr Rücken hob sich von der Matratze, als Max an der empfindlichen Knospe saugte. Ohne den Kuss zu unterbrechen, nutzte er die Gelegenheit und zog ihr den Slip bis zu den Knöcheln herunter. Von Leidenschaft überwältigt, streifte sie ihn endgültig ab.

Ohne zu merken, was sie tat, vergrub Elizabeth ihre Finger in Max' Haar und presste seinen Kopf gegen ihre Brust.

Einen Augenblick später löste er sich von der einen Knospe, um sich der anderen zuzuwenden. Der plötzliche Luftzug auf der feuchten Haut steigerte Elizabeths Erregung noch.

Max ließ seinen offenen Mund über die Rundungen der Brüste zu der zarten Mulde dazwischen gleiten. Sein warmer Atem löste eine Gänsehaut aus, und als er nun mit der Zungenspitze kleine Kreise auf ihrer Haut beschrieb, erzitterte Elizabeth.

„Gefällt dir das?", flüsterte Max.

„J-ja."

Er schob sich nach oben und verteilte Küsse entlang ihres Schlüsselbeins, bis er den Hals erreicht hatte und spielerisch an der zarten Haut knabberte. „Und das?"

„Ja. Oh ja!"

Als er an ihrem Ohrläppchen zupfte, stöhnte sie unwillkürlich auf. An ihrer Halsbeuge konnte sie spüren, wie er lächelte. „Mmh, das gefällt dir auch, nicht wahr?"

„J-ja, ich … oh!"

In einer einzigen geschmeidigen Bewegung umfasste er ihre Taille mit beiden Händen und drehte sich auf den Rücken, während er sie über sich festhielt. Einen Moment lang hielt er sie auf Armeslänge von sich ab und begegnete lächelnd Elizabeths verwirrtem Gesichtsausdruck.

„Max, wa…?"

„Ich sorge nur dafür, dass wir dem blauen Fleck nicht zu nahe kommen", murmelte er. Er wandte seinen Blick nicht von ihr ab, während er sie langsam absenkte. Als sie ihn an der geheimsten Stelle ihres Körpers spürte, sog sie scharf die Luft ein. Langsam und mit winzigen Bewegungen drang er in sie ein. Sie versuchte die süße Folter abzukürzen und sich ganz mit ihm zu vereinigen, aber er duldete es nicht.

„Nein. Schau mich an. Schau mir in die Augen."

Elizabeth gehorchte und erkannte die glühende Lust in

seinem Blick, während er sie Zentimeter um Zentimeter auf sich absenkte. Endlich war er ganz und gar mit ihr verbunden.

Als sie aufstöhnte, ließ er die Hände an ihrer Taille hinabwandern und umfasste ihre Hüften, um mit sanftem Druck ihre Bewegungen zu steuern. Anfangs gab er einen beinahe quälend langsamen Rhythmus vor, aber je stärker die Lust von Elizabeth Besitz ergriff, desto schneller und heftiger bewegte sie sich selbst.

Sie stützte Max die Hände auf die Schultern, den Kopf in den Nacken gelegt, die Augen geschlossen. Schnell wurde es zu – zu heiß, zu intensiv, zu köstlich. Sie erreichte ihren heftigen Höhepunkt nur zu schnell. Die Lust, die sie durchströmte, war stärker als alles, was sie jemals zuvor erlebt hatte. Den Laut des Entzückens, der sich ihr entrang, hätte sie nicht unterdrücken können, selbst wenn sie ihn bewusst wahrgenommen hätte.

Erschöpft ließ sie sich auf Max' Brust sinken – keuchend, verausgabt, zutiefst befriedigt. Noch immer war ihr Körper mit Max vereinigt.

Einige Momente lag er ruhig unter ihr, während er ihr zärtlich den Rücken streichelte. „Alles in Ordnung?", fragte er nach einer Weile.

„Hmm." Der Laut war alles, was sie herausbrachte, bis er seine Hüften anhob. Elizabeth riss die Augen auf. „Oh. Du hast nicht … du …"

Max lachte. „Mach dir keine Gedanken um mich." Ohne die intime Verbindung zwischen ihnen zu lösen, rollte er sie auf den Rücken. Auf seine durchgestreckten Arme aufgestützt, betrachtete er ihr erhitzten Wangen und den befriedigten Ausdruck auf ihrem Gesicht und lächelte. „Das war erst das Vorspiel."

Er bewegte die Hüften. Ohne darüber nachzudenken,

schlang Elizabeth die Beine um ihn.

„Genau so", ermunterte Max sie.

Sein Blick hielt sie in seinem Bann, während seine Bewegungen immer schneller und heftiger wurden.

Nach dem unglaublichen Höhepunkt, den Elizabeth gerade erlebt hatte, hätte sie geglaubt, nicht so bald wieder Verlangen empfinden zu können. Aber zu ihrem Erstaunen dauerte es nicht lange, bis ihr Körper wiederum zu reagieren begann. Erneut staute sich in ihr jenes verzehrende, brennende Gefühl an und schrie nach Erlösung.

„Komm schon, komm schon, Baby, bleib bei mir", ermunterte er sie. Er wandte die Augen nicht von ihrem Gesicht, während ihre Lust in schwindelerregende Höhen stieg. „Das ist es. Jetzt ... jetzt! Ja!"

Zum letzten Mal drang Max tief in sie ein und hielt dann inne, pure Ekstase im Gesicht, während ihn ein heftiges Beben durchfuhr.

Im selben Augenblick schrie Elizabeth auf, als die Welt um sie herum in Flammen aufzugehen schien.

Max seufzte tief und ließ sich neben ihr auf den Rücken fallen.

Weder er noch Elizabeth bewegten sich. Die Augen geschlossen, die Arme über dem Kopf ausgestreckt, rangen sie mit klopfendem Herzen nach Luft.

Nach einer Weile spürte Elizabeth, wie er auf dem Kissen neben ihr sich zu ihr wandte. „Ich glaube, wir haben uns gerade für die Aufnahme in den Mile-High-Club qualifiziert."

Elizabeth blinzelte ihn an und zog eine Augenbraue hoch. „Wir beide?"

„Ja. Ob du es glaubst oder nicht, du bist die erste Frau, die jemals mit mir an Bord dieses Flugzeugs gewesen ist. Ich kann natürlich nicht beschwören, dass Tom niemals eine

Frau hierher gebracht hat, wenn ich nicht mit an Bord war, aber für mich war es das erste Mal."

„Tom! Ach du meine Güte!" Sie schoss hoch und setzte sich hin, die Arme vor den nackten Brüsten verschränkt. Über die Schulter hinweg warf sie Max einen entsetzten Blick zu. „Ich hab ihn ganz vergessen. Denkst du, dass er uns gehört hat? Dass er Bescheid weiß?"

Max lachte. „Wir waren nicht gerade leise."

Elizabeth stöhnte und ließ sich wieder auf den Rücken fallen. „Ach du liebes bisschen. Wie kann ich ihm jemals wieder gegenübertreten?"

Max drehte sich auf die Seite und zog ihre Hände von den Brüsten weg. „Versteck dich nicht vor mir", befahl er mit sanfter Stimme. „Du bist meine Frau, und ich schaue dich gern an."

Er hob seinen Blick zu ihrem Gesicht und lächelte sie an. „Außerdem habe ich dich nur aufgezogen. Tom kann außer dem Motorengeräusch nichts hören. Zumal er Kopfhörer trägt."

„Bist du sicher?"

Max zuckte mit den Achseln und machte eine gleichgültige Handbewegung. „Ziemlich sicher. Aber selbst wenn er etwas gehört hat, was soll's? Wir sind verheiratet."

Elizabeth stieß einen gereizten Laut aus, stupste ihn heftig gegen die nackte Schulter und entrüstete sich: „Oh! Wenn das nicht typisch Mann ist!"

Falls Tom Givens irgendetwas von den Vorgängen im hinteren Teil des Flugzeugs ahnte, dann besaß er zumindest genug Verstand und gute Manieren, es nicht zu zeigen. Seine Miene war unverändert höflich, als Max nach der Ankunft in Houston Elizabeth aus dem Flugzeug trug und in sein Auto setzte.

Als sie in dem Haus in River Oaks ankamen, war es bereits spät. Der Anblick des dunklen Hauses jagte Elizabeth einen Schauder über Nacken, Arme und Schultern.

„Wo sind denn alle?“, fragte Max, als er das Licht in der Eingangshalle anknipste, sodass der große Kronleuchter erstrahlte.

„Ich hab dir doch erzählt, dass Gladys und Dooley ihren Sohn in Lubbock besuchen.“

„Ach ja, richtig.“ Er blickte auf die Taschen, die er trug. „Wo soll ich die hinstellen?“

„Hier entlang.“

Elizabeth führte ihn die breite Treppe hinauf. Auf dem oberen Absatz wandte sie sich nach rechts und ging einen langen Flur hinunter. Kurz vor den breiten Türen am Ende blieb sie stehen.

„Das ist mein Zimmer“, sagte sie und öffnete die Tür zu ihrer Rechten.

Max ging ein paar Schritte in den Raum hinein. „Es ist kleiner, als ich erwartet hätte.“

„Ach nein, das ist nicht das Hauptschlafzimmer“, erklärte sie. „Edward mochte es nicht, mit jemandem in einem Zimmer zu schlafen. Kurz nach unserer Hochzeit hat er diesen Teil des Hauses umbauen lassen. Das hier war ursprünglich das Zimmer der Kinderfrau. Und das Ankleidezimmer dort drüben war das Kinderzimmer. Es ist jetzt mit diesem Raum, mit dem gemeinsamen Schlafzimmer auf der anderen Seite und mit meinem Badezimmer verbunden.“

Max durchquerte den Raum und steckte den Kopf durch die Tür am anderen Ende. „Du liebe Zeit, dieses Ankleidezimmer ist riesig. Das ist größer als in anderen Wohnungen das Wohnzimmer.“

Elizabeth stand in der Mitte des Raumes. Sie trat von einem Fuß auf den anderen und wusste nicht recht, wie sie mit der Schlafzimmerfrage umgehen sollte.

„Wenn, äh… wenn du das große Schlafzimmer haben möchtest, nur zu. Ich fühle mich hier wohl."

Max warf ihr einen Blick zu und schüttelte den Kopf. „Nein. Du bist meine Frau. Ich schlafe mit dir in einem Bett." Er ging durch das Ankleidezimmer und die Tür auf der anderen Seite ins Schlafzimmer. Elizabeth folgte ihm und fragte sich wieder einmal, was in seinem Kopf vorging.

„Schöner Raum", meinte er. Er sah sich um und untersuchte das handgeschnitzte, fast vier Meter hohe viktorianische Himmelbett, die Nachttische, den mannshohen Spiegel und die Herrenkommode.

Offenbar zufrieden, warf er einen Blick in das angrenzende prächtige Badezimmer, ein weiteres Ankleidezimmer und ein kleineres Wohnzimmer. „Sieht ganz so aus, als hätte es sich Edward hier gut gehen lassen. Diese Zimmerflucht ist mit dem allerneuesten Luxus und allen Bequemlichkeiten ausgestattet. Und sie nimmt die ganze Länge dieses Gebäudeflügels ein."

Er schaute Elizabeth wieder an. „Du solltest den Raum in Besitz nehmen."

„Du … du meinst, wir sollten hier schlafen?"

„Noch nicht. Erst wünsche ich mir, dass du ihn komplett neu gestaltest. Ihn zu unserem machst."

10. KAPITEL

An Thanksgiving kamen Elizabeth und Max gegen Mittag auf Mimosa Landing an. Kaum waren sie aus dem schneidenden Wind ins Warme getreten, als Tante Talitha, Mimi und sogar die gemütliche Martha mit Fragen über sie herfielen.

„Was ist passiert?"

„Warum seid ihr schon zurück?"

„Bist du krank?"

„Ach du meine Güte, du siehst aber ein bisschen spitz um die Nase herum aus, Kindchen."

„Es geht mir gut, Tante Talitha. Gebt uns nur genug Zeit, um die Mäntel auszuziehen", bat Elizabeth. „Dann erklären wir alles."

Mit offenkundiger Ungeduld warteten die Frauen, bis alle im Salon um das lodernde Kaminfeuer herum saßen. Nur Martha verharrte auf der Türschwelle.

Die Haushälterin von Mimosa Landing war das genaue Gegenteil von der in Houston. Während Gladys groß und stämmig war, sah Martha beinahe kugelrund aus. Mit ihrer stillen, anspruchslosen Art wirkte sie gegen die eher schroffe Haushälterin in River Oaks fast unterwürfig.

Tante Talitha warf Elizabeth einen herrischen Blick zu und stieß ihren Stock auf den Fußboden. „Nun? Raus damit."

Elizabeth beunruhigte ihre Tante nur ungern. Aber sie hielt es für das Beste, ehrlich zu erzählen, was geschehen war. Auf keinen Fall wollte sie riskieren, sich später zufällig zu verplappern.

Sie stellte die Geschichte so harmlos dar, wie sie nur konnte. Als sie fertig war, starrten sie alle drei Frauen mit einem Ausdruck des Entsetzens an.

„Ach du lieber Himmel." Talitha schlug sich die altersfleckige Hand vor den Mund. „Aber das ist ja fürchterlich!

Dieses … Ungeheuer hat versucht, dich mitten auf der Straße zu überfahren?“

„Ja. Wenn Mrs. Phelps nicht gewesen wäre, würde ich wahrscheinlich nicht mehr leben.“

„Ich hoffe, du hast ihre Adresse“, sagte ihre Tante. „Ich muss der Dame schreiben und mich bedanken.“

„Der Gangster ist dir wahrscheinlich zum Hotel gefolgt. Er muss eure Suite beobachtet und darauf gewartet haben, dass Max geht.“ Mimi schauderte und rieb sich die Arme, auf denen eine deutliche Gänsehaut zu sehen war. „Das ist echt unheimlich.“

„Ich verstehe das einfach nicht. Warum um Himmels willen sollte jemand Elizabeth töten wollen?“, fragte Tante Talitha.

Zum ersten Mal erhob Max die Stimme und sagte: „Detective Gertski denkt, dass es eine Verwechslung ist. Ich bin geneigt, ihm zuzustimmen. Aber nach zwei Mordanschlägen habe ich mich entschlossen, Elizabeth aus New York wegzubringen. Wir hätten natürlich für den Rest der Flitterwochen woandershin reisen können, aber sie wollte nach Hause kommen.“

„Aber natürlich wollte sie das! Da hast du das Richtige getan, mein Junge. Nach so einem Schrecken braucht das Kind ihre Familie.“

Tante Talitha warf Max einen wohlwollenden Blick zu und tätschelte ihm den Arm. „Ich bin so froh, dass sie jetzt einen richtigen Mann hat, der sich um sie kümmert, nicht so ein Muttersöhnchen wie es dieser Tunichtgut Edward Culpepper war. Ich habe den Mann nie gemocht“, erklärte sie. Um ihre Worte zu unterstreichen, stieß sie den Gehstock auf den Perserteppich.

Mimi betrachtete Max und sagte in ihrer gedehnten Sprechweise: „Ich kann nur sagen, Süßer, ich hoffe, dass du verdammt noch mal gut im Bett bist. Denn diese Flitterwochen kann man ansonsten ja wohl vergessen."

„Mimi, benimm dich", ermahnte Talitha. Aber ihr Tonfall machte deutlich, dass sie die Hoffnung darauf längst aufgegeben hatte.

„Ich glaube, ich habe gerade den Küchenwecker gehört", murmelte Martha und eilte davon. Einen Moment später tauchte sie wieder auf der Türschwelle auf und verkündete, dass das Abendessen fertig sei.

Während des Essens fuhren die Frauen fort, über die Ereignisse in New York zu spekulieren. Jetzt, da sie zu Hause war, fühlte sich Elizabeth sicher. Die beiden schrecklichen Erlebnisse kamen ihr beinahe vor wie schlechte Träume, und sie wünschte sich nichts sehnlicher, als sie einfach zu vergessen. Als das Abendessen vorbei war, hatte sie das Thema mehr als satt.

Ächzend und mit lauten Klagen darüber, dass sie zu viel gegessen hatten, zog sich die Gesellschaft nach der Mahlzeit in den Salon zurück. Der große Raum war erst 1950 erbaut worden, während der Rest des weitläufigen Herrenhauses aus dem neunzehnten Jahrhundert stammte. Hier hielt sich die Familie am meisten auf.

„Warum zeigst du mir nicht das Anwesen?", schlug Max vor, ehe Elizabeth noch Gelegenheit hatte, es sich gemütlich zu machen. „Ich weiß nicht, wie es dir geht, aber ich könnte ein bisschen Bewegung brauchen."

„Gute Idee", antwortete sie. Sie war dankbar für die Gelegenheit, weiteren sinnlosen Diskussionen um Mordversuche und Tatmotive zu entfliehen. Außerdem gab es nichts, was sie lieber tat, als jemanden auf ihrer geliebten Farm herumzuführen.

„Mimi, willst du mitkommen?", fragte Elizabeth die Freundin.

Mimi kicherte. „Machst du Witze, Süße? Auf keinen Fall werde ich in meinen High Heels über irgendwelche Felder stolpern.“

„Du könntest dir ein Paar Turnschuhe anziehen.“

Die einzige Reaktion war ein undamenhaftes Schnauben. „Also wirklich, meine Liebe, sehe ich etwa so aus, als könnte ich etwas Derartiges auch nur besitzen?“

Mit einem theatralischen Seufzer ließ Mimi sich auf eins der langen Sofas im Salon fallen und streckte sich aus. Talitha saß wie immer in ihrem gepolsterten Schaukelstuhl, den Gehstock quer über den Schoß gelegt.

„Geht schon, ihr zwei.“ Mimi wedelte Elizabeth und Max mit ihrer beringten Hand fort. „Ehrlich gesagt sind Tante Talitha und ich nur froh, wenn keiner hier sitzt und darauf besteht, ein Fußballspiel anzuschauen. Während ihr beiden über die Felder rennt, in Kuhfladen tretet und euch den Hintern abfriert, machen wir es uns vor einem dieser Shopping-Sender gemütlich.“

„Viel Spaß“, sagte Elizabeth lachend. Sie schaute Max an. „Ich brauche nur einen Augenblick, damit ich nach oben laufen und mir ein Paar Jeans und feste Schuhe anziehen kann.“

„Aber sicher. Nur zu.“

„Warte mal. Ich komme mit.“ Träge hievte sich Mimi vom Sofa. „Das ist *die* Gelegenheit für ein privates Gespräch unter Frauen.“

Arm in Arm spazierten die beiden hinaus. Mimi schaute über die Schulter zurück, schenkte Max ein schelmisches Lächeln und zwinkerte ihm zu.

Er beobachtete, wie sie den Raum verließen, und schüttelte den Kopf. „Wie in aller Welt kommt es, dass ausgerechnet Elizabeth und Mimi so eng miteinander befreundet sind?“

„Ja, ein unwahrscheinliches Paar, nicht wahr?“ Tante Talitha deutete auf den Stuhl neben sich. „Komm her und setz dich, dann erzähle ich dir die Geschichte dieser Freundschaft."

Max gehorchte, aber die alte Frau begann nicht sofort, sondern blickte ein paar Augenblicke lang versonnen vor sich hin.

„Zunächst einmal muss ich dir ein bisschen von unserer Familie erzählen, damit du die Geschichte verstehst", sagte sie schließlich.

Max nickte. „In Ordnung. Nur zu." Er gehörte zu einer schnelllebigen Generation und bewegte sich in einem Umfeld, in dem Zeit Geld war. Es entsprach seiner Natur, schnell auf den Punkt zu kommen. Bei jedem anderen hätte er versucht, die Sache zu beschleunigen. Aber schon jetzt hatte Max begriffen, dass der Versuch sinnlos war, die alte Dame anzutreiben. Großtante Talitha hatte ihr eigenes Tempo.

„Elizabeths Vater, Ransom Patrick Stanton, war der Sohn meines Bruders Pierce. Pierce war wesentlich älter als meine Zwillingsschwester Mariah und ich, weil wir Nachkömmlinge relativ alter Eltern waren. Daher waren wir erst fünf Jahre alt, als Ransom geboren wurde. Für uns war er immer mehr ein Bruder als ein Neffe. Ach, und er ist zu so einem gut aussehenden jungen Mann herangewachsen!"

Versonnen lächelte die alte Dame. „Er war ein echter Stanton, mit einer starken Persönlichkeit und voller Pioniergeist. Die ganze Familie war glücklich über seine Hochzeit mit Victoria Trent. Sie war so ein wunderbares Mädchen, der Inbegriff einer höheren Tochter. Victoria und Ransom waren das perfekte Paar. Alle haben das gesagt: ein starker, selbstbewusster Mann und eine elegante Schönheit. Auch er sah gut aus, auf diese raue, kernige Art und Weise. Mit seinem einnehmenden Wesen passte er hervorragend zu Victorias liebevoller und mitfühlender Art. Elizabeth gerät ganz nach ihnen, im besten Sinne."

Tante Talithas Augen wurden feucht. „Und das Kind hat

seine Eltern vergöttert, besonders die Mutter. Victoria starb an Brustkrebs, als Elizabeth neun Jahre alt war. Das arme Kind war völlig verzweifelt. Nicht dass sie geweint und geschrien hätte – ehrlich gesagt haben wir so etwas sogar gehofft! Stattdessen wurde sie immer ernsthafter und stiller und zog sich von allen zurück. Sie hat ihre ganze Trauer und Qual in sich hineingefressen. Nur wenige Tage vor Victorias Tod hat unser Houstoner Nachbar Horace Whittington seine Mimi geheiratet. Mimi war damals gerade neunzehn Jahre alt, Horace ein Witwer jenseits der fünfzig."

Wissend nickte Max. „Ach so, jetzt verstehe ich. Das Mädchen aus dem schlechten Teil der Stadt schnappt sich einen reichen alten Mann und setzt sich ins gemachte Nest. Ich hab mir schon gedacht, dass so etwas dahinterstecken muss. Trotz der Designerkleidung und der Juwelen scheint sie nicht ganz den Schliff zu haben wie jemand, der in die bessere Gesellschaft hineingeboren wurde." Und ich weiß, worüber ich spreche, dachte Max insgeheim. Denn dasselbe galt schließlich für ihn.

Natürlich ... auch Elizabeth hatte ihn wegen seines Geldes geheiratet. Trotzdem dachte er nicht schlecht von ihr. Zum einen, weil die Heirat ja immerhin seine Idee gewesen war. Und zum anderen, weil sie eine geschäftliche Verbindung zum beiderseitigen Vorteil eingegangen waren, ohne falsche Erwartungen zu hegen. Er fragte sich, ob der arme alte Horace gewusst hatte, dass Mimi nur hinter seinem Geld her gewesen war.

Max schnaubte verächtlich und schüttelte den Kopf. „Nun ja. Man sagt ja, Alter schützt vor Narrheit nicht."

„Verständlich, dass du so denkst", murmelte Talitha. „Ich muss zugeben, auch ich habe das anfangs geglaubt. Wir alle. Aber wir wurden bald eines Besseren belehrt. Mimi hatte eine schwierige Kindheit hinter sich. Nach dem Tod ihrer

Eltern wurde sie von einem Verwandten zum nächsten weitergereicht. Aber niemand wollte sie. Nach ungefähr einem Jahr kam sie ins Heim, und das war's. Bis sie sechzehn war, lernte sie ein Heim nach dem anderen von innen kennen. Dann beschloss sie, dass sie genug davon hatte, und ist abgehauen."

Mit einem nachsichtigen Lächeln beugte sich Tante Talitha zu Max. „Als Horace sie traf, war sie Turniertänzerin. Ich glaube, er war der erste Mensch, der ihr ehrliche Liebe entgegenbrachte. Und Mimi liebte ihn auch, von ganzem Herzen. Über zwanzig Jahre lang waren sie eines der glücklichsten Paare, die ich je gekannt habe. Es hat sie fast umgebracht, als sie ihn verloren hat. Horace, Gott hab ihn selig, hat durch ihre vorlaute Art hindurch und direkt in ihr Herz gesehen, und dort fand er Gutmütigkeit, Mitgefühl, Ehrlichkeit.

Und Elizabeth ist mit dem klaren Blick des Kindes dasselbe gelungen. Mimi ihrerseits hat den aufgestauten Schmerz und die Trauer in den Augen eines kleinen Mädchens erkannt, das gerade seine Mutter verloren hatte. Wenn die Einsamkeit für Elizabeth unerträglich wurde, hat sie sich durch die Hecke zwischen den beiden Anwesen hindurchgezwängt und ist zu Mimi gegangen. Sie musste nichts sagen. Mimi hat nur einen Blick auf das traurige kleine Gesicht geworfen und dann alles stehen und liegen gelassen, um das Kind in den Arm zu nehmen."

Talitha schüttelte den Kopf. Die Erinnerungen zauberten einen weichen Ausdruck auf ihr Gesicht. „Wenn Elizabeth verschwand, wusste ich immer, wo ich sie finden konnte. Wie oft bin ich in den Wintergarten der Whittingtons gekommen und habe Mimi vorgefunden, die Elizabeth auf dem Schoß hatte und sie tröstete."

Talitha sah Max an. „Ich werde Mimi ewig dankbar sein,

dass sie Elizabeth geholfen hat, diese schreckliche Zeit zu überstehen. Die beiden hatten seitdem eine enge Beziehung. Natürlich hat sie sich im Laufe der Jahre verändert, als Elizabeth älter wurde. Was als Verhältnis zwischen einem Kind und einer Erwachsenen angefangen hat, ist längst zu einer gleichberechtigten Freundschaft geworden. Aber nah stehen sie sich nach wie vor. Es vergeht kaum ein Tag, an dem sie sich nicht sehen, und wenn es nur für die Tanzstunde ist."

„Tanzstunde?"

„Mimi hat angefangen, Elizabeth Tanzstunden zu geben, als sie neun Jahre alt war. Bis heute tanzen sie jeden Morgen eine Stunde zusammen in dem Studio im Haus der Whittingtons. Selbst hier hat Elizabeth über dem Kutscherhaus einen Raum dafür ausbauen lassen. Sie tanzen, um in Form zu bleiben und weil sie Spaß daran haben."

„Hmm. Da würde ich gern einmal zuschauen."

„Viel Glück. Elizabeth mag kein Publikum. Aber was ich eigentlich mit der langen Geschichte sagen wollte, ist, dass der Himmel uns Mimi geschickt hat, als das Kind sie brauchte. Und heute ist sie Elizabeths beste Freundin."

„Vielen Dank, dass du mir das erzählt hast", sagte Max. „Jetzt ergibt das alles mehr Sinn."

„Ja. Es ist interessant, wie sich das feste Bild, das man von einer Person hat, durch einen anderen Blickwinkel ändern kann, nicht wahr?" Talitha hielt seinen Blick gefangen. In ihren verblassten blauen Augen erkannte Max die Klugheit eines langen Lebens.

„Ja. Ja, stimmt."

„Darf ich dir einen Rat geben?"

„Sicher." Max hatte das Gefühl, sie würde es sowieso tun, egal was er sagte.

„Ein kluger Mann würde nicht versuchen, diese Freundschaft zu zerstören."

Er dachte einen Moment darüber nach. Dann nickte er. „Ich bin sicher, dass du recht hast."

Sobald sie sich außer Hörweite befanden, drückte Mimi Elizabeths Arm und beugte sich vertraulich zu ihr. „Ich bin schon seit Stunden ganz wild drauf, dich unter vier Augen sprechen zu können, damit ich dir diese Frage stellen kann: Wie ist er?", flüsterte sie.

„Wie ist wer?"

„Max. Du weißt schon … im Bett."

„Mimi! Was für eine Frage ist denn das? Benimm dich."

„Sei nicht albern. Also?"

„Vergiss es. Das Thema steht nicht zur Debatte."

Inzwischen hatten sie den oberen Treppenabsatz erreicht, und Elizabeth entwand sich dem Griff der Freundin. Sie eilte den Flur hinab zu ihrem Schlafzimmer, und Mimi folgte ihr. Die Absätze ihrer Stilettos trommelten über den Parkettfußboden.

Im Schlafzimmer ging Elizabeth zielstrebig auf den riesigen begehbaren Kleiderschrank zu. Aber am Eingang blieb sie stehen und hob ihre Haare an. Ohne dass sie darum bitten musste, zog Mimi den langen Reißverschluss herunter.

„Ach komm schon, Süße. Ich bin deine beste Freundin. Du kannst es mir sagen. Ich werde kein Sterbenswörtchen verraten. Ehrenwort." Sie hielt vier Finger hoch. „Pfadfinderehrenwort."

Elizabeth war bereits dabei, aus dem langen Wollkleid zu schlüpfen, das sie zum Abendessen getragen hatte. Nun hielt sie inne und zog zweifelnd eine Augenbraue hoch. „Na klar."

Sie ging zum Schrank und hängte ihr Kleid auf. Mimi folgte ihr auf dem Fuße.

Nachdem Elizabeth ihre Pumps ausgezogen hatte, hakte sie ihre Daumen in den Bund ihrer Nylonstrumpfhosen und streifte sie ebenfalls ab. Sie warf das federleichte Kleidungsstück in den mit Satin ausgekleideten Korb, der ihre Handwäsche aufnahm.

„Du warst doch nie bei den Pfadfindern."

„Okay, okay. Also, vielleicht würde ich es Doreen erzählen", gab Mimi kleinlaut zu. „Aber nur, weil wir 'ne Wette laufen haben."

„Ihr habt was?" Elizabeth fuhr herum. Ihre Hand krampfte sich unwillkürlich um die Jeans, die sie gerade vom Bügel genommen hatte. Nur mit einem hellblauen Spitzenslip und dem dazu passenden BH bekleidet, stemmte Elizabeth die Fäuste in die Hüften. „Du hast tatsächlich eine Wette auf mein Sexleben abgeschlossen? Ehrlich, Mimi, das geht zu weit. Sogar für dich."

„Also, bevor du jetzt sauer wirst, hör mir erst mal zu. Ich hab nicht gewollt, dass die Sache so aus dem Ruder läuft …" Mimi gab einen Schreckenslaut von sich, und Elizabeth bemerkte, dass ihr entsetzter Blick auf die Prellung an der Hüfte gerichtet war.

„Oh mein Gott! Hast du nicht gesagt, dass dich das Auto nur gestreift hat? Das sieht ja grauenvoll aus. Tut das nicht höllisch weh?"

Elizabeth schaute auf den riesigen Bluterguss herunter und verzog das Gesicht. Die Haut wies jetzt einen dunklen, fast grünlichen Lilaton auf, der an den Rändern in allen Schattierungen von Gelb, Blutrot und Blau schillerte.

„Es ist halb so wild. Du weißt doch, wie leicht ich blaue Flecke bekomme. Es sieht schlimmer aus, als es ist."

„Warst du schon bei einem Arzt?" Mimi kam näher, um sich das Ganze genauer anzusehen, und berührte die Verletzung sanft mit einem scharlachrot lackierten Fingernagel.

„Nein, aber in New York haben sie eine Röntgenaufnahme gemacht. Es ist so weit alles in Ordnung." Sie schlüpfte in die Jeans, holte einen dicken rotbraunen Rollkragenpullover aus dem Schrank und zog ihn sich über den Kopf.

Mit Mimi, die ihr folgte, ging sie ins Schlafzimmer zurück. Sie setzte sich auf die gepolsterte Bank am Fußende des Bettes, um Socken und feste Schuhe anzuziehen. Währenddessen sah sie die Freundin scharf an. „Und glaub nicht, dass du mich ablenken kannst. Erst erklärst du mir, was es mit dieser Wette auf sich hat."

„Oh, du weißt doch, wie Doreen ist", sagte Mimi mit einer wegwerfenden Geste. „Sie ist momentan gerade mal nicht verheiratet und sucht einen Liebhaber. Ungefähr ein Jahr lang hat sie versucht, Max ins Bett zu kriegen. Aber ohne Erfolg."

Elizabeth schaute auf. „Bist du sicher?"

„Hundert Prozent. Du kennst doch Doreen. Wenn sie Max jemals rumgekriegt hätte, wüsste das die ganze Welt."

Elizabeth verspürte ein unerklärliches Gefühl der Erleichterung, als ihr klar wurde, dass Mimi recht hatte.

„Als Doreen hörte, dass du Max geheiratet hast, war sie richtig sauer. Um ihr Gesicht zu wahren, hat sie behauptet, dass sie ihm nur zum Scherz nachgestiegen ist. Und dass er als Liebhaber wahrscheinlich sowieso nichts taugt. Das konnte ich ihr natürlich nicht durchgehen lassen, oder? Wir haben uns gestritten, und eins kam zum anderen, und auf einmal hatten wir diese Wette abgeschlossen."

„Ich verstehe. Und wie genau wolltet ihr nun herausfinden, wer von euch recht hat?" Elizabeth war fertig angezogen. Schnell fuhr sie sich mit der Bürste durchs Haar, ehe sie sich zur Tür wandte.

„Wir sind übereingekommen, dein Urteil zu akzeptieren", erklärte Mimi und beeilte sich, mit ihr Schritt zu halten. „Jeder weiß, dass du nicht lügst. Also komm schon, Süße. Sag's mir."

„Nein."

„Och, sei doch nicht so", bettelte Mimi.

„Tut mir leid. Ich werde mein Sexleben nicht mit dir besprechen. Und auch mit sonst niemand."

In ihren bequemen Straßenschuhen lief Elizabeth leichtfüßig die Treppen hinunter, aber ihrem menschlichen Schatten entkam sie nicht so leicht. Um Schritt halten zu können, zog Mimi die Schuhe mit den Pfennigabsätzen aus und warf sie über Elizabeth hinweg nach unten in die Eingangshalle. Sie klebte an Elizabeth wie eine Klette.

„Komm schon, Süße. Wenn du's mir nicht erzählen kannst, wem dann?"

„Darum geht es doch gerade. Die Fähigkeiten meines Ehemanns in der Horizontalen sind kein Thema für Klatsch und Tratsch." Unten angekommen, packte sie den Treppenpfosten, beschrieb schwungvoll eine halbe Drehung und steuerte auf die Rückseite des Hauses zu.

„Oha. ‚Mein Ehemann', das klingt aber sehr besitzergreifend. Gibt es da etwas zwischen euch beiden, von dem du mir nichts erzählt hast?"

„Nein."

Mimi stöhnte. „Komm schon, Süße", rief sie Elizabeths Rücken hinterher. „Schau mal, wenn du nicht ins Detail gehen willst, verstehe ich das."

„Wie großzügig von dir."

„Sag mir einfach nur, wie du ihn auf einer Skala von eins bis zehn bewerten würdest. Zehn ist die Topnote."

Elizabeth seufzte tief. „Du gibst einfach nicht auf, stimmt's?"

Mimi grinste. „Darauf kannst du wetten."

Als sie den Salon betraten, erhob Max sich.

„Fertig?“

„Ja. In der Garderobe hängen Mäntel, die wir nehmen können.“ Elizabeth beugte sich hinunter und küsste die runzlige Wange ihrer Tante. „Wir sind in einer Stunde oder so wieder zurück.“

„Ja, ja. Ich weiß. Also, ab mit euch. Viel Spaß.“

Elizabeth wandte sich um, dann hielt sie inne und schaute zu ihrer Freundin zurück. „Ach übrigens, Mimi. Die Nummer, die du wissen wolltest …“

Mimis Gesicht hellte sich auf. „Ja?“

Elizabeth lächelte selbstzufrieden, als sie antwortete: „Es ist eine zwölf.“

Die Freundin keuchte, und ihre Augen wurden rund. „Ooh. Ich glaub, mein Herz setzt aus“, murmelte sie und fächelte sich mit der Hand Luft zu.

Max beobachtete die Szene mit neugierigem Stirnrunzeln. „Worum ging es da gerade?“, erkundigte er sich, als sie in der Garderobe Mäntel anzogen.

„Nichts weiter. Das war nur Mimi, wie sie leibt und lebt.“

Sie traten hinaus in die Kälte. „Sie ist wirklich ein Original, nicht wahr?“

„Ja. Mimi ist einzigartig“, antwortete Elizabeth voller Zuneigung. Eine eisige Windböe erfasste sie. Fröstelnd schlugen beide ihren Mantelkragen hoch. Obwohl die Temperatur noch über dem Gefrierpunkt lag, sorgten Wind und Luftfeuchtigkeit für schneidende Kälte. „Warum gehen wir nicht runter zum Fluss?“

„Gern. Geh voran.“

Als er über seine Schulter zurückschaute, wurde Max klar, dass das Farmhaus auf einem kleinen Hügel lag, etwa anderthalb Kilometer von einer kleinen Landstraße entfernt. Hinter dem Haus fiel das Gelände sanft zum Ufer des Brazos River hin ab.

„Der gesamte Grund und Boden der Farm erstreckt sich von hier ungefähr gleich weit in beide Richtungen, immer am Ufer des Flusses entlang“, erklärte Elizabeth. „Die gesamte Strecke ist allerdings zu weit, um sie zu Fuß zu gehen. Mein Verwalter Truman Sawyer und die anderen Arbeiter benutzen Jeeps. Wenn du magst, könnten wir einen von denen nehmen.“

„Nein, ich laufe lieber.“

„Ich auch.“

Schweigend gingen sie einen ausgetretenen Pfad zum Fluss hinunter. Max hatte die Hände in die Taschen der gefütterten Jeansjacke gesteckt, die er sich vom Haken genommen hatte. Elizabeth steckte in einem abgetragenen Mantel, den Kopf hoch erhoben und ein zufriedenes Lächeln auf den Lippen. Der Wind zerzauste ihr Haar, aber im Gegensatz zu vielen anderen Frauen machte sie kein Aufhebens darum. Sie schien es kaum zu bemerken.

„Ich kann verstehen, warum du diesen Ort liebst“, sagte Max nach einer Weile. Er betrachtete die sanften Hügel, die hier und da mit kleinen Wäldchen aus alten Eichen, Pekan- und Walnussbäumen sowie Akazien bedeckt waren. „Das ist ein schönes Fleckchen Erde.“

„Hmm“, stimmte sie geistesabwesend zu.

Als sie den Fluss erreichten, blieben sie in der Nähe einer baufälligen Hütte aus roh gehauenen Baumstämmen und verrostetem Blech stehen. Hier fiel das Ufer fast sechs Meter tief über eine Steilkante zum schlammigen Wasser des Brazos ab.

„Das ist die Entkörnungsanlage für Baumwolle, die mein Urahn bauen ließ“, erklärte Elizabeth und deutete auf das alte Blockhaus. „In früherer Zeit haben die Farmer aus einem Umkreis von vielen Meilen ihre Baumwolle hierher gebracht, damit sie entkernt, zu Ballen gebunden und verschifft werden konnte. Anfang des 19. Jahrhunderts fuhren Schaufelraddampfer den Fluss hinauf, um Waren zu verkaufen und die Ernte abzuholen. Die ersten paar Jahre, als die Siedler dabei waren, hier Fuß zu fassen, wurden hauptsächlich Pekannüsse und Pottasche für den Export produziert. Später ist das Geld über Baumwolle, Indigo und Zuckerrohrprodukte hereingekommen. Dann haben die Farmer angefangen, verschiedene Pflanzensorten im Wechsel anzubauen, um die Böden zu schonen."

Aus ihrer Stimme klang echte Begeisterung für die Errungenschaften ihrer Vorfahren. „Das war natürlich lange, bevor die Regierung den Fluss oben bei Mineral Wells eingedämmt hat. Nachdem der Wasserstand gefallen war, kamen die großen Schiffe nicht mehr durch. Vorher war der Brazos ein tiefer, reißender Fluss mit klarem Wasser, der auf beiden Ufern von Seidenakazien gesäumt wurde, ‚Mimosa', wie man sie hier nennt. Viele davon stehen heute noch. Das ist auch der Grund, warum die Farm Mimosa Landing heißt."

Sie deutete hinunter. „Da kannst du die Überreste der alten Anlegestelle sehen."

Max beugte sich vor und erspähte tatsächlich eine wackelige Holzkonstruktion, die auf halber Strecke zwischen ihrem Standpunkt und dem Wasser am Steilhang klebte. „Dieser Ort und deine Familie haben so einiges an Geschichte erlebt", meinte er.

„Ja", erwiderte sie. Ihre Stimme war von zurückhaltendem Stolz erfüllt.

„Wie viele Morgen Land gehören dir, alles zusammen?"

„Etwas mehr als dreitausend. Mein Urahn Asa Pierce Stanton hat den Hof auf ursprünglich sechshundert Morgen gegründet. Das war, kurz nachdem er mit Stephen F. Austin am Anfang des neunzehnten Jahrhunderts nach Texas kam. Nach und nach kaufte er den Besitz von anderen Siedlern entlang des Flusses dazu, von Leuten, die nicht so erfolgreich waren. Als die Revolution der texanischen Provinz gegen Mexiko ausbrach, hatte er seinen ursprünglichen Besitz schon mehr als verdreifacht."

Sie lächelte. „Als Asa hier zuerst eintraf, baute er ein Blockhaus mit zwei Räumen und begann mit der Farmarbeit. Als Nächstes hat er Nachricht nach Savannah geschickt und seine Liebste kommen lassen, Talitha Camille Brown."

Elizabeth ging zu einer riesigen Akazie hinüber und stellte sich unter ihren weit ausladenden Schirm. „Genau hier hat ein Wanderprediger sie im Frühling 1830 getraut. Die Akazien und die Wildblumen standen in voller Blüte."

„Wirklich?", fragte Max. Er sah sich um. „Ich wette, das hier ist im Frühjahr ein wunderschönes Fleckchen."

„Ja, das ist es", stimmte sie zu. Sie kehrte an seine Seite zurück und schaute auf den Fluss hinunter, die Hände in den Manteltaschen vergraben. „Von 1833 bis April 1836 diente Asa in der texanischen Armee. Bei San Jacinto wurde er verwundet."

„Bei der letzten Schlacht in dem Krieg?" Als Elizabeth nickte, schüttelte Max den Kopf. „Das war wirklich Pech."

„Gott sei Dank hat er überlebt. Für seine Dienste hat er zusätzlich tausend Morgen fruchtbares Uferland erhalten, das an seinen Besitz angrenzte."

Max stieß einen leisen Pfiff aus. „Das ist eine Menge. Gehört das Land immer noch zu Mimosa Landing?"

„Ja. Kein Stanton hat jemals auch nur einen Quadratzentimeter von unserem Land verkauft."

„Ich nehme an, das wirst du auch nicht tun, oder?"

„Stimmt", und die Zustimmung klang wie ein Schwur. „Nicht einmal, wenn ich dafür als Kellnerin in irgendeiner Spelunke arbeiten müsste."

Max hätte beinahe laut herausgelacht bei der Vorstellung,

aber im letzten Augenblick hielt er sich zurück. Sie meinte es todernst.

Er wandte seinen Kopf, um ihr Profil zu mustern. Nicht einmal, wenn du mich dafür heiraten musst, dachte er.

Warum der Gedanke ihn störte, wusste er nicht. Aber er störte ihn.

Ohne zu reden gingen sie eine Weile am Fluss entlang, ehe sie wieder umdrehten. In der Nähe des Hauses deutete Elizabeth auf eine alte Blockhütte. „Das ist das Haus, das Asa einst baute und in dem er und Talitha Camille ihr Eheleben begannen. Dahinter stehen noch die großen Kübel, die sie am Waschtag benutzt haben. Im Herbst haben sie da auch Seife und Kerzen hergestellt. Die Blockhütte auf der anderen Seite des Flusses dort drüben ist das Brunnenhaus. In früheren Zeiten hat man es so wie einen Kühlschrank benutzt. Die Quelle im Inneren sorgt dafür, dass die Temperatur immer zehn Grad beträgt. So bleiben alle verderblichen Lebensmittel frisch."

„Was ist das da drüben?", fragte Max und deutete auf eine Konstruktion, die von einer knietiefen kreisrunden Furche umgeben war.

„Das ist die alte Zuckerrohrpresse. Sie wurde von Ochsen oder Maultieren angetrieben. Siehst du die langen Stangen? Daran hat man die Tiere angeschirrt. Wenn sie dann im Kreis liefen, füllten Arbeiter das Zuckerrohr in den Trichter, sodass der Saft herausgepresst wurde. Die Furche ist die Spur der Tiere, die hier jahrzehntelang im Kreis liefen."

„Faszinierend", murmelte Max und sah sich die Maschine aus der Nähe an.

„Und der Schuppen da drüben neben dem Brunnenhaus ist die Räucherei", fuhr Elizabeth fort.

„Dann muss das hier das Kutschhaus sein, in dem du dein Tanzstudio eingerichtet hast."

„Lass mich raten. Tante Talitha hat dir davon erzählt."

„Ja. Ich würde dir und Mimi gern mal zuschauen."

Elizabeth schüttelte schon den Kopf, ehe er auch nur ausgesprochen hatte. „Oh nein. Betreten der Studios verboten. Allen außer Mimi und mir."

„Abwarten", meinte Max und wechselte das Thema.

Elizabeth führte ihn durch den Stall und den Geräteschuppen, wo Max interessiert eine riesige Maschine betrachtete. „Die sieht neu aus", sagte er und fuhr mit den Fingern über den glänzenden gelben Lack. „Was ist das?"

„Es ist ein Kombimodell für die Getreideernte. Und du hast recht, die Maschine ist neu. Sie ist erst am letzten Montag geliefert worden. Truman kann es kaum erwarten, sie auszuprobieren. Man könnte denken, der Mann liebt dieses Ding ebenso sehr wie seine Kinder", sagte sie lachend.

Sie gingen weiter in den Schuppen hinein, und sie zeigte ihm einen Baumwollpflücker, einen Scheibenpflug, eine Heuballenmaschine und verschiedene andere Geräte, die ihm fremd waren. Schließlich kletterte sie hinauf in die Führerkabine des größten Traktors, den Max jemals gesehen hatte. „Das hier ist eine weitere Neuanschaffung", sagte sie und hüpfte auf den Sitz. „Hier siehst du, wofür dein Geld ausgegeben wird."

Er murmelte etwas Unverständliches und kletterte zu ihr nach oben in die Kabine. „Das sieht mir nach einem erstklassigen Gerät aus", sagte er. „Gut. Ich bin immer dafür, Qualität zu kaufen."

„Oh, Truman wird dich vergöttern", sagte Elizabeth mit einem Lachen.

„Oh ja? Meinst du, er erlaubt mir mal, dieses Baby zu fahren?"

„Ich weiß nicht", neckte sie ihn und warf ihm einen zweifelnden Blick zu. „Truman ist seeeeehr pingelig, was seinen Maschinenpark angeht."

„Hmm. Dann muss ich mich wohl mit ihm gut stellen."

„Das wird nicht einfach. Ein Mann muss Truman zuerst seinen Wert beweisen. Aber wenn er dich einmal akzeptiert hat, dann hast du einen Freund fürs Leben gewonnen."

„Das hätte ich mir fast gedacht."

Draußen vor dem Schuppen blieben sie an einem Paddock stehen, um einem lebhaften Hengstfohlen zuzuschauen. Es scharrte mit den Hufen und probierte zum Vergnügen die wildesten Sprünge aus. Elizabeth stellte sich mit den Füßen auf die unterste Zaunlatte und brachte sich so auf Augenhöhe mit Max.

Nachdenklich äußerte Max: „Ich kann verstehen, warum es dir hier so gefällt. Mir geht es genauso. Aber die Fahrten von Mimosa Landing nach Houston und zurück werden auf Dauer viel Zeit kosten. Würde es dir etwas ausmachen, wenn ich hier einen Hubschrauberlandeplatz bauen lasse? Dann könnte ich am Flughafen in einen Hubschrauber umsteigen und innerhalb von ein paar Minuten hier sein."

„Mir macht das nichts aus. Aber du solltest Truman um Rat fragen, wo er angelegt werden soll."

„Gute Idee."

„Kann Tom denn auch einen Hubschrauber fliegen?", erkundigte sich Elizabeth.

„Nein, aber ich."

„Du? Aber … ist das nicht gefährlich?"

„Immer mit der Ruhe. Bei der Marine habe ich den Hubschrauberschein gemacht, und ich habe dafür gesorgt, in Übung zu bleiben."

„In Ordnung. Wenn du fliegen willst, nur zu. Aber erwarte nicht von mir, dass ich bei dir einsteige."

Auf dem Weg zurück zum Haus warf Max einen verstohlenen Blick auf Elizabeths Profil. Sie wirkte anders hier auf dem Land. Glücklicher. Lebendiger.

Ihre Wangen waren von der Kälte gerötet, ihr Haar vom Wind zerzaust. Aber Zufriedenheit schien sie einzuhüllen wie der alte Wintermantel. Mit den leuchtenden Augen und dem Hauch eines Lächelns um ihre Lippen erinnerte ihre Miene an die der Mona Lisa – als hätte sie eine tiefe Wahrheit über den Sinn des Lebens erkannt.

„Du liebst Mimosa Landing wirklich, nicht wahr?"

„Ja. Nirgendwo anders bin ich so gern wie hier."

„Warum verkaufst du das Haus in Houston dann nicht und lebst ständig auf der Farm?"

„Aus verschiedenen Gründen. Schon seit mehreren Generationen verbringen die Stantons viel Zeit in Houston, um von dort die Familiengeschäfte zu führen. Inzwischen sind wir dort beinahe ebenso verwurzelt wie hier. Die Stadtvilla ist schon seit den Tagen meines Urgroßvaters unser zweites Zuhause. Für mich ist außerdem wichtig, dass gleich nebenan Mimi wohnt." Sie hielt inne, zupfte ein langes Blatt von einer Pflanze und zwirbelte es zwischen den Fingern. „Und dann muss ich noch an Gladys und Dooley denken."

Als sie sich dem Haus näherten, wurde Max sich bewusst, wie falsch er Elizabeth eingeschätzt hatte.

Er hatte ihr den Heiratsantrag gemacht, weil er ihre finanziellen Schwierigkeiten kannte. Gleichzeitig hatte er geglaubt, dass sie sich vor allem deshalb so an Mimosa Landing klammerte, um ihr Gesicht zu wahren. Schließlich stand diese Farm symbolisch für den Reichtum ihrer Familie und ihre Stellung in der Gesellschaft. Das wusste nicht nur er, das wusste auch jeder andere in ganz Texas.

Keine Sekunde hatte er daran gezweifelt, dass sie seinen Antrag annehmen würde. Eine Frau wie sie, die in Reichtum hineingeboren war, konnte nicht einfach ihren luxuriösen

Lebensstil aufgeben. Davon war er jedenfalls ausgegangen.

Er hatte sich getäuscht. Und das störte ihn.

An der Leidenschaft in diesen blaugrünen Augen konnte er erkennen, dass Geld selbst ihr wenig bedeutete. Elizabeth ging es um die Farm, um dieses Land. Und um die Menschen, die sie liebte.

Es sah ganz so aus, als hätte er aufgrund eines dummen Zufalls eine verdammt tolle Frau geheiratet.

11. KAPITEL

„Danke, dass du dich so nett um Tante Talitha bemühst", bemerkte Elizabeth, als sie an diesem Abend im Schlafzimmer allein waren.

Max schlüpfte aus seinem Hemd, ballte es zusammen und warf es in den Wäschekorb. „Ich bin doch kein Dummkopf. Schon fünf Minuten, nachdem ich deiner Tante vorgestellt wurde, wusste ich eines: dass ich mich mit ihr gut stellen muss, wenn ich ihre Nichte glücklich machen will."

„Das ist wahr", gab sie zu. Sie begegnete seinem Blick im Spiegel. „Aber ich danke dir trotzdem."

Im Spiegel beobachtete Elizabeth, wie ihr Mann nur mit einem knappen roten Slip bekleidet auf sie zukam. Ihr Herz setzte einen Schlag lang aus, bevor es wie wild zu schlagen begann.

Himmel, er sieht einfach unglaublich gut aus, dachte sie ein wenig benommen. Ihr Blick glitt über seine breiten Schultern, seine durchtrainierte Brust und seinen Waschbrettbauch. Beim Gehen konnte sie das Spiel seiner Beinmuskeln genau verfolgen.

Er blieb hinter ihr stehen, legte ihr die Hände auf die Schultern und begann sie sanft zu massieren.

Mit ganz leichtem Druck forderte er sie auf, sich zu erheben. Als sie es tat, drehte er sie zu sich herum, legte die Arme um sie und drückte sie an sich. Die körperliche Nähe ließ keinen Zweifel an seinen Absichten, ebenso wenig wie das Funkeln in seinen Augen.

Langsam drehte er sich mit ihr im Kreis, beinahe als ob sie tanzten. Auf diese Weise dirigierte er sie durchs Zimmer, bis Elizabeth mit den Kniekehlen gegen das Bett stieß. Ein leiser Schrei entfuhr ihr, als sie zusammen auf die weiche Matratze fielen.

„Du willst dich bei mir bedanken?“, flüsterte Max an ihrem Hals, während er ihre Haut mit knabbernden Küssen bedeckte.

„Hmm,“ erwiderte Elizabeth. Schon war sie dabei, sich in den köstlichen Empfindungen zu verlieren, die sie durchströmten. Sie schloss die Augen und gab sich ihrer Lust hin.

„Dann berühre mich“, befahl er ihr mit einem heiseren Flüstern. „Ich möchte deine Hände auf mir spüren.“

Sie tat wie geheißen und wurde dadurch belohnt, dass er bebte und nach Luft zu ringen schien. Schließlich packte ein Schauer seinen ganzen Körper. „Oh Baby. Ja. Ja!“

Nach einer kurzen Pause revanchierte er sich entsprechend. Als seine Hände über ihren Körper glitten, dachte Elizabeth daran, was sie zu Mimi gesagt hatte. Sie kam zu dem Schluss, dass sie sich getäuscht hatte: Auf einer Skala von eins bis zehn war Max mindestens eine Fünfzehn.

Der Rest des Thanksgiving-Wochenendes verlief beschaulich – wenn man einmal von den Stunden absah, die Elizabeth und Max allein im Schlafzimmer verbrachten. Ihr Ehemann, erkannte Elizabeth, besaß einen gesunden Appetit auf Sex. Und mit Geschick und beträchtlichen Verführungskünsten weckte er in ihr einen ebensolchen Hunger.

Zuerst war ihr das ein wenig peinlich gewesen. Sie hatte sich sogar schuldig gefühlt, weil sie so hemmungslos und leidenschaftlich auf ihn reagierte – auf einen Mann, den sie kaum kannte. Und die intensiven Lustgefühle, die sie nie zuvor erlebt hatte, erschreckten sie.

Aber nach einer Weile veränderte sich ihre Einstellung, und sie dachte: Warum nicht? Warum um Himmels willen nicht? Konnte sie nicht auch etwas von ihrer Ehe haben? Schließlich hatte sie jahrelang ein langweiliges Sexleben mit

Edward ertragen. Zwar hatte er hin und wieder den Weg durch das Ankleidezimmer zu ihrem Schlafzimmer gefunden. Aber selbst dann hatte ihr Liebesspiel eher etwas von einer Pflichtübung gehabt. Warum also sollte sie nicht einfach die intimen Freuden der Ehe mit Max genießen?

„Ich wünschte, du müsstest nicht fahren", sagte Elizabeth, als sie und Mimi sich am Montagmorgen in der Eingangshalle zum Abschied umarmten.

„Ich weiß, aber diese Woche habe ich tausend Termine. Ich brauche eine Maniküre, eine Pediküre, eine Gesichtsbehandlung und eine Massage. Außerdem muss ich mir noch rechtzeitig für die Party der Van Cleaves die Haaransätze nachfärben lassen."

„Willst du mit Max und mir zum Country Club fahren?"

„Nein. Dexter Campbell begleitet mich. Er hat gerade seine dritte Scheidung hinter sich und braucht es so nötig wie ein Präriehase. Also muss ich ihn wahrscheinlich mit meiner Kanone in Schach halten, wenn wir nach Hause kommen. Aber wenigstens habe ich einen Begleiter."

Elizabeth lachte. „Ruf uns, wenn er dir Schwierigkeiten macht."

Die Tür öffnete sich, und Truman kam zum wiederholten Mal herein. Eine kalte Windböe begleitete ihn. Stumm und ohne die Frauen mehr als eines halben Blickes zu würdigen, hob der Verwalter den letzten von Mimis Koffern auf und trug ihn hinaus zu ihrem Wagen.

Mimi grinste. „Sind so schweigsame Männer nicht einfach zum Verlieben?"

Von hinten ertönte eine tiefe Stimme: „Vergessen Sie es. Er ist nicht Ihr Typ."

Die Freundinnen fuhren herum und sahen, wie Troy in die Eingangshalle trat und die Tür hinter sich zuzog. Mit seinem schicken Anzug und der Aktentasche in der Hand wirkte er ganz und gar geschäftsmäßig. Sein Gesichtsausdruck blieb kühl, als er Elizabeth mit einem knappen „Guten Morgen“ und einem Nicken grüßte.

Mimi war niemand, der vor einer Herausforderung zurückschreckte. Also schob sie eine Hüfte vor, stützte ihre Hand in die Seite und betrachtete ihn von oben bis unten.

„Und wie ist mein Typ, Mr. Ellerbee?“

„Reich und alt.“

Schockiert rang Elizabeth nach Luft, aber Mimi verzog keine Miene. „Ich verstehe. Na ja, das zeigt nur, wie falsch man liegen kann. Dank Big Daddy hab ich mehr Geld, als ich jemals ausgeben kann. Nächstes Mal such ich mir ’nen jungen Mann, mit Waschbrettbauch und dem nötigen Durchhaltevermögen, um es mit mir aufzunehmen.“

Sie schlenderte zur Tür. Als sie an Troy vorbeiging, tätschelte sie ihm die Wange. „Nimm dich nur in Acht, mein Kleiner. Ich könnte dich aussuchen.“

Als die Tür nach ihrem großartigen Abgang ins Schloss fiel, wandte sich Elizabeth an Max’ Assistenten. „Mr. Ellerbee, jeder hat das Recht auf seine eigene Meinung. Aber solange Sie sich in meinem Haus befinden, behalten Sie sie bitte für sich. Ich dulde nicht, dass Sie meine Gäste beleidigen, und meine beste Freundin schon gar nicht. Drücke ich mich klar aus?“

„Völlig. Sind Sie fertig mit Ihrem großen Auftritt als Hausherrin? Ich bin hier, um Max zu sehen.“

„Offenbar erwartet er Sie nicht. Er ist irgendwo draußen.“ Sie deutete auf den Salon. „Setzen Sie sich, dann schicke ich Truman los, damit er ihn sucht.“

Ohne zu warten, ob er ihrer Einladung folgte, durchquerte Elizabeth den breiten Flur, ging durch die Küche und die Garderobe und trat auf die Veranda. Wie sie vermutet hatte, kam der Verwalter gerade um die Ecke des Hauses. Sie hielt ihn auf und bat ihn, Max die Nachricht von Troys Ankunft auszurichten. Dann ging sie wieder hinein.

Tante Talitha saß in Nachthemd und Morgenmantel am Küchentisch. Wie jeden Morgen trank sie Kaffee und las die Tageszeitung.

Einen Augenblick lang hielt Elizabeth inne und blickte sehnsüchtig zur Hintertreppe, die von der Küche aus nach oben führte. Am liebsten hätte sie der Versuchung nachgegeben, von hier aus zu ihrem Zimmer hinaufzugehen und diesen unausstehlichen Mann sich selbst zu überlassen. Sollte er doch Däumchen drehen! Aber ihre Auffassung von guten Manieren, die sie verinnerlicht hatte, ließ das nicht zu.

Murrend, Türen schlagend und unter viel Porzellangeklirr fing sie an, ein Tablett mit Kaffee und Kuchen zu beladen.

Tante Talitha senkte ihre Zeitung und warf über die Lesebrille hinweg ihrer Nichte einen scharfen Blick zu.

„Kann ich Ihnen helfen, Miss Elizabeth?", erbot sich Martha.

„Nein danke, Martha. Ich komme zurecht."

Die Haushälterin blickte zu Tante Talitha hinüber, die schweigend den Kopf schüttelte. Daraufhin zog sich Martha in den Hauswirtschaftsraum zurück und beschäftigte sich damit, Wäsche zu sortieren.

Als Elizabeth das Tablett in den Salon trug, legte Troy zumindest so viel Anstand an den Tag, sich zu erheben.

„Truman sucht nach Max. Er sollte bald hier sein." Sie setzte sich aufs Sofa, und Troy ließ sich wieder auf seinem Sessel nieder. „Wie möchten Sie Ihren Kaffee?", erkundigte sie sich.

„Schwarz. Und es war nicht nötig, dass Sie sich die Mühe gemacht haben, Kaffee zu kochen."

„Das weiß ich." Elizabeth reichte ihm eine Tasse. Dann

schenkte sie sich selbst ein.

Ein paar Augenblicke lang trat Stille ein, während sie sich bemühten, einander nicht anzusehen. Schließlich konnte Elizabeth nicht länger schweigen. „Sie mögen mich nicht, Troy, nicht wahr?“

„Nein“, antwortete er ohne zu zögern, ohne Ausflüchte, ohne den geringsten Versuch, sich diplomatisch aus der Affäre zu ziehen.

„Aha.“ Elizabeth nahm einen Schluck Kaffee. „Warum? Ich meine, Sie kennen mich kaum. Was genau stört Sie so an mir?“

„Zunächst einmal haben Sie Max seines Geldes wegen geheiratet. Er verdient Besseres.“

Gedankenverloren strich sie mit dem Zeigefinger über den Rand ihrer Kaffeetasse. „Sicher haben Sie recht. Aber ich möchte daran erinnern, dass diese Ehe Max’ Idee war. Und dass er mich umgekehrt wegen meiner gesellschaftlichen Beziehungen geheiratet hat.“ Das Thema Sex erwähnte sie nicht. Manche Dinge behielt man besser für sich. „Und ob Sie es glauben oder nicht, ich habe auch etwas Besseres verdient.“

„Vielleicht. Aber Sie nehmen auch viel zu viel von seiner Zeit in Anspruch. Gerade jetzt zum Beispiel. Anscheinend treibt er sich in irgendeinem Geräteschuppen rum. In einem Geräteschuppen! Dabei sollte er in Houston an seinem Schreibtisch sitzen oder sich irgendwo mit Investoren treffen. Ich bezweifle, dass Max jemals einen Schuppen betreten hat, bevor Sie ihn geheiratet haben.“

Elizabeth wollte gerade antworten, als sie Schritte im Flur hörte. Einen Augenblick später kam Max herein. Sein Gesicht war vom kalten Wind gerötet, und er strahlte Kraft und Lebensfreude aus. „Troy! Was für eine Überraschung. Was bringt dich denn hierher?“

„Ich habe ein paar Papiere, die du unterschreiben musst. Und dann sind da noch ein oder zwei Sachen, die ich mit dir durchgehen möchte."

„In Ordnung. Ich brauche nur eine Tasse Kaffee, dann können wir uns im Arbeitszimmer unterhalten." Er schenkte sich aus der Kanne auf dem Couchtisch von dem Getränk ein und bedeutete Troy, ihm zu folgen. An der Tür verharrte er und schaute zu Elizabeth zurück. „Einer der Arbeiter hat mit Trumans Hund die Kühe auf eine andere Weide gebracht. Das solltest du dir ansehen."

Elizabeth hatte dem Hund schon Hunderte von Malen beim Viehtreiben zugesehen, aber sie lächelte über seine Begeisterung. „Mach ich."

Den größten Teil des Vormittags verbrachten die beiden Männer im Arbeitszimmer. Nur hin und wieder hörten Elizabeth und ihre Tante erhobene Stimmen auf der anderen Seite der Tür. Aber es war unmöglich zu verstehen, was sie sagten. Als Troy und Max wieder erschienen, blickte der Assistent grimmig drein.

Aus Höflichkeit lud Elizabeth Troy zum Lunch ein, aber zu ihrer großen Erleichterung lehnte er ab.

Elizabeth und Max blieben neun Tage lang auf Mimosa Landing. Anfang Dezember brachen sie wieder nach Houston auf, um an der Party der Van Cleaves teilzunehmen.

Tante Talitha war auch eingeladen, aber sie hatte abgesagt. Sie wollte nicht einmal für ein paar Tage nach Houston fahren. Mit achtzig besaß sie einfach nicht mehr so viel Energie wie früher und beschränkte ihre gesellschaftlichen Verpflichtungen auf einige wenige Veranstaltungen im Jahr.

„Ich bin nicht in der Stimmung, meine alten Knochen zu bewegen. Lieber bleibe ich hier bei Martha. Wir kommen gut zurecht", sagte Talitha auf Elizabeths Versuch, sie doch noch zum Mitkommen zu überreden. „Außerdem konnte ich die Van Cleaves noch nie ausstehen."

Als Max die lange Auffahrt hinunterfuhr, schaute Elizabeth immer wieder über ihre Schulter zurück.

„Machst du dir Sorgen, sie hier allein zu lassen?", fragte er. „Oder ist es, weil du sie vermissen wirst?"

„Ein bisschen von beidem", gab Elizabeth zu. Sie lehnte sich in ihrem Sitz zurück. „Sie kommt meistens mit, wenn ich länger als ein oder zwei Tage weg bin."

„Entspann dich. Ich habe dafür gesorgt, dass Martha und Truman alle unsere Telefonnummern haben. Wenn etwas los ist, rufen sie an."

„Ich weiß. Du hast recht. Es ist nur so, dass sie mir so viel bedeutet. Und sie wird allmählich doch gebrechlich mit dem Alter."

Max lachte leise. „Das würde ich sie aber nicht hören lassen, wenn ich du wäre."

Unwillkürlich musste Elizabeth in sein Lachen mit einstimmen. Entspannte Stille legte sich über sie.

„Fühlst du dich jetzt besser?", erkundigte sich Max nach einer Weile. Er warf ihr von der Seite her einen Blick zu. „Wir sind vor zehn Tagen aus New York zurückgekommen, und seither hat es keine weiteren Versuche gegeben, dir etwas anzutun."

„Um die Wahrheit zu sagen, habe ich nach dem ersten Tag auf Mimosa Landing gar nicht mehr daran gedacht. Jetzt kommt es mir fast so vor, als hätte Detective Gertski recht gehabt. Wahrscheinlich war es tatsächlich eine Verwechslung."

Max nickte. „Ja, sieht so aus."

„Ich fühle mich nur ganz unwohl bei dem Gedanken, dass es irgendwo in New York City eine arme Frau gibt, die mir ähnlich sieht, sich in Lebensgefahr befindet und womöglich gar nichts davon weiß."

„Mmh. Vielleicht."

Die Fahrt von Mimosa Landing nach River Oaks dauerte kaum länger als eine Stunde. Gerade durchquerten sie das kleine Städtchen Hempstead, als der schrille Ton eines Handys ihre Unterhaltung störte.

„Ist das meins oder deins?", fragte Max und warf ihr einen kurzen Blick zu.

„Meins, glaube ich." Sie kramte in ihrer Handtasche, öffnete das Mobiltelefon und drückte den Knopf. „Hallo?"

„Hi, Süße", sagte Mimi. „Ich will dich nicht stören, aber ich hab ein paar Neuigkeiten, die nicht warten können, bis du wieder daheim bist."

Es ist Mimi, deutete Elizabeth ihrem Mann mit stummen Lippenbewegungen an. „Aha? Was ist denn los?"

„Ich komme gerade von einem Lunch mit Bethany. Halt dich fest, Süße. Sie hat mir erzählt, dass Natalie wieder da ist."

Elizabeth verspannte sich. „Was? Bist du sicher?"

„Ich fürchte schon, Süße. Bethany hat sie gestern selbst gesehen."

„Ist sie allein?"

„Ja. Sieht so aus, als hätten sie und Edward sich getrennt. Ich dachte, ich warne dich lieber vor, dass Natalie heute Abend zu der Party bei den Van Cleaves eingeladen ist. Vielleicht willst du dir noch mal überlegen, ob ihr kommt."

„Nein. Nein, wir gehen hin."

„Das ist mein Mädchen", lobte Mimi. „Du marschierst da heute Abend mit hoch erhobenem Kopf rein, am Arm deinen attraktiven Ehemann. Dann kannst du so tun, als wär sie nichts weiter als eine Kakerlake."

Bei dieser Vorstellung musste Elizabeth lachen. „Ich sehe dich dann heute Abend."

„Worum ging es?“, fragte Max, sobald sie das Telefon wieder in ihre Tasche gelegt hatte.

„Mimi wollte mich warnen. Offenbar ist Natalie wieder aufgetaucht. Ohne Edward.“

Aus dem Augenwinkel sah sie, wie Max' Kopf herumfuhr und seine Augenbrauen sich zusammenzogen. Sie konnte förmlich spüren, wie sein durchdringender Blick auf ihr lag. „Hör mal, wenn du ihr lieber nicht gegenübertreten willst, können wir sofort umkehren und nach Mimosa Landing zurückfahren. Meine Geschäfte können warten.“

„Nein. Nein, wir gehen hin. Es lässt sich kaum vermeiden, dass ich ihr irgendwann wieder über den Weg laufe. Außerdem habe ich nicht vor, mein Leben von dieser Frau bestimmen zu lassen“, sagte sie. Sie drehte den Kopf und schaute zum Fenster hinaus, während sie versuchte, Ordnung in ihre aufgewühlten Gedanken zu bringen.

„In Ordnung“, sagte Max nach einer Weile. „Das ist deine Entscheidung.“

Ein paar Stunden später trat Max in ihrem Haus in Houston aus dem Ankleidezimmer und schimpfte vor sich hin. „Verdammt. Ich habe diese furchtbaren Dinger noch nie leiden können.“

Elizabeth sah im Spiegel, dass es ihm misslungen war, seine schwarze Schleife zu binden. Sie schob eine weitere Haarnadel in ihre komplizierte Aufsteckfrisur und erhob sich. „Komm, lass mich dir helfen“, bot sie ihm an.

Max sah sie beifällig an, als sie zu ihm trat. Sie trug ein langes, eng anliegendes Abendkleid aus mitternachtsblauer Seide, das ihm den Atem stocken ließ. An der Seite war der Rock bis zur Mitte ihres Oberschenkels geschlitzt und enthüllte bei jedem Schritt die verlockende Form ihres Beins. Breite Stoffbänder kreuzten sich über ihrer Brust und betonten ihre schmale Taille sowie ihren wunderbar üppigen Busen.

Sie blieb vor ihm stehen, löste den unordentlichen Knoten, den er bewerkstelligt hatte, und fing noch einmal von vorn an. Max nutzte die Gelegenheit, ihr die Hände auf die Hüften zu legen.

„Verdammt, du schaust aber gut aus“, murmelte er. Gespannt beobachtete er, wie sie mit flinken Fingern seine Fliege band. Dabei fiel ihm wieder einmal die klassische Schönheit von Elizabeths Gesichtszügen auf. Ihre Nase war schmal, und die großartigen blaugrünen Augen wurden von dunklen Wimpern umrahmt. Die hohen Wangenknochen verliehen ihr ein elegantes Profil.

„Danke“, antwortete Elizabeth, aber sie schaute nicht auf.

„Und du duftest auch großartig.“ Ihr Haar roch wie immer nach Wildblüten, und in diesen Duft mischte sich ein Hauch von Seife, Zahnpasta und von dem leichten, blumigen Parfum, das so hervorragend zu ihr passte. Er musste noch herausfinden, wie es hieß.

Ihre Nähe wirkte auf ihn wie ein starker Magnet, übte eine Anziehungskraft aus, der er nicht widerstehen konnte. Der er nicht widerstehen *wollte.* Er beugte sich zu Elizabeth und küsste die zarte Haut gleich hinter ihrem Ohr. „Weißt du, wir könnten die Sache sausen lassen und daheim bleiben“, murmelte er. „Und unsere eigene kleine Party feiern.“

„Oh nein, kommt gar nicht infrage. Wir gehen zu der Feier.“ Sie rückte die Schleife gerade und strich seinen Kragen glatt. Als sie fertig war, schaute sie zu ihm hoch und ermahnte ihn: „Es werden einige Leute da sein, die du kennenlernen musst. Also sieh zu, dass du diesen liebeshungrigen Blick verschwinden lässt und dich benimmst.“

„Verdammt. Ich hab geahnt, dass du das sagst. Wenn wir wieder nach Hause kommen, dann erinner mich daran, wo wir stehen geblieben sind."

Elizabeth ging zum Frisiertisch, um ihr Make-up und ihre Frisur zu vollenden. Fasziniert folgte Max ihr mit Blicken und betrachtete ihren festen kleinen Po unter der blauen Seide. „Trägst du Unterwäsche?", fragte er.

„Max, du liebe Zeit! Was ist denn das für eine Frage? Natürlich!"

„Es sieht aber nicht danach aus." Er runzelte die Stirn und kam näher. „Trägst du etwa einen Stringtanga?"

Elizabeths Gesicht verfärbte sich rosa, aber sie hob mutig das Kinn. „Bei einem Kleid, das so eng anliegt wie dieses, lässt sich nicht anders vermeiden, dass sich die Unterwäsche abzeichnet."

„Ich wusste es doch! Lass mich sehen." Max kam näher und streckte die Hand aus, um ihr Kleid hochzuziehen. Aber sie klopfte ihm auf die Finger.

„Nein. Hör auf damit. Max, um Himmels willen. Jetzt ist nicht der richtige Zeitpunkt für eine Ablenkung. Wir sind sowieso schon spät dran. Außerdem ist es doch nur Unterwäsche. Wenn wir heimkommen, darfst du dir alles anschauen."

Max stöhnte. „Wie in aller Welt soll ich auf diese Weise über Geschäftliches reden? Ich werde den ganzen Abend an nichts anderes denken können als daran, dass du unter diesem Kleid einen Stringtanga trägst."

Elizabeth setzte sich wieder an den Frisiertisch und suchte seinen Blick im Spiegel. „Du Ärmster. Ich bin sicher, du wirst es überstehen. Außerdem wird heute Abend nicht über Geschäftliches gesprochen."

„Wie meinst du das? Ich dachte, das ist der Grund, warum wir zu dieser Party gehen!"

„Nein. Heute Abend werfen wir den Köder aus."

Sie spürte, wie sich seine Laune innerhalb eines Sekundenbruchteils änderte. Gerade noch erotisch-verspielt, wirkte er jetzt beinahe ärgerlich.

„Ich dachte, wir hätten eine Abmachung!"

„Haben wir auch." Elizabeth drehte sich um und schaute ihm geradewegs in die Augen. „Willst du meine Hilfe dabei, diese Leute für dich zu gewinnen?"

„Du weißt, dass ich das tue, aber ..."

„Dann musst du mir vertrauen. Ich weiß, dass unser Ziel lautet, Investoren für dein Projekt in Dallas zu finden. Aber wir müssen es auf die richtige Art und Weise anpacken, sonst wird es nicht funktionieren. Glaub mir, ich kenne diese Leute. Heute Abend bleiben wir zusammen und mischen uns unter die Gäste. Ich werde ein paar Andeutungen machen und hier und da Bemerkungen fallen lassen, um sie hellhörig zu machen. Vielleicht laden wir sogar ein oder zwei Paare zum Dinner ein, zum Beispiel für ... Donnerstagabend. Aber heute geht es nur darum, ihre Neugier zu wecken. In Ordnung?"

„Wenn du meinst." Max gab nach, aber er sah immer noch zweifelnd drein.

„Max, du musst vor allem eins begreifen: Diese Leute mögen es nicht, wenn man gleich zum Geschäftlichen übergeht", versuchte Elizabeth zu erklären. „Wenn du das versuchst, werden sie dir mit einem Lächeln und mit gesammeltem texanischen Charme die Tür vor der Nase zuknallen."

Etwas kleinlaut verzog er den Mund. „Ja, genau so haben sie mich jetzt über ein Jahr lang abgefertigt."

„Die meisten dieser Leute können ihren Stammbaum bis zu den ersten Pionieren zurückverfolgen. Ihre Vorfahren haben mit Geschäftssinn und Fleiß großen Reichtum angehäuft. Natürlich ist fraglich, ob die Nachkommen diese Eigenschaften immer noch besitzen, aber zumindest möchten sie das alle gern glauben. Genau wie sie gern glauben wollen, dass jede Investition, die sie tätigen, ihre ureigene Idee war. Und eine brillante noch dazu."

„Hmm. Ich verstehe, was du sagen willst." Er überlegte einen Augenblick. Dann nickte er. „Okay, lass es uns auf deine Art versuchen."

Elizabeth wandte sich wieder dem Spiegel zu und puderte ihre Nase. Sie zupfte eine widerspenstige Locke zurecht, dann kramte sie in ihrer Schmuckschatulle. „Ich weiß nicht, was ich zu diesem Kleid tragen soll. Meinen ganzen schönen Schmuck habe ich verkauft."

„Warte einen Augenblick", sagte Max und verschwand im Ankleidezimmer. Ein paar Sekunden später kam er mit einem flachen Kästchen wieder zurück.

„Ich wollte sie dir eigentlich Weihnachten geben, aber ich glaube, du brauchst sie heute Abend."

„Was ist das?"

„Mach die Augen zu."

Sie tat, wie ihr geheißen, und spürte, wie Max ihr eine Kette um den Hals legte. „In Ordnung."

Elizabeth öffnete die Augen und rang nach Luft. „Oh! Die Stanton-Diamanten!", rief sie atemlos. „Oh Max, wie ... wann ...?"

„Weißt du noch, wie du mir erzählt hast, dass du sie verkaufen musstest? Am selben Tag habe ich den Auftrag erteilt, sie wiederzubeschaffen."

„Es muss ein Vermögen gekostet haben, sie zurückzukaufen."

Er zuckte mit den Schultern. „Das Entscheidende ist, dass sie jetzt wieder da sind, wo sie hingehören."

„Oh Max!" Tränen stiegen in ihren Augen auf, und sein Bild verschwamm vor ihren Augen. Sie sprang auf und schlang Max die Arme um den Nacken. „Danke. Danke. Danke. Vielen, vielen Dank. Du weißt gar nicht, wie viel mir das bedeutet."

„Hey, nicht weinen. Komm schon, hör auf. Du ruinierst nur dein Make-up, und wir müssen doch zu dieser Party."

12. KAPITEL

Angelo Delvecchio saß mit dem Rücken zur Wand in einer kleinen Bar. Auf dem Tisch vor ihm stand ein Glas Mineralwasser, aber er wandte den Blick nicht von der Tür.

Seit er vor mehr als einer Stunde hereingekommen war, hatte er sich nicht von seinem Platz weggerührt. Gesprochen hatte er nur, um seine Bestellung aufzugeben. Alle Gäste machten einen weiten Bogen um ihn. In diesem Viertel von New York rochen die Leute Ärger zehn Meilen gegen den Wind.

Diejenigen, die ihn kannten, nannten Angelo den „Engel des Todes". Sein bulliger Körperbau allein reichte schon aus, um die meisten Leute einzuschüchtern. Mit einer Größe von mehr als eins neunzig und einem Berg Muskelmasse wirkte er wie ein Stier. Zu der bedrohlichen Ausstrahlung trugen die groben Gesichtszüge, eng stehende Augen und ein meist regungsloses Gesicht noch bei. Die meisten Leute hatten Angst vor ihm.

Angelo war in diesem Viertel aufgewachsen. Sein ganzes Leben lang hatte er andere schikaniert. Es hatte niemanden überrascht, dass er sich der Verbrecherbande der Voltura-Familie anschloss.

Angelo warf einen Blick auf die Uhr hinter der Bar. Verdammt, wo blieb Tony Minelli? Sein Informant hatte geschworen, dass der Mann sich jeden Abend in diese Bar schlich, um Whisky zu kaufen.

Ein kaltes Lächeln umspielte Angelos Mund. Früher hatte Tony nicht viel getrunken, aber den Gerüchten zufolge war er inzwischen dem Suff verfallen. Er hatte zweifellos erfahren, dass ein Kopfgeld auf ihn ausgesetzt war. Sicher hatte er es mit der Angst zu tun bekommen. Nach allem, was Angelo wusste, war Tony vor mehr als einer Woche abgetaucht, kurz nachdem Angelo seinen Partner Lucky Lorenzo erledigt hatte. Angelos Lippen zuckten erneut. Damit war Luckys Glückssträhne zu Ende gewesen.

Als Angelo ungeduldig die Augenbrauen zusammenzog, nahm der Mann am Nebentisch seinen Drink und entfernte sich unauffällig. *Verdammt!* Angelo biss die Zähne zusammen. Es hatte viel Zeit und Überredungskunst gekostet, diesen Hinweis auf Tonys Aufenthaltsort zu bekommen. Das kleine Frettchen würde ihm büßen müssen, dass es ihm solche Mühe bereitet hatte.

Kalt lächelnd dachte Angelo daran, dass ausgerechnet Leo Vittoli den Gesuchten verraten hatte – der andere beste Kumpel von Tony. Komisch, wie es mit einer Freundschaft vorbei war, sobald man den Lauf einer Knarre im Mund hatte.

Angelos Blick wanderte wieder zu der Uhr, dann zum Eingang, gerade als die Zielperson sich in die Bar schlich. Beinahe hätte er den Mann nicht erkannt: Tony hatte sich immer auffallend angezogen, denn er war eitel wie ein Pfau. Aber jetzt hing sein Haar lang und strähnig herunter, und sein Stoppelbart musste bereits eine Woche alt sein. Seine Kleider waren schmutzig und sahen so aus, als ob er in ihnen geschlafen hätte.

Der schmierig wirkende kleine Mann verharrte auf der Türschwelle. Sein Blick huschte durch den Raum.

Wie eins dieser verdammten Frettchen, dachte Angelo voller Abscheu. Er gab vor, seine Umgebung gar nicht zu beachten, und beugte sich wie ein Betrunkener über sein Glas. Aber aus dem Augenwinkel beobachtete er die Zielperson genau.

Tony schlich sich zum Tresen und winkte dem Barkeeper, während er sich ängstlich umsah. Ohne ein Wort zu sagen, nahm der Mann das Geld und übergab ihm eine Flasche. Tony Minelli drückte die braune Papiertüte an seine

Brust und hastete nach draußen.

In dem Moment, als sich die Tür hinter seinem Opfer schloss, stand Angelo auf und warf ein paar Geldscheine auf den Tisch. Sofort verstummten die anderen Gäste. Die meisten schauten in ihre Gläser oder zu dem Fernseher über der Bar. Einige bekreuzigten sich verstohlen. Aber keiner wagte es, den kräftigen Mann mit den kalten Augen anzusehen, als er die Bar verließ.

Angelo hielt sich im Schatten der Häuser. Er ließ sein Opfer nicht aus den Augen, während er auf die passende Gelegenheit wartete. Er wusste, dass sie kommen würde; er musste nur Geduld haben.

Ein paar Straßen weiter merkte er, dass Tony ihn im Kreis führte. Der kleine Mann bog erst hier ab, dann dort, um schließlich zum Times Square zu gehen. Dort versuchte er, in der Menge der Theaterbesucher unterzutauchen.

Der Trick amüsierte Angelo. *Netter Versuch, Versager.*

Es war nicht schwer, Tony zu folgen. Sogar in einer Menschenmenge fiel er auf. Er hielt die Flasche, die ihm Mut machen sollte, eng an sich gepresst. Wie eine Ratte in einem Labyrinth hastete er voran. Seine Bewegungen waren ruckartig und nervös. Obwohl Angelo sich ungefähr einen halben Häuserblock hinter ihm hielt, konnte er die Angst des Mannes förmlich riechen.

Nach einer halben Stunde warf Tony einen verzweifelten Blick über seine Schulter zurück und spurtete zwischen zwei Häusern hindurch. Angelo setzte sich in Trab, angesichts seiner Körpermasse seine schnellste Gangart. Als er die Gasse erreichte, presste er sich flach gegen die Hauswand und schaute um die Ecke. Ein paar Meter weiter stolperte ein Penner aus den Schatten und hielt Tony an.

„Was haste ’n da, Mann? Schaut wie ’ne Flasche aus. Teilste mit mir?“

„Hau bloß ab, du Arschloch." Tony schubste ihn zur Seite und eilte weiter.

Der Säufer murmelte Flüche und stolperte hinaus auf den Gehsteig. Er bemerkte Angelo gar nicht, als der an ihm vorbeikam.

Angelo bog in die Gasse ein. Sofort stiegen ihm der Gestank von verrottenden Abfällen, Erbrochenem und anderen menschlichen Hinterlassenschaften in die Nase.

Leise folgte er Tony in die Dunkelheit. Ohne den Blick von der Zielperson abzuwenden, zog er mit der rechten Hand seine Pistole aus dem Halfter. Mit der linken nahm er einen Schalldämpfer aus der Tasche. Der Abstand zwischen ihm und seinem Opfer verringerte sich unerbittlich. Angelo schraubte den Schalldämpfer auf den Lauf seiner Waffe.

Angelo hätte es vorgezogen, nicht die Glock zu benutzen. Er war nie ein guter Schütze gewesen, und seine Augen waren immer schlechter geworden. Inzwischen hatte er Schwierigkeiten, überhaupt irgendetwas zu treffen, wenn er das Ziel nicht genau vor der Nase hatte. Aber er konnte es sich nicht leisten, dass irgendjemand von diesen Problemen erfuhr. Dann wäre er für Mr. Voltura nicht länger von Nutzen – und er wusste von zu vielen Leichen.

Angelos bevorzugte Waffe war eine Garrotte. Diese Würgeschlinge machte kein Geräusch und konnte nicht zurückverfolgt werden. Außerdem gab es ihm einen Kick, mit bloßer Muskelkraft das Leben aus seinen Opfern herauszupressen. Aber so nervös, wie Tony war, kam man wohl nicht nahe genug an ihn heran. Für alle Fälle lag die Garrotte ordentlich aufgerollt in Angelos Manteltasche.

Mit eisiger Ruhe folgte Angelo seinem Opfer durch die Dunkelheit. Langsam kam er ihm näher.

Hier irgendwo musste das Rattenloch sein, in dem sich Tony versteckt hielt, denn der Mann war jetzt nicht mehr ganz so vorsichtig. Er schaute nicht mehr so oft über die Schulter zurück. Vielleicht fühlte er sich aber auch nur in der Dunkelheit der Gasse sicher.

Als er keine sechs Meter mehr von seinem Opfer entfernt war, blieb Angelo stehen, hielt die Glock auf Armeslänge von sich und zielte.

Sein Finger hatte kaum den Abzug berührt, als ein schrilles Klingeln die Stille durchbrach.

„Verdammt", schimpfte Angelo.

Tony warf einen erschrockenen Blick über die Schulter zurück und rannte davon.

Angelo schoss zweimal. Durch den Schalldämpfer gab die Glock nur ein scharfes *Pfft* von sich. Beide Schüsse verfehlten ihr Ziel.

Tony rannte noch schneller und verschwand nach rechts um eine Ecke.

Ohne das unaufhörliche Schrillen des Handys in seiner Tasche zu beachten, rannte Angelo schwerfällig hinter seinem Opfer her, aber Tony war einfach zu schnell. Als Angelo die Gasse erreichte, war von der Zielperson nichts mehr zu sehen.

Ein Schwall von Schimpfwörtern ergoss sich aus seinem Mund. Angelo gab einer Mülltonne einen kräftigen Tritt, sodass sie krachend die Gasse hinunterrollte. Mit markerschütterndem Fauchen rasten drei erschrockene Katzen davon, und eine Ratte huschte quiekend in eine Ritze.

Angelo beugte sich vor und stützte die Hände auf die Knie, während er nach Luft rang.

„Verdammt, du wirst unvorsichtig", schimpfte er mit sich selbst. Er hatte vergessen, dass sein Handy in der Manteltasche steckte. Er hätte es ausschalten sollen, bevor er zu diesem Job aufgebrochen war. Ach was, am besten hätte er das elende Ding gleich in seiner Wohnung gelassen.

Das nervenaufreibende Klingeln hörte nicht auf und durchdrang schließlich seinen Ärger. Er richtete sich auf, fischte das Gerät aus der Tasche und drückte den Knopf. „Verdammt! Was zur Hölle wollen Sie?"

Nach einem Augenblick erstaunten Schweigens ertönte ein Räuspern. Dann eine Stimme: „Es ist fast zwei Wochen her. Ich rufe an, weil ich herausfinden wollte, wann Sie den Stanton-Auftrag erledigen."

„Verdammt noch mal, ich habe Ihnen doch gesagt, dass ich mich vorher noch um zwei andere Dinger kümmern muss. Das erste ist erledigt, und ich war gerade dabei, das zweite zu Ende zu bringen. Aber wegen Ihnen und wegen diesem verdammten Telefon ist mir der Kerl entwischt. Nun muss ich ihn erst wiederfinden."

„Ich wollte nur ..."

„Es ist mir scheißegal, was Sie wollten. Rufen Sie mich nicht wieder an. Wenn der Job erledigt ist, melde ich mich."

Sobald Elizabeth und Max den Ballsaal des Country Clubs betraten, eilten ihre Gastgeber auf sie zu, um sie zu begrüßen.

„Elizabeth, Liebling, ich bin ja so entzückt, dass du kommen konntest!"

Helen Van Cleaves ergriff Elizabeths Hände, zog sie an sich und hauchte zwei Küsschen in die Luft rechts und links von ihrem Gesicht. „Und dein Ehemann natürlich auch", fügte sie mit einem nachdenklichen Blick auf Max hinzu. „Als wir hörten, dass ihr beide geheiratet habt, war ich mir nicht sicher, ob ihr rechtzeitig aus den Flitterwochen wiederkommen würdet."

„Ehrlich gesagt sind unsere Flitterwochen aus verschiedenen Gründen kurz ausgefallen. Einer davon war natürlich deine Party", versicherte ihr Elizabeth. „Wie hätten wir *das* gesellschaftliche Ereignis der Saison verpassen können?"

Max beobachtete belustigt, wie die ältere Frau auf die Schmeichelei reagierte. Sie plusterte sich auf wie eine Pfauenhenne. „Oh, du bist ja so ein liebes, reizendes Wesen.“ Helen warf Max einen schelmischen Blick zu. „Ich hoffe, Sie wissen, was für einen fantastischen Fang Sie mit Ihrer Frau gemacht haben.“

„Ich weiß. Ich habe wirklich Glück gehabt.“

„Allerdings.“

Schließlich entschuldigte sich Helen Van Cleaves, um ein weiteres Paar zu begrüßen, das soeben angekommen war, und Elizabeth und Max fingen an, im Raum die Runde zu machen. Die ganze Zeit hielt Elizabeth verstohlen Ausschau nach Natalie. Max blieb an ihrer Seite und beobachtete schweigend, wie seine Frau jedes Grüppchen in ihren Bann zog.

Es war ganz offensichtlich, dass sie für diesen Lebensstil geboren war. Mit ihrer gelassenen, freundlichen Art schien sie genau zu wissen, was sie sagen musste und in welchem Tonfall. Während des Small Talks warf sie ihm immer wieder in geeigneten Momenten liebevolle Blicke zu oder drückte seinen Arm. Gelegentlich ließ sie eine Bemerkung darüber fallen, wie viel Glück sie doch hatte, dass Max sie jetzt in allen Vermögensfragen beraten konnte.

„Er ist ein wahrer Magier, was Finanzen und Investitionen angeht“, erzählte sie einem Kreis von Bekannten. Sie wusste genau, dass zwei der Männer sich selbst für Gurus der Anlageberatung hielten. Demonstrativ hängte sie sich bei Max ein, lächelte ihn voller Stolz an und fügte hinzu: „Ich bin ja so froh, und es ist ein solches Glück für mich, dass ich von Anfang an bei seinem neuesten Projekt dabei bin.“

„Ach? Und was wäre das?“, fragte einer der Männer, ohne mit seiner Skepsis hinterm Berg zu halten.

„Du liebe Güte!“ Elizabeth schlug sich die Hand vor den Mund. Diesmal warf sie Max einen schuldbewussten Blick zu. „Oh, es tut mir so leid, Liebling. Ich sollte das eigentlich nicht erwähnen, nicht wahr?“

„Nein. Das solltest du nicht“, antwortete er streng, um ihr Spiel mitzuspielen.

Mit entschuldigender Miene wandte sie sich wieder dem Mann zu. „Es tut mir leid, Warren, aber ich kann noch nicht mit dir über dieses Projekt sprechen. Nicht solange die Vorbereitungen noch laufen.“

„Komm schon, komm schon, meine Liebe. Du kannst uns nicht so auf die Folter spannen und dann nichts verraten. Erzähl schon.“

„Nein. Es tut mir leid. Wirklich. Vergesst einfach, was ich gesagt habe. Es ist mir nur so herausgerutscht. Jetzt entschuldigt uns bitte, wir müssen wirklich dort drüben mit den Martins sprechen.“

„Verdammt, du bist gut“, flüsterte Max Elizabeth ins Ohr, als sie auf die nächste Gruppe zusteuerten.

Sie lächelte zu ihm auf. „Nur deshalb, weil ich diese Leute schon mein ganzes Leben lang kenne. Ich kenne ihren Charakter, ihre Stärken und ihre Schwächen. Es kommt nur darauf an, für jede Person den passenden Hebel zu finden. Richter Felton und Blake Armour und ein paar andere halten sich zum Beispiel für ausnehmend kluge Männer, geradezu für Weise aus dem Morgenland. Du kommst an sie heran, indem du sie um Rat fragst. Auf der anderen Seite können es Warren oder Simon einfach nicht ertragen, irgendetwas nicht mitzubekommen. Das hast du gerade gesehen. Von Anfang an bei einem Projekt dabei zu sein ist den beiden beinahe so wichtig wie der Gewinn, der dabei abfällt. Außerdem versuchen sie ständig, sich gegenseitig auszustechen. Ich gehe jede Wette ein, dass Warren spätestens morgen seine Frau bei uns anrufen lässt, um uns zum Dinner einzuladen. Und vermutlich tut Simon das Gleiche."

„Nehmen wir die Einladung an?"

„Das müssen wir noch sehen", antwortete sie und warf ihm einen unschuldigen Blick zu. „Allerdings fürchte ich fast, dass unser Kalender nächste Woche schon voll ist. Aber um das auszugleichen, werden wir sie die Woche darauf zu uns zum Dinner einladen. Wenn du Warren und Simon eine Woche lang schmoren lässt, dann sind sie bereit, für dein Projekt zu unterschreiben, sobald sie einen Fuß über unsere Schwelle gesetzt haben."

„Du cleverer kleiner Teufel!" Max warf den Kopf zurück. Sein Lachen hatte den tiefen, runden Klang ehrlicher Belustigung und zog die neugierigen Blicke aller Umstehenden auf sich. Ein Schauer des Vergnügens lief Elizabeth den Rücken herunter.

Als Max sich beruhigt hatte, lächelte er sie an und schüttelte den Kopf. „Ich Dummkopf! Da hab ich doch gedacht, ich heirate eine Frau, die mich nur mit den richtigen Leuten zusammenbringt. Und dann ist es meine Sache, sie auf meine Seite zu bringen. Wer hätte gedacht, dass sich hinter diesem hübschen Gesicht eine knallharte Geschäftsfrau verbirgt?"

Er sah, wie die Freude aus ihrem Gesicht wich. Ihre Miene wurde höflich, aber kühl. „Tut mir leid. Mein Fehler. Ich hab immer gedacht, wenn man verheiratet ist, sollte man einander unterstützen. Dabei vergesse ich immer wieder, dass wir keine gewöhnliche Ehe führen. Ich werde aufhören …"

„Hoppla, hoppla. Das war nicht als Kritik gemeint. Vielleicht bin ich manchmal ein bisschen unbeholfen in meiner Ausdrucksweise. Ich wollte nur sagen, dass ich allmählich entdecke, wie viel Glück ich hatte. Mit dir habe ich so viel mehr bekommen, als ich bei unserer Hochzeit erwartet hätte."

„Bist du sicher?"

„Ganz sicher. Mach so weiter. Du bist großartig."

Sie sah ihm tief in die Augen, um zu entdecken, ob er seine Worte ernst meinte. Endlich nickte sie.

Lächelnd setzten sie ihren Weg durch den Ballsaal fort. Sie grüßten Bekannte, nahmen Glückwünsche zu ihrer Hochzeit entgegen, ließen Andeutungen fallen und machten Konversation. Gerade hatten sie den Raum einmal umrundet, als sie Mimi trafen. Sie stand allein am Rand der Tanzfläche und nippte an einem Glas Champagner.

„Hallo, ihr zwei." Sie umarmte Elizabeth, dann trat sie einen Schritt zurück. „Die Stanton-Diamanten? Aber ich dachte ..."

„Max hat sie für mich zurückgekauft, als vorzeitiges Weihnachtsgeschenk."

„Gut gemacht." Mimi musterte Max von oben bis unten. „Verdammt, Süßer, du siehst im Smoking aber großartig aus!"

„Danke", antwortete er trocken. Von dem Tablett des Obers, der gerade vorbeikam, nahm er zwei Gläser Champagner und reichte eines davon Elizabeth. „Mann, bin ich froh, dass es vorbei ist."

Mimi lachte. „Ich weiß, was du meinst. Ist ein bisschen wie ein Spießrutenlauf, nicht wahr? Ich hab viel Spaß daran gehabt zu beobachten, wie alle anderen euch unter die Lupe nehmen. Die sind alle neugierig, wie ihr miteinander auskommt. Aber jetzt kannst du dich entspannen. Nachdem ihr mit allen die erforderlichen Nettigkeiten ausgetauscht habt, ist der Moment gekommen, um die Party zu genießen."

„Wo ist deine Begleitung?", fragte Elizabeth und sah sich suchend um.

„Oh, ich hab Dexter schon vor Stunden den Laufpass gegeben", sagte Mimi mit einer wegwerfenden Handbewegung. „Er hat schon in der ersten halben Stunde vier Martini getrunken und keine Anstalten gemacht, sein Tempo zu verlangsamen. Was mich daran erinnert: Kann ich bei euch beiden mitfahren, nachdem ich Dex in ein Taxi geladen habe?"

„Sicher. Kein Problem", antwortete Max.

In diesem Augenblick weckte etwas hinter Max' Schulter Mimis Aufmerksamkeit, und ihr Lächeln verschwand. „Oh, oh. Alarmstufe Rot. Zicke auf zwei Uhr, auf dem Weg hierher."

„Was?" Kaum hatte Elizabeth die Frage ausgesprochen, da erblickte sie schon Natalie, die in ihre Richtung kam. Überall um sie herum erstarben die Gespräche, und die Leute beobachteten Elizabeth. Stille breitete sich im Raum aus.

„Hölle und Teufel. Ich kann nicht glauben, dass diese Frau die Nerven hat, hier rüberzukommen und dich anzusprechen", schimpfte Mimi.

„Hallo, Elizabeth." Natalies Lächeln war kühl und herausfordernd.

Elizabeth nickte. „Natalie. Wie war es an der Riviera?"

Überraschung blitzte in der Miene der anderen auf. Ganz offensichtlich hatte sie keinen Frontalangriff von Elizabeth erwartet. „Sieh einer an. Es scheint fast, als hättest du dir Krallen zugelegt, seit wir uns das letzte Mal begegnet sind."

Elizabeth ignorierte den Kommentar und blieb einfach ruhig stehen, den Blick auf Natalie gerichtet.

Wenige Sekunden später begann Natalie, unruhig zu werden. „Um zu deiner Frage zurückzukommen: Anfangs hatte ich viel Spaß an der Riviera. Aber nach einer Weile ist mir Edward ganz schön auf die Nerven gegangen. Er ist so pingelig. Aber das brauche ich dir ja wohl nicht zu erzählen, oder?"

„Was willst du, Natalie?“, fragte Elizabeth. „Ich weiß, dass du nicht hergekommen bist, um Höflichkeiten auszutauschen oder über Edwards Eigentümlichkeiten zu plaudern.“

„Du hast recht. Ich wollte dieses erste peinliche Treffen hinter mich bringen. Damit wir diese ... Unannehmlichkeiten hinter uns lassen können. Schließlich sind wir beide Erwachsene. Und wir werden uns nun wieder ziemlich häufig über den Weg laufen.“

„Nicht wenn ich es vermeiden kann“, erklärte Elizabeth unumwunden.

Diesmal war es an Natalie, ihre Worte zu ignorieren. „Ich war überrascht zu hören, dass du und Max geheiratet habt.“ Mit einem glühenden Blick musterte sie ihn von Kopf bis Fuß. „Ich muss sagen, dein Männergeschmack hat sich verbessert.“

Elizabeth machte sich nicht die Mühe, darauf zu antworten. Aber das schien Natalie gar nicht zu bemerken.

„Weißt du, Max, wenn ich vor einem Jahr gewusst hätte, dass Sie eine Ehefrau suchen, wäre ich hiergeblieben.“

„Das hätte keine Rolle gespielt. Sie sind nicht mein Typ.“

„Oho! Na, wenn das mal keine Herausforderung ist.“ Sie warf Elizabeth einen lauernden Blick zu. „Es macht dir doch nichts aus, wenn ich dir deinen Gatten entführe?“

Mehrere Leute um sie herum schnappten nach Luft.

„Nur für einen Tanz“, fügte Natalie hinzu.

Elizabeth wusste, dass sie die Frage mit voller Absicht so formuliert hatte. Natalies Lächeln war ganz unschuldig, aber ihre Augen glitzerten boshaft.

„Hurra, wenigstens hat sie diesmal die Manieren, vorher zu fragen“, bemerkte Mimi langsam.

Natalie warf ihr einen ärgerlichen Blick zu. „Musst du immer so ungehobelt sein?“

„Ich – ungehobelt?“ Mimi lachte. „Mag schon sein. Aber wenigstens habe ich noch keine Ehe zerstört.“

„Beachten Sie sie einfach gar nicht“, riet Natalie Max. Dann zog sie ihn am Arm. „Kommen Sie schon, tanzen Sie mit mir.“

„Nein“, war seine unverblümte Antwort. Er redete nicht um den heißen Brei herum, und er machte auch keinen Versuch, taktvoll oder höflich zu erscheinen.

Natalie, die sich seiner Zustimmung sicher gewesen war, hatte schon den ersten Schritt in Richtung Tanzfläche gemacht. Erst dann drang seine einsilbige Weigerung zu ihr durch. Sie blieb stehen und blinzelte ihn an, als hätte sie ihn nicht verstanden. „Was?“

„Ich habe Nein gesagt.“ Er entzog ihr seinen Arm. „Das wäre eine Beleidigung meiner Frau.“

„Ach du liebe Zeit“, stotterte Natalie und warf einen verlegenen Blick in die Runde. Die Umstehenden beobachteten interessiert, wie sich die Szene entwickelte. „Die Sache mit Edward ist doch Schnee von gestern. Also, wie wär's mit einem Tänzchen?“

„Tut mir leid. Meine Tanzkarte ist voll.“ Mit Nachdruck nahm er Elizabeth das Glas aus der Hand und stellte es mit seinem eigenen auf einen Tisch in der Nähe. Dann legte er seiner Frau den Arm um die Taille. „Komm, Liebling. Ich glaube, sie spielen gerade unser Lied.“

Die wenigen Schritte zur Tanzfläche kamen Elizabeth so vor, als schwebte sie. Geschmeidig legte Max die Arme um sie und nahm den Rhythmus auf.

„Danke“, murmelte sie und schaute zu ihm hoch.

„Du musst mir nicht danken, Elizabeth. Schließlich bist du meine Frau. Ich werde dich immer beschützen, soweit es in meiner Macht steht.“

„Oh. Ach so.“

Ihr wurde klar, dass er sie nicht aus Zuneigung in Schutz genommen hatte. Es war ganz einfach so, dass er ihr verpflichtet war. Und Max nahm seine Verpflichtungen sehr ernst.

Sie wollte ja gar nicht, dass er sie liebte. Vermutlich wäre das sogar unangenehm gewesen, da sie ja nicht in ihn verliebt war. Aber sie musste zugeben, dass sie in den vergangenen Wochen angefangen hatte, ihn zu achten und zu bewundern. Und ja, sie fing an, Zuneigung für ihn zu empfinden, trotz seiner unverblümten, manchmal ungehobelten Art. Er war jemand, auf den man sich verlassen konnte. Jemand, bei dem sie sich sicher und geborgen fühlte. Jemand, dem sie vertrauen konnte.

Nach allem was sie mit Edward durchgemacht hatte, machte ihn das allein schon zu etwas Besonderem. Sie hatte nicht geglaubt, jemals wieder einem Mann vorbehaltlos vertrauen zu können. Aber aus irgendeinem Grund hatte sich das nach gerade zweiwöchiger Ehe bereits geändert.

Elizabeth seufzte. Es wäre schön, wenn Max wenigstens ihre Gefühle der Zuneigung, der Freundschaft und des Vertrauens erwidern würde. Das machte das Zusammenleben sicherlich angenehmer.

„Gut", erklärte Max. „Und auch wenn ich es nicht gern eingestehe: Ich denke, Mimi liegt richtig. Wir haben genug getan, um Neugierde zu wecken. Was hältst du davon, wenn wir den Rest des Abends nicht mehr an Geschäfte und Natalie Brussard denken und uns stattdessen einfach nur amüsieren?"

„Nicht mehr an die Geschäfte denken? Was? Bist du krank?", neckte sie ihn. Mit dem Handrücken fühlte sie seine Stirn.

„Sehr witzig", erwiderte er und führte sie in einer Reihe schwindelerregender Drehungen. „Dafür wirst du bezahlen, wenn wir nach Hause kommen“, flüsterte er. „Glaub bloß nicht, dass ich den Stringtanga vergessen habe.“

Elizabeth lachte und legte ihm den Kopf an die Brust. Vorfreude und Erregung stiegen in ihr auf. Sei dankbar für das, was du hast, sagte sie sich, als Max sie auf der Tanzfläche herumwirbelte. Du hast einen ehrlichen, guten Mann geheiratet. Sei damit zufrieden.

Zu ihrer Überraschung genoss sie den Rest des Abends. Es stellte sich heraus, dass Max tatsächlich ein fabelhafter Tänzer war. Für so einen kräftigen Mann bewegte er sich überraschend anmutig und leichtfüßig. Sein Gefühl für Rhythmus war unfehlbar. Während der schnellen Tänze führte er Elizabeth durch komplizierte Figuren und drehte sie, bis sie außer Atem war. Wenn die Band einen langsamen Song spielte, zog er sie eng an sich und legte die Wange an ihren Kopf. Wie in einem Traum schwebten sie zur Musik dahin.

Max entdeckte ebenso überrascht wie Elizabeth, dass ihm die Party Spaß machte. Eigentlich hatte er sie nur von ihrer Erzfeindin ablenken wollen, als er ihr vorschlug, nur noch zu feiern. Aber je weiter der Abend fortschritt, desto prächtiger amüsierte er sich.

Er und Elizabeth tanzten zusammen, als hätten sie jahrelang nichts anderes getan. Sie bewegten sich so harmonisch wie ein einziger Körper. Wenn sie ihn nicht dazu ermuntert hätte, auch Mimi aufzufordern, hätte er liebend gern ausschließlich mit ihr getanzt.

„Weißt du, Süßer, ich muss mich bei dir entschuldigen“, sagte Mimi, sobald sie anfingen, sich zur Musik zu bewegen.

„Aha? Wieso das?“

„Ich hatte anfangs so meine Zweifel, was dich angeht. Ich gebe zu, ich hab mein Bestes getan, um Elizabeth die Heirat mit dir auszureden. Aber ich habe meine Meinung geändert."

„Wirklich? Und woran liegt das?"

„Ach, das hat verschiedene Gründe. Wie du sie in Schutz nimmst. Wie aufmerksam du dich ihr gegenüber verhältst. Zum Beispiel in der Sache mit den Stanton-Diamanten. Du weißt ja gar nicht, wie viel sie ihr bedeuten und wie schwer es ihr gefallen ist, die Klunker herzugeben. Aber vor allem, wie du mit Natalie umgesprungen bist. Süßer, ich hätte dich küssen können, als du die hast abblitzen lassen."

Mimi legte den Kopf schräg und musterte ihn aus zusammengekniffenen Augen. „Ich glaube, dass du Elizabeth guttust. Und ich bin mir verdammt sicher, dass sie dir guttut."

Der Song war zu Ende, und sie wollten gerade die Tanzfläche verlassen, als die Band einen lebhaften Jitterbug anstimmte. Mit einem frechen Grinsen griff Mimi nach Max' Hand. „Los, Süßer. Zeigen wir denen mal, wie man so was macht. Lass uns eine richtig heiß Sohle aufs Parkett legen!"

„Da nehm ich dich beim Wort."

Neben der Tanzfläche stand Elizabeth mit Bekannten ins Gespräch vertieft. Als sie Max und Mimi bemerkten, drehten sie sich um, um den beiden zuzusehen.

„Ach du liebe Güte. Schau sie dir nur an! Mimi muss doch immer eine Schau abziehen", murmelte Nell Drexel. Sie zog eine Grimasse, als stiege ihr ein unangenehmer Geruch in die Nase.

Im nächsten Augenblick fiel ihr offenbar leicht verspätet die enge Freundschaft zwischen Mimi und Elizabeth ein. „Nicht dass ich sie kritisieren will, wirklich nicht", fügte sie eilig hinzu. „Es ist nur so, dass sie immer so … so überschwänglich ist. Ich muss sagen, sie und dein neuer Ehemann tanzen recht gut zusammen."

„Ja", stimmte Elizabeth zu. Sie lächelte dem Paar zu.

„Mimi war früher mal Turniertänzerin."

Max und Mimi bewegten sich in perfekter Übereinstimmung. Sie verpassten keinen Taktschlag. Kurze Zeit später blieben die anderen Paare stehen und überließen den beiden die Tanzfläche. Das Paar zog alle Register. Mimi tanzte überschwänglich und voller Freude. Ihre Füße bewegten sich so schnell, dass man der Bewegung mit den Augen fast nicht mehr folgen konnte. Mit jedem Schritt und Wackeln ihrer Hüfte enthüllte ihr Kleid ein hinreißendes langes Bein.

„Hätte man sich ja denken können, dass sie sich hier lächerlich macht."

Die Bemerkung kam von rechts. Elizabeth drehte den Kopf und entdeckte, dass Wyatt Lassiter neben ihr stand. „Ach, sei doch nicht so ein Spielverderber, Wyatt. Sie amüsieren sich. Das ist es doch, worum es bei einer Party geht, oder?"

Ohne sie einer Antwort zu würdigen, begrüßte er Nell und Ethan Drexel, dann fasste er Elizabeth am Ellbogen. „Bitte entschuldigt uns, ich möchte mich kurz mit Elizabeth unterhalten."

„Aber natürlich. Wir waren sowieso dabei aufzubrechen", behauptete Ethan.

„Ruf mich diese Woche mal an, Elizabeth", rief Nell ihr zu, als ihr Ehemann sie zur Tür führte.

Wyatt warf erneut einen säuerlichen Blick in Richtung Tanzfläche. „Also, wenn das nicht das perfekte Paar ist! Sie gehört hier genauso wenig her wie er."

„Wie bitte? Du sprichst gerade über meinen Ehemann und meine beste Freundin."

Er blickte sie an, und sein Gesicht war von Wut verzerrt. „Ich bitte dich. Wir wissen doch beide, warum du Riordan geheiratet hast. Und was sie angeht … Edward hätte schon vor Jahren ein Machtwort sprechen und diese absurde

Freundschaft beenden sollen. Ich hätte das jedenfalls getan."

„Ach wirklich?"

„Ist ja jetzt auch egal. Ich bin nicht hergekommen, um über Mimi Whittington zu sprechen." Er warf wieder einen Blick zur Tanzfläche, als die Musik aufhörte und die Menge um Mimi und Max Beifall klatschte. „Jetzt ist es zu spät. Sie kommen zu uns herüber. Aber wir müssen uns unterhalten, Elizabeth."

„Wyatt, ich glaube nicht ..."

„Ich rufe dich an", sagte er und entfernte sich, als Mimi und Max zurückkamen.

„Wahnsinn! Kann dein Mann aber tanzen!", rief Mimi und fächelte sich mit der Hand Luft zu. „Ein bisschen Übung, und wir könnten's mit den Profis aufnehmen."

„Danke. Das werde ich mir merken, falls ich jemals einen Zweitjob brauche", sagte Max langsam. „Was wollte Lassiter?", fragte er Elizabeth und beobachtete, wie der Mann sich zwischen den anderen Partygästen hindurchschlängelte.

„Oh, nichts weiter. Er ist nur kurz vorbeigekommen, um Hallo zu sagen." Sie legte ihm die Hand auf den Arm. „Ehe ich's vergesse, während ihr beide getanzt habt, haben die Drexels uns für Freitagabend zum Essen eingeladen. Sieht ganz so aus, als ginge das Gerücht um, dass du an einem interessanten Projekt arbeitest. Er würde das gern mit dir besprechen."

„Hey, ich dachte, wir hätten uns darauf geeinigt, dass wir heute Abend nichts Geschäftliches mehr besprechen", knurrte Max. Aber das Lob in seinen Augen wärmte ihr das Herz.

„Es kommt mir so vor, als ob die Party sich auflöst", bemerkte Mimi mit einem Blick in die Runde.

Max legte den Arm um Elizabeth. „Ein letzter Tanz mit meiner Frau, und wir können aufbrechen, wann immer die Damen dazu bereit sind."

Es ist merkwürdig, dachte Elizabeth, wie selbstverständlich es im Laufe des Abends geworden ist, in Max' Armen zu liegen. Sie legte ihm die Hände um den Nacken, lehnte ihre Wange an seine Brust und schloss die Augen. Mit traumwandlerischer Sicherheit bewegten sie sich miteinander zur Musik. Sie musste nicht auf die Schritte achten, denn ihre Füße schienen den seinen wie von selbst zu folgen.

Als der Song zu Ende war und Elizabeth einen Schritt zurücktrat, beugte sich Max zu ihr und küsste sie sanft auf die Lippen. „Bist du so weit?"

Sie konnte nur nicken.

Zehn Minuten später hatten sie sich verabschiedet und stiegen in Max' BMW.

„Mmh, ich bin erledigt", seufzte Elizabeth. Sie lehnte sich in ihrem Sitz zurück und streckte sich. „Ich kann mich nicht erinnern, wann ich das letzte Mal so viel getanzt habe oder auf einer Party solchen Spaß hatte."

„Ja, die Party war gut", sagte Mimi vom Rücksitz aus. „Aber ich bin froh, dass sie vorbei ist. Übrigens, falls euch das noch nicht klar ist, ihr gebt ein fantastisches Paar ab."

Elizabeth schnaubte, und Max sagte nichts.

„Ehrlich", beharrte Mimi. „Ihr seht großartig zusammen aus."

„Spielst du Golf, Max?", erkundigte sich Elizabeth.

„Guter Gott, nein! Ich hab nie verstanden, was einem daran gefallen könnte, einen kleinen Ball in ein Loch zu bugsieren."

„Hmm. Zu dumm."

„Warum?"

Elizabeth wandte den Kopf und betrachtete das Profil ihres Mannes im Halbdunkel. „Du wärst erstaunt, wie viele Geschäfte auf dem Golfplatz ausgehandelt werden."

„Sie hat recht", mischte sich Mimi vom Rücksitz aus ein. „Mir fallen spontan wenigstens drei Riesenfusionen ein, die zwischen dem neunten und zehnten Loch besiegelt wurden."

„Schade. Aber Golf werde ich wohl nie im Leben lernen. Das Spiel ist zu langsam für mich. Ich würde noch vor dem dritten Loch wahnsinnig werden."

„Ich verstehe." Elizabeth überlegte. Einen Moment später versuchte sie es erneut: „Wie sieht es mit Tennis aus? Das ist ein schnelles Spiel. Man kann sich zwar nicht beim Spielen unterhalten wie beim Golf. Aber viele Männer, besonders die unter sechzig, spielen Tennis. Nach dem Spiel wird dann beim Lunch im Clubhaus über Geschäfte gesprochen."

„Hmm. Das entspricht eher meinem Tempo. Wenn man mal davon absieht, dass ich nicht Tennis spiele."

„Was für einen Sport treibst du denn, Süßer?", fragte Mimi.

„Wenn ich Zeit habe, Squash."

„Das leuchtet ein", bemerkte Mimi ironisch. „Ein Spiel, bei dem du die Füllung aus 'nem Ball rausprügeln kannst."

Ohne Vorwarnung beugte sich Elizabeth nach vorn und schrie: „Stopp! Max, halt an!"

„Was zur ..."

Max trat so heftig auf die Bremse, dass Mimi nach vorn geschleudert wurde. Wenn sie keinen Gurt getragen hätte, wäre sie aus dem Sitz geflogen.

„Was ist? Was ist los?", fragte Max. Aber er sah seine Frau nur noch von hinten.

Noch ehe das Auto ganz zum Stehen gekommen war, hatte Elizabeth ihren Pelzmantel ausgezogen und war aus dem Wagen gesprungen. Im eisigen Regen rannte sie um das Auto herum.

„Verdammt noch mal, was macht sie da?“, beschwerte sich Max, als er versuchte, etwas im Rückspiegel zu erkennen. „Sie wird ja komplett durchweicht!“

„Hmm, soll ich mal raten? Ich wette, dass sie eine streunende Katze oder einen Hund aufsammelt.“

„Was?“

Mimi beugte sich vor und tätschelte seine Schulter. „Gewöhn dich besser gleich dran. Elizabeth hat das weichste Herz westlich vom Mississippi.“

Und tatsächlich, als Elizabeth nur einen Augenblick später wieder ins Auto sprang, hielt sie etwas an ihre Brust gedrückt. Etwas, das zappelte und unaufhörlich fiepende Geräusche von sich gab.

„Was zur Hölle ist das?“, fragte Max entgeistert und starrte das winzige nasse Fellknäuel an.

„Ein Kätzchen.“

„Hab ich’s doch gesagt“, bemerkte Mimi vom Rücksitz aus.

„Ein Kätzchen? Es sieht eher wie eine ersoffene Ratte aus.“

„Oh, du armes kleines Ding“, murmelte Elizabeth mit beruhigender Stimme. „Es zittert. Natürlich, es ist ja auch ganz kalt und nass.“ Sie hob das Kätzchen hoch und schmiegte es an ihren Hals. „Alles ist gut, Kleines. Ich werde mich um dich kümmern. Du bist jetzt in Sicherheit.“

„Oh, fantastisch.“ Max rollte die Augen. „Das ‚arme kleine Ding‘ ruiniert gerade dein Kleid.“

„Das ist doch egal. Ein Kleid kann man ersetzen. Das hier ist ein hilfloses Lebewesen.“

„Was willst du denn damit machen? Das Tierheim macht erst am Montag wieder auf."

Elizabeth holte scharf Luft und funkelte ihn an. „Ich werde es nicht ins Tierheim bringen. Die töten Tiere, wenn sie nicht innerhalb von ein paar Wochen ein neues Zuhause finden."

„Also hast du vor, es zu behalten?"

„Vielleicht", sagte sie, das Kinn störrisch vorgeschoben. „Wenn ich niemanden finde, der es bei sich aufnimmt."

„Aha. Warum überrascht mich das nicht?" Max legte den Gang ein und fuhr weiter.

„Bei San Felipe gibt es eine Drogerie, die die ganze Nacht aufhat. Könntest du da vorbeifahren, damit ich ein paar Sachen und Katzenfutter besorgen kann?", bat Elizabeth.

„Klar. Warum nicht?", stimmte Max in einem resignierten Ton zu.

Als er vor dem Laden anhielt, drückte Elizabeth ihm das Kätzchen in den Arm. „Hier. Nimm du mal, während ich schnell rausspringe und das Nötige besorge."

„Hey, warte ..."

Elizabeth hatte schon die Tür geöffnet und war ausgestiegen.

„Verdammt." Max hielt das zappelnde, maunzende Kätzchen auf Armeslänge von sich weg. „Was soll ich mit dem Ding jetzt machen?"

„Beten, dass es nicht auf deinen Sitz oder den Pelzmantel deiner Frau pisst." Mimi lachte leise. „Ich hab dich gewarnt, Süßer. Du hast eine Frau mit zartem Äußeren, stählernem Willen und einem butterweichen Herzen geheiratet. Aber genau das macht ihren Charme aus. Ich würde dir raten, dich in Geduld zu üben."

Elizabeth kam aus dem Laden und eilte durch den strömenden Regen zum Auto zurück, eine prall gefüllte Tüte im Arm.

Sobald sie wieder auf dem Beifahrersitz saß, ließ Max das Kätzchen auf ihren Schoß fallen.

„Was ist das alles für Zeug?“, fragte er und deutete mit einem Kopfnicken auf die Einkäufe.

„Nur ein bisschen Futter und Katzenstreu.“

Max gab auf und trat den Heimweg an.

Während der kurzen Fahrt kuschelte Elizabeth das Kätzchen an sich und flüsterte ihm beruhigend zu. Sie setzten Mimi an ihrer Eingangstür ab, bevor Max die lange, geschwungene Auffahrt zu Elizabeths Haus hinauffuhr.

Unter dem Vordach angekommen, stieg seine Frau aus dem Auto und eilte mit dem kleinen Bündel ins Haus, ohne an ihren Fellmantel oder die Tüte mit den Einkäufen zu denken. Kopfschüttelnd hob Max den Mantel und die große Tüte auf und folgte ihr.

Er fand sie in der Küche, wo sie gerade das Kätzchen mit einem alten Handtuch abtrocknete.

„Verdammt, das ist die hässlichste Katze, die ich je gesehen habe“, bemerkte er, als er die struppige Kreatur begutachtete. „Ich hab noch nie eine mit so einer Zeichnung gesehen. Mit den ganzen schwarz-weißen Streifen sieht sie wie ein Zebra aus.“

„Achte gar nicht auf ihn, Kleines“, flüsterte Elizabeth. „Wenn du erst ein bisschen Speck auf den Rippen hast und sauber bist, wirst du wunderschön sein, nicht wahr?“

Max lehnte sich mit den Hüften gegen die Arbeitsplatte aus Granit, verschränkte die Arme vor der Brust und beobachtete, wie seine Frau das verlassene Kätzchen streichelte. Während er ihr zusah, schoss ihm der Gedanke durch den Kopf, was für eine wunderbare Mutter sie abgeben würde.

Im Stehen zog sie die Schuhe aus, dann eilte sie in der Küche umher, das Kätzchen immer auf den Fersen. Im Handumdrehen hatte sie zwei Schüsselchen mit Futter und Wasser gefüllt. Sie beobachtete gespannt, wie sich das Tier darüber hermachte, als ob es seit Tagen nichts gefressen hätte.

„Ach du armes Kleines. So hungrig warst du?", bemerkte Elizabeth weich.

„Also ... wenn du es behältst, wie willst du es nennen?", fragte Max.

„Wahrscheinlich ‚Barcode' – wie der Strichcode auf Preisschildern."

Max lachte. „Verdammt, Weib, du überraschst mich immer wieder. Als ich dir den Heiratsantrag gemacht habe, hätte ich mir nie träumen lassen, dass du Sinn für Humor hast."

Elizabeth warf ihm einen verärgerten Blick zu. „Was dachtest du denn? Dass ich ein kaltes, hirnloses Frauenzimmer bin und zu egozentrisch, um Dingen eine komische Seite abzugewinnen?"

„So etwas in der Art", gab er zu.

Ärgerlich kniff sie die Augen zusammen. Aber weil das Kätzchen inzwischen sein Futter heruntergeschlungen hatte, wandte sie sich wieder dem Tier zu. Sie richtete einen alten Korb mit Handtüchern als Katzenbett her und füllte eine flache Kiste mit Katzenstreu. Beides stellte sie in den Hauswirtschaftsraum.

Mit prall gefülltem Bauch taumelte das Kätzchen wie betrunken hinter Elizabeth her. Sie hob es hoch und setzte es in die Kiste, wo es tat, was es sollte. Auf ihr Lob hin strich es ihr um die Füße und forderte Streicheleinheiten. Schließlich setzte sie das schwarz-weiß gestreifte Fellbündel in den Korb. Nachdem es sich in den Handtüchern eine Kuhle geschaffen hatte, rollte es sich zu einer Kugel zusammen und schlief sofort ein.

„Oh, schau nur. Ist es nicht süß?“, flüsterte Elizabeth.

An der Tür des Hauswirtschaftsraums schaute Max über die Schulter zurück. „Ja, sehr niedlich.“ Er legte beide Hände um Elizabeths Taille und murmelte an ihrem Ohr: „Also … um auf den Stringtanga zurückzukommen …“

13. KAPITEL

„Elizabeth!“ Die Eingangstür schlug mit einem Krachen zu, das den Kronleuchter in der Halle zum Klirren brachte. „Elizabeth! Verdammt, wo bist du?“

Im Salon schaute Mimi die Freundin an und zog die Augenbrauen hoch. „Oh, oh. Das klingt aber nicht gut.“ Sie stürzte den Rest Kaffee hinunter und stand auf. „Du solltest lieber gehen und das wilde Tier zähmen. Ich für meinen Teil sehe zu, dass ich mich vom Acker mache.“

„Feigling“, neckte Elizabeth.

„Worauf du dich verlassen kannst. Ruf mich später an, Süße“, entgegnete sie, während sie ihren Mantel nahm und durch die Hintertür entwischte.

Elizabeth stellte ihre Kaffeetasse ab, hob das schlafende Kätzchen von ihrem Schoß und machte sich zur Eingangshalle auf. Auf der Hälfte des Wegs wäre sie beinahe mit Max zusammengestoßen. Seine Miene war düster wie Gewitterwolken.

Hinter ihm stand Troy, in dessen ärgerlichen Gesichtsausdruck sich selbstgefälliges Vergnügen mischte.

„Du hast gebrüllt, Löwe?“, fragte Elizabeth mit süßer Stimme. Sie würde sich nicht einschüchtern lassen. Vor allem nicht, wenn Max’ Assistent mit selbstgerechtem Grinsen zusah.

„Das ist nicht komisch, Elizabeth. Ich will mit dir reden.“

„In Ordnung. Meinst du, wir könnten das an einem etwas … privateren Ort erledigen? Gladys und Dooley arbeiten in der Küche.“

Ohne die Antwort abzuwarten, ging sie voran ins Arbeitszimmer und setzte sich auf einen der Stühle am Kamin. Äußerlich wirkte sie ruhig und gelassen, aber in ihrem Innern regte sich unerklärliche Nervosität. Ihr Magen flatterte.

Das war albern. Sie hatte nichts getan, um den Zorn zu verdienen, der aus jeder Bewegung ihres Mannes sprach.

Keiner der beiden Männer setzte sich. Troy postierte sich schweigend neben dem Kamin, während Max auf und ab lief.

„Ich habe gerade von meinem Agenten in Dallas gehört, dass jemand versucht, den restlichen Grund und Boden auf dem Projektareal aufzukaufen."

„Aber ... hast du nicht schon Geld in diese Grundstücke investiert?"

„Ja. Aber offenbar wollen sich die Eigentümer trotzdem aus unseren Abmachungen herauswinden und an den Meistbietenden verkaufen. Und was noch schlimmer ist: Ich kann diese Teile des Baugrunds noch nicht einmal sausen lassen und das Projekt kleiner aufziehen. Willst du wissen, warum?"

Elizabeth nickte.

„Weil sie das Gelände, das mir schon gehört, umschließen. Laut Auskunft der Verkäufer planen meine Gegenspieler, in den alten Gebäuden und Warenhäusern lauter Gewerbe anzusiedeln. Und zwar ausgerechnet die lautesten und unangenehmsten, die man sich nur vorstellen kann: eine Sägemühle und Schreinerei, die rund um die Uhr schwere Maschinen laufen lässt, ein Lager für Düngemittel, eine Rasenmäherwerkstatt und eine Fabrik für Daunendecken und -kissen.

Das würde Tag und Nacht Lärm bedeuten: Bremsen und Hupen. Lastwagen, die ankommen und abfahren. Industrielärm, Klappern und Klirren. Der Gestank von nassen Federn, Dünger und Benzin. Und wie idyllisch der Blick aus den geplanten Luxusapartments wäre, kannst du dir vielleicht vorstellen."

„Das ... das ist ja furchtbar", rief Elizabeth erschrocken

aus. „Kannst du die Verkäufer nicht dazu zwingen, ihre Verträge mit dir einzuhalten?“

„Vielleicht. Vielleicht auch nicht. Das hängt davon ab, wie weit sie die Sache durchziehen wollen. Es kann sein, dass die neuen Interessenten sie auch finanziell unterstützen.“

„Wer steckt denn hinter dem neuen Angebot? Vielleicht kannst du ja mit denen reden.“

„Ein Konsortium von Geschäftsleuten aus Houston“, sagte Max und warf ihr einen finsteren Blick zu. „Und glaubst du etwa, ich hätte nicht versucht, mit denen zu reden? Ihr Pressesprecher hat sich geweigert, mir ihre Namen zu nennen. Er hat nur deutlich gemacht, dass sie nicht die Absicht haben, klein beizugeben. Nach dem Gespräch mit ihm bin ich mir sicher, dass es diesen Leuten hauptsächlich darauf ankommt, mir finanziellen Schaden zuzufügen.“

„Und, können sie das?“

„Darauf kannst du dich verlassen. Im besten Fall stehen uns monatelange, wenn nicht jahrelange gerichtliche Auseinandersetzungen bevor.“

„Oh, das ist ja schrecklich! Das tut mir so leid, Max. Wirklich. Aber was habe ich damit zu tun, dass du so ärgerlich bist?“

„Abgesehen von mir und Troy gibt es nur vier Leute, die von diesem Projekt wissen. Meine Sekretärin, weil sie die Papiere geschrieben hat. Lloyd Baxter, den wir in New York getroffen haben. Und dann noch du und dein Anwalt. Troy und Carly arbeiten schon seit Jahren mit mir zusammen, und ich vertraue ihnen bedingungslos. Lloyd Baxter hat keinen Grund, ein Projekt zu unterlaufen, in das er schon viel investiert hat.“

Max machte eine Pause. Sein harter Blick schien Elizabeth zu durchbohren. „Damit bleiben du und John Fossbinder übrig.“

„John würde niemals seine Schweigepflicht als Anwalt verletzen."

Max nickte. „Das ist auch der Eindruck, den ich gewonnen habe."

Elizabeths Augen weiteten sich. „Du glaubst, dass ich jemandem davon erzählt habe? Dass ich dich ruinieren will?"

„Sie müssen zugeben, es sieht schon sehr danach aus", mischte sich Troy ein.

Elizabeths Kopf fuhr herum. Sie kniff die Augen zusammen und sah ihm geradeheraus in sein selbstgefälliges Gesicht. „Ich muss überhaupt nichts zugeben. Vor allem nicht Ihnen gegenüber. Oder dir", fügte sie hinzu und warf ihrem Mann einen vernichtenden Blick zu. Erhobenen Hauptes stand sie auf und ging zur Tür, so würdevoll sie nur konnte.

„Wo läufst du hin?", raunzte Max. „Komm zurück, Elizabeth. Wir sind noch nicht am Ende mit unserem Gespräch."

„Du vielleicht nicht. Ich schon." Sie riss die Tür auf und schlug sie hinter sich zu.

Gladys, die gerade in einem der vorderen Salons Staub wischte, stecke den Kopf aus der Tür und murmelte: „Lieber Himmel, ich hab in meinem ganzen Leben noch nicht so ein Türengeknalle und Geschrei gehört."

Elizabeth überhörte ihre Worte geflissentlich und eilte die Treppe hinauf. Auf halbem Weg änderte sie ihre Meinung und lief wieder nach unten. Sie griff sich einen Mantel aus dem nächstgelegenen Schrank. „Ich bin drüben bei Mimi, wenn Sie mich brauchen", rief sie Gladys zu. Dann rannte sie zur Vordertür hinaus.

„Hmpf. Als hätte ich mir das nicht denken können", brummte Gladys.

Elizabeths Handy klingelte, als sie gerade dabei war, mit ihren letzten drei Steinen die Partie Scrabble für sich zu entscheiden. Sie legte die Buchstaben K, I und V neben ein A auf dem Spielbrett und rief triumphierend: „Kiva."

„Kiva? Was ist ein Kiva?"

„Ein Kiva ist eine unterirdische Begegnungsstätte, die in früheren Zeiten von den Indianern genutzt wurde", klärte Elizabeth ihre Tante auf. „Damit du's weißt. Ich hab gewonnen, gewonnen, gewonnen!"

„Na gut, in Ordnung. Du hast gewonnen. Würdest du jetzt bitte an dieses Telefon gehen", knurrte die alte Frau in ihrer liebevoll-bärbeißigen Art. „Das Klingeln treibt mich in den Wahnsinn!"

„Du bist nur ein schlechter Verlierer", neckte Elizabeth sie. Aber sie kramte das Mobiltelefon aus ihrer Handtasche und nahm den Anruf entgegen: „Hallo?"

„Mrs. Riordan?"

„Ja?"

„Es tut mir leid, Sie daheim zu stören. Hier ist Carly, die Sekretärin Ihres Mannes. Ich habe mich nur gefragt, ob Sie heute von Max gehört haben."

„Nein, habe ich nicht."

Um genau zu sein, sie hatte von Max nichts gesehen und nichts gehört, seit sie vor zwei Tagen aus dem Haus in Houston gestürmt war. Er war schon weg gewesen, als sie am Abend von Mimi zurückkam. Bei Gladys hatte er eine Nachricht hinterlassen, dass er in dringenden Geschäften nach Dallas fliegen wollte. Er wisse nicht, wann er wiederkäme. Das hatte Elizabeths Ärger nur noch verstärkt, und sie war nach Mimosa Landing gefahren.

Wie konnte der Mann es wagen, ihr vorzuwerfen, ihm schaden zu wollen? Ausgerechnet ihr? Dann machte er alles nur noch schlimmer, indem er verschwand, ohne auch nur Auf Wiedersehen zu sagen. Gerade hatte sie angefangen zu glauben, dass ihre Ehe eine echte Chance hatte. Und nun musste er hingehen und so einen Blödsinn machen. Idiot!

„Oje", sagte Carly. „Ich habe ein Riesenproblem. Heute Morgen habe ich einen Anruf bekommen, dass die Mutter von Max auf dem Schiff hingefallen ist und sich das Bein gebrochen hat."

„Oh nein! Wie schlimm ist es?" Elizabeth klang besorgt. Ihr Ärger auf Max war vergessen.

„Anscheinend ist es ein komplizierter Bruch", erläuterte Carly. „Der Schiffsarzt hat einen behelfsmäßigen Gips angelegt, aber er meint, dass sie so bald wie möglich zu einem Spezialisten gebracht werden sollte."

„Ja, natürlich."

„Oh, gut. Ich bin so froh, dass Sie der gleichen Meinung sind", rief Carly erleichtert. „Sobald ich von dem Unfall hörte, habe ich veranlasst, dass der Privatjet sie nach Hause bringt. Ich hatte nur gehofft, dass Max rechtzeitig zurückfliegt, um seine Mutter am Flughafen abzuholen. Aber ich habe jetzt schon den ganzen Morgen versucht, ihn zu erreichen, und weder er noch Troy gehen ans Telefon."

„Machen Sie sich keine Sorgen. Ich hole sie ab und bringe sie zu einem Arzt. Danach nehme ich sie mit nach Hause. Um wie viel Uhr kommt sie denn an?"

Sobald Elizabeth den Anruf beendet hatte, wollte ihre Tante wissen, was los war.

„Ach, die Arme", sagte sie, als Elizabeth es ihr erklärt hatte.

„Es sieht so aus, als ob es ein komplizierter Bruch wäre. Die Kreuzfahrtgesellschaft hat Carly angerufen, und nun wird Iona Riordan mit dem Privatjet nach Hause gebracht."

„Das ist gut", äußerte Tante Talitha und nickte zustimmend. „Sie sollte daheim sein, wo ihre Familie sich um sie kümmern kann."

„Ja, nun ja, Max ist alles, was sie noch an Familie hat. Ich fahre rüber nach Houston und hole sie ab. In zwei Stunden landet das Flugzeug."

Talitha erhob sich, schwer auf ihren Gehstock gestützt. „Ich komme mit nach Houston. Vielleicht brauchst du Hilfe dabei, dich um sie zu kümmern."

Das bezweifelte Elizabeth insgeheim. Schließlich waren ja außer ihr auch Gladys und Dooley da. Trotzdem freute sie sich über die Gesellschaft ihrer Tante.

Elizabeth und Talitha erreichten die VIP-Lounge des Houstoner Flughafens nur wenige Augenblicke, bevor der kleine Jet landete. Zwei Flugbegleiter trugen Iona die kurze Gangway hinunter zum Flugfeld, wo Elizabeth schon mit einem geliehenen Rollstuhl wartete.

„Oh meine Liebe, ich habe gar nicht erwartet, dich hier zu sehen", begrüßte Iona die Schwiegertochter und blickte sich um. „Wo ist denn mein Sohn?"

„Er ist geschäftlich unterwegs, und leider ist es mir nicht gelungen, ihn zu erreichen. Also bin ich gekommen."

Iona entdeckte Tante Talitha, die am Eingang der Lounge stand. „Ach du liebe Güte, deine Tante ist auch da. Es tut mir so leid, dass ich euch solche Ungelegenheiten bereite."

Langsam, um sich dem Tempo ihrer Tante anzupassen, schob Elizabeth den Rollstuhl durch die Lounge und zur Tür hinaus, wo ihr Auto wartete.

„Iona, du gehörst doch jetzt zur Familie, und Familie kommt nie ungelegen. Wir sind froh, dass wir uns um dich kümmern können."

„Ganz genau", stimmte Talitha zu und drückte die Schulter der anderen alten Dame. „Elizabeth hat schon einen Termin mit Dr. Watson ausgemacht. Genau in diesem Moment wartet er im Krankenhaus auf uns. Er ist ein Freund der Familie und einer der besten chirurgischen Orthopäden in der

Gegend. Vor einigen Jahren hat er mich am Hüftgelenk operiert, also kann ich ihn persönlich empfehlen."

„Das ist so lieb von euch. Aber es ist mir trotzdem unangenehm, euch zur Last zu fallen."

„Blödsinn", erklärte Talitha und unterstrich ihre Worte, indem sie den Gehstock auf den Boden stieß. „Haben wir nicht gerade gesagt, dass davon keine Rede sein kann? Rein mit dem Gipsbein ins Auto, damit wir loskönnen."

Wie versprochen erwartete Dr. Watson sie bereits. Elizabeth und ihre Tante blieben im Warteraum zurück, während der Arzt seine Patientin in das kleine Untersuchungszimmer schob. Von ihrem Sitzplatz aus konnten die beiden Frauen beobachten, wie Krankenhauspersonal dort ein- und ausging.

Nach einer Weile trat Dr. Watson wieder zu ihnen und teilte ihnen mit, dass Iona für eine sofortige Operation vorbereitet werde. „Ich muss den Bruch noch mal richten, und es werden ein paar Metallschrauben nötig sein. Nach der Operation braucht sie eine Weile im Aufwachraum. Aber wenn alles gut geht, können Sie sie mitnehmen, sobald sie wach und wieder bei klarem Verstand ist."

Während sie warteten, versuchte Elizabeth mehrfach, Max auf seinem Handy anzurufen – ohne Erfolg. Schließlich gab sie auf und bat stattdessen seine Sekretärin, es weiterzuversuchen.

Es war nach sechs, als sie endlich in dem Haus in River Oaks ankamen. Mit der Hilfe von Gladys und Dooley trugen sie Iona hinein.

„Ihr hättet mich in mein Apartment bringen sollen. Da haben wir einen Aufzug", protestierte die Kranke mit schwacher Stimme.

„Hier gibt es auch einen", versicherte ihr Elizabeth. „Genau wie auf Mimosa Landing. Also wirst du weder hier noch dort Schwierigkeiten haben. Und damit ist jetzt Schluss mit den Entschuldigungen und den Sorgen, hörst du? Wir freuen uns, dass wir uns um dich kümmern können."

Sie brachten Iona in einem der Gästezimmer mit eigenem Fernseher unter. Nach dem leichten Abendessen behauptete Iona, überhaupt nicht müde zu sein. Daher blieb Talitha bei ihr sitzen, um mit ihr Rommé zu spielen. Aber kaum zwanzig Minuten später hörte Elizabeth den Aufzug, und kurz darauf erschien Talitha im Salon. „Sie schläft tief und fest. Ist mitten im Spiel eingeschlummert. Ich habe die Bettdecke hochgezogen und sie in Ruhe gelassen."

„Die Arme, das war ein harter Tag für sie", murmelte Elizabeth. Sie stand auf und streckte sich. „Und ich muss sagen, ich bin auch ganz erledigt. Heute gehe ich zeitig zu Bett."

„Ich auch", stimmte ihre Tante zu.

Normalerweise benutzte Elizabeth die Treppe, aber da Tante Talitha immer den Aufzug benutzte, trat sie mit ihr in die Kabine.

Im zweiten Stock verabschiedete sie sich mit einem Kuss auf die Wange und wünschte Talitha eine gute Nacht. Dann schlich sie auf Zehenspitzen in Ionas Zimmer, um noch einen Blick auf die Patientin zu werfen und sich zu vergewissern, dass es ihr gut ging.

Erst danach ging Elizabeth in ihr eigenes Schlafzimmer zurück, zog ihr Nachthemd an und ging zu Bett.

Sie schlief tief und fest, als das Klingeln des Telefons auf ihrem Nachttisch sie weckte.

Schlaftrunken stützte sie sich auf die Ellbogen und sah sich um. Es dauerte eine kleine Weile, bis sie wach genug war, um ans Telefon zu gehen.

„Ja?", meldete sie sich.

„Wie geht es meiner Mutter? Wo ist sie?" Max klang ungehalten. „Ich bin gerade ins Hotel zurückgekommen und habe eine Nachricht von Carly vorgefunden. Angeblich hat sich meine Mutter verletzt, und du kümmerst dich um sie."

Ein Blick auf den Wecker am Bett zeigte ihr, dass es nach Mitternacht war. Am liebsten hätte Elizabeth ihn gefragt, wo er um diese Zeit herkam, aber sie biss sich auf die Zunge.

„Es geht ihr so weit gut." Allmählich wacher, setzte Elizabeth sich auf. Sie zog die Knie an den Körper, stützte sich mit einem Ellbogen darauf und fuhr sich mit der anderen Hand durch das zerzauste Haar. „An Bord des Schiffes hat sie sich das rechte Bein gebrochen. Die Reederei hat sie nach St. Thomas geflogen, und von dort hat Carly einen Jet gechartert, um sie nach Houston zu bringen. Tante Talitha und ich haben sie am Flugzeug abgeholt und gleich zum Krankenhaus gefahren. Dort hat Dr. Watson sie operiert. Er ist ein exzellenter Chirurg und ein Freund der Familie."

„Geht es ihr gut?"

„Ja, jetzt schon."

„Kann ich mit ihr sprechen?"

„Sie schläft", teilte Elizabeth ihm mit. „Ich nehme an, die Betäubung wirkt noch nach. Es wäre besser, wenn du morgen noch mal anrufst."

„Soll ich nach Hause kommen?", fragte Max.

„Nur wenn du möchtest", beschied Elizabeth ihn. Sie sprach in dem kühlsten Ton, den sie zustande brachte. „Es sei denn, du traust mir nicht zu, mich um sie zu kümmern."

Ein langes Schweigen folgte. „Ich vertraue dir, Elizabeth."

„Ach wirklich? Das ist mir neu."

„Hör mal, ich möchte das wirklich nicht am Telefon besprechen."

„Fein. Tu doch, was du willst."

„Eigentlich will ich nur sagen, wie dankbar ich dir bin. Es ist sehr lieb, dass du dich um sie kümmerst, und es tut mir leid, dich damit zu belasten. Wenn du möchtest, schicke ich Carly rüber. Sie kann meine Mutter in ihr Apartment zurückbringen und einen Pflegedienst für sie besorgen."

Elizabeth hätte am liebsten mit den Zähnen geknirscht. Dieser Mann trieb sie in den Wahnsinn! Im einen Moment benahm er sich höflich, nur um im nächsten mit so einer Bemerkung alles wieder zunichtezumachen.

„Ist es notwendig, dass du mich so beleidigst? Glaubst du wirklich, dass ich die Pflege deiner Mutter irgendwelchen Fremden überlassen würde? Oder dass ich mich auch nur eine Minute ärgere, weil ich mich um sie kümmern muss? Nur zu deiner Information: Ich betrachte Iona nicht als Belastung. Sie ist eine liebe, nette Dame, und meine Tante und ich genießen ihre Gesellschaft. Sie ist hier willkommen, so lange sie bleiben möchte. Und wenn es dir nichts ausmacht, würde ich jetzt gern weiterschlafen."

Ohne seine Antwort abzuwarten, beendete sie die Verbindung und warf sich in die Kissen zurück. Von ihr aus konnte Maxwell Riordan zum Teufel gehen!

Am nächsten Morgen war Iona schon wieder ganz die Alte und versuchte, mithilfe der Krücken aufzustehen. Elizabeth hatte gerade geduscht, als das Telefon klingelte. Ein paar Sekunden später hörte sie Gladys sagen: „Mrs. Riordan, Ihr Sohn ist am Apparat."

Da sie keine Lust hatte, mit Max zu sprechen, verlangsamte Elizabeth ihre Schritte. Wenn sie den Salon betrat, würde Iona erwarten, dass sie mit ihrem Mann telefonierte. Also blieb sie stehen und hörte dem Gespräch von der anderen Seite der Tür zu. Freude über den Anruf klang aus der Stimme ihrer Schwiegermutter, als sie Max ausführlich von den Aufregungen des gestrigen Tages berichtete. Sie schilderte genau, wie sie sich das Bein gebrochen hatte und wie freundlich alle zu ihr waren. Zum Schluss teilte sie ihm mit, dass sie am Freitag noch einen Nachsorgetermin bei

Dr. Watson hatte und dass sie vorhatten, nach Mimosa Landing zu fahren.

„Also, wenn du anrufst und wir nicht da sind, liegt das daran. Deine liebe Frau besteht darauf, dass ich bei ihr bleibe, bis ich wieder ganz auf dem Damm bin“, hörte Elizabeth sie sagen. Eine Pause trat ein, während Iona der Antwort lauschte.

„Wann kommst du denn heim?“, fragte sie.

„Ach so.“ Sie klang ein bisschen enttäuscht. „Kannst du das wirklich nicht sagen? Ich verstehe. Du steckst mitten in harten Verhandlungen. Na ja, dann werden wir dich also vermutlich einfach sehen, sobald es geht.“

Nachdem Iona aufgelegt hatte, wartete Elizabeth noch einen Augenblick, ehe sie den Salon betrat.

„Oh, da bist du ja, meine Liebe! Du hast gerade die Gelegenheit verpasst, mit Max zu sprechen.“

„Wirklich? Macht nichts. Ich habe letzte Nacht mit ihm telefoniert.“

„Er sagt, dass er nicht weiß, wann er nach Hause kommt. Offenbar gibt es irgendein Problem mit seinem aktuellen Projekt. Er kann nicht weg, ehe er nicht alles wieder unter Kontrolle hat.“

„Hmm. Schade. Aber ich bin sicher, dass er das hinbekommt.“

„Oh ja. Mein Sohn ist ein hervorragender Geschäftsmann“, sagte Iona und strahlte.

Nach einem üppigen Frühstück zogen sich Elizabeth, ihre Tante und ihre Schwiegermutter in den Salon zurück. Die beiden alten Damen machten es sich in Sesseln gemütlich und schwatzten ohne Unterlass, während Iona häkelte und Talitha an ihrer neuesten Stickerei arbeitete.

Nach und nach wurde ihre Unterhaltung leiser, um schließlich ganz zu versiegen. Elizabeth schaute von der einen zur anderen und lächelte. Beide Frauen waren fest eingeschlafen und schnarchten ein wenig.

Auf einmal unterbrach die Türglocke die Stille. Elizabeth beeilte sich aufzumachen, ehe die Klingel Talitha und Iona aufweckte.

„Wyatt! Was machst du denn hier? Ich dachte, du wolltest anrufen."

„Ich war gerade in der Gegend und dachte, ich könnte bei der Gelegenheit mal vorbeischauen."

„Aha. Dann ... dann komm doch herein." Elizabeth fühlte sich ein wenig nervös, als sie die Haustür schloss und ihm voran in einen der Salons ging.

Wyatt sah sich um. „Ich nehme an, dass Gladys einkaufen gegangen ist, wie jeden Mittwoch?"

„Ja." *Woher weiß er das?* „Kann ich dir etwas zu trinken anbieten?", fragte Elizabeth, um das angespannte Schweigen zu brechen. „Vielleicht einen Kaffee? Meiner ist zwar nicht so gut wie der von Gladys, aber er ist trinkbar."

„Nein, vielen Dank. Ich bin hier, weil wir uns unterhalten müssen, Elizabeth."

„Na schön." Sie setzte sich auf ihren Lieblingsstuhl und bedeutete ihm mit einer Handbewegung, auf dem Sofa Platz zu nehmen. Aber er beachtete sie nicht und fing an, auf und ab zu gehen. Schließlich blieb er stehen und schaute sie an. Seine Augen schienen zu glühen. „Wie konntest du, Elizabeth?", brachte er zwischen zusammengebissenen Zähnen hervor. „Wie konntest du diesen Mann heiraten?"

„Wyatt, ich ..."

„Als ich nach meinem letzten Besuch hier weggegangen bin, hatten wir uns darauf verständigt, dass du über meinen Heiratsantrag nachdenkst. Als Nächstes erfahre ich, dass du diesen ungehobelten Raufbold Max Riordan geheiratet hast und auf und davon bist, zu Flitterwochen in New York."

„Wyatt, ich habe über deinen Hochzeitsantrag nachgedacht. Und er hat mir nicht zugesagt. Das habe ich dir schon gesagt, bevor du an diesem Tag gegangen bist. Du wolltest es nur nicht hören. Niemals und unter keinen Umständen würde ich die Verfügungsgewalt über Mimosa Landing aus den Händen geben. Weder zu deinen Gunsten noch zugunsten von irgendjemand anders. Ich dachte, du würdest das verstehen."

„Du hast Riordan wegen seines Geldes geheiratet. Du weißt es, und ich weiß es auch."

Elizabeth wusste nicht recht, was sie dazu sagen sollte. „Wyatt, bitte ..."

„Es hat mich wütend gemacht, ihn auf der Party der Van Cleaves mit dir zu sehen. Mir vorzustellen, wie du mit ihm im Bett liegst. Verdammt, Elizabeth! Du hättest mir gehören sollen."

„Es ... es tut mir leid, Wyatt." Hilflos schaute sie ihn an und rang die Hände. Es war nie ihre Absicht gewesen, ihn zu verletzen. Sie wollte niemandem wehtun.

„Inzwischen ist mir klar, dass ich einen Fehler gemacht habe. Damals wollte ich dich nicht zu deinen Bedingungen heiraten." Er ging noch mal auf und ab, beide Hände in den Hosentaschen vergraben. Elizabeth hörte Kleingeld klimpern.

„Aber es ist noch nicht zu spät für uns", fuhr er fort. Er fing Elizabeths Blick auf. „Wir müssen nur eine Affäre anfangen, dann wird dieser Hinterwäldler dich wie eine heiße Kartoffel fallen lassen. Dann gehört dir Mimosa Landing und der Treuhandfonds, den er für dich eingerichtet hat, und du bist ihn endlich los. Und möglicherweise können wir sogar noch einen beträchtlichen Teil seines Vermögens für dich herausschlagen, wenn wir bestimmte Klauseln eures Ehevertrags anfechten."

Elizabeth starrte ihn an. Alle ihre Gedanken drehten sich um die entscheidenden Worte seiner Rede. „Du hast unseren Ehevertrag gelesen, stimmt's?"

„Nun … ja …"

„Wie solltest du sonst von dem Treuhandfonds wissen?" Sie sah in seine schuldbewusste Miene. „Oh mein Gott. Du hast meine gesamte Akte gelesen."

„Nun …"

„Hast du es getan oder nicht?"

„Der Ehevertrag lag ganz offen auf Johns Schreibtisch. Ich bin in sein Büro gegangen, um mit ihm über eine Angelegenheit zu sprechen, und er war nicht da. Als ich deinen Namen auf dem Blatt sah, habe ich es natürlich durchgelesen. Aus reiner Sorge um dich habe ich mir dann deine Akte genommen."

„Wie kannst du es wagen!"

Im ersten Moment wirkte Wyatt peinlich berührt, doch schnell schüttelte er jegliches Schuldbewusstsein ab. Er warf ihr einen herausfordernden Blick zu.

„Es gibt nichts, wofür ich mich entschuldigen müsste", verkündete er mit hochmütiger Miene. „Schließlich hatte ich vor, dich zur Frau zu nehmen. Alles was dich betraf, ging mich etwas an. Außerdem arbeite ich für Fossbinder, Lassiter & Drummond. Also besitze ich jedes Recht, Einsicht in die Akten zu nehmen. Mein Vater ist immerhin Partner in der Kanzlei."

„Das ist keine Entschuldigung", warf Elizabeth ihm aufgebracht vor. „Du bist nicht mein Anwalt, und dein Vater auch nicht. Und ich mag es nicht, wenn jemand in meinen Angelegenheiten herumschnüffelt. Dein Verhalten war unmoralisch und unehrenhaft."

„Verstehst du denn nicht? Alles was ich getan habe, habe ich für dich getan. Für uns", brüllte Wyatt.

Elizabeth verengte misstrauisch die Augen und musterte sein aufgeregtes Gesicht. „Oh ... mein ... Gott! Du bist derjenige, der versucht, Max bei dem Projekt in Dallas auszubooten."

„Ja."

Entsetzt keuchte sie auf. Sie hatte erwartet, dass er es abstritt. Aber er war so arrogant, dass er alles zugab, und schien sogar noch stolz auf sich zu sein.

„Ich stecke hinter dem Konsortium. Es war nicht schwierig, die anderen ins Boot zu holen, um an die Grundstücke ranzukommen", erläuterte Wyatt. „Für meine Partner bedeutet die Sache lediglich eine Investitionsmöglichkeit. Aber ich hatte von Anfang an den Plan, Riordan einen solchen finanziellen Schaden zuzufügen, dass er bankrott geht. Ich habe das für di..."

„Nein! Wag nicht zu behaupten, du hättest das für mich getan", befahl sie mit eisiger Bestimmtheit. „Und außerdem glaube ich längst nicht mehr, dass du mich liebst. Warum gibst du es nicht zu? Der wahre Grund, warum du mich heiraten willst, war immer Mimosa Landing. Du wolltest die Farm in die Finger bekommen."

„Und wenn?", entgegnete er. „Mimosa Landing hätte schon vor langer Zeit dem Besitz der Lassiters einverleibt werden sollen."

„Was?" Diese Aussage überraschte Elizabeth so sehr, dass es ihr die Sprache verschlug. Ehe sie wieder etwas sagen konnte, hatte Wyatt sie an den Oberarmen gepackt, zerrte sie von ihrem Stuhl und presste seinen Mund auf ihren.

Ihre erstickten Schreie zeigten keine Wirkung. Verzweifelt wand und krümmte Elizabeth sich, während sie mit beiden Fäusten gegen seine Brust schlug. Der Kuss war grob, unangenehm und ekelerregend. Sie bäumte sich auf, trat auf Wyatts blank polierte Schuhe und versuchte alles, um ihm zu entkommen. Vergeblich. Gegen seinen eisernen Griff konnte sie nichts ausrichten. Als er es endlich schaffte, ihren Mund aufzudrücken und seine Zunge hineinzuschieben, biss sie fest zu.

„Au!“

Elizabeth nutzte die Ablenkung und entwand sich seiner Umarmung. Außer Atem trat sie zurück und wischte sich mit dem Handrücken den Mund ab. „Ich habe Nein gesagt, und das meine ich auch“, sagte sie, als sie wieder genügend Luft hatte.

„Ich blute! Du kleine Schlampe“, knurrte Wyatt. Mit zwei Schritten hatte er sie erreicht, holte aus und schlug heftig zu. Augenblicklich flammte Wyatts Handabdruck auf ihrer linken Gesichtshälfte auf. Die Wucht des Schlags ließ Elizabeth rückwärtstaumeln. Sie stolperte gegen einen Beistelltisch, sodass mit lautem Krachen eine Lampe zu Boden stürzte. Dann stieß sie an das Sofa und fiel auf die Polster.

Der Schock lähmte sie für einen Moment. Noch nie in ihrem Leben war sie geschlagen worden. Ihr Gesicht begann vor Schmerz zu pochen. Das Nächste, was sie wahrnahm, war Wyatts wütendes Gesicht. Er kniete über ihr, die Knie zu beiden Seiten ihrer Oberschenkel. Mit einer Hand griff er in ihren Ausschnitt und zerrte an ihrer Bluse. Stoff riss geräuschvoll, Knöpfe sprangen ab und schossen durch den Raum.

„Nein! Hör auf! Hör auf!“, schrie Elizabeth und schlug erneut nach ihm.

„Du glaubst, du kannst mit mir spielen“, flüsterte Wyatt heiser, während er sich bereits an ihrem Hosenbund zu schaffen machte. „Mich um das betrügen, was eigentlich mir gehört. Aber wenn ich mit dir fertig bin, wird dich nicht mal dieser hergelaufene Hilfsarbeiter mehr wollen.“

„Hör auf! Nein! Neeeein!“ Elizabeth wehrte sich, so heftig sie konnte. Doch er überwältigte sie ohne Schwierigkeiten. In ihrer Verzweiflung kratzte sie ihm mit den Fingernägeln das Gesicht auf, sodass er vor Schmerz schrie. Er hielt sich mit einer Hand die Wange. Als er Blut an seinen Fingern entdeckte, verzerrte sich sein Gesicht zu einer Fratze des Wahnsinns. „Oh, du …"

Er holte aus, um erneut auf sie einzuprügeln, aber ehe er zuschlagen konnte, traf ihn etwas Hartes am Kopf.

„Au! Was …?"

„Weg von ihr, du Bestie!", tobte Tante Talitha.

„Jawohl", fügte Iona hinzu und schlug mit einer ihrer Krücken nach ihm. „Hau ab! Zieh Leine, und zwar gleich, oder wir rufen die Polizei!"

Wie Furien fielen die beiden alten Damen über ihn her, Tante Talitha mit ihrem Gehstock und Iona mit ihrer Krücke.

„In Ordnung, in Ordnung", rief Wyatt und rutschte vom Sofa hinunter. „Ich geh ja schon, ich geh ja schon. Aufhören. Au! Au! Aufhören, verdammt!", befahl er. Aber die Schläge prasselten unaufhörlich auf ihn nieder, während die beiden Frauen ihn bis zur Haustür verfolgten.

Mit einem Satz nahm er die Vortreppe und sprang in seinen Wagen.

„Und komm ja nie wieder zurück", schrie Talitha und fuchtelte mit ihrem Gehstock, als Wyatt mit quietschenden Reifen die Auffahrt hinunterschoss.

Die Frauen schlossen die Tür und wechselten einen triumphierenden Blick. Doch im nächsten Moment hörten sie ein Stöhnen aus dem Salon, und augenblicklich war der Sieg vergessen.

So schnell sie konnten, hasteten sie ins Zimmer zurück, wo sie Elizabeth auf dem Sofa sitzend vorfanden. Sie hielt mit einer Hand ihre zerfetzte Bluse zusammen. Mit der anderen bedeckte sie die eine Hälfte ihres Gesichts.

„Oh mein armes, liebes Kind, ist alles in Ordnung?", fragte Talitha und beugte sich über sie. „Ist ja gut. Ist ja gut. Nicht weinen, Liebling. Er ist weg. Er wird dir nicht mehr wehtun."

„Wenn … wenn du und Iona ni-nicht gekommen wärt …"

„Ganz ruhig", ermahnte ihre Tante sie und streichelte ihr liebevoll über den Kopf. „Denk nicht dran. Wir sind ja hier, Gott sei Dank. Und wir haben es ihm gezeigt. Nicht wahr, Iona?"

„Jawohl! Was für ein Ungeheuer. Wer ist der Kerl überhaupt?"

„Sein Name ist Wyatt Lassiter. Er ist der Spross einer alten Houstoner Familie", erklärte Talitha mit einem verächtlichen Schnauben. „Allesamt zu nichts zu gebrauchen, zumindest die Männer. Diese Ratte Wyatt ist hinter Elizabeth her, so lange ich denken kann. Man könnte sagen, dass er ein schlechter Verlierer ist. Hmpf. Ich wünschte beinahe, er würde zurückkommen, damit ich ihm die Tracht Prügel verabreichen kann, die er verdient."

„Ich auch", stimmte Iona zu. „Warte nur, bis mein Sohn davon hört. Wenn es so weit ist, möchte ich nicht mit diesem jungen Mann tauschen."

„Oh nein. Ich will nicht, dass Max etwas von dieser Sache erfährt", mischte sich Elizabeth ein.

„Blödsinn. Er ist dein Mann, also muss er Bescheid wissen", widersprach ihre Tante. „Meiner Meinung nach sollten wir ihn sofort anrufen und ihm sagen, dass er nach Hause kommen soll. Du brauchst jetzt seine Unterstützung, so aufgewühlt, wie du bist."

Nach ihrem Streit vom Sonntagabend bezweifelte Elizabeth stark, dass ihr Gemütszustand Max irgendwie kümmerte. Er glaubte, dass sie ihn hintergangen hatte. Warum sollte er sich dafür interessieren, was mit ihr passierte? Außerdem spielten in ihrer Ehe enge Vertrautheit und liebevolle Unterstützung keine Rolle, was Talitha und Iona natürlich nicht wissen konnten. Die Wahrheit über die Geschäftsbeziehung zwischen ihr und Max würde die beiden herzensguten alten Damen sicher mehr schmerzen als alles, was Wyatt ihr angetan hatte.

„Talitha hat recht", stimmte ihre Schwiegermutter zu. „Außerdem – wie willst du diese Verletzungen denn vor Max verstecken? Dein Gesicht schwillt jetzt schon an. In ein paar Stunden wirst du ein astreines Veilchen haben."

„Komm her, lass mich mal sehen", befahl ihre Tante. Sie begutachtete die Verletzung und schüttelte den Kopf. „Ich glaube, du hast recht, Iona."

„Ach du meine Güte." Als Elizabeth die Stelle vorsichtig mit den Fingerspitzen berührte, zuckte sie zusammen. „Ich glaube nicht, dass etwas gebrochen ist", sagte sie mühsam. „Aber meine Wange tut teuflisch weh."

Sie schloss die Augen. „Dass Wyatt ungehalten reagiert, weil ich Max ihm vorgezogen habe, habe ich erwartet. Aber das eben? Er hat sich wie ein Verrückter aufgeführt. Einiges von dem, was er gesagt hat, ergibt einfach keinen Sinn. Zweimal hat er etwas davon gefaselt, dass Mimosa Landing eigentlich schon lange seiner Familie gehören sollte."

„Tatsächlich?" Tante Talitha seufzte. „Das kann ich dir erklären. Eigentlich wollte ich diese unangenehme Geschichte hinter mir lassen, deshalb habe ich dir nie davon erzählt. Außerdem war mir peinlich, dass ich überhaupt darauf reingefallen bin. Wyatt stellt diese Behauptung auf, weil ich vor über vierzig Jahren eine kurze Zeit mit seinem Vater Henry verlobt war."

„Was?" Das Wort ‚fassungslos' beschrieb Elizabeths Gemütszustand nicht einmal annähernd. Und dabei hatte sie gedacht, dass sie die gesamte Familiengeschichte kannte!

„Es war, nachdem Martin getötet wurde. Ich mochte Henry Lassiter, aber ich liebte ihn nicht. Martin hatte ich verloren, also dachte ich, was soll's. Vielleicht könnte Henry mir Kinder schenken, die ich lieben konnte. Gott sei Dank habe ich rechtzeitig herausgefunden, dass Henry wie sein Vater ein Mann war, der Menschen missbrauchte, körperlich und seelisch."

„Wirklich? Wer hat dir das gesagt?"

„Henrys eigene Mutter, Mary Beth Lassiter. Sie war eine schüchterne, entmutigte Frau. Manchmal kam sie einem vor wie ein Gespenst, so sehr hielt sie sich immer im Schatten ihres Mannes. Beinahe als wollte sie sich unsichtbar machen. Man bekam sie kaum jemals ohne irgendeine Verletzung zu Gesicht – mal ein Bluterguss oder eine aufgeplatzte Lippe, mal ein Knochenbruch.

Die Ärmste. Ihre ganze Ehe lebte sie in Angst und Schrecken vor Clive Lassiter, Henrys Vater und Wyatts Großvater. Die meiste Zeit hat sie versucht, ihm aus dem Weg zu gehen. Wenn das nicht möglich war, hat sie alles getan, um es ihrem Mann recht zu machen, damit er sie nicht schlug. Leider kann man einem solchen Menschen nichts recht machen. Also musste sie sich immer wieder misshandeln lassen.

Damals gab es noch keine Frauenhäuser so wie heute. Und die Polizei mischte sich in häusliche Angelegenheiten nicht ein. Frauen waren auf sich allein gestellt."

Das erklärte, warum ihre Tante immer so außerordentlich großzügig für Frauenhäuser spendete, erkannte Elizabeth in diesem Augenblick.

„Das arme Ding", bemerkte Iona mitleidig.

„Ja. Aber Gott sei Dank hat sie eines Tages genug Mut aufgebracht, um mich zur Seite zu nehmen und zu warnen. Sie erzählte mir, Clive Lassiter hätte sie wegen ihres Besitzes geheiratet, und ihr Sohn habe mit mir dasselbe vor, sagte sie. Aber sie wolle nicht, dass ich das gleiche Schicksal erleide wie sie.

Natürlich habe ich noch am selben Tag die Verlobung gelöst." Tante Talitha verzog das Gesicht. „Henry ist ausgerastet. Wenn dein Vater nicht bei mir gewesen wäre, hätte er mich geschlagen, da bin ich mir sicher. Seither bin ich ihm aus dem Weg gegangen, so weit es nur ging. Aber er gibt mir immer noch die Schuld dafür, dass Mimosa Landing nicht in seinen Besitz übergegangen ist. Dabei wusste er natürlich genau, dass ich als Mitgift nur einen kleinen Teil des Landes bekommen hätte. Außerdem war der Erbe der Farm ja längst geboren – dein Vater, Elizabeth. Aber irgendwie muss er geglaubt haben, dass er sein Ziel schon erreichen würde, wenn er erst zur Familie gehörte. Anscheinend hat er diese verrückte Idee an seinen Sohn weitergegeben."

„Ich verstehe", murmelte Elizabeth. Auf einmal war ihr einiges klar geworden. Sie war sich schon seit Langem bewusst, dass ihre Tante die Lassiters, und vor allem Henry, nicht mochte. Wann immer sie sich begegnet waren, hatte ihre Tante geradewegs durch ihn hindurchgesehen. Sie tat, als ob er gar nicht existierte, und weigerte sich, mit ihm zu sprechen. Elizabeth hatte ihre Tante ein paarmal gefragt, was es damit auf sich hatte. Aber Tante Talitha hatte ihr lediglich erklärt, sie könne den Mann nicht ausstehen. Jetzt wusste Elizabeth, warum.

Vermutlich ließ sie die Rechtsgeschäfte der Familie auch nur deshalb von Henrys Partner erledigen, weil John Fossbinder als bester Anwalt weit und breit galt.

Iona warf einen Blick auf Elizabeths Wange. „Ach du meine Güte. Da brauchen wir etwas Eis. Kannst du laufen, Liebes?"

„Vielleicht sollten wir sie lieber ins Krankenhaus bringen“, schlug ihre Tante vor.

„Nein. Das ist nicht nötig“, widersprach Elizabeth. Wenn sie ins Krankenhaus ging, würden die Ärzte sie fragen, wie sie sich diese Verletzung zugezogen hatte. Und vermutlich würden sie als Nächstes die Polizei einschalten. Elizabeth schauderte bei dem Gedanken an das öffentliche Aufsehen, das eine Verhaftung Wyatt Lassiters erregen würde.

„Na schön, dann bringen wir dich mal in die Küche. Gladys hat einen Erste-Hilfe-Kasten unter der Spüle.“

Auf wackligen Beinen, rechts und links von zwei älteren Damen gestützt, schaffte es Elizabeth in die Küche. Sie saß am Küchentisch, als Gladys und Dooley mit Einkaufstüten bepackt hereinkamen. Sofort unterbrachen Talitha und Iona ihre Beratung, wie man die Verletzung am besten behandeln sollte.

„Was in aller Welt ist passiert?“, rief Gladys aus, sobald sie Elizabeths Gesicht sah. Sie stellte schnell die Einkaufstüten auf dem Tisch ab. Dann hob sie Elizabeths Kinn, um sich das Ganze genauer anzusehen.

„Wyatt Lassiter ist passiert“, erklärte Tante Talitha.

Gladys blickte entsetzt auf. „Mr. Lassiter hat sie geschlagen?“

„Er hat sie nicht nur geschlagen, er hat versucht, sie zu vergewaltigen. Hier, in ihrem eigenen Haus“, fügte Elizabeths Tante aufgebracht hinzu.

„Das stimmt“, bestätigte Iona. „Talitha und ich mussten auf ihn eindreschen, um ihn loszuwerden.“

„Du meine Güte! Dooley, komm her und schau dir das mal an“, rief Gladys. Ihr Mann gehorchte und runzelte die Stirn, als er die Schwellung betrachtete. „Das war wohl mehr als nur ein kleiner Klaps. Der Mann muss voll zugeschlagen haben.“ Unter seinen buschigen Augenbrauen hervor warf er Elizabeth einen strengen Blick zu. „Haben Sie schon die Polizei gerufen?“

„Ich …“

„Sie will nicht“, erklärte Iona.

„Was soll das?“ Dooley schaute sie streng an. „Seien Sie nicht dumm, Mädchen. Mr. Lassiter hat Sie angegriffen und versucht, Sie zu vergewaltigen. Das sind schwere Verbrechen.“

„Ich will einfach nur vergessen, dass es jemals passiert ist. Kein Grund, die Polizei oder sonst jemanden in die Geschichte mit reinzuziehen.“

„Hallo? Bist du zu Hause, Elizabeth?“, ertönte Mimis Stimme von draußen. Die Angesprochene stöhnte. Noch jemand, der verlangen würde, die ganze Geschichte zu hören!

Wie immer betrat Mimi das Haus durch das Arbeitszimmer. „Wo sind denn alle?“ Ihre hohen Absätze klapperten über den Flur, als sie in den Salon und ins Speisezimmer schaute. Schließlich öffnete sie die Küchentür. „Ach hier seid ihr. Was macht … Grundgütiger! Was ist passiert?“, keuchte sie und starrte Elizabeths Gesicht an.

Ehe jemand antworten konnte, verfinsterte sich Mimis Miene. „Hat Max dich geschlagen?“

„Nein! Das war …“

„Natürlich hat er das nicht getan!“, warf Iona aufgebracht ein.

„Hoppla. Tut mir leid, Mrs. Riordan. Ich hab Sie gar nicht gesehen.“

Iona kniff die Augen zusammen. „Ich erinnere mich an Sie. Sie waren doch auf der Hochzeit! Mona … Minnie … Mamie?“

„Mimi. Ich war die Trauzeugin.“

„Gut, Mimi. Ich kann Ihnen jedenfalls versichern, dass mein Sohn niemals die Hand gegen eine Frau erheben würde.

Schließlich habe ich ihn anständig erzogen."

„Natürlich. Es tut mir leid."

Iona hob das Kinn. „Das sollte es auch."

„Das hier geht auf das Konto von Wyatt Lassiter", klärte Tante Talitha die schockierte Mimi auf.

„Was? Dieser erbärmliche, nichtsnutzige Drecks..."

Tante Talitha räusperte sich. Während Gladys sich daranmachte, Elizabeths Prellung zu kühlen, berichteten die beiden älteren Damen, was geschehen war.

„Sieht übel aus", murmelte Gladys. Sie tupfte Alkohol auf die Stelle, und Elizabeth zuckte zusammen.

Währenddessen hatte Dooley in aller Ruhe eine Kamera aus dem Schrank genommen und machte ein Bild von Elizabeth.

„Dooley! Was um Himmels willen tun Sie da?", beschwerte sie sich.

„Beweismaterial." Zur Sicherheit drückte er noch zwei weitere Male auf den Auslöser. „Ich habe so die Ahnung, dass Ihr Mann nicht einfach zulässt, die Sache unter den Tisch fallen zu lassen."

„Sehr gut, Dooley", sagte Mimi. „Max wird Wyatt in seine Einzelteile zerlegen. Ich hoffe nur, dass er mich dabei zuschauen lässt."

„Er wird nichts dergleichen tun. Ich möchte, dass ihr mir alle versprecht, Max nicht ein Sterbenswörtchen von dem Vorgefallenen zu verraten."

„Ach komm schon, Süße. Wyatt gehört verdroschen, und du weißt das."

„Und was würde das nützen? Max würde nur wegen Körperverletzung im Gefängnis landen. Bitte! Versprecht es mir."

„Wie sollen wir so etwas vor ihm geheim halten?", fragte Gladys. „Das Veilchen und die aufgeschlagene Wange können Sie nicht einmal mit Make-up verstecken."

„Max ist gerade in dringenden Geschäften unterwegs. Ich erwarte ihn frühestens in einer Woche zurück."

Wenn überhaupt, fügte sie insgeheim hinzu.

„Hmpf. Wenn Sie mich fragen, brauchen Ihre Wunden länger als eine Woche, um auszuheilen", sagte Dooley. „Aber wenn Sie es unbedingt wünschen, halten wir den Mund."

Widerstrebend schlossen sich die anderen dem Versprechen an.

„Gut. Da das nun geklärt ist, sollte Elizabeth sich mit ein paar Aspirin und einem Eisbeutel auf der Wange hinlegen", verkündete Gladys bestimmt.

„Finde ich auch", sagte Mimi. „Oder noch besser, nimm eine von den Schmerztabletten, die der Arzt in New York dir verschrieben hat. Davon hast du noch welche, oder?"

„Ja. Ich hab nur ein paar genommen."

„Na also. Komm, Süße", sagte Mimi und nahm den Eisbeutel von der Haushälterin in Empfang. „Ich bring dich nach oben und ins Bett."

Im Schlafzimmer hatte Elizabeth kaum die Schuhe ausgezogen, als ihr übel wurde. Sie schaffte es gerade noch rechtzeitig ins Bad.

„Darauf hab ich schon gewartet", bemerkte Mimi. Sie hielt einen Waschlappen unter kaltes Wasser und reichte ihn Elizabeth. „Seit ich dich kenne, reagierst du so auf große Aufregung."

„Ich weiß", murmelte Elizabeth müde. Sie nahm den Waschlappen und tupfte sich damit das heiße Gesicht und den Nacken ab. Schnell spülte sie den Mund aus und putzte sich die Zähne.

„Also, wo sind die Schmerztabletten?" Mimi zog bereits eine Schublade nach der anderen auf.

„Gib mir nur ein paar Aspirin. Ich ... ich glaube, ich

sollte momentan nichts Stärkeres einnehmen.“

Augenblicklich fuhr Mimi herum. „Warum nicht?“ Sie legte den Kopf schief und warf der Freundin einen scharfen Blick zu. „Gibt es da vielleicht etwas, das du mir nicht erzählt hast?“ Ihre Augen verengten sich, um sich im nächsten Moment ungläubig zu weiten. „Oh Gott, bist du etwa schwanger?“

„Nein, äh ... vielleicht ... Ich weiß es nicht. Das ist es ja gerade. Bis ich mir sicher bin, will ich kein Risiko eingehen.“

„Bist du spät dran?“

„Ja, aber du weißt doch, wie unregelmäßig mein Zyklus ist. Vielleicht reagiert mein Körper nur auf all die Veränderungen in meinem Leben.“

„Du meinst, dass du zum Beispiel nachts meistens einen göttlichen Kerl im Bett hast?“

„Mimi Whittington! Du hast doch nichts als Sex im Sinn!“

„Ich weiß. Aber Spaß macht es schon, oder?“

Elizabeth kicherte, und darauf hatte Mimi es sicherlich angelegt. Aber es war allenfalls ein schwaches Kichern.

„Na gut. Wenn die Sache so ist, gehst du besser auf Nummer sicher. Hier sind die Aspirin.“ Mimi hielt ihr das Glas hin. Als Elizabeth zwei Tabletten genommen hatte, half die Freundin ihr aus der Hose und den zerfetzten Resten der Bluse. Elizabeth protestierte noch nicht einmal, als Mimi ihr den BH aufhakte und ein pflaumenblaues Seidennachthemd über den Kopf zog.

„Ich kann mir nicht vorstellen, dass ich überhaupt schlafen kann. Das Gesicht tut mir einfach zu weh.“

„Mach dir keine Gedanken, die Aspirin wirken ziemlich schnell. Zumindest werden sie den Schmerz ein bisschen lindern.“

Als Elizabeth im Bett lag, setzte sich Mimi neben sie und nahm ihre Hand. „Willst du darüber reden, Süße?“

Bis zu diesem Augenblick hatte Elizabeth es geschafft, die Fassung zu bewahren. Doch die Zärtlichkeit in Mimis Stimme und in ihrer Miene waren einfach zu viel. „Oh Mimi, es war so furchtbar!“, schluchzte Elizabeth. Nun, da die Schleusen einmal geöffnet waren, konnte sie nicht aufhören zu weinen.

„Ich weiß, Süße. Ich weiß.“ Mimi nahm sie in die Arme und wiegte sie, wie sie es vor mehr als zwanzig Jahren mit dem verwaisten kleinen Mädchen getan hatte. „Lass alles raus“, ermunterte sie die Freundin, während sie sanft über ihren Rücken rieb. „Du hast jedes Recht zu weinen. Und du hast das Recht, wütend zu sein. Lass es zu, dann geht es dir besser.“

Elizabeth weinte, bis sie nicht mehr konnte. Schwere Schluchzer schüttelten ihren Körper, Tränen strömten aus ihren Augen und durchnässten Mimis Pullover. Aber keiner der beiden Freundinnen machte das etwas aus.

Falls Mimi wusste, dass Elizabeths Tränen nicht nur Wyatts Angriff galten, sondern auch Max' Misstrauen und all den Enttäuschungen des vergangenen Jahres, dann ließ sie sich zumindest nichts anmerken. Sie wiegte die Weinende nur sanft und wartete, bis das Gewitter vorübergezogen war.

Nach einer Weile verwandelten sich Elizabeths Schluchzer in Schniefen, dann in tiefe Atemzüge. Als sie sich schließlich beruhigt hatte, drehte sie sich zur Seite. Schweigend griff Mimi nach den Taschentüchern, die auf dem Nachttisch lagen, und reichte ihr eins.

„Danke“, murmelte Elizabeth und putzte sich die Nase. „Ich glaube, das habe ich gebraucht.“

„Ich weiß.“ Mimi strich der Freundin eine Strähne aus dem Gesicht. „Das war schon lange einmal nötig.“

„Da-danke, dass du hi-hier bist, Mimi", brachte Elizabeth schniefend heraus.

„Wo sollte ich denn sonst sein?"

Mimi lächelte, während sie beobachtete, wie ihrer Freundin die Augen zufielen. Sie blieb noch ein paar Minuten sitzen und streichelte beruhigend Elizabeths Arm. Als die andere tief und regelmäßig atmete, stand Mimi vorsichtig auf, deckte Elizabeth bis zum Kinn zu und schlich auf Zehenspitzen aus dem Zimmer.

14. KAPITEL

Max betrat die Hotelsuite und warf Aktentasche und Mantel auf den erstbesten Stuhl. „Ich glaube, wir haben heute Fortschritte gemacht“, sagte er. Seufzend zog er sein Jackett aus und warf es zu den anderen Sachen, ehe er sich aufs Sofa fallen ließ. Er streckte die Beine aus und legte die Arme über die Rückenlehne des Sofas.

Hinter ihm verriegelte Troy die Tür der Suite, die sie sich teilten. Er warf einen Blick auf den zufriedenen Gesichtsausdruck seines Chefs und grinste. „Ja, heute waren wir echt gut. Nur noch ein Grundstückseigentümer, den wir rumkriegen müssen, und dann stehen alle Zeichen auf Grün.“

Nachdem er einen Stapel Akten auf einem Sessel abgeladen hatte, ging er an die Bar und schenkte sich einen Drink ein. „Du auch einen?“, fragte er Max.

„Nein, danke.“

„Ich finde, wir sollten ein bisschen feiern“, sagte Troy. „Wie wäre es, wenn ich ein paar hübsche Ladys anrufe und wir ausgehen? Erst zum Dinner, dann tanzen, und … hmm… dann sehen wir ja, wo der Abend endet. Ich kenne da zufällig eine kleine Blondine namens Monique. Sicher würde sie alles stehen und liegen lassen, nur um dich wiederzusehen.“

Max zog die Augenbrauen hoch und warf ihm einen vielsagenden Blick zu. „Vergisst du da nicht eine Kleinigkeit? Ich bin jetzt verheiratet.“

„Ach komm schon. Du machst Witze, oder? Es ist doch nicht so, als ob deine Ehe mit Elizabeth irgendwas zu bedeuten hätte. Sie ist doch nichts als eine geschäftliche Vereinbarung. Reines Business.“

„Wenn ich mich recht erinnere, haben wir Genehmigungen eingeholt, haben uns vor Zeugen und einem Pfarrer ein Versprechen gegeben und Ringe getauscht. Also ich betrachte das als richtige Ehe."

„Du weißt schon, was ich meine. Es ist schließlich nicht so, als würde sie dir irgendwas bedeuten. Oder umgekehrt. Ich dachte, ihr heiratet, und dann geht jeder seiner Wege."

„Hmm." Max betrachtete seine auf Hochglanz polierten schwarzen Schuhe. Anfangs hatte er auch so gedacht, das stimmte. Aber betrogen hätte er Elizabeth trotzdem nie. Das wäre allen seinen Überzeugungen zuwider gelaufen. Er glaubte einfach an Dinge wie Ehre, Pflichtgefühl und Rechtschaffenheit.

Dennoch konnte er es Troy kaum verübeln, dass dieser etwas anderes annahm. Oberflächlich betrachtet, führte er mit Elizabeth ja tatsächlich nichts weiter als eine Vernunftehe.

Aber irgendwie, irgendwann, hatte sich etwas verändert. Obwohl er schon darüber nachgedacht hatte, konnte er nicht genau sagen, was es eigentlich war. Und wenn er sich das Ganze selbst nicht erklären konnte, wie sollte er es dann erst Troy begreiflich machen?

„Nun, da liegst du falsch", sagte Max. „Auch wenn unsere Heirat nichts weiter als eine Formsache war, bin ich trotzdem ein treuer Ehemann. Ich breche meine Gelöbnisse nicht. Außerdem tut man heutzutage ohnehin gut daran, sexuelle Kontakte auf eine Person zu beschränken." Er grinste Troy an. „Vielleicht solltest du das auch mal versuchen."

„Machst du Witze? Kommt nicht infrage, niemals." Er schauderte. „Eher würde ich mir die eigene Niere mit einem stumpfen Messer herausschneiden, als mich für immer an eine Frau zu fesseln."

Max lachte. *Für immer.* Starke Worte. Troy jagten sie Angst ein. Aber für Max bedeuteten sie das Ziel seiner Träume.

Er hatte immer ein Zuhause haben wollen, einen Ort „für immer". Deshalb hatte er seine Eigentumswohnung gekauft:

als gemütliches, entspannendes Heim, wo er seine Batterien aufladen konnte, wo er hingehörte. Tatsächlich aber bedeutete ihm die Wohnung nicht mehr als einen Platz, um Kleidung zu lagern und gelegentlich dort zu übernachten.

Vielleicht lag es daran, dass er nicht recht wusste, wie das ging – ein Zuhause zu schaffen. Er war im Grunde heimatlos aufgewachsen. Seine Eltern waren mit ihm von Ort zu Ort, manchmal von Land zu Land gezogen, je nachdem, wo die Arbeit seinen Vater hin verschlug.

Als Erwachsener hatte er nie einen besonderen Drang verspürt, in seine Wohnung nach Houston zurückzukehren. Es gab dort niemanden, der auf ihn wartete.

Während der letzten zehn Jahre hatte es ihm nach einem langen Arbeitstag vollauf genügt, irgendwo eine Dusche und ein bequemes Bett vorzufinden. Und in dieser Beziehung war ein Luxushotel so gut wie das andere, egal ob in Paris, New York, Tokio oder sonst wo.

Doch seit er mit Elizabeth verheiratet war, hatte er es öfter eilig, seine Geschäfte für den Tag abzuschließen, um an ihre Seite zurückzueilen. Plötzlich war es ihm egal, wie lange er brauchte, um zu ihr zu gelangen, und wie umständlich es war.

Schlimmer noch: Mitten in wichtigen Verhandlungen konnte es passieren, dass seine Gedanken zu Elizabeth schweiften. Er stellte sich ihre großen blaugrünen Augen vor, ihre kleine, gerade Nase, den eleganten Schwung ihres Nackens, das dichte glänzende Haar und das Gefühl, wenn er seine Finger hindurchgleiten ließ.

Heute zum Beispiel. Troy hatte den Besitzern der Grundstücke in Dallas gerade die Nachteile eines Vertragsbruchs deutlich gemacht. Er sprach davon, dass die Anwaltskosten jegliche Mehreinnahmen durch das höhere Angebot der neuen Bieter verschlingen würden. Und Max hatte währenddessen an Elizabeth gedacht.

Wie fühlte sie sich? Wie war sie wohl gekleidet? Hatte sie Schwierigkeiten, in der Nacht Schlaf zu finden, wenn er nicht bei ihr war? Ihm jedenfalls fiel es nicht leicht, ohne sie einzuschlafen. Es war ihm ein Rätsel, wie diese zierliche Frau in ihm solche Gelassenheit und Zufriedenheit auslösen konnte.

Max musterte Troy, der sich einen weiteren Drink einschenkte. „Was genau hast du eigentlich gegen Elizabeth?“, fragte er. „Und behaupte nicht, dass da nichts ist. Ich bin nicht blind.“

Troy nahm einen Schluck Whisky und zuckte die Achseln. „Es geht nicht so sehr um Elizabeth persönlich. Eher ihre Art im Allgemeinen.“

„Ihre Art?“

„Frauen der besseren Gesellschaft, die einen so lange lieben, wie man Geld hat. Aber wehe, man verliert sein Vermögen! Dann lassen sie einen schneller fallen, als man ‚Dow Jones‘ sagen kann. Und haste nicht gesehen schnappen sie sich den nächsten armen Tropf mit einem sechs- oder siebenstelligen Betrag auf dem Konto.“

„Ich nehme an, du sprichst aus eigener Erfahrung?“, erkundigte sich Max, während er seinen Assistenten beobachtete.

Er und Troy waren seit ihrem letzten Studienjahr Freunde. Damals war Troy von der Yale University ans Texas Tech College gewechselt. Es war Max merkwürdig vorgekommen, dass Troy das Studentenleben an einer Eliteuniversität gegen das in einem staatlich subventionierten College eingetauscht hatte.

Aus Troys knappen Kommentaren und beiläufig erwähnten Details hatte sich Max den Grund zusammengereimt. Ellerbee senior war im Jahr davor nicht nur bankrottgegangen, sondern hatte auch noch Selbstmord verübt. Seiner Frau und Troy hatte er es überlassen, mit den Folgen seines Scheiterns fertig zu werden.

Max hatte sich alles selbst erarbeiten müssen, entweder durch körperliche oder geistige Anstrengung. Für die Existenzängste und das Selbstmitleid eines jungen Mannes, der seinem Luxusleben nachtrauerte, hatte er kein Verständnis. Nachdem sie eine Woche im selben Zimmer verbracht hatten, riss Max der Geduldsfaden. In seiner unverblümten Art erklärte er Troy, dass er sein Gejammer satthatte.

„Du bist nicht der Erste, dem das Leben übel mitgespielt hat, und bestimmt auch nicht der Letzte. Finde dich damit ab, du Muttersöhnchen", hatte er Troy angebrüllt.

Überraschenderweise war Troy seiner Empfehlung gefolgt, und seitdem verband ihn und Max eine enge Freundschaft.

„Ja, ich spreche aus Erfahrung", gab Troy nun zu.

„Willst du drüber reden?"

Troy zuckte erneut die Schultern. „Du weißt ja, dass ich selbst mal an den Lebensstil deiner Frau gewöhnt war. Alter Geldadel, die besten Schulen, all die Annehmlichkeiten, die das so mit sich bringt. Damals war ich bis über beide Ohren in ein Mädchen verliebt. Ich kannte sie seit der Highschool. Aber als das Ellerbee'sche Vermögen den Bach runterging, war es auch mit unserer Beziehung aus."

Bis dahin hatte er aus dem Fenster gestarrt. Nun wandte er sich um und schaute Max an. „Das war der Zeitpunkt, als ich anfing, das College ernst zu nehmen. Ich habe mir geschworen, so viel Geld zu verdienen wie nur möglich, und zwar so schnell wie möglich."

„Und dann?", fragte Max.

„Dann könnte ich ihr zeigen, was sie verpasst hat."

„Hmm. Und wie läuft es mit diesem Plan?"

Troy verzog den Mund. „Es funktioniert nicht. Mit dir habe ich einen Haufen Geld verdient. Aber immer wenn ich die Frau gerade anrufen will, überfällt mich das Gefühl, es ist nicht genug. Manchmal befürchte ich, dass es nie reichen wird. Jedenfalls habe ich nie den Mut gefunden, ihr gegenüberzutreten."

In diesem Augenblick klingelte Max' Mobiltelefon. „Ja?"

„Mr. Riordan? Hier ist Dooley."

Max spannte die Schultern an, augenblicklich wachsam. „Was ist los, Dooley? Warum rufen Sie mich an? Oh verdammt, sagen Sie nicht, dass der Kerl aus New York wieder hinter Elizabeth her ist!"

„Nein, Sir. Das ist es nicht. Ich hab' die Augen offen gehalten, genau wie Sie mich gebeten haben. Machen Sie sich keine Sorgen."

„Was ist es dann?"

„Na ja, das kann ich Ihnen eigentlich nicht sagen. Ich habe versprochen, dass ich den Mund halte."

„Was haben Sie wem versprochen?"

„Miss Elizabeth. Wir mussten ihr alle versprechen, dass wir Ihnen nicht erzählen, was passiert ist. Nur so viel: An Ihrer Stelle würde ich heimkommen. Und zwar sofort. Mehr kann ich nicht sagen. Und wenn Sie da sind, dann würde ich es begrüßen, wenn Sie nichts von meinem Anruf erwähnen."

„In Ordnung. Sie haben mein Wort. Und vielen Dank für den Anruf, Dooley."

Der pulsierende Schmerz in ihrer Wange weckte Elizabeth. Sie warf einen Blick auf den Wecker neben dem Bett und bemerkte, dass es bereits sechs Uhr abends war. Noch ein wenig benommen stieg sie aus dem Bett und ging ins Badezimmer. Beim Anblick ihres Spiegelbildes stöhnte sie entsetzt auf: Sie sah aus wie nach zehn Runden im Boxring. Am linken Augenwinkel hatte sie einen Schnitt, und ihre eine Wange war furchtbar geschwollen. Dagegen fielen die vom Weinen roten und verquollenen Augen kaum noch ins Gewicht.

Nachdem sie zwei weitere Aspirin genommen hatte, spritzte Elizabeth sich kaltes Wasser ins Gesicht. Es hatte keinen Sinn, Make-up aufzulegen. Keine Schminke der Welt konnte diese Schwellung oder die rotviolett verfärbten Blutergüsse verdecken.

Seufzend zog sie ein einfaches jadegrünes Wollkleid und Riemchenpumps aus Wildleder an. Zumindest ihre Kleidung sollte zivilisiert aussehen.

„Hallo, wer kommt denn da? Wenn das nicht Dornröschen ist!“, bemerkte Mimi, als Elizabeth den Salon betrat. „Wie geht es dir, Süße?“

„Ordentlich durchgewalkt, aber noch nicht k. o. gegangen.“

„Braves Mädchen“, lobte Tante Talitha. „Wir Stanton-Frauen lassen uns nicht so leicht unterkriegen.“

„Ach was“, murmelte Mimi und beobachtete Elizabeth besorgt.

„Meine Liebe, ich kann immer noch nicht glauben, dass dieser furchtbare Mann dich geschlagen hat“, rief Iona und betrachtete Elizabeths Verletzung. „Und er war so ärgerlich, weil du statt ihm lieber meinen Sohn genommen hast! Kein Wunder, würde ich sagen.“

In diesem Augenblick kam Gladys herein und verkündete: „Das Abendessen ist fertig. Oh, Miss Elizabeth, Sie sind aufgestanden! Wie geht es Ihnen?“

„Besser. Vielen Dank, Gladys.“

Alle, Mimi eingeschlossen, versammelten sich im Speisezimmer und setzten sich an den Tisch. Von ihrem Stammplatz aus hatte Elizabeth die Flügeltüren zur Eingangshalle in Blick, durch die Gladys mit dampfenden Schüsseln hin- und herlief.

„Ich hoffe, es macht dir nichts aus, Iona“, sagte Elizabeth zu ihrer Schwiegermutter. „Wir essen ganz familiär, außer zu besonderen Gelegenheiten.“

„Ob mir das was ausmacht? Grundgütiger, nein! Mir ist es so viel lieber. Ich fürchte, ich bin nur ein einfaches Mädchen vom Land.“

Die Haushälterin brachte gerade die letzte Servierplatte herein, als sie einen Schlüssel an der Vordertür hörten. Erschrocken warf Elizabeth den anderen einen schnellen Blick zu. „Das muss Max sein. Denkt dran – kein Wort!“

„Aber wie …“

„Einfach nichts sagen. Bitte.“

„Max!“, rief in diesem Moment Iona und schenkte ihrem Sohn ein strahlendes Lächeln.

„Ich hole noch ein weiteres Gedeck“, erklärte Gladys.

„Hallo, Mom.“ Max legte seinen Kleidersack auf die gepolsterte Bank in die Eingangshalle und ging gleich zu seiner Mutter. Er küsste sie auf die Wange. „Es tut mir leid, dass du deine Reise abbrechen musstest. Wie geht es dir? Was macht dein Bein?“

„Gut. Wirklich gut. Deine liebe Frau hat mich ganz wunderbar umsorgt.“

Zum ersten Mal, seit er das Haus betreten hatte, schaute Max zu Elizabeth. „Vielen Dank, dass du dich um sie gekümmert hast.“

Elizabeth nickte. Dabei wandte sie ihm sorgfältig nur die unverletzte Seite ihres Gesichts zu.

Nachdem er Talitha und Mimi begrüßt hatte, gab Max seiner Frau einen förmlichen Kuss auf die Wange, die sie ihm darbot. „Ich will mich nur kurz frisch machen, dann bin ich gleich bei euch“, sagte er und verschwand.

Sobald sich die Tür hinter ihm geschlossen hatte, fingen alle gleichzeitig an, aufgeregt durcheinanderzuflüstern.

„Siehst du! Ich hab dir doch gesagt, du sollst ihn anrufen“, sagte Tante Talitha und deutete mit dem Buttermesser auf Elizabeth.

„Du liebe Güte“, sorgte sich seine Mutter. „Ich kenn meinen Sohn. Glaubt mir, er wird so wütend wie ein Stier.“

„Was willst du jetzt tun, Süße?“

„Ich weiß, dass ich keine Wahl habe. Natürlich muss ich ihm erklären, was vorgefallen ist. Aber ich hoffe, ich kann es hinauszögern, bis wir allein sind. Beim Essen versuche ich einfach, ihm mein Gesicht nur von der Seite zu zeigen. Dann kann ich es ihm später erzählen, wenn wir im Schlafzimmer sind.“

„Gute Idee“, stimmte Iona zu und nickte weise. „Bei seinem Vater fand ich es auch immer leichter, schlechte Nachrichten zu besprechen, wenn ich ihn vorher ein bisschen mit Schlafzimmerangelegenheiten abgelenkt hatte.“

Mimi verschluckte sich an dem Wasser, das sie gerade trinken wollte. Tante Talitha räusperte sich und gab vor, sich ganz außerordentlich für das Muster des Silberbestecks zu interessieren, das sie seit mehr als siebzig Jahren jeden Tag benutzte. Elizabeth spürte, wie ihr die Hitze ins Gesicht stieg, als wäre sie ein Quecksilberthermometer, das jemand in heißes Wasser hielt.

„So, das ist schon besser.“ Genau in diesem Moment kehrte Max zurück und nahm den Platz gegenüber Elizabeth ein.

„Also. Was ist hier los?“, fragte er.

„Nichts“, platzten alle vier Frauen gleichzeitig heraus. Dann zogen sie schnell die Köpfe ein.

Max, der sich gerade Kartoffeln auf den Teller häufte, hielt mitten in der Bewegung inne. Misstrauisch schaute er in die Runde, aber niemand wollte seinem Blick begegnen.

„Aha." Er reichte die Kartoffeln an Mimi weiter und nahm sich von einer Platte ein großes Steak. Was ist bloß mit den Frauen los?, fragte er sich, während er Sahnesoße über das Fleisch verteilte. Sie schienen außerordentlich bemüht, sich ganz natürlich zu verhalten. Zu bemüht.

Während des ganzen Essens hing unbehagliche Stille über dem Raum wie dichter Nebel. Wenn jemand es wagte, ein Thema anzuschneiden, kam lediglich eine gekünstelte Unterhaltung in Gang. Sogar Mimi blieb schweigsam.

„Stimmt irgendwas mit deinem Nacken nicht, Elizabeth?", fragte Max endlich.

„Mit meinem Nacken? Nein, warum?"

„Warum hältst du dann den Kopf die ganze Zeit so komisch?"

„Komisch? Ich weiß nicht, was du meinst."

Max legte Messer und Gabel hin und starrte zu ihr hinüber. „Schau mich an, Elizabeth."

Von der Seite warf sie ihm einen Blick zu. „Ich schaue dich doch an."

Entschlossen schob Max seinen Stuhl zurück und stand auf. Elizabeths Herz klopfte heftig, während sie zusah, wie er den Tisch umrundete. Die anderen beobachteten sie, ohne einen Laut von sich zu geben. Als Max neben ihr stand, wiederholte er seinen Befehl: „Schau mich an!" Er fasste sie am Kinn und drehte ihr Gesicht zu sich um.

Schock, dann Wut zeigten sich in seiner Miene.

„Was zur Hölle …? Wer hat dir das angetan?"

„Warum glaubst du, dass jemand mir etwas angetan hat? Ich könnte doch hingefallen sein."

„Ich habe genügend Kneipenschlägereien beobachtet, um

die Spuren einer Faust zu erkennen, wenn ich sie sehe. Also, wer war das? Ich will einen Namen. Jetzt."

„Es war Wyatt Lassiter."

„Tante Talitha!"

„Das Spiel ist vorbei, Kind. Er hat die Verletzung gesehen, und er hat das Recht zu erfahren, wer das getan hat."

„Wyatt Lassiter? Dieser Drecks... Welchen Grund um alles in der Welt hatte er, meine Frau zu schlagen?"

Talitha und Iona redeten gleichzeitig auf ihn ein, begierig, den Hergang noch einmal zu erzählen. Auch die alte Geschichte von Talithas gelöster Verlobung mit Wyatts Vater erzählten sie ihm.

Als sie mit ihrem Bericht fertig waren, raste Max vor Wut. Ohne ein Wort marschierte er in die Eingangshalle und griff nach seinem Mantel.

„Max! Max, wo willst du hin?"

„Was denkst du wohl? Ich gehe zu Wyatt Lassiter und verpasse ihm eine Tracht Prügel, die er so schnell nicht vergisst."

„Max, nein!" Elizabeth sprang auf und rannte ihm nach. Ängstlich klammerte sie sich an seinen Unterarm, um ihn zurückzuhalten. „Max, bitte. Lass das sein. Die Lassiters sind sehr einflussreiche Leute. Wenn du dich mit ihnen anlegst, kannst du jede Hoffnung aufgeben, jemals von der Houstoner Gesellschaft akzeptiert zu werden."

„Verdammt, Elizabeth, glaubst du wirklich, dass mir das mehr bedeutet als du?", knurrte er. In seinem Innern brodelte es. Er wollte – er musste – etwas mit bloßen Händen zerreißen.

Verwirrt blinzelte sie ihn an. Leise genug, dass die anderen es nicht hören konnten, murmelte sie: „Ja, natürlich glaube ich das. Du hast mich schließlich wegen meiner guten Beziehungen geheiratet. Mach jetzt bitte nicht deine ganzen Pläne zunichte."

Max starrte sie schwer atmend an. Er war versucht ihr zu sagen, dass ... Was? Dass sie ihm wichtig war? Dass er sie lieber gewonnen hatte, als sich hätte träumen lassen? Er bezweifelte, dass sie das hören wollte. Anscheinend galten in ihren Augen immer noch die Regeln, die sie ursprünglich miteinander vereinbart hatten.

Außerdem war er nicht sicher, was für Gefühle er ihr gegenüber genau hegte. Oder wie er sie in Worte fassen sollte.

Seine Mutter und Talitha kamen hinter ihnen her in die Eingangshalle, während Mimi die Vorgänge von der Tür aus beobachtete.

„Mein Junge, Elizabeth hat recht", sagte Tante Talitha. „Die Lassiters sind eine üble Bande. Wenn du dich mit einem von ihnen anlegst, hast du einen Feind fürs Leben."

„Außerdem bist du im Augenblick viel zu wütend", fügte Iona hinzu. „Vermutlich würdest du nur etwas tun, wofür sie dich dann festnehmen lassen."

„Glaubst du etwa, ich nehme das einfach hin? Dieser Wicht kommt in unser Haus und vergreift sich an meiner Frau – und ich soll einfach zusehen?"

„Im Gegenteil. Natürlich sollst du ihn dir vorknöpfen", erklärte seine Mutter. „Ich finde nur, dass du dich vorher etwas beruhigen solltest."

„Deine Mutter hat recht. Wyatt wird morgen auch noch da sein. Nimm dir Zeit und denk darüber nach, was du gegen ihn unternehmen willst", drängte Talitha. „Ach ja, und hier haben wir Beweismaterial für das, was passiert ist." Sie griff in die Tasche und zog einen Umschlag heraus. „Nur falls Wyatt es abzustreiten wagt."

„Was ist das?"

„Fotos, die Dooley von Elizabeth gemacht hat. Zu dem Zeitpunkt hatten deine Mutter und ich Wyatt gerade windelweich geprügelt. Wir haben es ihm ganz schön gegeben, stimmt's, Iona?"

„Das kann man wohl sagen. Dieser unangenehme junge Mann hat die Beine in die Hand genommen und ist abgehauen."

Max schaute von einer zur anderen. Bei dem Gedanken, wie zwei alte Damen den eingebildeten Wyatt Lassiter mit ihren Stöcken in die Flucht schlugen, verrauchte sein Zorn etwas.

„Na gut, ihr habt gewonnen", gab er widerstrebend nach. „Bis morgen warte ich ab. Aber dann gehe ich zu Lassiter und regle diese Angelegenheit mit ihm. Also versucht gar nicht erst, mich mit euren weiblichen Listen einzuwickeln. Verstanden?"

Die drei Frauen sahen einander an. Es war deutlich, dass sie über diese Drohung nicht sehr erfreut waren. Aber sie entschieden sich für den Spatz in der Hand.

„In Ordnung. Ich werde mich nicht einmischen", sagte Elizabeth.

„Ich auch nicht, mein Sohn."

„Und ich genauso wenig", schloss sich Tante Talitha an. „Ehrlich gesagt würde ich zu gern Mäuschen spielen, wenn du ihn zur Rede stellst."

„Mir geht's genauso", mischte sich Mimi ein. „Ich würde gutes Geld für die Gelegenheit bezahlen, zuschauen zu dürfen. Wenn ich es mir recht überlege, sollten wir vielleicht Eintrittskarten verkaufen. Es gibt eine Menge Leute, die gern sehen würden, wie Wyatt das bekommt, was er verdient."

„So. Jetzt, wo das geregelt ist, lasst uns wieder Platz nehmen und wie zivilisierte Menschen das Abendessen beenden", ordnete Tante Talitha an.

Mit ernsten Gesichtern gehorchten alle.

Max nahm erneut Messer und Gabel zur Hand und widmete sich seinem Steak. Aber sein Blick kehrte immer wieder zu Elizabeths Gesicht zurück. „Du wirst das Abendessen mit den Drexels und alle anderen gesellschaftlichen Verpflichtungen ausfallen lassen müssen“, sagte er nach einer Weile. „Vermutlich dauert es eine Weile, bis du wieder normal aussiehst.“

„Ich weiß“, erwiderte Elizabeth niedergeschlagen. „Ich habe schon alles abgesagt.“

„Gut.“

Sobald sie sich später am Abend ins Schlafzimmer zurückgezogen hatten, räusperte sich Elizabeth. Es gab eine Sache, die ihr auf dem Herzen lag, seit sie vor einer Woche aus dem Haus gestürmt war.

Sie ging zu ihrer Frisierkommode und nahm die goldenen Ohrringe ab. „Max, wir müssen reden.“

„In Ordnung“, antwortete er und verschwand im Ankleidezimmer.

Elizabeth öffnete die Schließe ihres Goldkettchens und ließ den Schmuck in eine Kristallschale vor dem Spiegel fallen. Dann ging sie ebenfalls ins Ankleidezimmer.

„Wir müssen über dein Projekt in Dallas sprechen.“

„Was ist damit?“ Er schenkte ihr kaum Beachtung, als er seine Krawatte auszog und sie über die Stange hängte. Als Nächstes fing er an, das Hemd aufzuknöpfen.

„Ich habe keine Informationen an irgendjemanden weitergegeben. Und auch mein Anwalt nicht. Es war Wyatt.“

„Ja, ich weiß.“ Seelenruhig zog Max das Hemd aus und warf es in den Wäschekorb.

Elizabeth hatte sich verrenkt, um an den langen Reißverschluss auf der Rückseite ihres Kleides heranzukommen. Doch nun ließ sie die Arme sinken, wandte den Kopf und starrte Max an. „Du hast es gewusst?“

„Ja. Brauchst du Hilfe mit dem Ding?", fragte er. Ohne ihre Antwort abzuwarten, ging er zu ihr und stellte sich hinter sie. „Du hast dir eine Strähne in den Reißverschluss eingeklemmt."

„Seit wann?"

„Seit wann du die Strähne eingeklemmt hast? Das weiß ich doch nicht."

„Sehr witzig. Ich spreche von deinem Projekt." Er befreite ihr Haar und zog den Reißverschluss ganz nach unten. Elizabeth schlüpfte aus dem Kleid. Nur noch mit einen dünnen Spitzenslip, passendem BH und hochhackigen Schuhen bekleidet, ging sie zum begehbaren Kleiderschrank. Dort hängte sie ihr Kleid auf einen gepolsterten Kleiderbügel.

Verdammt, dachte Max und starrte auf das transparente Stück Stoff, das sich um ihre Hüften und ihren festen Po schmiegte. Er hatte schon den Stringtanga sexy gefunden, den sie in ihrer letzten gemeinsamen Nacht getragen hatte. Aber wenn er jetzt dieses winzige bisschen Spitze ansah, wurde ihm der Mund trocken.

Obwohl sie klein war, hatte Elizabeth perfekte Proportionen. Ihr Körper war fest und wohlgeformt. *Und ich will verdammt sein, wenn sie nicht die schönsten Beine hat, die ich jemals gesehen habe – wahrscheinlich, weil sie so viel mit Mimi tanzt.*

„Max? Was ist?" Sie stand vor ihm, die Hände in die Seiten gestemmt. „Wie lange wusstest du schon, dass Wyatt derjenige ist, der dein Projekt zu ruinieren versucht?"

„Oh … lass mich nachdenken. Seit Montag, glaube ich. Verdammt, Weib, du hast einen großartigen Geschmack, was Dessous angeht."

„Würdest du bitte aufhören, nur an meine Unterwäsche zu denken? Ich will mit dir reden", fauchte sie.

„Klar. Äh, seit Montag." Max zog die Hose aus und

suchte auf seiner Seite des begehbaren Kleiderschranks nach einem Hosenbügel.

„Seit Montag? Du hast die ganze Zeit gewusst, dass ich dich nicht hintergangen habe? Und du hast es nicht für nötig befunden, mich anzurufen und es mir zu sagen?“

Max stand da, nur mit seinem Slip bekleidet, und schaute sie an, als ob ihre Frage ihn vollkommen verblüffte. „Äh, ich glaube nicht. Es kam mir zu der Zeit nicht so wichtig vor.“

„Es kam dir ... oh! Du ... du Idiot! Du taktloser Dickkopf! Du hast mich drei Tage schmoren lassen. Drei Tage“, wiederholte sie betont. „Und die ganze Zeit habe ich mir das Hirn zermartert. Ich wollte unbedingt herausbekommen, wer das Projekt sabotiert. Und ich habe mir Vorwürfe gemacht, dass ich mich vielleicht aus Versehen verplappert habe. Und du? Du wusstest die ganze Zeit, dass es nicht meine Schuld war!“

„Na ja, wenn du es so ausdrückst, schätze ich, dass ich deinen Standpunkt verstehen kann.“

„Ach, du kannst meinen Standpunkt verstehen? Tatsächlich?“, schoss sie zurück.

Allmählich kam sie richtig in Fahrt. Sie schlüpfte aus ihren Pumps und ging vor dem Kleiderschrank auf und ab. „Du hast mir vorgeworfen, dein Vertrauen gebrochen zu haben ...“

„Jetzt aber mal langsam! Das habe ich nie behauptet.“

„Aber so gut wie.“

Max verschränkte die Arme vor der nackten Brust und beobachtete, wie sie aufgebracht im Ankleidezimmer hin und her marschierte. Normalerweise war sie die freundliche Gelassenheit in Person, aber in ihrer Aufregung wirkte sie begehrenswerter denn je. „Hör mal, Sonntag hatte ich gerade erst erfahren, dass jemand versucht, unser Projekt zu zerstören. Ich hab nur ein bisschen Dampf abgelassen.

Es war mir nicht klar, dass ich damit irgendwelche Gefühle verletze."

„Dass du Gefühle verletzt?" Elizabeth blieb stehen und starrte ihn an, als sei ihm gerade ein zweiter Kopf gewachsen. „Du denkst, das ist alles, worum es hier geht? Zu deiner Information: In meinem ganzen Leben bin ich noch niemals so beleidigt worden. Du hast meine Ehre und meine Vertrauenswürdigkeit in Zweifel gezogen."

Sie war so zornig, dass sie nicht weitersprechen konnte. Jedes weitere Wort hätte die Tränen der Wut zum Überfließen gebracht. Deshalb hob sie ihre Schuhe auf, drehte sich um und stellte sie mit einer heftigen Bewegung ins Schuhregal. „Mein eigener Ehemann wirft mir Unehrlichkeit und Treulosigkeit vor, ohne sich meine Sicht der Dinge auch nur anzuhören ..."

Max näherte sich ihr von hinten und schlang ihr die Arme um die Taille. „Ich weiß, Liebling."

Elizabeth verspannte sich. „Was machst du da?"

Er legte sein Gesicht in ihre Halsbeuge. „Du hast recht. Es war gedankenlos von mir. Es tut mir leid. Aber ich habe es nicht mit Absicht getan." Zärtlich ließ er seine Lippen über ihren Nacken gleiten und biss leicht in ihr Ohrläppchen. Mit den Händen streichelte er ihren Körper.

„Oh! Du spinnst ja wohl!" Sie entzog sich ihm wütend. „Wenn du glaubst, mit einer Runde Sex ist alles wieder gut, dann hast du den Verstand verloren."

„Warum nicht? Ich finde, das klingt gut", murmelte er an ihrem Nacken. Er klang kein bisschen abgeschreckt.

„Was bildest du dir eigentlich ein? Dass du ein lahmes ‚Es tut mir leid' nuscheln kannst, damit ich wieder in deine Arme sinke? Im Leben nicht!"

„Komm schon, Elizabeth. Wir hatten ein kleines Missverständnis. Das ist alles."

„Oh, es ist einfach hoffnungslos mit dir!“

„Du hast recht. Du hast absolut recht. Es tut mir leid. Ich sollte ausgepeitscht werden“, erklärte er feierlich. Aber sie konnte seiner Stimme das Lachen anhören.

„Das ist nicht komisch! Und das hier kannst du vergessen“, schimpfte sie und schlug nach seinen Händen, die unablässig über ihren Körper wanderten. „Damit kannst du gleich wieder aufhören. Wenn du auch nur eine Sekunde glaubst, dass heute Nacht irgendetwas zwischen uns läuft, dann bist du ein Idiot. Und zwar ein noch größerer Idiot, als ich dachte.“

Sie versuchte sich aus seinen Armen herauswinden. Aber Max lachte nur leise und drehte sie herum, sodass sie ihm ins Gesicht sehen musste. Sein aufreizendes Lächeln machte sie nur noch wütender. „Wollen wir wetten?“, forderte er sie mit verführerisch dunkler Stimme heraus.

Elizabeths Augen weiteten sich. „Du … du würdest es nicht wagen, mich zu zwingen.“

„Natürlich nicht.“ Max runzelte die Stirn, als er den Hauch eines Zweifels in ihrer Stimme wahrnahm. „Gewalt ist nicht nötig. Das wissen wir beide. Zwischen uns herrscht einfach prickelnde Spannung. Und das wissen wir ebenfalls beide.“

„Aber …“

Max’ Versuch, die Situation zu entschärfen, schien Elizabeth nur noch mehr zu verärgern. Er ignorierte den gestotterten Einwand, senkte den Kopf und begann ihren Nacken und ihre Schultern mit den Lippen zu liebkosen. „Ich habe dich vermisst“, murmelte er zwischen den Küssen.

Er umarmte sie, aber sein Griff war nicht fest. Wenn sie wirklich gewollt hätte, hätte sie sich befreien können. Stattdessen drehte sie sich in seinen Armen um und stemmte die

Hände gegen seine nackte Brust. „Lass mich los", verlangte sie.

„Nur noch eine Minute", murmelte Max. Er fuhr fort, ihre Sinne zu reizen, indem er ihren Busen streichelte. Gleichzeitig drückte er sie eng an sich, sodass sie sein Verlangen deutlich spüren konnte. Mit jedem heißen Kuss, mit jeder erregenden Berührung wurde Elizabeths Widerstand schwächer. Es dauerte nur ein paar Augenblicke, bis sie ihm die Finger in den Rücken krallte und mit wachsender Leidenschaft seine Küsse erwiderte.

Atemlos, voller Hunger aufeinander, liebkosten sie sich stöhnend. Als er diese Qual nicht länger ertragen konnte, bückte sich Max und hob Elizabeth in seine Arme, um sie vom Ankleidezimmer ins Schlafzimmer zu tragen.

Etwas später lag Max befriedigt auf dem Rücken und blickte zur Decke. Sein Atem ging immer noch schwer. Neben ihm erging es Elizabeth genauso. Abgesehen von dem warmen, gedämpften Licht der Lampe auf der Frisierkommode war es dunkel im Raum.

„Max?" Ihre leise Stimme brach das Schweigen.

„Hmm?"

„Sex ändert gar nichts. Ich möchte, dass du weißt, dass ich immer noch wütend auf dich bin."

Er drehte sich auf die Seite und legte ihr seinen Unterarm über den Bauch. „Elizabeth, hör mir zu. Ich bin nicht gut darin, mich zu entschuldigen. Aber es tut mir leid, dass ich mich so idiotisch benommen habe. Vor allem tut mir leid, dass ich an dir gezweifelt habe. Schon bevor Troy und ich nach Dallas abgereist sind, wusste ich, dass du keine Informationen weitergegeben hast."

„Woher?", fragte sie, die Mundwinkel immer noch nach unten gezogen. Geistesabwesend zupfte sie an den kurzen

Härchen auf seinem Arm.

„Nachdem ich mich beruhigt hatte, ist mir klar geworden, dass du so etwas niemals tun würdest. Das ist einfach nicht deine Art."

„Wirklich?"

„Wirklich." Er lächelte reumütig. „Ich vermute, ich hab einfach nur jemanden gesucht, bei dem ich Dampf ablassen konnte. Aber eigentlich habe ich nie recht geglaubt, dass du schuld warst." Er fasste nach ihren Fingern und führte sie an seine Lippen, um sie zu küssen. „Verzeihst du mir?", fragte er und warf ihr einen bittenden Blick zu.

Sein Eingeständnis schien sie etwas milder zu stimmen. „Na gut", sagte sie schließlich widerstrebend.

Sie setzte sich auf, griff nach ihrem Morgenrock am Fußende des Bettes und zog ihn an.

„Wo gehst du hin?", fragte Max.

„Zähne putzen und Gesicht waschen", antwortete sie und verschwand im Badezimmer.

Max lehnte sich in die Kissen zurück und sah ihr mit einem tiefen Atemzug hinterher. Ihm wurde bewusst, dass er glücklich war. Wahrhaftig ganz und gar glücklich. Und zum allerersten Mal vollkommen zufrieden mit seinem Leben.

Nur wegen einer kleinen Frau.

Wie zum Teufel war das möglich? Sie hatte ihm vom ersten Tag an nichts als Scherereien bereitet. Dennoch … sie machte ihn glücklich. Da sollte einer draus schlau werden.

„Ich bin hier, um mit Wyatt Lassiter zu sprechen", erklärte Max der Mitarbeiterin am Empfang.

Das junge Mädchen schaute verwirrt. „Haben Sie einen Termin?"

„Nein."

„Ich fürchte, Mr. Lassiter ist gerade beschäftigt. Er und Mr. Lassiter senior sitzen in einer Konferenz mit Mandanten."

Max sah sich um. Am Ende des Flurs entdeckte er eine Tür mit dem Schild „Konferenzraum" und steuerte darauf zu.

„Wenn Sie einen Termin ausmach... Halt! Sir! Entschuldigung, Sie können da nicht hineingehen!"

Mit großen Schritten war Max am Empfang vorbeigestürmt, bevor ihn die Mitarbeiterin daran hindern konnte. Ohne sich damit aufzuhalten, an die Tür zu klopfen, stürmte er in den Konferenzraum. Augenblicklich drehten sich acht Köpfe nach ihm um.

„Was soll das?", wollte der ältere Lassiter wissen. „Wir sind hier mitten in einer Besprechung. Sie können nicht einfach so hereinplatzen."

„Das habe ich schon getan." Ohne seinen Schritt zu verlangsamen, umrundete Max den Tisch und ging zu dem Platz, an dem Wyatt saß. Am Revers zog er ihn vom Stuhl hoch. Dann holte er mit der Faust aus und schlug ihm ins Gesicht.

Wyatt schrie auf, stolperte rückwärts und fiel zu Boden. „Oh mein Gott! Meine Nase. Sie haben meine Nase gebrochen!" Stöhnend und jammernd hielt er sich das Gesicht.

Chaos brach aus. Henry Lassiter und seine Mandanten, zwei Frauen und vier Männer, sprangen auf und versuchten sich in Sicherheit zu bringen.

„Sie … Sie Barbar!“, schrie Henry. „Machen Sie, dass Sie hier wegkommen.“

Max beachtete ihn gar nicht. Er zerrte Wyatt an seinem Hemd wieder auf die Füße und drückte ihn gegen die Wand, sodass seine Füße eine Handbreit über dem Teppichboden baumelten. Das Gesicht dem seinen gefährlich nahe, knurrte Max: „Das war für das, was Sie Elizabeth angetan haben.“

„Was … was auch immer sie Ihnen gesagt hat, es war eine Lüge.“

„Halten Sie den Mund, Sie Ratte. Ich habe den Bluterguss auf ihrem Gesicht gesehen. Wenn es darum geht, Frauen zu schlagen, sind Sie ein großer Kerl, was? Aber Sie sind lange nicht so mutig, wenn Sie es mit einem anderen Mann zu tun haben. Jetzt hören Sie mir mal gut zu. Wenn Sie jemals – und ich meine: jemals – wieder in die Nähe meiner Frau kommen, dann werde ich das mit Ihnen machen, was Sie verdient haben.“

„I-ist das eine Drohung?“

„Darauf könne Sie Ihren Arsch verwetten.“

Wyatt, der seinen Kopf nicht bewegen konnte, rollte die Augen in Richtung der anderen. Die beobachteten die Szene mit offenem Mund. „Habt ihr das gehört? Er hat mich bedroht. Ihr seid alle meine Zeugen.“

„Ich hole die Polizei“, drohte Henry.

Max stieß Wyatt von sich, als ob er es nicht länger ertragen könnte, ihn zu berühren. Dann wandte er sich mit zusammengekniffenen Augen an Henry.

„Machen Sie das ruhig. Ich möchte nur zu gern dieses Ungeheuer, das Sie Ihren Sohn nennen, für den Angriff auf meine Frau verhaften lassen.“

„Das … das können Sie nicht beweisen“, tobte Henry.

„Meinen Sie? Ich kenne da zwei geachtete alte Damen,

die ganz wild darauf sind, vor Gericht gegen Wyatt auszusagen."

Henry ließ das Telefon wieder sinken.

„Ich dachte mir schon, dass Sie die Sache genauso sehen wie ich", bemerkte Max. „Und falls Sie daran denken, jetzt als Rache Gerüchte über mich zu verbreiten oder meine Geschäfte zu sabotieren: Ich besitze Fotos von Elizabeths Gesicht, nachdem Ihr Junge sie geprügelt hat. Und Zeugenaufnahmen auf Band. Denken Sie einmal darüber nach, wie überzeugend zwei nette kleine alte Damen im Zeugenstand wirken."

Max zeigte auf Wyatt, der vornübergebeugt dastand und in sein blutiges Taschentuch stöhnte. „Sie können von Glück sagen, dass ich Ihnen nur die Nase aufgeschlagen habe. Ich warne Sie: Wenn Sie meiner Frau noch einmal zu nahe kommen, werde ich Ihnen wirklich wehtun."

Mit diesen Worten drehte er sich um, schritt den Gang hinunter und stürmte in das Büro von John Fossbinder. John sah von dem Schriftstück auf, das er gerade las.

„Hallo, Max. Wie geht's? Ich hatte nicht erwartet, Sie heute zu sehen."

„Es dauert nicht lange." Nachdem sie sich die Hände geschüttelt hatten, erklärte Max: „Ich wollte Ihnen nur kurz mitteilen, dass ich Wyatt Lassiter gerade niedergeschlagen und ihm die Nase gebrochen habe."

„Wie bitte? Sie haben was getan?" John war so entsetzt, dass er aufsprang und seinen Schreibtischstuhl nach hinten gegen die Wand stieß. „Ich nehme an, Sie hatten einen Grund dafür."

„Verdammt richtig, den hatte ich." Max berichtete, wie Wyatt in Elizabeths Akten herumgeschnüffelt und die Informationen genutzt hatte, um Max' Projekt zu hintertreiben. Je länger er sprach, desto ernster wurde Johns Miene.

„Wie Sie sich vorstellen können, denken Elizabeth und ich ernsthaft darüber nach, zu einem anderen Anwalt zu wechseln. Wenn Sie Ihre Leute nicht besser kontrollieren können ..."

„Machen Sie sich keine Sorgen. Ich regle das", versprach John Fossbinder mit Feuer in den Augen. „Dafür haben Sie mein Wort."

Elizabeth verbrachte den Vormittag mit Mimi. Die Verletzung hinter einer dunklen Brille verborgen, erledigte sie ihre letzten Weihnachtseinkäufe. Die ganze Zeit versuchte sie, nicht an die Auseinandersetzung zu denken, die zur selben Zeit im Büro von Fossbinder, Lassiter & Drummond stattfand.

Sie und Mimi kamen kurz nach zwei Uhr nach Hause, aber Max war noch nicht zurückgekehrt. Elizabeth vermutete das Schlimmste. In ihrer Vorstellung sah sie ihn schon in einer Gefängniszelle sitzen, angeklagt wegen Körperverletzung.

„Hat er angerufen?", fragte sie ihre Tante und ihre Schwiegermutter, sobald sie mit Mimi den Salon betrat. Bei dem Klang ihrer Stimme kam das Kätzchen herbeigerannt und rutschte auf dem Parkettboden aus, sodass es an Elizabeths Füße stieß. Es kam wieder auf die Beine und schmiegte sich um Elizabeths Fußgelenke, während es aufdringlich miaute. Elizabeth stellte ihre Einkäufe ab und hob das maunzende Kätzchen hoch, um es geistesabwesend zu kraulen.

„Ja. Er hat gesagt, er hat noch ein paar Sachen in seinem Büro zu erledigen, dann kommt er heim", sagte Iona.

„Hat er Wyatt getroffen?"

„Anscheinend ja. Aber er hat keine Details erzählt. Er hat nur gesagt, dass er sich um alles gekümmert hat."

„Oh, dieser Mann! Tut mir leid, Iona, ich weiß, er ist dein

Sohn. Aber ehrlich, manchmal treibt er mich in den Wahnsinn mit seiner Neigung, die Dinge herunterzuspielen. Oder gar nichts zu sagen."

„Ach was. Mach dir keine Sorgen, Liebchen. Ich verstehe dich. Er ist da genau wie sein Vater. Also, es gab Momente, da wollte ich dem Mann eins mit der Pfanne überbraten, weil er so verschlossen war."

„Wer war verschlossen?", fragte Max und betrat den Salon.

„Max!", begrüßte ihn Elizabeth mit offensichtlicher Erleichterung. „Du bist daheim, Gott sei Dank. Ist alles in Ordnung mit dir?" Während sie diese Frage stellte, unterzog sie ihn einer schnellen Musterung.

„Mir geht's gut. Warum sollte es anders sein?"

„Warum?" Elizabeth stemmte sich die Hand in die Hüfte. Entnervt schaute sie zur Decke. „Weil du heute Morgen hier mit blutrünstigem Gesichtsausdruck verschwunden bist. Du sahst aus, als würdest du Wyatt am liebsten in der Luft zerreißen. Den ganzen Tag lang habe ich mir die scheußlichsten Dinge ausgemalt, die dir zugestoßen sein könnten. Zum Beispiel, dass Wyatt oder Henry dich erschießen oder du im Gefängnis landest. *Darum.*"

Mimi schaute von Elizabeth zu Max und grinste. „Wenn sie sich aufregt, ist sie ein kratzbürstiges kleines Ding, nicht wahr, Süßer?"

„Das begreife ich auch allmählich. Normalerweise mag ich keine temperamentvollen Frauen. Aber sie ist irgendwie niedlich."

„Hallo, ihr beiden?" Elizabeth war aufgebracht. „Ich ziehe es vor, wenn ihr nicht über mich redet, während ich genau vor euch stehe."

Max musterte sie kurz. „Du hast dir um mich Sorgen gemacht?", fragte er. In seiner Stimme schwang Überraschung mit, als er zu ihr hinüberging. „Das war nett." Er zog sie mitsamt dem Kätzchen an sich. Das verspielte Tier fing sofort an, mit den Krallen nach Max' Krawatte zu angeln. Er bemerkte es kaum und ließ Elizabeths Gesicht nicht aus den Augen. Die anderen Frauen verstummten und beobachteten die beiden mit lebhaftem Interesse.

„Nun … ich … natürlich war ich besorgt", antwortete Elizabeth. „Du bist mein Mann."

„Stimmt", murmelte er, senkte den Kopf und küsste sie.

Seinen Lippen waren weich. Zärtlich berührte er die ihren, und die Liebkosung berauschte Elizabeths Sinne. Sie nahm nicht länger wahr, was um sie herum geschah: weder die drei Frauen, die sie beobachteten, noch das schnurrende Kätzchen in ihrer Armbeuge. Als Max den Kuss beendete, hätte sie am liebsten selbst geschnurrt.

Sie fühlte sich ein bisschen wacklig auf den Beinen und war froh, dass Max sie weiterhin in den Armen hielt. Voller Zärtlichkeit berührte er ihre geschwollene Wange. Ein gefährliches Funkeln trat in seine Augen. „Jedes Mal wenn ich das hier sehe, möchte ich es diesem Dreckskerl am liebsten heimzahlen."

„Das will ich meinen", sagte seine Mutter beifällig. „In der Zwischenzeit warten wir alle gespannt darauf zu erfahren, was heute Morgen passiert ist."

„Ich sehe schon, ihr gebt keinen Frieden, bis ich euch die Geschichte in allen Einzelheiten erzählt habe, stimmt's?"

„Stimmt genau", ließ ihn Tante Talitha wissen.

Max seufzte betont gequält und setzte sich aufs Sofa. „Ich habe Wyatt und seinen Vater mit ein paar Mandanten im Konferenzraum angetroffen. Ich bin reingegangen, habe Wyatt vom Stuhl gezerrt und ihm eins auf die Nase gegeben."

„Oh, da hätte ich liebend gern zugesehen! Wyatt war immer so stolz auf sein hübsches, jugendliches Aussehen."

„Sei still, Mimi, und lass den Mann erzählen. Was ist dann passiert?“, wollte Tante Talitha wissen. Sie lehnte sich begierig vor, die Hände über dem Griff ihres Gehstocks gefaltet.

„Verdammt, ihr Frauen seid aber blutrünstig“, neckte Max. Aber er beendete seinen Bericht, einschließlich der Unterhaltung mit John Fossbinder am Ende.

„Danach bin ich in mein Büro gegangen, habe ein paar Stunden damit verbracht, meine Leute zu informieren, und jetzt bin ich heimgekommen.“

„Also meinst du nicht, dass die Lassiters dich wegen Körperverletzung anzeigen?“, fragte Elizabeth, immer noch nicht überzeugt.

„Nein, ich glaube nicht. Zuerst einmal haben wir die Fotos als Beweisstücke und Mom und deine Tante als Zeugen. Außerdem, selbst wenn sie vor Gericht gehen wollen, bezweifle ich stark, dass John als Kanzleichef dem zustimmen würde. Zum einen hält er große Stücke auf dich. Zum anderen würde es dem guten Ruf von Fossbinder, Lassiter & Drummond schaden, wenn Wyatts Angriff auf dich und sein unmoralisches Verhalten bekannt würden.“

Ihr gesunder Menschenverstand sagte Elizabeth, dass Max wahrscheinlich recht hatte. Dennoch, Wyatt und Henry Lassiter waren gefährliche Feinde. Keiner der beiden Männer vergaß jemals auch nur die leiseste Kränkung, egal ob echt oder eingebildet. Max hatte Wyatt vor Zeugen blamiert. Elizabeth glaubte nicht, dass er die Sache einfach unter den Tisch fallen ließ. Sicher würde er versuchen, auf irgendeine Art und Weise Rache zu üben.

Die nächsten paar Tage zuckte Elizabeth jedes Mal zusammen, wenn das Telefon oder die Türglocke läuteten. Insgeheim wartete sie darauf, dass die Lassiters ihnen die Blamage heimzahlen würden. Darüber vergaß sie die New Yorker Ereignisse völlig. Die Sorgen verdrängten jeden Gedanken an den Mann, der sie hatte töten wollen. Das heißt, bis Detective Gertski sie am Freitagmorgen telefonisch erreichte.

Er bat darum, mit Mr. oder Mrs. Riordan zu sprechen. Da Max seine Mutter zu einer Nachuntersuchung zu Dr. Watson gebracht hatte, reichte Gladys das Telefon an Elizabeth weiter.

„Mrs. Riordan, ich freue mich, mit Ihnen sprechen zu können“, sagte Gertski. „Ich bin dabei, diese Sache weiterzuverfolgen. Hat es weitere Mordversuche gegeben, seit Sie New York verlassen haben?“

„Nein, keine, Detective.“

„Da bin ich aber froh. Sehr froh. Das scheint unsere Theorie mit der Verwechslungsgeschichte zu bestätigen.“

„Das glaube ich auch“, meinte Elizabeth. „Und ich bin sicher, dass es Max genauso sieht. Wir sind jetzt seit mehr als zwei Wochen daheim, ohne dass etwas passiert ist.“

„Das ist gut“, bemerkte der Detective. „Aber um ganz sicherzugehen, würde ich Ihnen gern ein paar Fotos von Männern schicken, die Ihrer Beschreibung entsprechen. Sie wurden alle schon mal wegen ähnlicher Verbrechen festgenommen.“

„Sie wollen sagen, dass es bekannte Killer sind?“, fragte Elizabeth.

„Nun ... ja.“

„Meinetwegen können Sie die Dinge ruhig beim Namen nennen, Detective. Und ja, natürlich bin ich bereit, mir die Fotos anzusehen. Ich will alles tun, um zu verhindern, dass jemand anders ein Leid zugefügt wird.“

Nachdem sie das Gespräch beendet hatte, ging Elizabeth nach oben. Sie musste noch für Max und seine Mutter passende Kleidung für Mimosa Landing einpacken. Sie und ihre Tante bewahrten genau wie Mimi eine komplette Garderobe auf der Farm und eine weitere in Houston auf. Auch Make-up und Toilettenartikel besaßen sie doppelt. Auf diese Art und Weise entfiel das Kofferpacken auf dem Weg vom einen Haus zum anderen.

Tags zuvor war sie mit Mimi einkaufen gewesen. Sie hatten gemeinsam eine fürs Landleben passende Garderobe für Max zusammengestellt, die er auf Mimosa Landing lassen konnte. Gleichzeitig war Gladys zu Ionas Apartment gefahren und hatte die meisten ihrer Wintersachen eingesammelt.

Es dauerte nicht lange, bis Elizabeth den Koffer ihres Mannes gepackt hatte. Sie war gerade dabei, die Kleider ihrer Schwiegermutter durchzusehen, als Mimi den Kopf zur Tür hereinstreckte.

„Hi. Gladys sagte, ich finde dich hier." Mimi ließ sich auf Ionas Bett fallen und federte ein paarmal auf und ab, während sie sich in Ruhe umsah. Der Raum war geschmackvoll in Blau- und Weißtönen eingerichtet. „Ich habe dieses Zimmer immer gemocht."

„Ich auch." Elizabeth kam mit einem Arm voll langer Röcke und Pullover aus dem Ankleidezimmer zurück. „Damit Iona Hosen über dem Gips tragen kann, müssen wir sie an der Seite aufschneiden, und sie hat nur wenige, die sie opfern will. Sie wird sich leichter tun, wenn sie Röcke trägt."

„Du packst aber eine ganz schöne Menge", bemerkte Mimi.

Etwas am Tonfall ihrer Freundin ließ sie aufhorchen. Als Elizabeth aufschaute, merkte sie, dass Mimi ihre übliche Überschwänglichkeit verloren hatte. „Ich packe nur so viel, weil Iona gar nichts auf der Farm hat. Eigentlich glaube ich nicht, dass wir länger als eine Woche dort sind. Vielleicht kommen wir sogar schon vorher wieder."

„Ich weiß." Mimi seufzte. „Ich hasse es einfach, wenn du weg bist."

„Na, dann komm doch einfach mit."

„Ich weiß nicht. Ich bin mir nicht sicher, ob es Max gefallen würde, wenn ich euer Beisammensein störe."

Ehe Elizabeth antworten konnte, erklang Max' tiefe Stimme von draußen: „Elizabeth? Wo bist du?"

Sie warf Mimi einen entschuldigenden Blick zu und antwortete: „Hier, im Zimmer deiner Mutter."

„Hallo, da bist du ja. Hi, Mimi." Er kam ins Schlafzimmer und küsste Elizabeth auf den Mund, beinahe als täte er das schon seit Jahren. „Was treibt ihr?"

„Gladys hat die Winterkleider deiner Mutter aus dem Altersheim geholt. Und ich packe ein paar Sachen, die für die Farm passender sind. Deine Kleidung ist schon gepackt und in meinem Wagen verstaut."

„Was für Kleidung? Ich habe doch alles schon beim letzten Mal mitgenommen."

„Ich habe ein paar legere Sachen für dich gekauft. Außerdem Socken, Schuhe und Unterwäsche. Wir lassen einfach alles auf der Farm."

Max schaute sie verdutzt an. „Du hast etwas zum Anziehen für mich gekauft? Woher kennst du denn meine Größen?"

„Ja, ich habe Kleidung für dich gekauft. Ehefrauen tun so etwas. Gewöhn dich also lieber an den Gedanken. Um die Größen zu erfahren, musste ich nur in deinen Schrank schauen."

„Siehst du, Süßer", bemerkte Mimi spöttisch. „Ehefrauen sind doch zu mehr gut als nur für Sex."

„Mimi!" Elizabeth stöhnte auf. Um ihr errötetes Gesicht zu verstecken, beugte sie sich über den offenen Koffer und legte die letzten paar Sachen hinein.

„Ja, damit hast du wohl recht", sagte er langsam. „Ich bin langsam dabei, das zu begreifen."

Elizabeth schloss den Koffer und ließ die Verschlüsse zuschnappen. „Das war's. Wenn du dich nicht vorher noch umziehen willst, wären wir dann so weit."

„Gib mir nur zehn Minuten", sagte Max und ging zur Tür. Er hielt inne und schaute über die Schulter zurück zu Mimi. „Kommst du mit?"

„Ich weiß nicht. Soll das eine Einladung sein?"

Max zuckte mit den Schultern. „Ja, schon. Du gehörst zur Familie, oder? Es ist deine Entscheidung. Aber wenn du mitkommst, solltest du jetzt in die Gänge kommen."

Er verschwand durch die Tür, während Mimi ihm nachdenklich hinterhersah. Sie warf Elizabeth einen überraschten Blick zu. „Weißt du was, Süße, ich will verdammt sein, wenn ich nicht anfange, deinen Mann so richtig gernzuhaben."

Sonntagabend stand Elizabeth vor der verschlossenen Arbeitszimmertür auf Mimosa Landing und zögerte. *Ich schaffe das. Ich muss einfach.*

Sie hob die Hand, um anzuklopfen, und ließ sie wieder sinken. Vorsichtig legte sie das Ohr an die dicke Tür aus Walnussholz, aber sie hörte nichts von drinnen. Vielleicht sollte sie noch warten. Was sie zu sagen hatte, war nicht sonderlich dringend.

Im nächsten Moment schüttelte sie entschlossen den Kopf. Nein. Das war die Ausrede eines Feiglings.

Ehe sie ihre Meinung noch einmal ändern konnte, klopfte sie an die Tür und öffnete sie weit genug, um den Kopf durch den Spalt zu stecken. Max sah von den Unterlagen auf, die er auf dem Schreibtisch ausgebreitet hatte. „Hallo. Was gibt's?", fragte er.

„Ich ... ich ... also, ich muss etwas mit dir besprechen. Natürlich nur, wenn du Zeit hast." Sie deutete auf die Aktenberge auf dem Schreibtisch. „Ich sehe schon, dass du beschäftigt bist. Ich kann später wiederkommen." Sie war schon dabei, die Tür wieder zu schließen, aber Max hinderte sie daran.

„Nein, geh nicht! Ich bin nie zu beschäftigt, um mit dir zu sprechen. Komm rein und setz dich."

Zögernd wandte sie sich wieder zu ihm. „Ich ... ich würde lieber stehen, danke."

„Das klingt ja bedrohlich", scherzte er, während er die Papiere zur Seite schob.

Elizabeth durchquerte den Raum und blieb vor dem Schreibtisch stehen. Sie verschränkte die Hände, damit sie nicht zitterten.

„Ich muss dir etwas sagen. Um genau zu sein, gibt es ein paar Dinge, die ich mit dir besprechen will."

„Schieß los", sagte er, während er immer noch durch Unterlagen blätterte.

„Ich bin schwanger."

„Ah-ha", war seine geistesabwesende Antwort. Dann riss er den Kopf hoch. „Was?"

„Ich sagte ..."

„Ich weiß, was du gesagt hast. Ich meine ... ich dachte, dass ... du hast doch gesagt, dass du keine Kinder bekommen kannst."

Max starrte sie so lange an, dass sie unruhig wurde. „Wie findest du es?", fragte er schließlich, seine durchdringenden blauen Augen auf ihr Gesicht gerichtet.

„Wie ich es finde? Ich bin überglücklich. Ich bin begeistert. Ich schwebe förmlich", sagte sie mit entschiedener Stimme. Instinktiv legte sie eine Hand auf ihren flachen Bauch. „Die Frage ist: Wie fühlst du dich dabei, Vater zu werden?"

Max stand auf und ging um den Schreibtisch herum. Er setzte sich auf die Tischkante, umfasste Elizabeths Hände und zog sie an sich, bis sie zwischen seinen Beinen stand. „Wie ich mich fühle? Im Moment etwas benommen. Ich bin noch dabei, diese Neuigkeit zu verarbeiten. Aber wenn du glücklich bist, bin ich auch glücklich."

„Bist du sicher? Das klingt nicht sehr überzeugend."

„Ganz sicher. Wenn ich nicht so wirke, dann liegt das nur an der Überraschung. Ich habe nie wirklich darüber nachgedacht, Vater zu werden. Oder darüber, was für einen Vater ich abgeben würde."

Max legte den Kopf schräg. „Bist du ganz sicher, dass du schwanger bist? Wir sind doch erst … wie lange verheiratet?" Er drehte sich um und versuchte, einen Blick auf den Schreibtischkalender zu werfen.

„Heute sind es drei Wochen", sagte Elizabeth. „Und ja, ich bin sicher. Heutzutage sind die Schwangerschaftstests sehr genau. Und ich habe drei davon gemacht. Alle drei Male war das Ergebnis ‚schwanger'.

Zuerst dachte ich, dass ich nur spät dran bin, weil ich im vergangenen Monat so viel Stress hatte. Aber anscheinend habe ich mich getäuscht."

„Ich schätze, du hast einfach nur den richtigen Ehemann gebraucht."

„Vermutlich", stimmte Elizabeth zu und errötete leicht. „Nach meinen Berechnungen bin ich entweder unter der Dusche in New York oder irgendwo dreitausend Meter über Tennessee schwanger geworden."

Ein zufriedenes Lächeln zog Max' Mundwinkel nach oben. „Was du nicht sagst."

Sie versetzte seiner Schulter einen Klaps. „Schau nicht so selbstgefällig. Ich bin sicher, das ist nicht das erste Baby, das in einem Flugzeug gezeugt wurde."

„Für mich schon. Was die …"

„Miau", ertönte es jämmerlich.

Sofort sahen beide auf das Kätzchen herunter, das sich an Elizabeths Beinen rieb. Barcode hatte sich durch den Türspalt zum Arbeitszimmer gezwängt, um bei Elizabeth zu sein. Das Tier folgte seiner Retterin wie ein Schatten. Wenn Max es abends nicht packte und vor die Schlafzimmertür setzte, schlief es nur zu gern auf ihrem Bett.

„Verdammte Katze“, brummte Max. Aber er klang nicht sehr überzeugt. Und als er wieder Elizabeth ansah, war sein Gesichtsausdruck milde. „Also ... was wolltest du noch?“

„Ach das. Es ist eigentlich mehr ein Gefallen.“

„Egal was es ist, die Antwort ist Ja. Wie könnte ich meiner schwangeren Frau einen Wunsch abschlagen?“

„Trotzdem, ich hätte es wirklich lieber, wenn du es dir anhörst, bevor du Ja sagst.“

„So schlimm? In Ordnung. Schieß los.“

„Nun ja ... ich habe mich gefragt, ob du etwas dagegen hättest, wenn deine Mutter zu uns zieht.“

Max starrte sie verblüfft an.

„Nun?“, fragte Elizabeth.

„Meinst du das ernst? Und das bezeichnest du als Gefallen? Du willst, dass meine Mutter – deine Schwiegermutter – bei uns einzieht? Auf Dauer?“

„Ja. Falls du nichts dagegen hast. Wir haben viel Platz. Hier genau wie in dem Haus in Houston.“

„Nein, ich habe nichts dagegen“, sagte Max, immer noch benommen von ihrem unerwarteten Vorschlag. „Schließlich lebt sie nur deshalb nicht bei mir, weil ich immer so viel unterwegs bin. Ich dachte, sie wäre so allein in meiner Wohnung vermutlich einsam. Und ich habe mir Sorgen gemacht, dass sie krank wird oder sonst etwas passiert.“

„Natürlich. Da hattest du vollkommen recht. Aber deine Verhältnisse haben sich ja jetzt geändert. Sicher ist die Senioreneinrichtung, in der Iona wohnt, sehr schön. Und bestimmt hat sie dort auch andere Leute in ihrem Alter. Aber ich könnte mir vorstellen, dass sie sich bei ihrer Familie wohler fühlt, meinst du nicht?"

Max sah Elizabeth tief in die unschuldigen blaugrünen Augen und spürte, wie sich etwas in seiner Brust regte und eng wurde. Von Anfang an hatte er gespürt, dass sie ein guter Mensch war. Aber was für ein großes Herz sie tatsächlich besaß, das erkannte er erst jetzt. Schon jetzt war seine Mutter für sie ein Familienmitglied, das sie mit offenen Armen willkommen hieß.

„Keine Frage, hier wäre sie glücklicher. Ich bin nur überrascht, dass du sie um dich haben möchtest. Ich dachte immer, dass Frauen mit ihren Schwiegermüttern nicht auskommen."

„Was für ein Blödsinn! Deine Mutter ist so eine liebe Frau. Ich mag sie sehr. Vergiss nicht, ich bin in einem Mehrgenerationen-Haushalt aufgewachsen. Es ist für mich ganz normal, dass man seine Lieben bei sich behält. Seit mein Ururgroßvater Asa dieses Haus erbaut hat, lebten hier immer Kinder, Eltern, Großeltern und Tanten unter einem Dach. Außerdem sind deine Mutter und Tante Talitha gut füreinander."

„Meinst du das ernst? Sprechen wir über dieselben alten Damen? Dieselben, die sich vor nicht einmal einer halben Stunde beim Scrabblespielen über ein Wort gestritten haben?"

Elizabeth lachte. „Das war doch gar nichts. Merkst du nicht, wie viel Spaß sie an ihren kleinen Streitereien haben?"

„Ernsthaft? Darauf wäre ich doch beinahe reingefallen." Max zog mit einem skeptischen Gesichtsausdruck eine Augenbraue hoch.

„Sie verbringen jeden wachen Augenblick zusammen.

Deine Mutter bringt Tante Talitha bei, wie man komplizierte Patchworkdecken anfertigt. Dafür zeigt Tante Talitha ihr Strickmuster. Sie genießen die Gesellschaft. Ein weiterer Grund, warum ich Iona gern hier hätte, ist, dass ich mich ordentlich um sie kümmern kann. Sie ist nicht mehr jung."

„Ich weiß." Max hatte sich bisher nur wenige Male in seinem Leben von seinen Gefühlen überwältigt gefühlt. Aber dies war einer davon. Er fühlte sich bis ins tiefste Innere von Elizabeths Großzügigkeit berührt. Davon, dass sie seine Mutter als Familienmitglied betrachtete und bei sich haben wollte. Und dass sie vorhatte, sich um sie zu kümmern, genau wie sie es für ihre Großtante tat.

Am liebsten hätte er ihr das gesagt. Oder ihr seine Dankbarkeit gezeigt. Aber er war nie gut darin gewesen, seine Gefühle auszudrücken. Zumindest fühlte er sich im Augenblick nicht in der Lage, das in Worte zu kleiden, was in ihm vorging. Deshalb sagte er nur: „In Ordnung. Wenn es das ist, was du willst, mach es."

Er zuckte beinahe zusammen, als er hörte, wie schroff seine Worte klangen. In Elizabeths Augen sah er Enttäuschung aufflackern.

„Macht es dir etwas aus, wenn ich ihnen von dem Baby erzähle?"

Max zuckte mit den Schultern. „Wenn du möchtest."

Sie entzog sich seiner Umarmung. „Gut. Dann tue ich es gleich. Willst du mitkommen?"

„Sicher. Warum nicht."

Sie fanden die beiden alten Damen und Mimi im Salon, immer noch in eine Partie Scrabble vertieft.

„Wenn ihr mit der Runde fertig seid, würden Max und ich gern mit euch sprechen", äußerte Elizabeth.

„Das trifft sich gut", antwortete Iona und legte ihre letzten drei Steine auf das Spielfeld. „Ära“, frohlockte sie. „Ich gewinne.“

„Ach was. Du hast nur beim Ziehen Glück gehabt, das ist alles“, knurrte Talitha.

Mimi fing an, die Buchstaben einzusammeln und das Spiel aufzuräumen. „Also, was gibt's, Süße?“

Max stand an den Türstock gelehnt da, die Arme vor der Brust verschränkt. Elizabeth zog einen Hocker vor Ionas Stuhl und nahm ihre Hände.

„Iona, Max und ich möchten, dass du zu uns ziehst.“

„Was?“ Iona schaute verwirrt drein und blinzelte ein paarmal. Dann entzog sie Elizabeth eine Hand und presste sie gegen die Brust. „Ach du meine Güte. Mit so etwas habe ich überhaupt nicht gerechnet. Das ist lieb von dir, mein Mädchen, aber ich kann dir das wirklich nicht zumuten.“

„Das ist keine Zumutung, Iona. Wirklich nicht. Ich freue mich darüber, wenn du bei uns bist.“ Elizabeth warf ihrer Großtante einen schnellen Blick zu und fügte hinzu: „Und Tante Talitha geht es sicher genauso.“

„Aber natürlich“, sagte die alte Dame und stieß mit Nachdruck ihren Gehstock auf den Boden. „Ich weiß nicht, warum du dich so anstellst, Iona. Es sei denn, du möchtest einfach nur schwierig sein.“

„Schwierig? Schwierig? *Ich* bin nicht diejenige, die hier schwierig ist. Talitha Stanton, du weißt ganz genau …“

„Immer mit der Ruhe! Genug Gekabbel.“ Elizabeth schaute ihre Schwiegermutter an. „Also, was meinst du? Könntest du es ertragen, hier und in Houston bei uns zu leben?“

„Natürlich, ich fühlte mich hier und in deinem anderen Haus sehr wohl. Aber ich will wirklich keine Belastung sein.“

„Das bist du auch nicht.“

„Bist du sicher …"

„Oh, du lieber Himmel! Jetzt sag schon Ja, damit wir die Sache hinter uns bringen können", befahl Talitha. „Meine Lieblingssendung fängt gleich an."

„Mach dir keine Sorgen, Iona, du bist bestimmt keine Belastung", versicherte ihr Elizabeth. „Um ehrlich zu sein: Ich hoffe, dass du und Tante Talitha mir eine große Hilfe sein werdet, wenn das Baby kommt."

Zwei Herzschläge lang war das einzige Geräusch im Raum das schwerfällige Ticken der Standuhr. Dann platzten alle drei Frauen gleichzeitig heraus.

„Ein Baby!", keuchte Iona.

„Oh, willst du damit etwa sagen, dass du schwanger bist?" Mimi schaute Max an und grinste. „Gut gemacht, Süßer!"

Er verbeugte sich. „War mir ein Vergnügen."

„Ha! Das wette ich", antwortete Mimi frech.

„Himmel! Ein Baby. Wir werden wieder ein Baby im Haus haben", rief Tante Talitha. Dann barg sie ihr Gesicht in den knochigen Händen und brach in Tränen aus.

„Jetzt wein doch nicht", sagte Elizabeth mit beruhigender Stimme. Sie ging zu ihrer Tante und umarmte sie.

„Das sind Tränen des Glücks, Kindchen. Ich hatte schon gedacht, ich müsste sterben, ohne die nächste Generation der Stantons zu sehen. Und jetzt …" Sie streckte den Arm über den Spieltisch und drückte Ionas Hand. „Oh Iona. Wir bekommen ein Baby, das wir lieb haben und verwöhnen können. Ist das nicht wunderbar?"

„Ja, das ist es. Einfach wunderbar!"

„Stimmt", ergänzte Mimi. „Und Tante Mimi wird sich nach Kräften am Verwöhnen beteiligen. Ich weiß schon das perfekte Geschenk für das Baby. Neulich war ich in diesem Laden und habe diesen winzigen Zobelmantel gesehen. Dazu gab es sogar eine passende Mütze und einen Muff."

„Mimi! Wag es nicht."

„Was? Ein Mädchen ist nie zu jung für Pelz oder Diamanten."

„Und was ist, wenn das Baby ein Junge ist?"

„Oh." Mimi schaute überrascht, als hätte sie diesen Gedanken bisher noch nicht in Erwägung gezogen. „Na ja, dann lasse ich einen winzigkleinen Smoking für ihn schneidern. Oh, und er bekommt pelzgefütterte Stiefelchen. Und wenn er ein bisschen älter ist, einen kleinen batteriebetriebenen Pick-up-Truck."

Elizabeth rollte die Augen. „Du bist unmöglich."

„Man wird nun mal nicht jeden Tag Tante."

„Oh Talitha, mir ist gerade etwas eingefallen", rief Iona aufgeregt. „Ich habe ein Häkelmuster für eine ganz allerliebste Babydecke. Morgen fange ich damit an."

„Gute Idee. Dann stricke ich ein paar Mützchen und Söckchen. Oh, und ich muss das stantonsche Taufkleid heraussuchen. Ich glaube, es liegt in einer Truhe auf dem Dachboden."

Elizabeth sah zu, wie die alten Damen vor sich hin schwatzten. Plötzlich fühlte sie eine solche Liebe im Herzen, dass ihr die Brust schmerzte und Tränen in ihre Augen traten.

Sie spürte Mimis Hand auf ihrer Schulter. Die Freundin beugte sich zu ihr und flüsterte ihr ins Ohr: „Du hast sie heute sehr glücklich gemacht, Süße. Und mich auch, übrigens. Gratuliere, kleine Mom."

Elizabeth legte ihre Hand über die von Mimi und sah durch einen Tränenschleier in das vertraute Gesicht. „Danke."

Als ihr Blick zu Max wanderte, lächelte er ihr so liebevoll zu, wie sie es bei ihm noch nie gesehen hatte. Gleichzeitig reckte er in einer beifälligen Geste den Daumen in die Luft.

Als sie an diesem Abend zu Bett gingen, verführte ihr

Mann sie mit einem langsamen, zärtlichen Liebesspiel. Jede seiner Bewegungen war sanft und behutsam. Elizabeth wusste, dass er sich diese außergewöhnliche Zurückhaltung wegen des Babys auferlegte. Und obwohl dazu gar keine Veranlassung bestand, ließ diese Rücksichtnahme ihr Herz vollends vor Gefühlen überfließen.

16. KAPITEL

Ein paar Minuten nach fünf Uhr am nächsten Morgen erlebte Elizabeth den ersten Anfall von Übelkeit. Sie setzte sich plötzlich im Bett auf, ihre Magen drehte sich um, und sie rannte ins Badezimmer.

Max kam gleich hinterher. „Was ist los? Bist du krank?"

Sie stöhnte nur. Der wiederholte Würgereiz hinderte sie daran zu antworten.

„Verdammt." Erschrocken griff Max in ihr Haar und hielt ihr die Strähnen aus dem Gesicht. Den anderen Arm legte er Elizabeth um die Taille, um sie zu stützen. „Du musst dir irgendeinen Virus eingefangen haben. Hast du Fieber? Oder vielleicht hast du etwas Falsches gegessen."

Elizabeth übergab sich noch mal. Schließlich wischte sie sich den Mund mit etwas Toilettenpapier ab. Sie richtete sich vorsichtig auf, unsicher, wie ihr flauer Magen reagieren würde. Dann warf sie Max von der Seite einen etwas gequälten Blick zu. „Ich habe keinen Virus, Max. Das ist Morgenübelkeit. Eine Schwangerschaft bringt das mit sich."

Er schaute entsetzt. „Meinst du das ernst? Es muss etwas geben, das der Arzt dir geben kann. Soll ich dich zur Notaufnahme bringen?"

„Nein. Auf keinen Fall. Das vergeht wieder."

Er schaute auf die hübsche französische Uhr, die auf dem Kaminsims im Schlafzimmer stand. „Wann? In zehn Minuten? In einer halben Stunde?"

Obwohl sie sich scheußlich fühlte, konnte Elizabeth ein Kichern nicht unterdrücken. „Oh, schon ein bisschen länger. Drei oder vier Monate sind normal, habe ich gehört."

„Monate? Es wird dir Monate so gehen?"

Sie beugte sich über das Waschbecken, spritzte sich kaltes Wasser ins Gesicht und spülte den Mund aus. „Man sagt, dass jede Schwangerschaft anders ist. Manche Frauen leiden überhaupt nicht unter Übelkeit. Aber nach allem, was ich gehört und gelesen habe, die meisten schon."

Sie drückte ein wenig Zahnpasta auf ihre Bürste und putzte schnell die Zähne. Die ganze Zeit über beobachtete sie Max im Spiegel. In seinem Gesicht las sie nacheinander die unterschiedlichsten Gefühle von besorgt über verwirrt bis entsetzt.

„Es muss doch etwas geben, was die Ärzte tun können. Verdammt, wir haben Menschen auf den Mond gebracht. Da muss man doch ein Mittel gegen Morgenübelkeit erfinden können! Muss man das wirklich alles überstehen, um ein Baby zu bekommen? Erst monatelang Übelkeit und Unbequemlichkeit und dann noch die Wehen? Es ist ein Wunder, dass die menschliche Rasse noch nicht ausgestorben ist!"

„Das wäre sie wahrscheinlich längst, wenn Männer schwanger werden und die Babys auf die Welt bringen müssten", antwortete Elizabeth mit einem ironischen Lächeln.

Sie hielt einen Waschlappen unter kaltes Wasser, drückte ihn aus und ging vorsichtig wieder zurück ins Schlafzimmer. Eine Hand presste sie auf ihren Magen. Max blieb an ihrer Seite, als sei sie eine Invalidin.

Als sie sich auf dem Bett ausstreckte, stöhnte sie vor Erleichterung. Sie legte sich den kalten feuchten Waschlappen auf die Stirn und schloss die Augen.

Fürsorglich deckte Max sie zu und steckte die Bettdecke um sie fest, als wäre sie ein Kind. „Wie fühlst du dich? Ist es besser?"

„Hmm. Schon. Mir ist immer noch ein bisschen übel. Aber wenn ich still daliege, ist es nicht so schlimm."

„Ich bin gleich wieder da", sagte er und eilte ins Badezimmer. Sie hörte es klappern und rascheln, dann kam er wieder: mit einem Glas Wasser, das er auf den Nachttisch stellte, und einem leeren Mülleimer.

„Ich stelle den Eimer gleich hier neben dich, dann musst du nicht aufspringen und rennen, wenn dir noch mal schlecht wird", erklärte er.

Sie machte ein Auge auf und blickte ihn an. „Danke", murmelte sie. Seine Aufmerksamkeit war rührend.

Auf Zehenspitzen ging er zu seiner Bettseite und legte sich so hin, dass er Elizabeth beobachten konnte. Er streichelte langsam mit seinen Fingerspitzen ihren Arm auf und ab.

Elizabeth lächelte. Nach und nach überfiel sie die Müdigkeit.

Als sie später am Morgen erwachte, war der Platz neben ihr leer. Dafür presste sich etwas Warmes, Weiches gegen ihren Hinterkopf. Sie stützte sich auf die Ellbogen und entdeckte, wo die Wärme herkam. Barcode, die sich zum Schlafen an ihrem Nacken zusammengerollt hatte, maunzte protestierend.

„Was machst du denn hier, Kätzchen?", murmelte Elizabeth. Sie warf einen Blick auf die Tür, aber die war geschlossen. Das bedeutete, Max hatte Barcode hereingelassen. Verschlafen warf sie einen Blick auf die Uhr und blinzelte ein paarmal, um klar sehen zu können.

Du lieber Gott! Es war schon beinahe Mittag! Noch nie in ihrem ganzen Leben hatte sie so lange geschlafen!

Sie schlug die Decke zurück und war schon dabei, aus dem Bett zu springen. Doch dann besann sie sich. Vorsichtig, um ihren Magen nicht wieder rebellisch zu machen, rutschte sie zur Bettkante, setzte sich auf und schwang die Beine auf den Boden. *So weit, so gut.* Vorsichtig stand sie auf und ging ins Badezimmer, während Barcode ihr um die Füße strich und ihr Bestes tat, sie zum Stolpern zu bringen.

Beinahe eine Stunde später hatte Elizabeth geduscht, sich

die Haare gewaschen, die Zähne geputzt und sich geschminkt. Gekleidet in eine bequeme Jeans, einen dicken rosafarbenen Pullover und flache Schuhe, fühlte sie sich bereit, den Tag zu beginnen. Sie ging die Treppe hinunter, während ihr das maunzende Kätzchen auf dem Fuße folgte.

Als sie an der Tür zum Salon innehielt, verspürte sie einen Augenblick tiefen Glücks. Ein loderndes Feuer brannte im Kamin. Ihre Tante und ihre Schwiegermutter unterhielten sich und tranken Kaffee, während sie geschäftig einen großen Korb mit Strickmustern durchsahen. Mimi hatte es sich in einem Sessel am Feuer bequem gemacht, die Füße unter den Körper gezogen, und las die Zeitung.

„Schau einer an! Wenn das nicht unsere süße werdende Mutter ist", rief Mimi, als sie Elizabeth entdeckte. „Dornröschen nach ihrem hundertjährigen Schönheitsschlaf."

„Guten Morgen", grüßte Talitha und musterte ihre Großnichte mit ihren scharfen Augen.

„Guten Morgen. Tut mir leid, dass ich so spät dran bin. Warum ist denn niemand von euch raufgekommen, um mich zu wecken?"

„Mein Sohn hat uns strengstens verboten, dich zu stören – darum. Er hat gesagt, du warst noch vor Morgengrauen auf und hast gespuckt wie ein Reiher. Und Max neigt nicht zu Übertreibungen", erklärte Iona voll mütterlichem Stolz. „Also wussten wir, dass du wahrscheinlich erschöpft bist. Jetzt komm her und setz dich."

Iona griff nach ihren Krücken und sprang auf. Sie bestand darauf, dass Elizabeth sich hinsetzte. „Da hast du es bequemer, Liebchen, weil du die Füße hochlegen kannst. Außerdem muss ich mich wirklich hier auf das Sofa zu deiner Tante setzen. Wir suchen Muster für Babysachen aus", erklärte sie.

Langsam dämmerte es Elizabeth, was für eine energische

Persönlichkeit ihre Schwiegermutter war. Vermutlich gehörte Iona zu den Frauen, die Jahrzehnte damit verbracht hatten, nur für andere da zu sein. Und nun, im Herbst ihres Lebens, fiel es ihr schwer, untätig herumzusitzen.

Iona sprang bei jeder Gelegenheit auf. Geschäftig flitzte sie hierhin und dorthin, immer darauf bedacht, das Leben für irgendjemanden leichter zu machen.

Mimi senkte ihre Zeitung, betrachtete Elizabeth über den Rand des Blattes hinweg und murmelte: „Entspann dich, Süße. Das macht es einfacher. Die beiden sind aufgedreht wie Brummkreisel."

Selbst wenn sie gewollt hätte, Elizabeth besaß einfach nicht die Energie, sich zu wehren. Sie ließ sich zu dem Sessel führen und legte gehorsam ihre Füße auf den Hocker, den Iona ihr hinschob. Noch bevor sie sich richtig hingesetzt hatte, sprang Barcode auf ihren Schoß.

Iona lachte. „Eigentlich hättest du diese Katze lieber ‚Schatten' nennen sollen. Das Tier weicht dir ja keine Sekunde von der Seite, wenn es das irgendwie vermeiden kann."

„Ich weiß", stimmte Elizabeth zu, während sie den Kopf des schnurrenden Kätzchens kraulte.

Gleichzeitig wandte sich Tante Talitha aufgebracht an Mimi: „Iona und ich sind nicht aufgedreht."

„Papperlapapp", schoss Mimi zurück. „Ich glaube, keine von euch beiden hat letzte Nacht auch nur zwei Stunden geschlafen, so aufgeregt, wie ihr wegen des Babys seid."

„Dazu haben wir auch allen Grund", erklärte Talitha. „Das letzte Kind, das in dieser Familie geboren wurde, war Elizabeths jüngerer Bruder Ian, Gott sei seiner Seele gnädig. Außerdem kommt das Baby schneller, als wir uns versehen. Iona und ich möchten darauf vorbereitet sein."

„Jawohl", stimmte ihre Verbündete zu.

„Oh, oh!" Mimi verdrehte die Augen. „Süße, du solltest aufpassen. Wenn die beiden sich zusammentun, sind deine Chancen, dich durchzusetzen ungefähr so groß wie die Wahrscheinlichkeit, dass es in Houston im August einen Schneesturm gibt."

Talitha wollte protestieren, aber in dem Moment kam Martha herein und brachte Kaffee, Tee und Cracker.

„Ich dachte, ich hätte Sie gehört, Miss Elizabeth", sagte die Haushälterin. Sie stellte das Tablett auf den Couchtisch und wandte sich mit einem strahlenden Lächeln zu Elizabeth um. „Ihre Tante hat mir die guten Neuigkeiten berichtet. Meine herzlichsten Glückwünsche, Miss! Sie werden eine großartige Mutter sein. Ich bin ja so aufgeregt! Wie wunderbar, endlich wieder ein Baby im Haus zu haben."

„Danke, Martha." Lächelnd ließ sich Elizabeth umarmen.

„Heißer Tee und Cracker für Sie, Kaffee für alle anderen", teilte ihr die Haushälterin mit. „Ich habe natürlich keine Erfahrung damit, schließlich bin ich alleinstehend. Aber man sagt doch, dass man mit heißem Tee und Crackern die morgendliche Übelkeit in den Griff bekommen kann."

„Stimmt! Ich glaube, das habe ich auch gehört", stimmte Talitha zu und nickte bedächtig.

„Oh ja", stimmte Iona zu. „Und ich weiß genau, dass ..."

Während die anderen sich angeregt über Schwangerschaften und Hausmittelchen austauschten, nahm Elizabeth einen Schluck Tee und wechselte amüsierte Blicke mit Mimi.

„Erwarten denn die Damen jemanden?", erkundigte sich Martha.

Die Frage wurde im Chor mit Nein beantwortet.

„Nun ja, da kommt gerade ein fremdes Auto die Auffahrt hoch."

Unbehagen erfüllte Elizabeth, aber sie unterdrückte das Gefühl schnell. Es war fast drei Wochen her, dass sie aus New York zurückgekehrt waren. Seitdem war nichts Beunruhigendes mehr geschehen.

„Also, wer um Himmels willen …“ Tante Talitha kniff die Augen zusammen, um besser durch die Spitzengardine nach draußen spähen zu können. „Ich frage mich, wer das sein könnte.“

„Vermutlich Troy, der Assistent von Max“, sagte Elizabeth. „Er sollte heute irgendwann vorbeikommen.“

„Nein, der junge Mann sitzt schon seit über einer Stunde im Arbeitszimmer. Sein Auto steht noch vorn.“ Mithilfe ihres Gehstocks erhob sich Talitha und trat ans Fenster.

„Setz dich, Tantchen. Ich gehe nachsehen“, sagte Elizabeth.

„Du wirst nichts dergleichen tun.“ Talitha drehte sich halb um und zeigte mit ihrem Stock auf Elizabeth. „Kein Herumspringen und Herumrennen. Nicht solange noch andere körperlich gesunde Menschen anwesend sind. Du bleibst sitzen, wo du bist, und entspannst dich.“

„Ich bin doch kein Invalide!“, protestierte Elizabeth. Trotzdem lehnte sie sich gehorsam in dem weichen Sessel zurück und streichelte das Kätzchen. Sie fühlte sich wie ein Kind, das man zurechtgewiesen hatte.

Talitha tat so, als hätte sie nichts gehört, stapfte zum Fenster und zog die Gardine zurück. „Also, ich glaube … Ja! Es sind Quinton und Camille. Oh, wie wunderbar!“

Elizabeth und Mimi warfen einander einen Blick zu und stöhnten. Aber sie taten es so leise, dass Talitha sie nicht hören konnte.

„Wer sind Quinton und Camille?“, fragte Iona.

„Die Enkel meiner verstorbenen Zwillingsschwester“, erklärte Talitha, „und Elizabeths Cousine und Cousin zweiten Grades.“

In Marthas normalerweise so freundliches Gesicht trat ein angespannter Ausdruck. Eilig stellte sie die benutzten

Tassen auf ihr Tablett und hastete zurück in die Küche.

„Die haben uns gerade noch gefehlt", murmelte Mimi, nur für Elizabeths Ohren bestimmt. „Ein Besuch von Prinzessin Camille. Mit Quinton ist es ja immer nett. Aber seine Schwester ist eine egozentrische, arrogante, unverschämte kleine Ziege."

„Bravo, Mimi, lass nur alles raus", antwortete Elizabeth mit einem schwachen Lächeln. „Aber du hast recht. Ich muss mich selbst immer wieder daran erinnern, dass Camille ganz genauso wie ich eine Großnichte von Talitha ist. Und meine Tante freut sich einfach, wenn die beiden zu Besuch kommen. Ich sollte besser gehen und sie begrüßen. Wenn ich es nicht tue, wird Camille eine Woche lang schmollen."

Widerwillig stand Elizabeth auf, setzte Barcode auf den Boden und ging in die Eingangshalle. Als sie dort ankam, riss Talitha gerade die Tür auf.

„Aber hallo! Was für eine Überraschung. Kommt aus diesem kalten Wind ins Warme und lasst euch umarmen", befahl Talitha.

„Oh mein allerliebstes Tantchen! Du kannst dir gar nicht vorstellen, was wir für Schwierigkeiten hatten, hierherzukommen. Unser Flug nach Houston wurde nach Dallas umgeleitet, und für den Rest des Weges mussten wir ein Auto mieten. Gott sei Dank ist Quinton ein guter Fahrer. Die Autobahnen waren stellenweise vereist", antwortete Camille ohne Atem zu holen. „Ich glaube fast, dass es hier kälter ist als in New York."

„Das ist sogar ziemlich wahrscheinlich."

„Hallo, Tante Talitha." Quinton umarmte die alte Dame und gab ihr einen herzhaften Kuss auf die Wange. „Wie geht's meiner Lieblingstante?"

„Hmpf. Das wüsstest du, wenn du öfter mal anrufen würdest, oder?"

„Oh, das trifft mich zutiefst, Schönste." Quinton hielt sich mit beiden Händen die Brust und stolperte ein paar Schritte rückwärts. Dann tat er so, als müsste er sich einen Dolch aus dem Herzen ziehen. „Aber du hast recht. Ich werde in Zukunft öfter anrufen."

„Hmpf. Darauf warte ich besser nicht mit angehaltener Luft."

„Hallo, Elizabeth." Camilles Begrüßung ihrer Cousine fiel deutlich kühler aus als die ihrer Großtante. Sie umarmte Elizabeth flüchtig und hauchte einen Kuss in die Luft.

„Tut mir echt leid, Cousinchen", flüsterte Quinton, als er Elizabeth herzlich an sich drückte. „Ich habe versucht, Camille diesen Überfall auszureden. Aber du weißt ja, wie sie ist, wenn sie sich etwas in den Kopf setzt. Sie war wild entschlossen, hier einfach hereinzuplatzen, komme, was da wolle. Da habe ich gedacht, ich sollte mich besser anschließen, um sie etwas zu zügeln."

„Danke", murmelte Elizabeth. „Ich bin froh, dass du da bist."

„Wo ist Leon?", erkundigte sich Tante Talitha. Sie schaute um Camille herum, als erwartete sie, jeden Moment den Ehemann ihrer Nichte zur Tür hereinkommen zu sehen.

Wie auf Stichwort füllten sich Camilles Augen mit Tränen. „Ach Tantchen. Es ist aus zwischen Leon und mir."

„Aus? Sag nicht, dass du schon wieder geschieden bist."

„Na ja, nicht offiziell. Noch nicht. Aber nach diesem Urlaub werde ich die Scheidung einreichen."

„Oh, um Himmels willen, du närrisches Kind! Wenn es in deiner Ehe Probleme gibt, was machst du dann hier?"

Camilles Kinn zitterte, und Tränen fingen an, ihre Wangen herunterzurollen. „Wo sollte ich denn in einer solchen Zeit sonst sein, wenn nicht bei meiner Familie?"

Elizabeth wunderte sich wieder einmal, mit welcher Leichtigkeit Camille die Schleusen öffnen konnte. Beinahe rechnete sie damit, dass ihre Cousine sich als Nächstes an die Stirn griff und wie eine viktorianische Jungfrau in Ohnmacht fiel.

„Hmpf. Ich werde dir sagen, wo du sein solltest, junge Dame: daheim bei deinem Mann. Gemeinsam solltet ihr versuchen, eure Probleme in den Griff zu bekommen. Du kannst nicht einfach deine Ehe wegwerfen, nur weil dir gerade danach ist oder etwas nicht nach deinem Kopf geht."

„Oh, du bist so gemein und herzlos", schluchzte Camille und betupfte ihre Augen. „Genau wie Großmutter Mariah immer gesagt hat."

Oh, du bist gut, dachte Elizabeth. Interessiert beobachtete sie, welche Schau ihre Cousine abzog. *Sehr gut.* Camille wusste genau, wie sie mit Menschen umgehen musste. Unvorteilhaft mit ihrer Schwester verglichen zu werden würde Talithas Herz so gut wie sicher erweichen.

„Oh, hat sie das gesagt? Hmpf. Dieses Spatzenhirn von einer Schwester hat ja schon immer viel gewusst." Talitha seufzte. „Jetzt, wo ihr schon mal hier seid, könnt ihr auch reinkommen. Was steht ihr denn noch da herum? Kommt in den Salon und macht es euch gemütlich."

Camille blinzelte ihre Tante unter tränennassen Wimpern hervor an. „Dann können Quinton und ich bleiben?" In ihre Stimme hatte sie ein mitleiderregendes Zittern gelegt.

„Natürlich könnt ihr bleiben, du albernes Huhn. Aber wir beide werden ein ernstes Wort miteinander sprechen müssen, bevor ihr abreist. Verstanden?"

„Ja, Tantchen", antwortete Camille ergeben.

„Gebt mir eure Mäntel", bot Elizabeth an.

„Wo ist Martha?", fragte Camille, als Elizabeth die Mäntel in der Garderobe aufhängte. „Das wäre doch ihre Aufgabe. Also wirklich, Elizabeth, du bist viel zu lax im Umgang mit deinen Bediensteten. Es ist niemals klug, die Linie zwischen Arbeitgeber und Angestellten zu verwischen."

„In Zukunft werde ich daran denken. Kommt doch in den Salon, dann könnt ihr meine Schwiegermutter kennenlernen."

„Oh, stimmt ja. Du hast ja gerade geheiratet. Das hätte ich beinahe vergessen."

„Glaub das bloß nicht", flüsterte Quinton seiner Cousine zu. „Seit sie herausgefunden hat, dass du wieder geheiratet hast, wollte sie unbedingt herfliegen. Sie hat keine Ruhe gegeben, weil sie unbedingt einen Blick auf deinen neuen Mann werfen wollte. Ich hab es nur geschafft, sie bisher daran zu hindern, indem ich ihr klargemacht habe, dass ihr jung verheiratet und in den Flitterwochen seid."

Elizabeth kannte ihren Cousin und ihre Cousine gut. Es fiel ihr nicht schwer, sich die Szene vorzustellen. „Nochmals vielen Dank", murmelte sie zurück, als sie in den Salon gingen.

„Iona, meine Liebe, ich möchte dir gern meine Cousine Camille Moseby und ihren Bruder Quinton vorstellen."

Sie begrüßten einander, und Elizabeth deutete auf ihre beste Freundin. „Und Mimi kennt ihr ja beide."

„Oh. Mimi", äußerte Camille, als sei ihr gerade ein unangenehmer Geruch in die Nase gestiegen. „Ich hätte dich hier gar nicht erwartet."

Mimi blieb ungerührt und grinste. „Tja, ich tauche eben wie ein falscher Heller immer wieder auf."

Camille rümpfte die Nase. „Das hast du gesagt, nicht ich."

„Jetzt reicht's. Hört auf damit", rief Tante Talitha und unterstrich den Befehl mit einem Aufstampfen des Gehstocks. „Kaum zur Tür herein, streitet ihr euch wie die kleinen Kinder.

„Du hast vollkommen recht, Talitha. Tut mir wirklich leid", sagte Mimi schuldbewusst.

Die alte Dame wandte sich mit scharfem Blick ihrer Großnichte zu.

Camille hatte die Lippen zusammengekniffen. „Ich? Warum sollte ich mich entschuldigen?"

Der Blick ihrer Tante ruhte weiter unverwandt auf ihr.

„Oh, na gut! Ich hätte das nicht sagen sollen."

„Beachte meine Schwester einfach gar nicht." Quinton beugte sich vor und gab Mimi einen Kuss auf die Wange. „Hi, meine Schöne. Du siehst gut aus, wie immer", sagte er mit einem verführerischen Zwinkern.

Camille warf ihrem Bruder einen verärgerten Blick zu und setzte sich aufs Sofa neben Iona.

Elizabeth ließ sich wieder auf ihrem Sessel nieder. Noch bevor sie sich richtig hingesetzt hatte, sprang Barcode gelenkig auf ihren Schoß und rollte sich zusammen.

„Igitt, du hast eine Katze! Elizabeth, du weißt doch, wie sehr ich Katzen hasse", äußerte Camille und zog eine Grimasse. „Die hast du doch nur angeschafft, um mich zu ärgern, oder?"

„Nein. Wieso hätte ich das tun sollen? Schließlich hatte ich keine Ahnung von eurem Besuch."

„Nun, jetzt sind wir aber hier. Kannst du das Tier also bitte nach draußen bringen, wo es hingehört?"

„In dieser Kälte? Auf keinen Fall. Barcode ist noch ein ganz junges Kätzchen."

Camille wandte sich an ihre Tante. „Tante Talitha, kannst du sie nicht dazu bringen, dieses Vieh rauszuwerfen? Das hier ist auch dein Haus."

„Nein, Liebes. Selbst wenn ich es könnte, würde ich es nicht machen. Das Kätzchen tut niemandem etwas. Es ist wirklich ein angenehmes Haustier."

„Ich sehe schon, wer hier wichtiger ist."

„Sei nicht albern, Camille", schimpfte Talitha. „Ich habe

euch alle drei sehr lieb, dich und Elizabeth und Quinton. Niemals würde ich einen von euch bevorzugen. So etwas auch nur anzudeuten ist beleidigend."

„Tut mir leid, Tantchen. Es ist nur so, dass ich zurzeit so aufgelöst bin. Du weißt schon, die bevorstehende Scheidung." Camille zog ein spitzengesäumtes Taschentuch hervor und tupfte sich elegant die Augen.

Ihre Tante schaute sie einen langen Moment an, dann nickte sie. „Na schön, Kind. Ich verzeihe dir. Also, um auf deine Ehe zurückzukommen. Warum um Himmels willen willst du dich von Leon scheiden lassen? Es wird ihm das Herz brechen."

„Oh Tantchen, du weißt ja gar nicht, was ich mit diesem Mann alles mitmachen musste!" Angesichts ihres neuen Publikums trug sie dick auf, als sie ihre Beschwerden über den vierten Ehemann auflistete.

Als sie die Litanei über all die Fehler des armen Leon beendet hatte, fragte Camille: „Wenn wir schon von Ehemännern reden, wo ist eigentlich dein neuer Gatte, Elizabeth?"

„Er und sein Assistent sind eben hinter das Haus gegangen", antwortete Talitha an ihrer Stelle. „Er hat irgendetwas davon gesagt, dass er Troy den neuen Hubschrauberlandeplatz zeigen will."

„Ach ja, richtig!" Elizabeth fiel plötzlich ein, welcher Tag war. „Sein neuer Hubschrauber soll heute irgendwann geliefert werden."

„Hmpf. Männer und ihre Spielzeuge", brummte Talitha.

Camille zog die Augenbrauen hoch. „Er hat seinen eigenen Helikopter? Dann muss er ja im Geld schwimmen."

„Sei nicht unverschämt, junge Dame", wies ihre Tante sie zurecht.

Um das Thema zu wechseln, sprach Elizabeth das Erstbeste aus, das ihr in den Sinn kam. „Weißt du, Camille, so froh Tante Talitha und ich auch sind, dich und Quinton zu sehen – ich hätte mir doch gewünscht, ihr hättet vorher angerufen."

„Warum sollte ich? Das ist das Haus meiner Ahnen ebenso wie deiner", erklärte Camille mit einem Naserümpfen.

„Es mag sein, dass dies auch das Zuhause deiner Vorfahren war. Aber nichts von diesem Besitz gehört dir oder Quinton. Zwei Drittel von Mimosa Landing und von diesem Haus sind in meinem Besitz. Punktum. Der Rest gehört Tante Talitha."

„Willst du etwa sagen, dass ich meine Tante nicht besuchen kann, wann immer mir danach ist?"

„Davon ist keine Rede. Ich will nur sagen, dass du so höflich sein solltest, vorher anzurufen. Zumindest um Martha die Gelegenheit zu geben, vorher die Gästezimmer herzurichten."

„Ach, pfft. Bedienstete haben zu tun, was man ihnen aufträgt. Es schadet ihr gar nichts, wenn sie sich mal ein bisschen schicken muss. Außerdem weiß ich zufälligerweise, dass Martha das Haus immer in makellosem Zustand hält."

In diesem Moment kehrte die Haushälterin in den Salon zurück und brachte frischen Kaffee.

Sie stellte das Tablett auf den Couchtisch und nickte den Neuankömmlingen zu. „Ms. Lawrence, Mr. Moseby. Wie schön, Sie wiederzusehen."

„Ms. Moseby, bitte, Martha."

„Oh. Verzeihen Sie bitte, Miss. Das wusste ich nicht."

Sie wandte sich ab, um zu gehen, aber Camille hielt sie auf. „Ach Martha, lassen Sie doch Truman oder einen der Arbeiter unser Gepäck hochbringen. Sagen Sie ihm, dass er meins in das blaue Zimmer stellen kann. Es sind die Koffer in Violett und Grau."

„Ich fürchte, das Zimmer ist schon belegt", erklärte Elizabeth. „Dort ist jetzt Mrs. Riordan untergebracht."

„Aber ... ich übernachte immer in dem blauen Zimmer", widersprach Camille beleidigt. „Kann sie nicht in einen anderen Raum ziehen?"

„Wenn es ein Problem gibt ..."

„Es gibt kein Problem, Iona", versicherte Elizabeth ihrer Schwiegermutter. „Camille, du verstehst offenbar nicht ganz: Iona ist kein Gast. Sie lebt jetzt hier. Das blaue Zimmer gehört ihr, und zwar auf Dauer. Und in Houston wohnt sie in dem gelb-blauen Raum."

„Aber ... ich gehöre zur Familie."

„Iona auch. Es gibt vier freie Gästezimmer, von denen du dir eins aussuchen kannst. Ich bin sicher, dass du eins findest, das dir behagt."

„Oh, na gut. Das grüne tut's auch."

„Tut mir leid, das ist auch schon belegt", meldete sich Mimi voll boshafter Schadenfreude. „Wobei darin natürlich zwei Betten stehen, falls du bei mir schlafen willst."

„Also bitte." Camille schauderte übertrieben. „Eher würde ich mir eine Matratze in den Wintergarten legen. Ach, lassen Sie meine Sachen einfach irgendwohin bringen."

Vom hinteren Ende des Hauses hörte man Männerstimmen. Einen Augenblick später betraten Max und Troy den Salon. Max ging geradewegs auf Elizabeth zu und drehte ihr Gesicht zu sich, um sie eindringlich zu mustern. „Geht's besser?", fragte er.

„Ja, vielen Dank", flüsterte sie zurück. Seine Wangen waren rot vom Wind, und von draußen brachte er eine kalte, beißende Frische mit.

Elizabeth stellte die beiden ihrer Cousine und ihrem Cousin vor. Während sich die Männer die Hände schüttelten, beobachtete sie Camille. Elizabeth musste sich auf die

Lippe beißen, um nicht laut herauszulachen. In den hellblauen Augen der Cousine stand so deutlich wie in einem Buch ihr Interesse zu lesen. Wäre Max ungebunden, dann hätte Camille sicher alles darangesetzt, ihn zu erobern.

Sie hatte sich nur kurze Zeit unterhalten, als Martha in der Tür erschien und verkündete: „Lunch ist serviert."

Während des gesamten Essens sorgte Camille wie gewöhnlich dafür, dass sie im Mittelpunkt stand. Den Großteil ihrer Unterhaltung richtete sie an Max und Troy. Dabei beschränkte sie sich auf belanglosen Tratsch über die bessere Gesellschaft von New York und Europa. Hin und wieder gelang es ihr, kleine Spitzen auf Elizabeth einfließen zu lassen.

Elizabeth beachtete sie nicht weiter. Sie hatte schon vor langer Zeit gelernt, die neidischen Bemerkungen und versteckten Anspielungen ihrer Cousine an sich abgleiten zu lassen.

„Sagen Sie, Troy", sagte Camille in ihrer verführerischsten Stimme, „sind Sie vielleicht mit den Bostoner Ellerbees verwandt?"

Troy nickte und löffelte schweigend Marthas hervorragende Hühnerbrühe mit grünem Chili.

„Oh, wusste ich's doch. Ich wusste es", frohlockte sie. „Sie sehen genauso aus wie Ihr Vater. Ich habe Ihre Eltern ein paarmal bei gesellschaftlichen Ereignissen getroffen. Sie heißen doch Martin und Joan, richtig?"

„Ja."

Camille runzelte nachdenklich die Stirn. „Ich glaube, ich habe sie seit Jahren nicht mehr gesehen. Sind sie ins Ausland gezogen?"

„Nein. Mein Vater ist vor einiger Zeit gestorben. Meine Mutter hat wieder geheiratet. Sie und ihr Mann gehen nicht viel aus."

„Oh. Ach so."

Troy antwortete nicht. Als Camille klar wurde, dass aus ihm nicht mehr an Gesprächsstoff herauszuholen war, wandte sie sich wieder ihrer Lieblingsbeschäftigung zu: Sticheleien gegen Elizabeth.

Sie warf einen missbilligenden Blick auf das Speisezimmer und seufzte übertrieben. „Elizabeth, Liebes. Ich will dich ja nicht kritisieren, das weißt du. Aber meinst du nicht, dass es an der Zeit wäre, hier einmal einen Innenarchitekten zu beauftragen? Übrigens auch für den Rest des Hauses. Reiß die Tapete und all das aufwendige Holz heraus und modernisiere das Gebäude etwas."

„Nein, das werde ich nicht tun. Die Küche und die Bäder verfügen über alle modernen Annehmlichkeiten, aber sie ordnen sich dem viktorianischen Stil des Hauses unter. Dieses Gebäude ist ein historisches Schmuckstück, wie es nicht mehr viele gibt. Und so soll es auch bleiben."

„Äh. Na ja, wenn es nach mir ginge, würde ich das Gebäude entkernen und es vollkommen neu gestalten."

„Dann können wir wohl von Glück sagen, dass das Haus nicht in deinem Besitz gelandet ist."

„Jetzt hör mal …"

„Camille, sei still. Hack nicht ständig auf Elizabeth herum. Sie ist sowieso schon in einem empfindlichen Zustand."

„Was? Bist du krank?" Sie warf Elizabeth einen vorsichtigen Blick zu und rückte etwas von ihr ab. „Wenn es etwas Ansteckendes ist, dann wünschte ich, du hättest es früher gesagt."

Tante Talitha lachte. „Camille, Liebes, du kommst wirklich ganz nach deiner Mutter. Sie war die egozentrischste Person auf Gottes weiter Welt, und du bist genau wie sie. Elizabeth ist nicht krank. Jedenfalls nicht so, wie du denkst.

Es ist etwas ... Familiäres."

„Etwas Fam..." Camille sog scharf die Luft ein. Ihr Blick huschte zu Elizabeth. „Oh mein Gott, du bist schwanger? In deinem Alter?"

Jetzt war Elizabeth an der Reihe zu lachen. „Ich werde am zweiten Februar dreiunddreißig, Camille. Noch bin ich nicht reif fürs Altersheim."

„Na, besser du als ich. Ich jedenfalls könnte mir nicht im Traum vorstellen, mir mit so etwas die Figur zu ruinieren."

„Hör nicht auf sie, Cousinchen, ich finde das großartig", mischte sich Quinton ein. „Gratuliere. Ich freue mich so für dich. Du wirst eine fantastische Mutter sein."

„Ach, halt den Mund, Quinton", fuhr ihn seine Schwester an. „Weißt du denn nicht, was das für dich und mich bedeutet?"

Ein verwirrter Blick glitt über das gut aussehende Gesicht ihres Bruders. „Dass wir einen weiteren Cousin oder eine weitere Cousine zweiten Grades haben werden?"

„Nicht das. Es bedeutet, dass mit der Geburt des Babys unsere Chancen auf null sinken, Elizabeth jemals zu beerben."

Quinton zuckte zusammen. „Camille, bitte."

„Was regt ihr euch alle so auf? Es ist wahr. Tante Talitha ist alt. Und wenn Elizabeth keine eigene Familie hätte, wären wir die Nächsten in der Erbfolge."

„Falls du sie überlebst", sagte Max. Seinen ruhigen Tonfall hatte Elizabeth inzwischen zu deuten gelernt: Er war das erste Anzeichen von Verärgerung, so wie glimmende Kohlen jäh ein Feuer aufflackern lassen können. „Man könnte das beinahe als Morddrohung gegen meine Frau auffassen."

„Ach, mach dich nicht lächerlich! So habe ich das nicht gemeint", versicherte Camille schnell. „Wir sind doch Blutsverwandte. Wir zanken und streiten uns, aber ich würde Elizabeth niemals ein Leid zufügen."

Max kniff die Augen zusammen. „Wie lange bleibt ihr?“

Unwillkürlich musste Elizabeth lächeln. Vor einem Monat noch wäre sie zusammengezuckt angesichts seiner unverblümten Art. Aber jetzt war sie dankbar für seine Direktheit. Sie hatte sich die ganze Zeit das Gehirn zermartert, wie sie unverfänglich das Gespräch auf diese Frage lenken konnte. Für Max war das kein Problem. Wenn er etwas wissen wollte, fragte er einfach.

Camille sah überrumpelt aus. Einen kurzen Moment lang erging es Quinton offensichtlich nicht anders, aber er erholte sich schnell. „Um ehrlich zu sein, wir haben noch keine festen Pläne gemacht. Normalerweise bleiben wir immer etwa einen Monat.“

„Ich verstehe“, sagte Max.

„Wenn wir euch zur Last fallen …“

„Nein. Ich war nur neugierig. Außerdem ist das hier Elizabeths Haus. Sie muss entscheiden, wer hierbleiben darf und wie lange. Als ihr Ehemann und der Vater ihres Kindes muss ich allerdings darauf bestehen, dass niemand sie aufregt. Der Nächste, der das tut, fliegt raus. Und zwar ehe er sich's versieht.“

Diese Ankündigung behagte Camille überhaupt nicht. Zwar presste sie die Lippen zusammen, aber sie blieb stumm.

„Ganz meine Meinung“, sagte Tante Talitha und warf Camille einen strengen Blick zu. „Max steht zu seinem Wort. Also würde ich dir raten, es nicht darauf ankommen zu lassen, Fräulein. Verstanden?“

„Na meinetwegen“, erwiderte ihre Großnichte schmollend.

„Gut. Wenn wir uns also darauf geeinigt haben, würden Elizabeth, Max und ich uns freuen, wenn ihr über die Feiertage bei uns bleibt.“ Talitha schaute zu Elizabeth und wartete auf ihre Zustimmung. „Nicht wahr, Liebes?“

„Was?" Elizabeth sah ihre Tante an. „Tut mir leid. Ich fürchte, ich war gerade etwas abgelenkt. Was war die Frage?" Um genau zu sein, hatte sie sich gewundert, wie schnell Max ihr zu Hilfe gekommen war. Obwohl sie wusste, dass seine Besorgnis in erster Linie dem Baby galt, vermittelte seine Unterstützung ihr dennoch ein gutes Gefühl.

„Ich habe gesagt, ich bestehe darauf, dass Camille und Quinton über Weihnachten bleiben. Meinst du nicht auch? Es wird so schön, einmal die ganze Familie beisammenzuhaben. Letztes Jahr haben Elizabeth, Mimi und ich allein gefeiert. Mit Martha natürlich."

„Oh … ach … ja. Ja, natürlich. Bitte bleibt hier."

17. KAPITEL

„Möchtest du mir erzählen, was zwischen dir und deiner Cousine abläuft?", erkundigte Max sich später, als sie sich fürs Bett fertig machten.

Elizabeth, die gerade dabei war, ihren langen schwarzen Rock aufzuhängen, den sie zum Abendessen getragen hatte, gab ein schwaches Lachen von sich. „Ist das so offensichtlich?"

„Hey, ich bin vielleicht nicht der sensibelste Typ, aber sogar ich konnte heute Abend Funken fliegen sehen. Was ist ihr Problem?"

„Es ist eine lange Geschichte. Bist du sicher, dass du sie hören willst?"

„Schieß los."

„Okay. Aber denk dran, du hast darum gebeten. Erinnerst du dich, wie ich dir von Mariah erzählt habe, der Großmutter von Camille und Quinton?"

Auf der anderen Seite des Ankleidezimmers war Max dabei, sein Hemd aufzuknöpfen. Dabei beobachtete er, wie Elizabeth ihren schwarzen Spitzen-BH abstreifte und in ein jadegrünes Seidennachthemd schlüpfte. Sie spürte seinen Blick. Vor ein paar Wochen noch hätte er sie verlegen gemacht, aber inzwischen war sie daran gewöhnt, von ihrem Mann betrachtet zu werden. Max war so natürlich, dass sie schnell ihre Hemmungen verloren hatte.

„Ja, ich erinnere mich. Sie war Talithas Zwilling, nicht wahr?"

„Genau." Elizabeth kehrte ins Schlafzimmer zurück. Max folgte ihr, knipste unterwegs das Licht aus und stieg in das aufgedeckte Bett.

Elizabeth blieb noch am Frisiertisch stehen, um kräftig ihr Haar zu bürsten. „Nach dem, was Tante Talitha und andere berichten, war Mariah jedenfalls halsstarrig und eigensinnig. Sie war kaum achtzehn, als sie mit Owen Moseby durchbrannte, sehr zum Missfallen ihres Vaters. Nicht dass du mich missverstehst: Die Mosebys sind eine gute Familie. Aber Owen war ein wilder und unsteter Bursche – das, was man damals einen ‚losen Vogel' nannte. Außerdem schickte es sich damals natürlich für junge Damen aus guter Familie nicht, einfach so durchzubrennen."

„Damals? Ich erinnere mich da an deine entsetzte Reaktion auf meinen Vorschlag, einfach in Las Vegas zu heiraten. Viel scheint sich seitdem nicht geändert zu haben", neckte Max sie.

Elizabeth warf ihm einen gespielt strengen Blick zu. „Willst du die Geschichte jetzt hören oder nicht?"

„Tut mir leid. Red weiter", antwortete er und unterdrückte ein Lächeln.

„Trotz seiner polterigen Art hat Urgroßvater Charles seine Tochter geliebt und furchtbar vermisst. Nach ungefähr einem Jahr hielt er das Zerwürfnis nicht mehr aus. Als Versöhnungsgeste bot er Owen einen Job an – einen sehr gut bezahlten Job. Hauptsache, seine Tochter käme wieder nach Hause zurück."

„Und, kamen die beiden?"

Max beobachtete, wie Elizabeth barfuß zu ihm herüberkam. Ihr prachtvolles glänzendes Haar umrahmte ihr Gesicht und fiel ihr über die Schultern. Unter dem langen Nachthemd mit den dünnen Trägern war ihr Körper nur zu erahnen. Jadegrüne Seide bauschte sich um ihre Brüste und verbarg bis zu den Knöcheln alles. Dennoch war es eines der aufreizendsten Nachthemden, die er jemals an einer Frau gesehen hatte – und er hatte da durchaus Erfahrung.

Ihm wurde bewusst, dass er es genoss, sie zu beobachten. Jede kleine Bewegung kam ihm so anmutig vor: der Schwung ihrer Hüften, ihr Gang, die Art, wie jeder Schritt ihre Brüste leicht wiegte.

Elizabeth kletterte ins Bett, zog ihr Nachthemd zurecht und legte sich neben ihn. Max holte tief Luft. Er liebte den zarten Duft nach Jasmin und Lilien, der sie einhüllte. Gab es auf der ganzen Welt einen schöneren Geruch als den einer süßen Frau? Falls ja, dann hatte er ihn jedenfalls noch nicht entdeckt.

Elizabeths nachdenklicher Blick blieb auf die Zimmerdecke gerichtet. „Unglücklicherweise hatte Owen nicht viel mit Arbeit im Sinn. Er lehnte das Angebot ab. Das war offenbar der Tropfen, der das Fass zum Überlaufen brachte. Tante Talitha sagt, dass sich ihr Vater und ihre Schwester nur noch heftiger zerstritten. Bis zum heutigen Tag behauptet sie, dass Charles Stanton an einem gebrochenen Herzen starb. Wie auch immer, seine Gesundheit verschlechterte sich jedenfalls von dieser Zeit an immer weiter. Sieben Jahre später erlitt sein einziger Sohn, mein Großvater Pierce, einen tödlichen Herzanfall. Anscheinend hat Urgroßvater Charles daraufhin einfach aufgegeben. Er verstarb nur neun Tage später."

„Hmm." Max lag auf der Seite, den Kopf auf eine Hand gestützt, und bewunderte das zarte Profil seiner Frau. „Ich will wirklich niemanden aus deiner Familie schlechtmachen. Aber ich könnte wetten, dass es Mariah dann auf einmal eilig hatte, nach Hause zu kommen."

„Oh ja. Sie und Owen saßen in dem ersten Flieger von Paris nach Houston. Sie waren sich ganz sicher, dass ihr Vater sie enterbt hatte. Deshalb nahmen sie gleich zur Beerdigung einen Anwalt mit, bereit, vor Gericht zu gehen. Du kannst dir vorstellen, wie überrascht sie waren, als das Testament verlesen wurde! Charles Stanton hatte verfügt, dass Mariah, Talitha und mein Vater alles zu gleichen Teilen erben sollten."

„Sogar ein Drittel des Familienvermögens muss noch ein ganz erklecklicher Batzen gewesen sein. Heutzutage müsste das mehr als dreimal so viel wert sein wie damals. Was ist also Camilles Problem?"

Elizabeth rollte sich auf die Seite, schüttelte ihr Federkissen auf und legte sich dann wieder hin, das Gesicht zu ihm gewandt. Sie lächelte ihm zu, so vertraulich und heimelig, wie sich verheiratete Paare zulächeln. Er fragte sich, ob sie sich dessen bewusst war.

„Mariah und Owen verlangten, ihren Anteil ausbezahlt zu bekommen."

„Machst du Witze? Das ist das Dümmste, was sie tun konnten."

„Ich weiß. Mein Vater versuchte sie davon zu überzeugen, aber er war damals erst zweiundzwanzig und kam frisch vom College. Sie wollten ihm nicht zuhören. Für sie war er nur ein grüner Junge, der keine Ahnung von Geld und Finanzen hatte."

„Was hat dein Vater gemacht?"

„Es gab nicht viel, was er tun konnte. Er hat ein Drittel unseres Besitzes zu Geld gemacht, mit Ausnahme von Mimosa Landing. Um Mariah ihren Anteil an der Farm auszubezahlen, musste er einen riesigen Kredit aufnehmen. Es hat ihn Jahre gekostet, ihn abzubezahlen."

„Lass mich raten", sagte Max. „Mariah und Owen lebten in Saus und Braus und verpulverten das ganze Geld."

„Sie taten zumindest ihr Bestes. Ein paar Jahre später kamen sie bei einem Lawinenunglück um, als sie in der Schweiz Skiurlaub machten. Colin Moseby, ihr einziges Kind, erbte alles, was vom Geld seiner Mutter noch übrig war. Er war der Vater von Camille und Quinton. Unglücklicherweise konnte er auch nicht besser mit Geld umgehen als seine Eltern. Aber eins muss man ihm lassen: Er wusste um diese Schwäche und machte sich Sorgen um die Zukunft seiner Kinder. Also hat er kurz vor seinem Tod sein gesamtes Vermögen, einschließlich des Hauses in New York, in einen Treuhandfonds überführt. Camille und Quinton erhalten monatlich eine große Summe. Die meisten Leute würden sich mit so einem Einkommen als reich bezeichnen. Aber für den luxuriösen Lebensstil, an den Camille als Kind gewöhnt war und den sie immer noch pflegen will, reicht es nicht."

„Okay. Dann begreife ich zumindest, warum sie auf ihre Großeltern und vielleicht sogar auf ihren Vater wütend ist. Aber was hast du damit zu tun?"

„Camille scheint zu glauben, dass sie und Quinton betrogen wurden. Immerhin war die Summe, die ihre Großmutter vor all den Jahren erhalten hat, deutlich weniger wert, als sie es heute wäre."

„Ach ja? Das ist doch der Lauf der Dinge. Hätten sie Mariahs Erbe investiert, statt es auszugeben, dann besäßen sie das Kapital noch, und vermehrt hätte es sich auch."

„Ich weiß das, und du weißt das. Wahrscheinlich sieht das jeder einzelne Mensch auf diesem Planeten so – mit Ausnahme von Camille. Wir haben alle irgendwann versucht, es ihr zu erklären. Sogar Quinton. Aber sie klammert sich an diese fixe Idee, dass sie und ihr Bruder zu kurz gekommen sind. Und sie glaubt, dass ich das ausgleichen sollte, indem ich ihr den Differenzbetrag zwischen dem, was Mariah erhalten hat, und dem heutigen Marktwert ausbezahle."

„Du machst ja wohl Witze?" Elizabeth schüttelte den Kopf und Max rollte mit den Augen. „Verdammt. Vom Geschäft hat sie keine Ahnung, aber für Frechheit bekommt sie eine Eins. Das ist doch verrückt! Wenn man dieser wirren Logik folgt, müsste jeder, der jemals einen Vertrag abgeschlossen hat, damit rechnen, dass der Verkäufer Jahre später noch mal vorbeikommt und mehr Geld verlangt. Du liebe

Zeit! Ich hab ja schon manchen Blödsinn gehört, aber das setzt doch allem die Krone auf."

„Sehe ich genauso. Aber sie ist stur. Sie glaubt, wenn sie mich einfach nur weiter piesackt, werde ich irgendwann nachgeben, nur um sie zum Schweigen zu bringen. In der Zwischenzeit löst sie ihre Geldprobleme dadurch, dass sie reich heiratet, sich scheiden lässt und dann ihren Ex auf Unterhalt verklagt. Der arme Leon ist schon der Vierte, dem es so geht."

„Nur ein Idiot würde eine Frau mit dieser Vorgeschichte heiraten."

„Nun ja, Camille schafft es innerhalb von Augenblicken, Männer um den Finger zu wickeln."

„Wie steht es mit Quinton? Wie denkt der über die ganze Geschichte?"

„Quinton ist ein Schatz. Hinter seinem Dandy-Gehabe steckt ein vernünftiger, intelligenter Mann. Gott sei Dank. Er weiß, dass er und seine Schwester keinen Anspruch auf das Vermögen der Stantons haben. Um die Wahrheit zu sagen, genießt er sein Leben so, wie es ist. Als alleinstehender, gut aussehender, heterosexueller Spross einer alten Familie ist er bei allen älteren Damen der Gesellschaft sehr beliebt. Gott sei Dank bewahrt er sogar die Fassung, wenn Camille zwischen zwei Ehemännern immer wieder zu ihm ins Haus der Familie zieht."

„Der arme Kerl."

Elizabeth kicherte. „Vermutlich ist er an sie gewöhnt."

Max strich eine Haarsträhne von Elizabeths Wange zurück. „Wird Camille es irgendwann schaffen, dich weichzuklopfen?"

Ihre Augen verengten sich. „Keine Chance."

Das entschlossene Glitzern in ihren Augen faszinierte Max. Elizabeth war so eine sanfte, elegante Frau. Es war leicht zu vergessen, dass sie unbeugsam wie Stahl sein konnte.

Er lächelte und beugte sich vor. „Gutes Mädchen“, flüsterte er, als sein Mund ihre Lippen berührte.

Angelo Delvecchio hielt sich noch nicht einmal zwei Stunden in Houston auf, und bereits jetzt hasste er die Stadt. Texas sollte heiß und trocken sein wie in alten John-Wayne-Filmen. Heiß, von wegen. Er war dabei, sich den Hintern abzufrieren.

Und was zur Hölle sollte dieser verdammte Regen? Es schüttete so heftig, dass er kaum die Straße vor sich sehen konnte, obwohl die Scheibenwischer auf Hochtouren liefen.

Noch ein Auto brauste an ihm vorbei, als käme er überhaupt nicht von der Stelle. „Ein Haufen verdammter Cowboys“, knurrte Angelo. Seit er den Flughafen verlassen hatte, begegnete er auf der Straße praktisch nur noch diesen gigantischen Monster-Pick-up-Trucks mit riesigen Reifen. Sogar Männer in Anzug und Krawatte fuhren diese Dinger, Hölle noch mal. In New York ging man mit einem Wagen wie dem schwarzen Sedan inmitten der anderen Fahrzeuge unter. Aber nicht hier. Der dunkle Cadillac, den er geliehen hatte, fiel auf wie ein bunter Hund.

Noch ein Pick-up raste an ihm vorbei. Angelo knurrte und verstärkte seinen Griff um das Lenkrad. „Schon mal was von ’nem Blinker gehört, du Idiot?“, beschimpfte er den anderen Fahrer. „Oder von einem Sicherheitsgurt?“

Angelo war ein vorsichtiger Fahrer. Sogar ein sehr vorsichtiger Fahrer, wenn er geschäftlich unterwegs war. Das Letzte, was er wollte, war, die Aufmerksamkeit eines Polizisten zu erregen.

Etwas Gutes hatte Texas aber doch: Hier gab es fantastisch aussehende Bräute. Mit ausladenden Kurven und Beinen bis zum Hals.

Und sogar die fuhren Pick-ups!

Der Verkehr war wahnwitzig. Diese verdammten Cowboys fuhren wirklich wie die Irren. Sie waren komplett verrückt, zur Hölle! Selbstmörder, alle miteinander. Er wollte nur rasch dieses Geschäft für seinen Boss erledigen und dann so schnell wie möglich nach New York zurückkehren, verdammt noch mal.

Angelo folgte den Anweisungen seines Navigationssystems und fand mit äußerster Vorsicht seinen Weg über verstopfte Autobahnen und Straßen. Schließlich bog er in die überdachte Auffahrt seines Hotels ein.

Mit einem Seufzer der Erleichterung hievte er seinen schweren und großen Körper aus dem Mietwagen und übergab dem Bediensteten die Autoschlüssel und ein Trinkgeld. Obwohl er ihre Hilfe nicht benötigte, gab er auch dem Chefportier und dem Gepäckträger ein Trinkgeld. Nicht zu viel und nicht zu wenig. Denn sowohl an das eine als auch an das andere Extrem würden sie sich später erinnern, falls sie von der Polizei befragt wurden.

Der Kleidersack, den er sich über die Schulter hängte, war sein einziges Gepäckstück. Er hatte nicht vor, lange zu bleiben.

Das gut aussehende Frauenzimmer am Empfang fragte: „Kann ich Ihnen helfen, Sir?“

„Ja. Ich hab ’ne Reservierung. Der Name ist Petrie. John Petrie“, sagte er und händigte ihr eine gefälschte Kreditkarte und, um sich auszuweisen, einen falschen Führerschein aus.

Die Frau warf kaum einen Blick auf die Papiere. Sie zog die Kreditkarte durch das Gerät, dann gab sie Angelo Karte und Führerschein zurück. Die ganze Zeit über genoss er den Anblick ihres Blusenausschnitts.

„Wie viele Tage wollen Sie bleiben, Sir?“

„Das weiß ich noch nicht. Lassen wir das mal offen. Ich

bin hergeflogen, um Weihnachten mit der Familie zu verbringen, aber wenn irgendwas passiert, kann es sein, dass ich schnell wieder los muss. Sie wissen ja, wie das mit den Geschäften so ist."

„Kein Problem, Mr. Petrie. Hier bitte, Sir", sagte sie und gab ihm eine Kopie des Anmeldebogens. „Zimmer 206. Kann ich sonst noch etwas für Sie tun?"

„Nein." Er war schon dabei, sich abzuwenden. Dann gab er vor, sich an etwas zu erinnern. „Hätte ich's doch beinahe vergessen. Haben Sie irgendwelche Pakete für mich?"

„Einen Moment, Sir. Ich sehe schnell nach."

Die Frau verschwand in einem Raum hinter der Empfangstheke und erschien kurze Zeit später wieder mit fünf kleinen Päckchen. Das braune Packpapier war an der Ecke des größten Paketes eingerissen und gab den Blick auf fröhliches rotes Weihnachtsgeschenkpapier frei.

„Das tut mir leid", sagte die Empfangsdame. „Aber ich glaube nicht, dass das Innere beschädigt worden ist."

„Kein Problem", sagte Angelo. „Das ist für meine fünfjährige Nichte. Sie zerreißt das ganze Ding sowieso innerhalb von Minuten. Darum habe ich die Geschenke für meine Familie hierher schicken lassen."

Sie lachte. „Klug von Ihnen. Wenn es noch irgendetwas gibt, was wir für Sie tun können, lassen Sie es uns bitte wissen. Wir wünschen Ihnen einen schönen Aufenthalt."

Auf dem Weg zum Aufzug warf Angelo einen Blick ins Hotelrestaurant und in die Bar. Es war erst kurz nach sechs, und schon saß eine vollbusige Blondine vor einem Drink. Vielleicht kam er später noch mal wieder und versuchte es bei ihr.

In seinem Zimmer im zweiten Stock schob Angelo den Türriegel vor, sicherte ihn mit der Kette und hängte seinen Kleidersack in den schäbigen Schrank. Dann entfernte er das braune Packpapier von den fünf Paketen und legte die bunten Weihnachtsgeschenke auf das Bett.

Verdammt, er fühlte sich durchgefroren. Auf dem Weg ins Badezimmer zog er sich aus. Dort angekommen, drehte er das heiße Wasser auf.

Zwanzig Minuten später kam er aus dem dampfenden Bad, schlüpfte in einen der hoteleigenen Frotteebademäntel und knotete den Gürtel zu.

Er dachte an die Blondine unten in der Bar. Sie war eine echte Versuchung. Aber jetzt, mit etwas klarerem Kopf, entschied er sich gegen das lockende Abenteuer. Es war besser, wenn ihn möglichst wenig Leute zu Gesicht bekamen. Außerdem konnte er seinen Hunger an seinem Opfer stillen.

Morgen. Wenn das Wetter sich besserte und er ein wenig Glück hatte.

Angelo hob die Speisekarte des Zimmerservice auf und bestellte einen Salat, eine Baked Potato und ein Steak zum Abendessen.

Eine Stunde später hatte Angelo zumindest die eine Art Hunger befriedigt. Er rollte den Essenswagen in den Gang hinaus, hängte ein „Nicht stören"-Schild an die Klinke und verriegelte die Tür erneut.

Während im Fernsehen ein Spielfilm ohne Ton lief, setzte sich Angelo aufs Bett und begann die Pakete auszupacken. Fünf Minuten später hatte er seine Glock zusammengesetzt. Er hielt die ungeladene Pistole auf Armeslänge von sich, zielte aufs Fenster und drückte ab. Das vernehmbare Klicken brachte erneut ein kaltes Lächeln auf seine Lippen. Perfekt.

Angelo lud die Waffe und legte sie unter sein Kopfkissen. Vorsichtig sammelte er jeden Fetzen rotes Geschenkpapier und sämtliche Schleifen ein und verstaute alles unten in seinem Kleidersack. Das braune Packpapier stopfte er in den

Mülleimer im Badezimmer. Nachdem er jedes Fenster und das Schloss doppelt gecheckt hatte, machte er den Fernseher und die Lichter aus, zog den Bademantel aus und legte sich nackt aufs Bett.

Er verschränkte die Hände hinter dem Kopf. Ein paar Sekunden lang genoss er einfach das Gefühl, sich der Länge nach auszustrecken und jeden einzelnen verkrampften Muskel zu entspannen.

Nachdenklich starrte er nach oben. Das Licht, das von draußen durch den Vorhangspalt ins Zimmer fiel, malte Muster an die Decke. Morgen würde er das Houstoner Haus seines Opfers auskundschaften. Nach allen Informationen, die sein Auftraggeber ihm gegeben hatte, war es der beste Ort, um zuzuschlagen. Die verdammte Auffahrt zu der gottverlassenen Farm war anderthalb Kilometer lang und von offenen Feldern umgeben. Es gab keine Möglichkeit, von der Straße zum Haus zu kommen, ohne gesehen zu werden.

Nein. Hier in Houston hatte er auf jeden Fall die besseren Chancen. Und die Villa hier lag auch verdammt viel näher am Flughafen. Mit etwas Glück war der Job erledigt und er selbst im Flugzeug zurück nach New York, bevor irgendjemand etwas von dem Mord bemerkte.

Morgen würde er herumfahren, die Gegend erforschen, das Kommen und Gehen der Angestellten und ihrer Arbeitgeber beobachten.

Angelo stellte sich Elizabeth Stanton vor und lächelte in der Dunkelheit.

Trotz Tante Talithas Warnung schaffte Camille es, ein paar spitzzüngige Bemerkungen anzubringen. Abgesehen davon blieb der Rest der Woche ereignislos. Dienstagmorgen fuhr Mimi wegen eines Termins nach Houston zurück. Am nächsten Tag brachen Max und Troy auf, um nach Dallas zu fliegen.

Als endlich der Freitag herankam, hatte Elizabeth genug von Camilles Getue, Genörgel und Gejammer. Sie konnte ihre Cousine keinen Tag länger ertragen. Deshalb gab sie ihrer Tante und ihrer Schwiegermutter einen Abschiedskuss, winkte den anderen zum Abschied zu und hastete aus dem Haus, Barcode im Katzenkorb bei sich.

Als Elizabeth eine Stunde später den Katzenkorb in das Haus in Houston schleppte, bemerkte Gladys nur: „Wenn Sie das Tier die ganze Zeit hin- und herschleppen, wird es niemals wissen, wo es zu Hause ist."

„Ich weiß. Es ist auch nur eine Notlösung. Aber ich mache mir Sorgen, dass Camille das Kätzchen nimmt und irgendwo aussetzt, wenn ich nicht da bin."

„Hmpf." Die Haushälterin füllte frische Katzenstreu in die Kiste im Wirtschaftsraum und ließ Barcode aus dem Korb.

Noch bevor Elizabeth dem alten Haushälterehepaar ihre guten Neuigkeiten mitteilen konnte, erkundigte sich Gladys bei ihr, ob sie krank war. Dooley saß am Küchentisch, trank Kaffee und las die Tageszeitung. Bei den Worten seiner Frau ließ er die Lektüre sinken und schaute über seine Lesebrille hinweg zu Elizabeth.

„Nein. Warum fragen Sie?"

„Gestern kam ein Anruf aus der Praxis von Dr. Wright, um Ihren Termin heute Nachmittag zu bestätigen. Ist irgendetwas nicht in Ordnung?"

„Doch, es ist alles wunderbar. Ich bin schwanger", eröffnete Elizabeth mit einem Lächeln.

Die beiden sahen erst überrascht, dann erfreut aus. „Ein Baby!", rief Gladys ganz aufgeregt. „Oh du liebe Zeit! Ein Baby! Wie schön!"

Die Haushälterin stürzte auf Elizabeth zu und umarmte sie. Diese atmete den Geruch von Kaffee, frisch gebackenem Brot und Vanille ein, der Gladys immer zu umgeben schien. Sie fühlte sich an ihre Kindheit erinnert, wenn sie sich das Knie aufgeschürft hatte oder gekränkt worden war und Gladys sie tröstete. Liebevoll erwiderte sie die Umarmung.

Sie wusste genau, dass Gladys und Dooley sich schon seit Jahren nach Enkelkindern sehnten. Aber keiner ihrer Söhne hatte ihnen welche geschenkt.

„Oh Kind, ich freue mich ja so sehr für Sie", sagte die Haushälterin, ließ Elizabeth los und wischte sich die tränennassen Wangen und Augen mit der Schürze ab. „Das ist so wunderbar. Oh Dooley, hast du gehört? Wir werden wieder ein Baby im Haus haben!"

„Natürlich habe ich sie gehört. Was glaubst du – dass ich taub bin?", schimpfte der mürrische alte Mann. Aber als er sich erhob und sich an Elizabeth wandte, wurden sein Gesichtsausdruck und sein Tonfall weicher.

„Ja, das ist wirklich wunderbar", sagte er. Jede Falte in seinem wettergegerbten Gesicht schien sich zu vertiefen, als er lächelte. Er zog Elizabeth an sich und umarmte sie unbeholfen, aber liebevoll. Sie drückte ihre Wange gegen seine Brust, als sie die Umarmung erwiderte. Dooley roch wie immer nach seinem Garten, nach Erde und frischer Luft.

Er ließ Elizabeth los und warf seiner Frau einen genervten Blick zu. „Seit dem Anruf gestern hat Gladys sich und mich und Miss Mimi in den Wahnsinn getrieben. Sie wollte unbedingt herausbekommen, was los ist. Es ist uns einfach nicht in den Sinn gekommen, dass Sie ein Baby erwarten könnten."

Er ergriff ihre Rechte und hielt sie zwischen seinen rauen, abgearbeiteten Händen. „Wir freuen uns wirklich sehr für Sie, Miss Elizabeth. Wirklich sehr. Es kommt mir beinahe so vor, als wäre es erst gestern gewesen, dass Ihre Mama, Gott sei ihrer Seele gnädig, genau hier an diesem Tisch saß und Gladys und mir sagte, dass sie schwanger ist. Wir könnten uns nicht mehr über dieses Kind freuen, wenn Sie unsere eigene Tochter wären."

Dooley hielt inne, nahm die Brille ab und rieb sich die Augen. Dabei tat er so, als sei er lediglich müde. Aber sowohl Elizabeth als auch Gladys sahen die Tränen, die er zu verbergen versuchte. Er räusperte sich und fügte mit rauer Stimme hinzu: „Tatsache ist, Sie sind immer wie eine Tochter für uns gewesen."

„Vielen Dank, Dooley. Ich habe Sie auch lieb", war alles, was Elizabeth herausbrachte. Ihr Hals war wie zugeschnürt.

„Da wir gerade von Babys sprechen: Sie sollten sich besser beeilen, oder Sie verpassen noch Ihren Termin", bemerkte Gladys.

„Oh! Ich habe gar nicht auf die Zeit geachtet." Elizabeth sprang auf, ergriff ihre Tasche und ging zur Tür. „Nein, Barcode, du kannst diesmal nicht mitkommen." Sie hob das Kätzchen auf und reichte es Gladys. Dann brach sie auf.

Im dritten Stock des Hauses gegenüber wurde ein Vorhang einen Spaltbreit zurückgezogen.

„So, so", murmelte Angelo bei sich. „Schau mal einer an, wer da ist. Wohin sind wir denn unterwegs, schöne Frau?"

Er ließ das Fernglas sinken. Was für ein Glück, dass er diesen Ort gefunden hatte! Er hatte das leer stehende Haus gleich bei seiner ersten Erkundungsfahrt entdeckt und ohne Probleme das Schloss aufgebrochen. Es war das reinste Kinderspiel gewesen. Die Garage hatte ihn kaum mehr Mühe gekostet. Dort hatte er sein Auto versteckt, falls ein neugieriger Polizist vorbeikam. Und die uralte Alarmanlage auszuschalten war genauso leicht gewesen.

Nur heute Morgen war es knapp geworden, als ein Makler mit ein paar Interessenten vorbeigekommen war, die sich das Anwesen ansehen wollten. Allerdings war Angelo nicht umsonst in seinem Geschäft der Beste. Er wusste, was zu tun war. Nie machte er Unordnung, nie entfernte er einen Gegenstand von seinem Platz, ohne ihn zurückzustellen. Deshalb verriet auch in diesem Haus nichts seine Anwesenheit: Türen und Fenster waren allesamt verschlossen, der Witz von Alarmanlage eingeschaltet.

Alles was er mitgebracht hatte, trug er bei sich. Die meisten Leute, die ein Haus in dieser Preislage kauften, kümmerten sich nicht um die Garage. Und falls doch, würden sie in neunundneunzig von hundert Fällen glauben, dass das Auto dem Hauseigentümer gehörte. Es gehörte nicht viel dazu, sich auf dem Dachboden zu verstecken, während der Makler die Kunden herumführte.

Jetzt war es noch zu früh für ein Abendessen, aber Angelos Magen war noch an die New Yorker Zeitzone gewöhnt. Vermutlich würde der Makler niemandem ausgerechnet jetzt das Anwesen zeigen. Trotzdem ging Angelo noch einmal alles ab, um sicherzugehen, dass er nichts Verdächtiges zurückgelassen hatte.

Als er fertig war, ging er beschwingt die große Vordertreppe hinunter. Durch die Küche verließ er das Haus. Er hatte vorsichtigerweise rückwärts in der Garage eingeparkt, falls er schnell verschwinden musste.

Angelo seufzte, als er seinen massigen Körper in den Fahrersitz wuchtete. Er träumte von einem italienischen Menü mit allem Drum und Dran. Aber er würde sich mit Fast Food begnügen müssen. Er wollte rechtzeitig auf seinem Posten sein, um die Rückkehr seines Opfers zu beobachten.

18. KAPITEL

War es möglich, so glücklich zu sein? Elizabeth betrachtete fast sechs Stunden später ihr Bild im Badezimmerspiegel. Sie lehnte sich weiter vor, tupfte Feuchtigkeitscreme auf ihr Gesicht und lächelte sich selbst zu.

Barcode wand sich um ihre Knöchel und maunzte. Aber Elizabeth reagierte nicht auf das Verlangen des Kätzchens, hochgenommen zu werden. „Nicht jetzt, Barcode. Ich bin beschäftigt. Aber wenn du brav bist, darfst du dieses eine Mal in meinem Bett schlafen, solange Max weg ist."

Als hätte sie ihre Worte verstanden, sprang Barcode auf den Marmorrand der Badewanne und begann ungeduldig hin- und herzuschleichen. Es sah aus, als wollte sie sagen: Nun? Worauf wartest du? Beeil dich.

Elizabeth musste über das vorwitzige Kätzchen lachen. Sie begann zwischen den Döschen, Flakons und Fläschchen herumzukramen, die auf dem Waschtisch standen, als Barcode den merkwürdigsten Laut ausstieß, den sie jemals von einer Katze gehört hatte. Sie schaute auf das Tier hinunter, und ihre Augen weiteten sich vor Überraschung. „Was in aller Welt …?"

Barcode machte einen Buckel. Sie zeigte die Zähne, und an ihrem hoch erhobenen Schwanz sträubten sich die Haare, sodass er aussah wie eine Flaschenbürste. Das Kätzchen ließ ein Geräusch zwischen einem Fauchen und einem Knurren ertönen, den Blick auf einen Punkt im Schlafzimmer hinter Elizabeth gerichtet.

„Barcode, was …"

Dann sah sie es im Spiegel – eine Bewegung in den Schatten hinter sich, so geringfügig, dass sie beinahe nichts bemerkt hätte. Elizabeths Herz fing an zu rasen. Das einzige Licht in dem anderen Raum kam von der Nachttischlampe.

Der Raum ist voller Schatten, versuchte sie sich zu beruhigen, während sie vorgab, auf dem Waschtisch herumzukramen.

Da war sie wieder, die langsame, verstohlene Bewegung. Oh Gott! Allmählich trat der Umriss eines Mannes zutage. Eines außerordentlich großen Mannes, der eine kurze Schnur hielt, die Enden um die Hände gewickelt.

Es war der Mann aus New York! Panik und Übelkeit stiegen in Elizabeth auf. Sie musste hier weg. Er war nur noch wenige Meter von der Badezimmertür entfernt. *Denk nach. Denk nach!*

Noch immer gab sie vor, ihn nicht gesehen zu haben. So gelassen wie möglich fuhr sie sich durchs Haar. Dann drehte sie sich unvermittelt um, schlug die Tür zu und verschloss sie mit dem altmodischen Riegel. Kaum war er eingerastet, als sich der Mann gegen die Tür warf.

Ein wütender Fluch ertönte. Wieder und wieder donnerte der massige Körper des Eindringlings gegen das Holz, aber es hielt stand. Zum Glück war an diesem Haus alles massiv. Eine moderne Tür hätte dem Angriff keine Sekunde standhalten können.

Voller Panik, barfuß und nur in ihr langes schwarzes Seidennachthemd gekleidet, rannte Elizabeth durch die Verbindungstür ins Ankleidezimmer. Barcode raste wie ein schwarz-weißer Blitz an ihr vorbei.

Elizabeth wagte nicht, das Licht anzumachen. Der unheimliche Mann hätte es durch die Türritze zwischen Ankleidezimmer und Schlafzimmer hindurch sehen können, und die Türen dieses Raums besaßen keine Riegel.

Das heftige Hämmern und Fluchen dauerte an. Bei jedem Schlag fuhr Elizabeth zusammen und unterdrückte das Bedürfnis aufzuschreien.

An Max' Anzügen entlang tastete sie sich vorwärts, bis

sie endlich die Tür fand, die in Edwards altes Schlafzimmer führte.

Vor lauter Hast wäre sie in den unbenutzten Raum beinahe hineingefallen. Während sie angestrengt lauschte, eilte sie durch das Zimmer und öffnete die Flurtür einen Spalt weit. Die dumpfen Schläge und Flüche kamen ihr sofort lauter vor. Die einzige Lichtquelle waren die Wandleuchter im Treppenhaus.

Elizabeth biss sich auf die Unterlippe. Sollte sie es riskieren wegzurennen? Der Mann konnte jede Sekunde aus dem Schlafzimmer kommen. Oder sollte sie versuchen, sich zu verstecken?

Ein Schuss, der in ihrem Schlafzimmer abgefeuert wurde, nahm ihr die Entscheidung ab. Ihr Überlebensinstinkt gewann die Oberhand. Elizabeth raste aus dem Zimmer und flüchtete so schnell die Treppe hinunter, dass ihre Füße kaum den Teppich berührten.

Anstatt zur Vordertür hinauszurennen, schlug sie instinktiv einen Bogen und rannte den Flur hinab. Sie hatte gerade das Arbeitszimmer erreicht und griff nach der Türklinke, als ein weiterer Schuss ungefähr auf Augenhöhe in die Tür einschlug. Holzsplitter flogen durch die Luft. Einer traf Elizabeth an der Wange, aber sie spürte den Schmerz kaum.

Als sie über die Schulter zurückblickte, sah sie, wie sich der Mann übers Treppengeländer beugte und mit der Pistole auf sie zielte. Oh Gott. Er war schon halb die Treppe herunter! Entsetzt flüchtete sie ins Arbeitszimmer, schlug die Tür zu und verschloss sie. Es war dunkel im Zimmer, aber sie machte sich nicht die Mühe, das Licht anzuschalten.

Etwas berührte ihr Bein. Mit einem Aufschrei zuckte sie zusammen. Die Hand vor den Mund gepresst, wich sie zurück, während sie krampfhaft versuchte, im Dunkeln etwas zu erkennen.

Oh Gott, hatte er einen Komplizen? Als ein jämmerliches Maunzen ertönte, sackte sie erleichtert gegen die Wand. Bis zu diesem Augenblick hatte sie nicht gemerkt, dass Barcode ihr gefolgt war.

Die schwerfälligen Fußtritte des grobschlächtigen Mannes kamen den Flur herunter. Elizabeth fing an zu zittern. Hastig schnappte sie sich das drahtlose Telefon vom Schreibtisch, schlüpfte durch die geschlossenen Vorhänge, öffnete die Terrassentüren und stürmte aus dem Haus in die eisige Nacht hinaus.

Einen Augenblick dachte sie daran, zu Dooleys und Gladys' Apartment über der Garage zu flüchten. Es lag näher als Mimis Haus, aber sowohl Dooley als auch Gladys waren schwerhörig. Sie aufzuwecken, wenn sie ihre Hörgeräte nicht trugen, war beinahe unmöglich. Dazu wäre schon ein Donnerschlag erforderlich.

Elizabeth nahm die Treppe von der Terrasse in einem Sprung. Im Rennen tippte sie die Notrufnummer ins Telefon.

„Polizei. Was für ein Notfall liegt vor?"

„Ein Mann versucht mich zu töten", keuchte sie.

„Zu töten?"

„J-ja. Er ist in mein Haus eingebrochen. Er schießt … auf mich. Beeilen Sie sich." Sie nannte ihre Adresse und beendete entgegen den Anweisungen der Frau das Gespräch. Im Moment musste sie sich darauf konzentrieren, dem Mann lebendig zu entkommen.

Elizabeth ignorierte die Trittsteine, die Dooley kunstvoll um Blumenbeete und Bäume herum verlegt hatte. Sie rannte geradewegs auf den schmalen Bogen in der Hecke zu. Wie eine Sportlerin beim Hürdenlauf sprang sie über Blumenbeete, niedrige Buchsbaumhecken, einen plätschernden

Bach. Während sie über Dooleys sorgfältig gepflegten Rasen eilte, wehte ihr Nachthemd wie ein schwarzes Segel hinter ihr her.

Bitte lass sie wach sein!, betete Elizabeth stumm. Bitte, bitte, bitte, lass sie noch wach sein!

Die gefrorenen Stoppeln des wintertrockenen Grases stachen ihr wie winzige Nadeln in die Fußsohlen. Ihr war eisig kalt, aber es war unmöglich zu sagen, ob das an den Minusgraden lag oder an dem Killer, der hinter ihr her war.

Ohne ihr Tempo zu verlangsamen, erreichte Elizabeth den engen Bogen in der Hecke. Der Mann feuerte erneut, und die Kugel schlug dicht neben ihrem Ohr durch die Zweige.

Elizabeth schrie auf und rannte auf die Glastüren zu, die zu Mimis Salon führten. Dort sah sie, wie ihre Freundin durch die Vorhänge lugte. Sicher hatte sie den Tumult draußen gehört.

Danke, lieber Gott, schickte Elizabeth ein stummes Dankgebet zum Himmel. Danke.

Sie hatte die Bewegungssensoren vergessen, die Mimi nach dem Tod ihres Ehemanns hatte einbauen lassen. Eine nach der anderen leuchteten die Lampen auf, als Elizabeth an ihnen vorbeirannte, und beleuchteten ihren Weg für den Killer.

Noch eine Kugel zischte an ihr vorbei, und Elizabeth schrie aus voller Kehle: „Mimi! Mimi, hilf mir!"

Elizabeths einziger Vorteil war jetzt, dass sie schneller rennen konnte als der schwergewichtige Mann. Sie nahm ihre ganze Kraft zusammen, obwohl sie das Gefühl hatte, dass ihr Herz bersten müsste.

Als sie über die kleine Azaleenhecke sprang und die Terrassenstufen hinaufhetzte, schrie sie aus voller Kehle. Endlich hatte sie die Tür erreicht und warf sich in voller Geschwindigkeit dagegen. Sie trommelte mit beiden Fäusten gegen die Scheibe. „Mimi! Mimi! Hilfe! Hilf mir!“

Ihre Freundin riss die Tür auf. Die Verwunderung stand ihr deutlich ins Gesicht geschrieben. „Süße, was in aller Welt machst du hier – zu dieser Tageszeit? Und im Nachthemd?“

„Er k-kommt“, keuchte Elizabeth. „Er ist ins Haus eingebrochen. Er v-versucht mich zu t-töten.“

„Was? Wer? Wer versucht dich zu töten?“

„Der Mann aus New York.“ Sie warf gerade rechtzeitig einen Blick über ihre Schulter, um zu sehen, wie sich ihr Verfolger durch den schmalen Durchlass in der Hecke zwängte. „Siehst du? Siehst du? Da kommt er. Oh Gott, ich hätte nicht herkommen sollen. Jetzt wird er uns beide töten!“

„Das wird er verdammt noch mal nicht tun“, erklärte Mimi und knurrte dabei wie eine Wölfin, die ihr Junges verteidigt. „Rein mit dir, Süße“, befahl sie und zerrte Elizabeth in den Salon.

„Mimi, wir müssen weglaufen. Er wird die Tür einbrechen. Er ist ein Riese. Es tut mir so leid – ich hätte dich da nicht mit reinziehen sollen.“

Ängstlich sah Elizabeth nach draußen. Der Hüne kam entschlossenen Schrittes über den Rasen auf das Haus zu. War er sich so sicher, dass er sie erwischen und töten würde? Oder fehlte ihm einfach der Atem, um zu rennen? Eines aber war klar: Noch nie hatte sie einen bedrohlicheren Anblick gesehen. „Oh Gott, er kommt näher“, flüsterte sie entsetzt.

„Mach dir keine Sorgen, Süße. Ich hab mir was besorgt, das hier für Chancengleichheit sorgt.“

Wenn Mimi nicht gerade in Abendgarderobe zu einer

eleganten Veranstaltung ging, liebte sie große, lässige Handtaschen. Mit ein paar Schritten war sie an der Garderobe, schnappte sich den Beutel, der dort lag, und versenkte den Arm bis zum Ellenbogen darin. Nach einer Sekunde des Kramens zog sie triumphierend einen riesigen Revolver heraus. „Ah, da bist du ja." Stolz zeigte sie ihn Elizabeth. „Jetzt frag ich dich, ist das Ding schön oder was?"

„Du meine Güte." Elizabeth konnte die Waffe nur ehrfurchtsvoll anstarren.

„Ja, ich weiß, was du meinst. Das ist schon was, gell?" Mimi hielt die Waffe mit beiden Händen und zielte damit auf die Decke. „Das ist eine .357 Magnum mit langem Lauf, die größte und übelste Kanone, die es gibt. Jetzt geh mal zur Seite, Süße, damit ich mich um diese Angelegenheit kümmern kann."

Elizabeth wusste nicht, was sie anderes tun sollte. Also gehorchte sie.

Mimi stellte sich auf die Schwelle der Terrassentür.

„Hey, Fettsack!"

Der Mann war so überrascht davon, angesprochen zu werden, dass er stehen blieb.

„Ja, ich rede mit dir, du halsloser Schläger. Hau ab! Hörst du? Runter von meinem Grundstück. Und zwar sofort!" Sie entsicherte die Waffe, zielte und drückte ab.

Peng!

Der Rückschlag des Revolvers riss Mimis Hände nach oben und ließ sie ein paar Schritte rückwärtsstolpern.

Im gleichen Moment schlug die Kugel in eine Kiefer ein, und ein kleiner Zweig fiel dem Hünen auf den Kopf. Er schrie überrascht auf und schlug nach dem Zweig, als würde er von einem Puma angegriffen.

„Oh nein! Du hast ihn verfehlt", rief Elizabeth.

„Verfehlt? Dass ich nicht lache. Süße, ich treffe genau das, worauf ich ziele. Ich habe nicht vor, diesen hässlichen großen Brutalo zu töten. Oder zumindest *noch* nicht. Ich wollte ihn nur verjagen. Mach dir keine Sorgen. Big Daddy hat mir das Schießen beigebracht. Mit diesem Baby hier treffe ich die Sommersprossen einer Mücke auf eine Entfernung von hundert Metern."

Glücklicherweise konnte man dasselbe nicht von dem Mann sagen, der gerade auf sie zukam. Er hatte sich von seinem Schrecken erholt und feuerte zwei weitere Schüsse ab. Eine Kugel schlug in den Türrahmen oberhalb von Mimis Kopf ein. Die andere zerschmetterte einen der kobaltblauen Blumentöpfe, die rechts und links von der Tür standen.

In der Wohnung von Gladys und Dooley über der Garage gingen die Lichter an. Zwar lagen die Häuser in dieser Gegend so weit auseinander, dass man gewöhnlich nicht viel von den Nachbarn hörte und sah, aber nun leuchteten noch ein paar andere Fenster auf.

„Oh! Ooooh. Jetzt schau sich das einer an!" Wütend stürmte Mimi auf die Terrasse, um den Schaden zu begutachten. Sie wirbelte herum und hielt die Waffe mit beiden Händen gepackt. „Du hast meinen Blumentopf zerschossen, du widerlicher Wurm! Big Daddy und ich haben diese Dinger durch drei Flughäfen geschleppt und uns mit einem arroganten französischen Zollbeamten auseinandersetzen müssen, um die hierher zu bringen."

Der Mann beantwortete die Anklage mit einem weiteren Schuss.

„Oh! Jetzt reicht's!" Über alle Maßen verärgert stiefelte Mimi an den Rand der Terrasse. „Du hast vielleicht Nerven! Kommst mir nichts, dir nichts auf mein Grundstück und ballerst mit deinem lächerlichen kleinen Schießeisen auf meinen schönen Blumentopf."

Elizabeth huschte hinaus, packte Mimi am Arm und wollte sie fortziehen. „Mimi, um Himmels willen. Du bringst dich noch in Lebensgefahr."

„Ach was! Doch nicht wegen dieses Blödians. Der könnte nicht einmal das Hinterteil von einem Elefanten auf drei Schritte Entfernung treffen."

„Mimi. Bitte komm rein."

Doch Mimi befreite sich aus Elizabeths Griff.

Der Mann feuerte zwei weitere Schüsse ab, die direkt an ihr vorbeizischten.

„In Ordnung, Fettsack, ich hab dir eine Chance gegeben, deinen fetten Hintern unverletzt von meinem Grund und Boden zu schaffen. Aber wenn du eine Schießerei haben willst, du unwürdiges Stück Dreck, kannst du sie kriegen. Ich zeige dir gern, wie eine echte Kanone funktioniert." Sie zielte, entsicherte und ließ einen weiteren Schuss los.

Peng!

Der Mann schrie auf, fasste sein Bein und begann den Rückzug.

In der Ferne heulte eine Sirene auf und kam rasch näher.

„Ja, renn du nur, du Tunichtgut!", schrie Mimi, als der Schütze wieder zurück zum Durchlass in der Hecke humpelte.

„Hey! Was soll denn der Lärm da unten?", rief Dooley von der Treppe zum Angestelltenapartment aus. „Hey! Sie da! Was treiben Sie da?"

„Schnapp ihn dir, Dooley!", brüllte Mimi.

Erneut knallte ein Pistolenschuss, beantwortet von einem Krachen, das unverkennbar aus Dooleys Gewehr stammte. In der Nachbarschaft gingen noch mehr Lichter an.

Der grobschlächtige Mann stieß einen Schmerzensschrei aus.

Mimi jubelte und schwenkte ihre Faust in Siegerpose.

„Gut so, Dooley! Gib's ihm!"

Den Blick auf die Hecke gerichtet, rief sie: „Hast du das gehört, Süße? Ich glaube, Dooley hat ihm 'ne Ladung Spatzenschrot verpasst. So wie der Fettsack gequiekt hat, haben ein paar der Schrotkugeln es bis zu seiner Haut geschafft. Das wird tagelang wehtun, aber auf die Entfernung ist es nicht tödlich. Vorausgesetzt, der Typ ist ein Mensch. Ich fand, der sah eher wie 'ne Nacktschnecke im Anzug aus." Mimi lachte noch mal und vollführte auf ihren High Heels einen kleinen Siegestanz. „Ich wette, Dooley hat seinen feinen Ledermantel durchsiebt."

Erst jetzt fiel Mimi auf, dass Elizabeth kein Wort gesagt hatte. „Süße? Süße, wo … oh nein! Neiiiin!"

Elizabeth lag auf dem Rücken, die Augen geschlossen. Blut rann aus einer Wunde an ihrer linken Schläfe und bildete eine Pfütze auf den Steinplatten der Terrasse. Mehr Blut quoll aus einem Einschussloch in der rechten Schulter hervor und floss von dort über ihre Haut und die schwarze Spitze des Nachthemds.

„Was ist los, Miss Mimi?", rief Gladys, als sie über den Rasen auf sie zueilte. „Was ist passiert? Wer war der Mann? Was sollte die ganze Schießerei?"

„Oh Gott, oh Gott, oh Gott", murmelte Mimi wieder und wieder, während sie sich neben Elizabeth kniete. „Es ist in Ordnung, Süße. Du schaffst das. Ich versprech's. Bleib einfach bei mir. Hörst du? Bleib einfach nur bei mir." Sie warf den Kopf in den Nacken und schrie: „Dooley! Gladys! Hilfe! Hilfe! Elizabeth wurde angeschossen."

„Ich bin hier, Miss Mimi", sagte Gladys ächzend und stöhnend, weil sie so schnell gerannt war. Auf Elizabeths anderer Seite fiel sie auf die Knie. „Oh mein Baby! Mein armes, armes Baby!"

Wie aus weiter Ferne hörte Mimi Reifen quietschen, als

ein Fahrzeug davonraste. Der Killer flüchtete. Aber im Augenblick war für sie nur eines wichtig: ihre Freundin.

Dooley tauchte aus der Dunkelheit auf, seine alte Donnerbüchse über die Schulter gehängt.

„Grundgütiger Himmel“, murmelte er. „Lebt sie noch? Hat sie Puls?“

Mimi tastete mit Fingerspitzen den Hals der Freundin ab. „Das ist ein Puls, aber er wird schwächer. Wir müssen die Blutung stoppen.“

Gladys schaute zu ihrem Mann auf und wies ihn an: „Bring mir eine dieser warmen Decken vom Sofa und ein paar saubere Handtücher.“

„Es sind noch welche im Trockner“, rief Mimi ihm nach.

Dooley kehrte innerhalb von Sekunden mit dem Gewünschten zurück.

„Ich gehe nach vorn, um die Polizei und den Krankenwagen einzuweisen“, erklärte er und verschwand im Dunkeln.

Mimi breitete die warme Decke über Elizabeth aus, während Gladys eins der Handtücher Mimi reichte. „Hier, drücken Sie das fest gegen die Kopfwunde.“

Sie selbst faltete das andere Handtuch und presste es auf die Schulterwunde.

„Oh Gott, Gladys“, sagte Mimi mit zitternder Stimme. „Da ist so viel Blut.“

„Ich weiß. Ich weiß. Kopfverletzungen bluten immer stark“, antwortete die ältere Frau. Obwohl sie noch kürzer angebunden klang als sonst, konnte Mimi die Angst in ihren Worten hören. „Halten Sie durch, Miss Elizabeth. Miss Mimi und ich sind bei Ihnen, Kindchen. Wir sind hier. Hilfe ist schon unterwegs. Können Sie mich hören? Sie schaffen es. Alles wird gut. Halten Sie einfach nur durch.“

Wie auf Stichwort fuhr ein Krankenwagen die Auffahrt hoch. Drei Rettungssanitäter sprangen heraus und rannten mit Notfallkoffern auf sie zu. Hinter ihnen folgte eine Gruppe von Polizisten mit Dooley.

Die Sanitäter kümmerten sich um Elizabeth, während ein Polizist begann, Fragen zu stellen.

„Ich sage Ihnen alles, was Sie wissen wollen, aber Sie müssen dafür mit ins Krankenhaus kommen“, erklärte Mimi. „Ich begleite Elizabeth.“

„Aber Ma'am, ich muss ...“

„Sparen Sie sich die Mühe, Junge“, sagte Dooley. „Sie haben gehört, was sie gesagt hat. Das Gleiche gilt für mich und meine Frau.“

„Ich hole nur meinen Mantel und meine Handtasche. Dooley, Sie und Gladys müssen laufen und holen, was Sie brauchen.“ Sie bückte sich und hob das verängstigte Kätzchen hoch, das zu ihren Füßen maunzte. Hastig reichte sie es der Haushälterin. „Und versorgen Sie Barcode.“

Ohne eine Antwort abzuwarten, rannte Mimi ins Haus. Weniger als eine Minute später kam sie wieder zum Vorschein. Sie trug den erstbesten Mantel, der ihr in die Finger gekommen war: den langen Zobel. Ihre Tasche hielt sie an sich gedrückt. Gerade in diesem Moment schoben die Rettungssanitäter Elizabeth auf der Trage in den Krankenwagen.

Mimi blieb wie angewurzelt stehen und presste die Hand auf den Mund, um nicht zu weinen. Elizabeth hatte einen Verband an der Schläfe, einen weiteren um die Schulter, einen Sauerstoffschlauch in der Nase und einen Tropf im Arm. In ihrem Gesicht war nicht mehr Farbe als in dem weißen Krankenhauslaken. Sie war so regungslos, als ob sie tot wäre.

„Kommen Sie schon, Miss Mimi“, sagte Dooley und legte

ihr die Hand auf die Schulter. „Sie dürfen jetzt nicht aufgeben. Miss Elizabeth braucht Ihre Stärke.“

„Er hat recht, Miss“, sagte Gladys. „Kommen Sie mit. Ich bringe das Kätzchen rein und schließe überall ab. Dann können wir los. Auf geht's.“

Die beiden drängten sie, sich ihnen anzuschließen, aber Mimi zögerte. Sie schaute den Rettungssanitäter mit einem flehenden Blick an. „Wird … wird sie es schaffen?“

Der Mann erwiderte ihren Blick mit einem Gesichtsausdruck, der ihr das Blut in den Adern gefrieren ließ. „Das kann ich nicht sagen, Ma'am“, antwortete er. „Wir haben sie stabilisiert. Jetzt liegt es bei den Ärzten, sie zu retten.“

Verzweifelt folgte sie Dooleys und Gladys' Ermahnung und trat zurück. Der Sanitäter kletterte hinten in den Krankenwagen.

Augenblicke später setzte sich die Karawane aus Polizeiautos, Krankenwagen und Mimis schnellem kleinen roten Sportwagen in Bewegung. Polizeiwagen mit Blaulicht standen am Straßenrand, während Polizeibedienstete dabei waren, den Tatort weiträumig mit gelbem Absperrband zu sichern. Überall in der Nachbarschaft sammelten sich Leute in Schlafanzug und Nachthemd und standen herum, um das Spektakel zu bestaunen.

Dooley, der von allen dreien noch am ruhigsten war, fuhr Mimis Auto. Fluchend kramte Mimi, die auf dem Beifahrersitz saß, in ihrer geräumigen Umhängetasche herum.

„Herrgott im Himmel, Mädchen, wonach suchen Sie denn in diesem Ungetüm?“, fragte Dooley.

„Mein Handy. Warum kann ich das verdammte Ding niemals finden, wenn ich es brauche?“

„Es steckt doch genau vor Ihrer Nase. In der Außentasche“, meldete Gladys sich vom engen Rücksitz aus. „Und können wir nicht ein bisschen schneller fahren?“

„Das Polizeiauto vorn hat die Sirene an, genau wie der Krankenwagen. Ihr Frauen müsst euch jetzt ein bisschen beruhigen. Wenn ihr die Nerven verliert, hilft das Miss Elizabeth auch nicht weiter."

Mimi drückte die Schnellwahltaste auf ihrem Telefon und horchte ungeduldig, während sie die Pieptöne am anderen Ende der Leitung zählte.

„Ja?", antwortete eine verschlafene Stimme am anderen Ende.

„Max, hier ist Mimi."

19. KAPITEL

„Wie geht es ihr?“, wollte Max wissen, sobald er in den Warteraum der Intensivstation stürzte.

Er sah mit einem Blick, dass alle versammelt waren, sogar Elizabeths Cousin und Cousine sowie die Angestellten von beiden Häusern. Alle, sogar Camille, hatten rot geweinte Augen. Am schrecklichsten aber war der Anblick von Gladys und Mimi mit ihren blutverschmierten Kleidern. Elizabeths Blut.

Max’ Angst stieg ins Unermessliche. Sie war doch nicht …? Sie konnte doch nicht …? Nein. Nein!

„Verdammt, kann keiner von euch hören?“, schrie er. „Ich will wissen, wo meine Frau ist und wie es ihr geht. Jemand soll mir erklären, was los ist. Und zwar auf der Stelle.“

Iona ging zu ihrem Sohn und fasste ihn am Ärmel. „Sie lebt noch, Junge. Aber …“

„Aber was?“, wollte er wissen.

„Sie ist … sie hat das Bewusstsein nicht wiedererlangt, seit sie angeschossen wurde.“

„Oh Gott.“ Max fuhr sich mit zitternder Hand durch sein bereits zerzaustes Haar. „Ich muss sie sehen.“

„Ich weiß, Junge. Ich weiß. Ich zeige dir, wo sie liegt, aber zuerst …“ Seine Mutter deutete mit dem Kopf auf Talitha. Ihr Gesichtsausdruck sprach Bände. „Die ganze Geschichte hat sie furchtbar mitgenommen“, flüsterte Iona. „Du weißt doch, wie sehr sie das Mädchen liebt.“

„Ja.“ Max wollte Elizabeth sehen. Berühren. Ihren süßen, weiblichen Duft genießen. Ihren Atem auf seiner Haut spüren. Er atmete tief ein und rief sich in Erinnerung, dass sie anderen Menschen auch wichtig war.

Talitha war so verzweifelt, dass sie ihn gar nicht zu bemerken schien, bis er vor ihrem Stuhl in die Hocke ging.

„Max! Oh, dem Himmel sei Dank, du bist hier!“, schluchzte

sie. Mit ihren knochigen alten Fingern klammerte sie sich an ihn, als wäre er ein Wunderheiler.

Er hob eine von Altersflecken gezeichnete Hand hoch und küsste sie.

Elizabeths Tante begegnete seinem ruhigen Blick, und ihre hellblauen Augen füllten sich erneut mit Tränen. Gewöhnlich sah Talitha immer gepflegt aus und hielt sich so majestätisch wie eine Königin. Aber in diesem Augenblick wirkte sie wie besiegt. In ihren Augen lag unendliche Müdigkeit. Innerhalb weniger Stunden schien sie um Jahre gealtert zu sein; Angst und Schmerz hatten die Falten in ihrem Gesicht vertieft.

An der nachlässigen Art, mit der sie ihre Zöpfe auf dem Kopf zu einem Krönchen gesteckt hatte, konnte man erkennen, dass sie aus tiefem Schlaf gerissen worden war. Etliche dünne Strähnen waren ihr entschlüpft und fielen um ihr Gesicht.

Sie klammerte sich an seine Hände. „Oh Max. Er hat auf sie geschossen. Irgendein fremder Mann hat sie …“ Sie brach ab, ihr Kinn zitterte. „In den Kopf geschossen.“

„Was?“ Max fühlte sich, als hätte ihm jemand einen Rammbock in den Magen gestoßen. Er wusste zwar, dass seine Frau angeschossen worden war. Aber über die Art und Schwere ihrer Verletzungen wusste er nichts.

Talitha war so benommen von ihrer eigenen Trauer, dass sie Max’ Schock gar nicht bemerkte.

„Warum, Max? Warum? Wer kann unserer Elizabeth so etwas nur angetan haben? Ich weiß nicht, was ich tun soll, wenn …“

„Nein. Sag das nicht. Das wird nicht passieren. Das darf nicht sein.“ Max richtete sich auf und schaute die anderen an. „Hat man euch irgendetwas Näheres über ihren Zustand gesagt?“

Talitha betupfte ihre Augen. Von Kummer überwältigt, konnte sie nicht sprechen.

Dooley schaute die anderen an, aber niemand schien geneigt, Max' Frage zu beantworten. Dooley räusperte sich. „Nun, Sir, der Arzt ist vor einer Weile zurückgekommen. Er sagte, dass sie … äh …" Er kratzte sich am Hinterkopf. Dann blickte er seine Frau an. „Was hat er noch mal genau gesagt?"

„Er sagte, dass sie Anlass zu vorsichtigem Optimismus haben", beendete Gladys den Satz für ihren Mann.

„Was ist mit dem Baby?"

„Das Gleiche. Vorsichtiger Optimismus."

„Das ist nicht genug. Wo ist sie? Ich will sie sehen."

„Sie liegt gleich auf der anderen Seite des Flurs, im ersten Abteil, wo die Vorhänge zugezogen sind. Aber warte, Junge", bat Iona und hielt ihn am Arm fest. „Das hier ist die Intensivstation. Die Besuchszeiten sind auf zehn Minuten alle vier Stunden beschränkt. Und auch dann darf immer nur eine einzelne Person zu ihr."

„Zur Hölle damit."

Max durchquerte den Flur und betrat das angegebene Zimmer. Die anderen eilten ihm nach und drängten sich vor der offenen Tür.

Die überraschte Krankenschwester, die neben Elizabeths Bett stand, blickte auf und sagte: „Es tut mir leid, Sir. Sie müssen wieder gehen."

Max ignorierte sie und trat zu Elizabeth.

„Sir? Haben Sie mich gehört?" Die Krankenschwester schickte sich an, um das Bett herumzukommen. Mit den Händen versuchte sie ihn wegzuscheuchen und sagte mit befehlsgewohnter Stimme: „Es tut mir leid, Sir, aber Sie müssen gehen. Besuchszeit ist erst wieder in zwei Stunden. Und dann immer nur jeweils eine Person …"

„Gut. Dann gehen Sie. Weil ich nämlich verdammt noch mal hierbleibe." Max packte die Frau am Oberarm und bugsierte sie aus dem Zimmer. An der Tür traten die anderen zurück, um ihr Platz zu machen.

Die Frau schnaubte empört und strich ihre Schwesterntracht glatt, als er sie losließ. „Nun. Das werden wir noch sehen."

Mimi packte die Gelegenheit beim Schopf und schlüpfte ins Zimmer. Von innen zog sie die Rollos an den großen Scheiben hoch, damit die anderen auch etwas sehen konnten.

Max hatte die Krankenschwester bereits vergessen und kehrte an Elizabeths Seite zurück.

„Elizabeth?" Er beugte sich über sie und ergriff ihre Hand – überaus vorsichtig, um ihr nicht wehzutun. Erschrocken bemerkte er, wie bleich sie war. Sie trug einen dicken Verband um die rechte Schulter, und auch ihr Kopf war verbunden. Max konnte nicht erkennen, wie viel man von ihrem schönen Haar abgeschnitten hatte.

Wie gewöhnlich reagierte Max mit Schroffheit auf die Angst, die ihn bei lebendigem Leib zu verschlingen drohte.

„Elizabeth? Elizabeth, wach auf. Hörst du mich? Hier ist Max. Wach auf. Und zwar jetzt, verdammt noch mal!", brüllte er.

Die anderen wechselten vor der Tür unbehagliche Blicke.

„Entschuldigung, bitte. Entschuldigung. Sie müssen hier jetzt alle verschwinden." Ein Arzt, gefolgt von der Krankenschwester von vorhin, drängte sich durch die Gruppe und in das Abteil.

Wieder warfen sich die Familienmitglieder Blicke zu, aber niemand rührte sich von der Stelle.

„Sir, ich bin Dr. Alexander. Ich muss Sie wirklich bitten zu gehen."

„Das können Sie tun, solange Sie wollen. Ich gehe nirgends hin."

„Sir, ich bestehe darauf."

„Nein", antwortete Max, ohne den Blick von Elizabeth abzuwenden. „Das ist meine Frau. Ich verlasse sie nicht."

„Ah, Mr. Riordan, nicht wahr? Ich weiß, dass Sie sich um Ihre Frau Sorgen machen, aber ich muss Sie bitten zu gehen", erklärte der Arzt. „Die Besuchszeiten sind begrenzt und …"

Max wandte leicht den Kopf und warf dem Arzt einen Blick zu, der diesen mitten im Satz verstummen ließ. „Ihre Regeln sind mir schnurzegal. Ich verlasse diesen Raum nicht, bis ich weiß, dass es meiner Frau gut geht."

„Soll ich den Sicherheitsdienst rufen, Doktor?", fragte die Krankenschwester.

Max kniff die Augen zusammen. „Glauben Sie mir, Sie haben nicht genügend Sicherheitskräfte, um mich aus diesem Raum zu entfernen. Aber machen Sie nur und rufen Sie Ihre Leute, wenn Sie eine Schlägerei wollen." Er drehte sich wieder zu Elizabeth um.

Tante Talitha, die mit den anderen in der Tür stand, straffte die Schultern und stampfte mit ihrem Gehstock auf dem Boden auf. Doch das Geräusch reichte nicht aus, um die Aufmerksamkeit des Arztes und der Krankenschwester zu erregen. Entnervt streckte sie den Gehstock aus und stupste die Krankenschwester von hinten gegen das Knie.

Die Krankenschwester schrie auf, als ihr Knie einknickte. „Au! Was …? Au! Wie können Sie es wagen …"

„Ach, seien Sie still. Sie sind nicht verletzt", schimpfte Talitha. „Doktor", wandte sie sich dann in ihrem herrischsten Tonfall an den Arzt.

Der Klang ihrer Stimme durchdrang Max' Sorge, und er blickte sich um. Talitha stand hoch aufgerichtet da, den Rücken kerzengerade, das Kinn gehoben.

Max grinste.

„Kennen Sie den Stanton-Flügel in diesem Krankenhaus?“

„Ja, Ma’am.“

„Und Sie, junge Frau?“, wollte sie von der aufgebrachten Krankenschwester wissen.

„Ja, natürlich kenne ich den Stanton-Flügel.“

Ein siegesgewisses Lächeln umspielte Talithas Mund. „Gut. Und wussten Sie, dass die Familie Stanton das gesamte Geld gespendet hat, mit dem der Stanton-Flügel seinerzeit gebaut wurde? Und dass Ihre Patientin das derzeitige Oberhaupt der Familie Stanton ist?“

Sie sah den beiden Krankenhausangestellten ins Gesicht. „Dachte ich mir doch, dass das nicht der Fall ist. Also, wenn Elizabeths Gatte bei ihr bleiben will, dann tut er das auch. Verstehen Sie mich?“

„Ja, Ma’am.“

„Und Sie, Doktor?“

Der Arzt betrachtete einen Augenblick lang Talithas strengen und Max’ bedrohlichen Gesichtsausdruck. „Es ist in Ordnung, Schwester. Mr. Riordan kann hierbleiben.“

Max achtete nicht länger auf den Arzt oder die Krankenschwester oder sonst jemanden. Egal was sie entscheiden würden, er würde nicht weichen.

„Wach auf, Liebling“, sagte er zu Elizabeth. „Hörst du mich? Ich habe gesagt, dass du aufwachen sollst. Verdammt, Elizabeth, wag es nicht, mir wegzusterben.“ Seine Stimme wurde wütend. „Wag es nicht, mich alleinzulassen. Ich könnte es nicht ertragen, ohne dich zu leben.“ Er wartete einen Moment, aber es kam keine Antwort. „Verdammt noch mal, Elizabeth! Ich liebe dich“, schrie er. „Hörst du mich? Ich liebe dich.“

Troy hatte die Aufgabe übernommen, sich um die Polizei und die Medien zu kümmern. Deshalb trat er erst in diesem Moment zu der Gruppe vor dem Krankenzimmer. Er stand mit offenem Mund da. „Ich will verdammt sein“, murmelte er bei sich. „Er ist in sie verliebt.“

Iona warf ihm über die Schulter hinweg einen verärgerten Blick zu. „Natürlich ist er in sie verliebt. Er hat sie geheiratet, oder etwa nicht?“

„Hör mir zu, Elizabeth. Du musst mir zuhören, verdammt noch mal! Ich liebe dich.“

Eine winzige Falte zeigte sich zwischen Elizabeths Augenbrauen, und sie bewegte ihren Kopf ein bisschen. „Schrei ... nicht ... so“, antwortete sie in kaum hörbarem Flüsterton. „Ich ... h-habe dich verstanden.“

„Haben Sie das gehört? Habt ihr das gehört?“, rief Max und sah sich nach dem Arzt um.

„Nun, dann lassen Sie mich mal sehen“, sagte der Arzt und trat an die andere Seite des Bettes. „Mrs. Riordan, können Sie mich verstehen?“

„J-ja“, flüsterte sie.

„Gut. Das ist wunderbar. Ich bin übrigens Dr. Alexander. Sie sind im Methodist Hospital in Houston, weil Sie angeschossen wurden.“

„Ange-geschossen?“

„Ja. Es kann sein, dass Sie sich momentan nicht mehr genau erinnern, aber mit der Zeit wird Ihnen alles wieder einfallen. Wahrscheinlich wenn die Schmerzen nachlassen.“ Der Arzt zog eine Stablampe aus seinem Kittel. Er zog zuerst das eine, dann das andere Augenlid hoch und leuchtete kurz in ihre Augen. „Wie fühlen Sie sich? Haben Sie Schmerzen?“

„K-kopf. Und ... Sch-schulter.“

„Ihr Kopf tut weh, ja? Nun, da bin ich ehrlich gesagt nicht überrascht. Und auch wenn Sie das im Augenblick wahrscheinlich nicht glauben, Sie haben großes Glück, dass Ihnen der Kopf wehtut. Dass Sie überhaupt hier sind und diese Schmerzen spüren können. Also entspannen Sie sich, während ich Sie noch etwas untersuche und dann mit Ihrem Gatten spreche, in Ordnung?“

Elizabeth setzte an zu nicken, schien es sich dann aber anders zu überlegen und gab nur einen zustimmenden Laut von sich.

Nachdem Dr. Alexander sie abgetastet und abgehört hatte, wandte er sich an Max. Mit einer Geste bedeutete er ihm, ein wenig vom Bett zurückzutreten.

Max gehorchte. Als sie das Krankenzimmer verließen, wurden sie sofort von den Wartenden vor der Tür umringt. „Das geht in Ordnung. Sie gehören alle zur Familie“, sagte er auf den fragenden Blick des Arztes. Dr. Alexander zuckte mit den Achseln und sprach dann mit gesenkter Stimme.

„Ich wollte nicht nur Ihre Frau aufmuntern, Mr. Riordan. Das hätte viel schlimmer ausgehen können. Die Kugel hat ihren Kopf hier“, er zeigte Max die Stelle, „genau über und hinter dem linken Ohr getroffen. Ich vermute, dass sie sich gerade umgedreht hat, als sie getroffen wurde. Oder falls die erste Kugel diejenige war, die ihre rechte Schulter getroffen hat, hat die sie gerade im richtigen Augenblick herumgewirbelt. Wie auch immer, sie hat großes Glück gehabt.

Wir glauben, dass beide Kugeln aus einiger Entfernung abgeschossen wurden. Das ist auch von Vorteil für sie. Die Kugel, die sie am Kopf getroffen hat, hatte einen Winkel, der sie ins Fleisch eindringen ließ. Aber wegen der Entfernung hatte sie nicht genug Wucht, um den Knochen darunter zu durchdringen. Stattdessen ist sie ein paar Zentimeter zwischen dem äußeren Knochen und dem Fleisch entlanggeschrammt, ehe sie hinten am Kopf wieder ausgetreten ist. Daher auch die fürchterlichen Kopfschmerzen.

Was die Schulterwunde angeht: Auch da hatte Ihre Frau sehr viel Glück. Die Kugel hat keine wichtigen Gefäße oder Organe getroffen. Sie wird vielleicht eine Weile Physiotherapie machen müssen, um die volle Beweglichkeit in Arm und Schulter wiederherzustellen. Aber das ist keine große Sache."

„Ich ... bin ... wirklich angeschossen worden?", fragte Elizabeth. Sofort lenkten alle ihre Aufmerksamkeit wieder zurück zu ihrem Bett. Die Patientin versuchte die Augen zu öffnen, aber offenbar überstieg das noch ihre Kräfte.

„Ja. Kannst du dich an irgendetwas erinnern, das letzte Nacht passiert ist?"

„Ich ... oh." Ihre Atmung beschleunigte sich. „J-ja. Der M-mann aus New ... York. Er ... er ... oh Gott! Muss hier raus ... schnell ... er kommt ..." In ihrer Aufregung gab sie verzweifelte Laute von sich und versuchte sich aufzusetzen. Einige Monitore über ihrem Bett fingen an zu piepsen.

„Ruhig, ganz ruhig", sagten der Arzt und Max wie aus einem Munde. Dr. Alexander legte Elizabeth die Hand auf den Arm. „Ganz ruhig, Mrs. Riordan. Sie sind jetzt in Sicherheit. Niemand kann Ihnen hier etwas tun. Entspannen Sie sich einfach."

„Max. Ich w-will Max."

„Ich bin hier, Elizabeth. Ich bin hier. Du bist bei mir in Sicherheit."

„W-wo?"

„Hier." Er nahm ihre Hand und hielt sie fest. „Ich bin genau hier bei dir. Ich gehe nicht weg."

„V-versprichst du's mir?"

„Auf jeden Fall."

Sie seufzte und ließ sich in die Kissen zurücksinken, nur um sich wieder zu verspannen. „Mein Baby? Oh Gott, Max, das Baby ..."

„Ihrem Baby geht es gut, Mrs. Riordan", antwortete der Arzt anstelle von Max. „Er oder sie hat das Ganze viel besser überstanden als Sie. Und ich möchte nicht, dass Sie sich über das, was passiert ist, Sorgen machen. Sie sind hier in Sicherheit. Wenn Sie sich wieder wohler fühlen und das Ganze besser verarbeiten können, wird Ihnen alles wieder einfallen. Für den Augenblick gebe ich Ihnen etwas gegen die Schmerzen."

Er drehte sich um und murmelte der Krankenschwester Anweisungen zu. Die Frau eilte aus dem Zimmer.

„Wird sie wieder gesund?", wollte Max wissen.

„Wir behalten sie für die nächsten achtundvierzig Stunden zur Beobachtung hier. Aber wenn sich ihr Zustand weiter verbessert, werden wir sie morgen für den Rest ihres Aufenthalts in ein VIP-Zimmer verlegen." Der Arzt warf Talitha einen Blick zu und zwinkerte ihr zu. „Im Stanton-Flügel. Wenn sich ihr Zustand nicht verschlechtert, bin ich zuversichtlich, dass sie Weihnachten zu Hause feiern kann."

„Oh, dem Himmel sei Dank", murmelte Talitha.

„Und was ist mit dem Baby?", fragte Mimi.

„Ich habe da nichts verharmlost, um Sie in Sicherheit zu wiegen. Dem Fötus geht es großartig. Das haben wir der schnellen Ankunft der Rettungssanitäter zu verdanken. Sie haben die Blutungen der Patientin gestoppt, dann innerhalb von Minuten eine Infusion gelegt und ihre Sauerstoffzufuhr gesichert. Wenn ich das richtig verstanden habe, waren sie schon unterwegs, als Mrs. Riordan angeschossen wurde."

„Das ist richtig", sagte Mimi mit stolzgeschwellter Brust. „Sie mag vielleicht aussehen wie ein Meißener Porzellanpüppchen, aber das Mädel hat Nerven wie Stahlseile. Einer der Polizisten hat mir gesagt, dass der Anruf von Elizabeth selbst kam. Während sie barfuß in ihrem Nachthemd über den gefrorenen Rasen gerannt ist, besaß sie noch so viel Geistesgegenwart, den Notruf zu wählen."

„Ja." Dooley nickte. „Einer sagte, sie haben die Schüsse gehört, noch ehe sie beim Haus waren. Er meinte, es klang wie eine ganze Schlacht."

Max runzelte die Stirn. „Wie viele Leute haben denn geschossen?"

„Nun, Sir." Dooley überlegte und kratzte sich wieder am Hinterkopf. „Da war dieser grobe Kerl, der hinter Miss Elizabeth her war. Miss Mimi, die ihm eins mit ihrer Magnum übergebrannt hat. Außerdem ein paar Warnschüsse, um ihm Angst zu machen. Und ich hab ihm eine Ladung Spatzenschrot aus meiner alten Donnerbüchse hinten reingejagt."

„Guter Gott." Max schaute von Mimi zu Dooley und wieder zurück. „Morgen will ich einen genauen Bericht über alles, was passiert ist. Und ich meine, alles. Nicht die verkürzte und geschönte Version, die ihr der Polizei erzählt habt."

Mimi warf ihm einen Blick zu, als könnte sie kein Wässerchen trüben. „Wer? Ich? Also, würde ich den Jungs jemals Informationen vorenthalten?"

„Ohne mit der Wimper zu zucken, wenn du denkst, dass es Elizabeth hilft."

Mimi schaute ihm direkt in die Augen. „Verdammt richtig. Aber zufälligerweise habe ich ihnen die volle Wahrheit gesagt. Und übrigens, Süßer, stell dich drauf ein, dass sich ein Detective Braddock bald bei dir meldet. Der ist für diesen Fall zuständig."

Dr. Alexander unterbrach den Schlagabtausch mit einem Räuspern. „Wie schon gesagt, wenn sich der Gesundheitszustand Ihrer Frau weiterhin verbessert, dann gibt es keinen Grund anzunehmen, dass Mutter und Kind das Ganze nicht wohlbehalten überstehen."

Zu Max sagte er: „Ihre Frau wird vermutlich einschlafen, sobald die Schmerzmittel wirken. Wenn Sie wollen, können Sie nach Hause gehen und sich ein bisschen ausruhen. Sie sehen selbst etwas mitgenommen aus."

„Ich bleibe", erklärte Max. Sein herausfordernder Blick warnte den Arzt, nur ja keine Einwendungen zu erheben.

Dr. Alexander lächelte nur und zuckte mit den Achseln. „Wie Sie wollen. Aber die anderen müssen gehen", ordnete er an.

Als die Menge sich widerwillig in Richtung Tür schob, zitterte Elizabeths Hand in der von Max.

„M-max?"

Er beugte sich über sie und strich ihr sanft eine Strähne aus dem Gesicht. „Ja, Liebling. Ich bin hier. Was ist los?"

„Ich ... ich ... liebe dich ... auch", flüsterte sie. Dann schlief sie ein.

Max betrachtete sie. Die Brust wurde ihm so eng, dass er kaum noch atmen konnte.

Das Erste, was Elizabeth am nächsten Morgen beim Aufwachen sah, war Max. Er saß vornübergebeugt neben ihrem Bett auf einem Stuhl. Den Kopf auf die überkreuzten Arme neben ihre Hüfte gebettet, schlief er tief und fest.

Das Gesicht hatte er ihr zugewandt. Elizabeth nutzte die Gelegenheit, ihn zu mustern. Seine Wimpern lagen wie Fächer über seinen hohen Wangenknochen. Die untere Gesichtshälfte zeigte einen dunklen Bartschatten, und sein schwarzes Haar war zerzaust. Müdigkeit und Sorge ließen die feine Narbe über der Nase deutlicher hervortreten. Irgendwann musste er Jackett und Krawatte ausgezogen haben. Er hatte die Ärmel hochgekrempelt, und die obersten zwei Knöpfe seines Hemdes standen offen. Er sah zerknittert und abgespannt aus. Sorgenfalten zerfurchten sein kantiges Gesicht.

Elizabeth versuchte die rechte Hand zu bewegen, aber ihre Schulter schmerzte zu sehr. Sie starrte den Kopf ihres Mannes an, sein kräftiges schwarzes Haar. Als die Benommenheit wich, konnte sie sich wieder an die Ereignisse des vorhergehenden Abends erinnern.

Sie warf einen Blick auf die Glaswände und die Tür. Beide waren mit Rollos versehen, die momentan heruntergelassen waren. Sie erinnerte sich daran, wie der Arzt ihr gesagt hatte, dass sie in Sicherheit war. Aber stimmte das auch? Ein Schatten auf der anderen Seite der Tür bewegte sich. Ihr stockte der Atem. Sogleich fing ein Monitor über ihrem Kopf an zu piepsen.

Max' Kopf fuhr hoch. „Was? Was ist los?"

Zwei Krankenschwestern rannten in den Raum. „Was ist los, Mrs. Riordan? Haben Sie Schmerzen?"

„Nein. Nein, ich dachte nur, ich hätte …"

„Was?", wollte Max wissen.

„Ich dachte, ich hätte jemanden draußen vor der Tür gesehen. Das ist alles. Vermutlich habe ich mir das nur eingebildet."

„Nein, hast du nicht", sagte Max. Er rieb sich müde mit der Hand über die Augen. „Du hast wahrscheinlich die Wache gesehen. Ich habe dafür gesorgt, dass die Polizei rund um die Uhr zwei Mann zu deinem Schutz abstellt." Er ging zur Tür und öffnete sie. „Officers, würden Sie einen Augenblick hereinkommen? Liebling, das sind Officer Murphy und Officer Palowski."

Elizabeth grüßte die jungen Polizisten höflich und dankte ihnen für ihre Mühen.

„Die Schicht der beiden dauert von drei bis elf", erklärte Max. „Um elf übernehmen zwei andere Kollegen ihren Posten und sind dann bis um sieben hier. Und zwei andere lösen sie um sieben ab und bleiben bis drei."

„Wie lange soll das so gehen?"

„So lange es nötig ist. Schau sie dir gründlich an, Elizabeth", befahl Max. „Ich möchte, dass du alle Wachen sofort erkennst, damit sich hier niemand in der Verkleidung eines Polizisten einschleichen kann."

Elizabeths Augen weiteten sich. „Glaubst du, dass er hierherkommen wird?"

„Nein. Ich glaube nicht, dass er es wagt. Es ist nur eine Vorsichtsmaßnahme."

„Ich verstehe."

Die beiden jungen Polizisten traten unruhig von einem Fuß auf den anderen und warfen sich unbehagliche Blicke zu. „Äh, Mr. Riordan, können wir Sie draußen sprechen?", fragte Officer Murphy.

„Was gibt es?", wollte Elizabeth wissen. „Was ist los? Ist etwas passiert?"

„Nein, Ma'am", versicherte Officer Palowski mit einem schuldbewussten Lächeln. „Nur ein kleines Terminproblem, das wir mit Ihrem Ehemann besprechen müssen."

Elizabeth wollte sagen, dass sie das auch in ihrer Anwesenheit klären könnten, aber die drei Männer verließen den Raum, bevor sie zu Wort kam.

Als die Tür sich geschlossen hatte, sah sich Officer Murphy um und senkte seine Stimme. „Es ist vielleicht nichts, Mr. Riordan, aber ich denke, Sie sollten Bescheid wissen."

„Ja. Ich höre", sagte Max voller Ungeduld. Er wollte an Elizabeths Seite zurückkehren.

„Nun, Sir. Ungefähr um sieben heute Morgen kam ein Mann, der einen riesigen Blumenstrauß trug, um Ihre Frau zu besuchen."

Augenblicklich hatte er Max' gesamte Aufmerksamkeit. Eine Falte formte sich zwischen seinen Augenbrauen. „Ein Mann? Was für ein Mann? Hat er seinen Namen genannt?"

„Er sagte, er wäre Mrs. Riordans Onkel Melvin."

„Meine Frau hat keinen Onkel. Weder Melvin noch sonst wie."

„Verdammt. Ich wusste, dass mit dem Kerl irgendwas nicht stimmt", verkündete Officer Murphy. „Der sah schon wie so ein Mafiagangster aus. Und er hat mit einem merkwürdigen Akzent gesprochen."

„Was meinen Sie, mit einem merkwürdigen Akzent? Italienisch? Französisch? Russisch?"

„Nein, Sir. Nichts dergleichen. Eher wie ein Yankee, der versucht, wie ein Texaner zu klingen."

Die Vorstellung hätte Max beinahe komisch gefunden, wenn er sich nicht solche Sorgen gemacht hätte. „Wie sah er aus?"

„Ein großer Kerl, so um die eins neunzig und ziemlich füllig. Dunkles Haar. Dunkle Augen. Kalt, aber dunkel. Ist meinem Blick ausgewichen. Ach ja, und ich hab gedacht, dass er irgendwie merkwürdig läuft. Greg ist anderer Meinung", erklärte Officer Murphy und nickte seinem Kollegen zu.

„Merkwürdig? Definieren Sie ‚merkwürdig'."

„Nun ja … es war nicht wirklich ein Humpeln. Aber ich hatte den Eindruck, dass er ein Bein nicht ganz belastet und sich sehr anstrengt, es nicht zu zeigen."

„Ja, vielleicht", stimmte Palowski zu. „Ich habe nicht drauf geachtet, wie er läuft. Mir ist der lederne Trenchcoat aufgefallen, den er getragen hat. Hat sehr teuer ausgesehen. Wenigstens von vorn. Von hinten sah der Mantel aus wie ein Sieb. Er hatte mehr als ein Dutzend winzige Löcher."

„Oh verdammt!", knurrte Max mit zusammengebissenen Zähnen. „Das war der Killer, der dreimal versucht hat, Elizabeth zu töten."

Er dachte einen Augenblick nach. „Sie beide bleiben

hier. Lassen Sie niemanden rein. Und ich meine, niemanden. Keine Ärzte, keine Krankenschwestern, keine Helfer, nicht Ihren besten Freund oder einen anderen Polizisten. Niemanden. Ich werde veranlassen, dass man Elizabeth verlegt. Und zwar sofort."

„Oh, es tut uns leid, Mr. Riordan, wir …"

„Kein Grund, sich Vorwürfe zu machen, Jungs. Wenigstens haben Sie ihn daran gehindert, es ein viertes Mal zu versuchen." Max schüttelte den Kopf. „Verdammt. Der Kerl hat Nerven. Kommt hierher, direkt nachdem er auf meine Frau geschossen hat. Und dass er Schmerzen hat, glaube ich gern. Mrs. Whittington ist sich sicher, dass sie ihn ins Bein geschossen hat."

„Sind Sie wahnsinnig? Sie können es doch nicht so schnell wieder versuchen."

„Verdammt noch mal, natürlich kann ich das", knurrte Angelo wütend in das Handy, das er zwischen Schulter und Kopf eingeklemmt hatte. „Und Sie werden mir helfen."

„Ich! Ich kann in diese Sache nicht reingezogen werden. Was glauben Sie eigentlich, warum ich Sie überhaupt angeheuert habe? Ich darf damit nicht in Verbindung gebracht werden."

„Zu schade", grunzte Angelo. Er saß nackt am Rand des Hotelbettes und tupfte eine entzündungshemmende Salbe in die Wunde an seinem rechten Oberschenkel. Verdammte neugierige, zudringliche, vorwitzige kleine Blondine. Wenn sie nicht gewesen wäre, dann könnte er jetzt daheim in New York sein, mit ein paar dicken Stapeln Hundertdollarnoten in der Tasche.

Verdammtes Weib. Kommt da in ihren lächerlichen Pfennigabsätzen rausgestapft und schießt mit einer großen Gangsterkanone um sich. Der Rückschlag allein hätte dafür sorgen sollen, dass sie sich auf den Hintern setzt. Für was hielt die sich bloß, eine Revolverheldin? Texaner – also wirklich. Ein Haufen Irrer.

„Ich sage Ihnen was. Ich spreche mit Ihrem Boss", sagte sein Auftraggeber. „Er wird einsehen, dass wir einen Aufschub brauchen. Er ist ein verständiger Mann. Überlegen Sie, wie verständnisvoll er war, was mich angeht."

Angelo hörte auf, seine Wunde zu verarzten. Er kniff seine Augen zu gefährlichen Schlitzen zusammen, obwohl er allein in dem komfortablen Hotelzimmer saß.

Behüte der Himmel, dass Tony Voltura von diesem Missgeschick Wind bekam! Er durfte nicht erfahren, dass sein Killer nicht in der Lage war, eine kleine Frau auszuschalten, nicht einmal bei drei Versuchen – vier, wenn man den morgendlichen Ausflug ins Krankenhaus mitzählte. Möglicherweise würde er glauben, dass er, Angelo, allmählich zu alt für den Job wurde. Falls es dazu kam, konnte er genauso gut sein Testament aufsetzen und seinen besten Anzug in die Reinigung geben. Dann wäre es um ihn geschehen. Er wusste von zu vielen Leichen im Keller.

„Hören Sie mir zu, und zwar gut", knurrte Angelo in sein Handy. „Wenn Sie über diese Sache mit Tony Voltura sprechen, wenn Sie ihn besuchen, wenn Sie ihm eine E-Mail schicken, wenn Sie auch nur daran denken, sich mit ihm in Verbindung zu setzen – verdammt, wenn Sie auch nur ein Rauchsignal senden –, dann sind Sie tot. Ist das klar?"

„Ich … ich …"

„‚Ja' ist das Einzige, was ich von Ihnen hören will."

„J-ja."

Angelo wartete ein paar Sekunden. Er konnte die Angst seines Gesprächspartners beinahe riechen. „Dann geht das in Ordnung. Und hören Sie auf, sich Sorgen zu machen. Ich hab alles schon geplant. Also, wir machen es so, dass …"

Max hatte nur fünf Minuten gebraucht, um die Zustimmung für die sofortige Verlegung von Elizabeth in den Stanton-Flügel zu bekommen und alle Hinweise auf ihren Aufenthalt aus den Krankenhausakten löschen zu lassen. Der fünfte Stock des Stanton-Flügels mit den VIP-Suiten war in sich abgeschlossen und besaß am Eingang eine Tür aus mehr als zwölf Zentimeter dickem Stahl. Niemand konnte die reichen oder berühmten Patienten, die häufig im Zentrum des öffentlichen Interesses standen, ohne ihre Zustimmung oder die ihrer Anwälte belästigen.

„Und? Was hat so lange gedauert? Was war so wichtig, dass ihr darüber nicht in meiner Anwesenheit sprechen konntet?", wollte Elizabeth wissen, sobald Max wieder da war.

„Wir verlegen dich in eine Suite im Stanton-Flügel. Erinnerst du dich? Dr. Alexander hat das letzte Nacht erwähnt."

„Warum? Ich brauche keine Suite. Ich bekomme auch hier gute Pflege."

„Ja, aber ich nicht. Es ist nicht genug Platz für ein zweites Bett."

„Oh Max, das tut mir leid. Wie selbstsüchtig von mir, daran nicht zu denken."

„Kein Problem." Max unterdrückte ein Grinsen. Es war nicht fair, Elizabeths fürsorgliche Ader gegen sie zu verwenden. Aber in diesem Fall war es zu ihrem eigenen Besten. Je weniger sie sich sorgte, umso besser.

„Was müssen wir packen? Was haben die mit deinen Sachen gemacht, als sie dich hergebracht haben?"

„Du meinst mein schwarzes Seidennachthemd, das von Rosendornen zerfetzt wurde, und meinen Slip? Das ist alles, was ich anhatte, als ich so gegen Mitternacht schreiend aus dem Haus gerannt bin. Wenn ich mich richtig erinnere, habe ich nicht einmal meine Hausschuhe getragen."

Max schauderte. „Ich mag überhaupt nicht daran denken."

„Setz dich, Max. Bitte", bat sie ihn, die Augenlider gesenkt. „Ich bekomme Kopfschmerzen, wenn ich zu dir hochschauen muss."

„Oh, in Ordnung. Die Pfleger werden sowieso jeden Augenblick kommen, um dich zu verlegen." Er ging zu ihrem Bett und nahm wieder ihre Hand. „Übrigens, hast du zufällig einen Onkel Melvin, von dem du mir nichts erzählt hast?"

„Nein. Warum?"

„Auch nicht mütterlicherseits?"

„Nein. Bitte, Max, sag mir, was los ist."

Max sah sie lange an. „Also gut. Ich habe versprochen, ehrlich zu dir zu sein. Ein großer dunkelhaariger Typ in einem schwarzen Ledermantel war vor zwei Stunden hier, um dich zu sehen."

Elizabeth spürte, wie ihr das Blut aus dem Kopf wich. „Oh mein Gott. Er wird nicht aufgeben, oder? Nicht bis er mich getötet hat."

„Oder bis wir ihn zu fassen bekommen." Max zog ein Bein hoch und setzte sich auf die Bettkante. „Ich werde nicht zulassen, dass er noch mal an dich rankommt, Elizabeth. Also mach dir keine Sorgen."

Sie lachte freudlos auf. „Das sagt sich so leicht. Aber ich kann die Gedanken nicht einfach abstellen. Na gut, dann erwischt er mich hier nicht. Aber wie sieht es aus, wenn ich heimkomme? In einer Woche? Oder einem Monat? Sechs Monaten? Dieser Mann hat schon bewiesen, wie hartnäckig er ist."

„Zuerst einmal: Ich werde nicht von deiner Seite weichen, bis das alles vorbei ist – weder aus geschäftlichen Gründen noch aus sonst irgendeinem Anlass. Außerdem bekommst du neben mir noch einen persönlichen Leibwächter, der rund um die Uhr bei dir ist, bis wir den Kerl und den Namen seines Auftraggebers haben."

Max streichelte ihren Handrücken und bewunderte den Unterschied zwischen seinen und ihren Händen. Seine waren groß, die Haut gebräunt. Etliche Narben erinnerten an seine Jobs in den Ölfeldern.

Elizabeths Hände waren glatt und makellos, so wie ihr ganzer Körper. Und sie waren so klein. Jede Bewegung war so anmutig wie der Flügelschlag einer Taube.

Er streichelte mit seinem Daumen über ihren Handrücken, wieder und wieder. „Erinnerst du dich an letzte Nacht?", fragte er, während er immer noch auf ihre ineinander verschlungenen Finger schaute.

Elizabeth folgte seinem Blick. „Ja. Ich erinnere mich", flüsterte sie.

„Erinnerst du dich auch, was ich gesagt habe?"

„Ja", antwortete sie, die Stimme noch sanfter.

„Diese Worte meinte ich ernst. Ich habe mich in dich verliebt." Er legte seinen Kopf auf die Seite und versuchte, in ihrer Miene zu lesen. Doch sie sah nicht auf.

„Ich … ich bin froh darüber", flüsterte sie.

„Gut. Erinnerst du dich daran, was du gesagt hast?"

„Ja."

„Hast du das gemeint?"

Endlich hob Elizabeth den Kopf und schaute ihm geradewegs in die Augen. „Ja. Ich habe das gemeint. Bist du sicher?"

„Ich war mir in meinem ganzen Leben noch nie so sicher, habe noch nie etwas so ernst gemeint", bekräftigte er, während er ihrem Blick standhielt. „Ich werde dich bis zu dem Tag lieben, an dem ich meinen letzten Atemzug tue, und noch länger, bis ans Ende der Zeiten."

„Oh Max." Elizabeth blickte ihn an, überwältigt von ihren Gefühlen. Glückstränen fingen an, ihre Augen zu füllen, und ihre Unterlippe zitterte. Plötzlich hatte sie das Gefühl, das Herz müsse ihr zerspringen vor lauter Liebe. Sie entzog ihre Hand Max' Griff und berührte die kurzen Haare an seinen Schläfen. Mit den Fingerspitzen zeichnete sie die Linien seines Gesichts nach, Wangen, Nase – zu dem wunderbar männlichen und bereits so vertrauten Mund. „Und ich liebe dich. Aus ganzem Herzen und ganzer Seele."

Ein Funke schien in den blauen Tiefen seiner Augen aufzuleuchten. Er beugte sich vor und berührte ihren Mund mit dem seinen. Es war ein sanfter, beinahe ehrfurchtsvoller Kuss. Lippen streiften Lippen, Atemzüge vermischten sich, Zungen berührten sich für nur einen Moment. Gleichzeitig überlief die Liebenden ein Schauer, da selbst diese verhaltene Zärtlichkeit ein Verlangen wachrief, das sie kaum im Zaum halten konnten.

Langsam lösten sich ihre Lippen voneinander, trennten sich beinahe, nur um sich wieder aufeinanderzupressen, noch einmal und noch einmal und noch einmal.

Als Max sich schließlich widerstrebend von Elizabeth löste, legte sie ihre freie Hand um sein Gesicht. „Seit wann weißt du, dass du mich liebst?"

„So genau kann ich das gar nicht sagen. Ich glaube, es ist mir erst allmählich bewusst geworden. Es hat angefangen, als wir das erste Mal auf Mimosa Landing waren, ein paar Tage nach der Hochzeit. Damals hast du mir die Farm gezeigt. Der Ausdruck in deinen Augen, die leidenschaftliche Liebe, die du für diesen Ort empfindest, das hat mich außerordentlich zu dir hingezogen. Aber auch andere Dinge haben meine Gefühle für dich verstärkt. Ich glaube, ich kenne keine andere Frau, die sich wünschen würde, dass ihre Schwiegermutter zu ihr zieht. Außerdem bin ich noch nie jemandem begegnet, der in strömenden Regen hinausspringt und eine Kleid im Wert von mehreren Tausend Dollar ruiniert, um ein dürres schmutziges streunendes Kätzchen zu retten."

Elizabeth zuckte mit den Schultern. „Ein Kleid ist nur ein Kleid. Ein Gegenstand, der ersetzt oder repariert werden kann. Dagegen ist ein Kätzchen ein lebendiges, atmendes Wesen. Dem Himmel sei Dank, dass ich sie gerettet habe! Barcode hat mir letzte Nacht das Leben gerettet."

„Wie meinst du das?"

Elizabeth berichtete ihm, welche Rolle das Kätzchen in den schrecklichen Ereignissen der vergangenen Nacht gespielt hatte.

„Von jetzt an wird Barcode das Leben einer Königin führen", versprach Max.

„Ich dachte, du ..."

Ein Klopfen an der Tür ließ sie zusammenzucken. Sofort stand ihr unverhohlene Panik ins Gesicht geschrieben.

„Ganz ruhig, Liebling. Ich bin hier bei dir." Max ging zur Tür und öffnete sie einen Spalt.

Draußen standen die Krankenpfleger, die gekommen waren, um Elizabeth zu verlegen.

Die VIP-Suite bestand aus einem großen Raum, der in Wohnzimmer und Schlafzimmer unterteilt werden konnte, wenn der Patient dies wünschte. Elizabeth dachte an ihre Tante und ihre Schwiegermutter und entschied sich, die verschiebbare Trennwand offen zu lassen. Dann konnten die beiden alten Damen es sich während ihrer Besuche auf den Lehnstühlen bequem machen.

Der Raum war mit der neuesten Krankenhaustechnik ausgestattet, aber die meisten Apparate waren geschickt getarnt, sodass sie sich den Schlafzimmermöbeln anpassten. Wo das nicht möglich war, hatte man sie hinter seidenbespannten Raumteilern verborgen.

Lange Brokatvorhänge und elfenbeinfarbene Gardinen schmückten die Fenster, und die Möbel aus Kirschholz und Walnuss waren im Queen-Anne-Stil gefertigt. Bei der Auswahl der Farben – weiches Blaugrün, blasses Pfirsich und Creme – hatte man auf ihre beruhigende Wirkung geachtet. Die gesamte Einrichtung wirkte elegant und bequem.

„Wenn ich mich richtig erinnere, hat Tante Talitha bei der Innenausstattung aller Suiten mitgewirkt", erklärte Elizabeth, als sie in dem Himmelbett lag.

„Ja. Das sieht ganz nach ihr aus", bemerkte Max und schaute um sich.

Die Pfleger wollten gerade die Suite verlassen, als jemand klopfte. Max öffnete die Tür einen Spaltbreit. „Was ist?"

„Es tut mir leid, dass ich Sie störe, Mr. Riordan", sagte Officer Palowski. „Aber Officer Braddock ist hier, um Sie zu sehen."

„Haben Sie seine Marke gesehen? Sind Sie sicher, dass er zur Polizei gehört?"

„Ja, Sir. Ich kenne ihn vom Sehen."

Max drehte sich zu Elizabeth um. „Wenn du zu müde bist, kann ich auch allein mit ihm reden."

„Nein. Ich möchte das hinter mich bringen."

Max ging hinaus, um dem Detective die Sicherheitstür am Eingang des Stanton-Flügels zu öffnen. Kurz darauf führte er ihn zu Elizabeth hinein und musterte den Mann, während dieser Elizabeth begrüßte.

Detective Braddock war von mittlerer Größe und Statur. Er hatte grau meliertes braunes Haar und ein durchschnittliches Gesicht, nicht gut aussehend, aber auch nicht hässlich. Ein Durchschnittstyp. Max schätzte, dass er ungefähr drei- oder vierundvierzig Jahre alt war.

Zu seiner Zufriedenheit wirkte der Detective wie ein gewiefter Polizist, entschlossen und beharrlich: die Art von Polizist, der man vertrauen konnte.

Als sie die Höflichkeiten hinter sich gebracht hatte, kam der Detective zur Sache.

„Wenn Sie sich gut genug fühlen und es Ihnen nichts ausmacht, dann würde ich jetzt gern Ihre Aussage aufnehmen."

„Es macht mir gar nichts aus. Ich war gerade dabei, meinem Mann alles zu erzählen, woran ich mich erinnere."

„Ah, sehr gut. Dann können wir sozusagen zwei Fliegen mit einer Klappe schlagen. Macht es Ihnen etwas aus, wenn ich Ihre Aussage auf Band aufnehme? Meine Handschrift ist sogar für mich selbst beinahe unleserlich."

„Nein, tun Sie das."

Der Mann zog einen kleinen Rekorder aus seiner Tasche, legte ihn auf ihr Kissen und drückte den Aufnahmeknopf.

„Hier spricht Detective Paul Braddock, vierzehntes Revier." Er nannte Datum und Uhrzeit, die Fallnummer und das Verbrechen. Dann machte er das Gerät kurz aus.

„Wenn ich wieder anschalte, möchte ich, dass Sie Ihren Namen sagen und Datum und Uhrzeit, so wie ich es gerade getan habe. Dann sagen Sie, wo Sie sich befinden und dass Sie diese Aussage freiwillig machen."

„In Ordnung."

„Und wenn ich nicke und zwei Finger hochhalte, dann erzählen Sie die ganze Geschichte von Anfang bis Ende und lassen nichts aus, auch nicht das kleinste Detail. Okay?"

„Ja. Ich werde mein Bestes tun." Elizabeth räusperte sich, bereit, anzufangen.

„Möglicherweise sage ich von Zeit zu Zeit etwas zur Klarstellung, aber Sie reden einfach weiter, wo Sie gerade waren."

„In Ordnung."

Detective Braddock setzte den Apparat in Gang, und Elizabeth folgte seinen Anweisungen. Nach den einleitenden Angaben schilderte sie den Ablauf des Abends.

„Ich kam von einem Dinner mit meiner besten Freundin, Mimi Whittington, in mein Haus in Houston zurück. Sie wohnt gleich nebenan. Wir haben gefeiert."

„Was haben Sie gefeiert, Mrs. Riordan?", fragte der Detective.

„Ich hatte gerade von meinem Arzt die Bestätigung erhalten, dass ich ein Baby bekomme."

Daraufhin hob der Detective den Kopf, einen Ausdruck der Überraschung auf dem Gesicht. „Ich verstehe. Meinen Glückwunsch."

„Ich habe Mimi abgesetzt und bin nach Hause gefahren. Zurzeit werde ich gegen zehn Uhr schlagartig müde. Egal. Meine Haushälterin und ihr Mann, der als Hausmeister bei mir arbeitet, hatten sich schon in ihre Wohnung über der Garage zurückgezogen. Daher nahm ich an, dass ich allein im Haus war. Nachdem ich abgeschlossen und die Alarmanlage angeschaltet hatte, bin ich nach oben gegangen, um mich wie jeden Abend bettfertig zu machen ..."

„Äh, entschuldigen Sie, Mrs. Riordan, aber sind Sie sicher, dass Sie die Alarmanlage eingeschaltet hatten?", unterbrach Detective Braddock. „Wir vergessen das alle hin und wieder."

„Ich bin mir absolut sicher. Außerdem waren alle Türen und Fenster verschlossen. Ich bin ein ordentlicher Mensch, Detective. Es gibt Dinge, die mir so zur Gewohnheit geworden sind – wie Zähneputzen und Haarebürsten –, dass ich sie automatisch erledige. Dazu gehört auch abschließen und die Alarmanlage anstellen."

Elizabeth fuhr mit ihrem gründlichen Bericht fort. Sie gab jede Kleinigkeit wieder, bis zu dem Moment, als sie hinaus auf die Terrasse gerannt war, um Mimi wieder zurück nach drinnen zu zerren.

„Ich glaube, in dem Moment bin ich angeschossen worden. Das Nächste, woran ich mich erinnere, ist mein Mann, der sich über mich beugt und mich anschreit, dass ich aufwachen soll. Den Rest der Geschichte müssen Sie sich von Mimi Whittington oder meinen Angestellten erzählen lassen.“

„Das haben wir bereits getan. Und ihre Aussagen stimmen mit Ihrer überein. Wir haben auch Ihr Haus durchsucht.“

Max runzelte die Stirn. „Ohne Durchsuchungsbefehl?“

„Brauchen wir nicht. Sowohl Ihr Haus als auch das Anwesen der Whittingtons gelten als Tatort. Außerdem hat uns Miss Talitha Stanton die Erlaubnis erteilt.“

„Und?“, hakte Max nach.

„Das Badezimmer hat einigen Schaden davongetragen. Immerhin hat der Täter versucht, das Schloss aufzuschießen. Aber dieses alte Holz ist hart wie Eisen. Und man kann diese altmodischen Schlösser zwar leicht knacken, aber gegen Gewalt sind sie äußerst widerstandsfähig. Der Täter hat es nicht ins Badezimmer geschafft.“

„Er muss mich gehört haben, als ich die Treppe hinuntergerannt bin“, sagte Elizabeth.

„Sehr wahrscheinlich. Abgesehen davon wurde nur die Tür zum Arbeitszimmer beschädigt. Wir haben eine Kugel aus dem Holz entfernt.“

„Ja. Das war der erste Schuss. Nachdem er erkannt hat, dass er mich nicht mit der Würgeschlinge überraschen kann, muss er zur Pistole gegriffen haben.“

„Sie sagen, dass Sie den Mann nicht kennen?“, fragte der Detective Elizabeth.

„Das ist richtig. Ich hatte ihn vor unserer Reise nach New York noch nie gesehen.“

„Hmm. Das ist eine Sache, die wir später noch besprechen müssen. Der Hintergrund meiner Frage ist, dass es keine Anzeichen für einen Einbruch gibt. Nirgends. Unser Mann ist mit einem Schlüssel reingekommen und hat die Alarmanlage ausgeschaltet."

Detective Braddock hatte vorsichtig gesprochen und seinen Tonfall neutral gehalten. Er beobachtete die Reaktionen der beiden Riordans. Sie schienen beide gleichermaßen überrascht zu sein.

„Sind Sie sicher?", fragte Elizabeth. „Ich schalte immer die Alarmanlage an. Das ist hier in Houston immer das Letzte, was ich tue, ehe ich mich für die Nacht zurückziehe."

„Verstehe", sagte der Detective. „Nun, entweder hat jemand dem Kerl einen Schlüssel und die Kombination für Ihre Alarmanlage gegeben, oder er ist ein Profi, was das Knacken von Schlössern und das Ausschalten von Alarmanlagen angeht. Können Sie mir eine Liste aller Leute geben, die über Schlüssel und die Codes für die Alarmanlage verfügen?"

„Hmm, das ist schwierig zu sagen. Ich weiß ganz sicher, dass es einige Leute abgesehen von mir und Max gibt, die Schlüssel haben und wissen, wie man die Alarmanlage abstellt. Da wären zum einen Tante Talitha, Mimi, Gladys und Dooley, aber wahrscheinlich sind das längst nicht alle. Die Schlösser sind seit … fünfzig oder sechzig Jahren nicht ausgewechselt worden. Vermutlich gibt es Generationen der Familie und der Angestellten, die Schlüssel besitzen."

„Ich würde empfehlen, in beiden Häusern alle Schlösser austauschen zu lassen."

„Das wird gerade von einer Sicherheitsfirma gemacht. Ich lasse auch die neuesten Alarmanlagen auf beiden Anwesen installieren", warf Max ein.

Überrascht sah Elizabeth ihn an. In ihrem Blick stand deutlich ein „Darüber unterhalten wir uns noch" zu lesen.

„Gladys und Dooley? Das ist das Ehepaar, das für Sie arbeitet?"

Als Elizabeth nickte, fuhr Detective Braddock fort: „Könnte es sein, dass die beiden irgendeinen Groll gegen Sie hegen? Vielleicht glauben sie, dass sie nicht genug Geld verdienen oder nicht genug freie Tage haben oder so etwas in der Art?"

„Auf keinen Fall", antwortete Elizabeth lachend. „Gladys und Dooley haben schon vor meiner Geburt für die Familie Stanton gearbeitet. Gladys hat meine aufgeschrammten Knie verarztet und mir den Hintern versohlt, wenn es nötig war. Niemals würden sie mir etwas antun."

„Es war Dooley, der dem Killer eine Ladung Schrot in den Rücken geblasen hat", erklärte Max.

„Aha." Der Detective kritzelte etwas auf seinen kleinen Notizblock. „Etwas Interessantes, das ich in Ihrem Haus gefunden habe, ist ein Fax. Es lag noch im Gerät und stammt von einem Detective Gertski in New York. In dem Schreiben teilt er Ihnen mit, dass er die Fahndungsfotos für eine fotografische Gegenüberstellung abgeschickt hat, über die Sie gesprochen haben. Weil ich neugierig war, habe ich New York angerufen und mit Detective Gertski gesprochen. Er hat mir von den beiden Mordanschlägen während Ihres Aufenthaltes dort erzählt. Glauben Sie, dass der Mann, der in Ihr Haus eingebrochen ist, derselbe ist, der versucht hat, Sie in New York zu töten?"

„Ja. Da bin ich mir sicher."

„Und Sie, Mr. Riordan?"

„Ich war nicht hier, also habe ich den Kerl letzte Nacht nicht gesehen, aber ich würde das auch vermuten."

„Hmm. Ich auch", stimmte der Detective zu. „Haben Sie

irgendeine Ahnung, wer hinter der Sache stecken könnte? Und wer ein Motiv hätte?"

„Nein, das ist ja das Problem. Natürlich bin ich alles andere als vollkommen, aber ich kenne niemanden, der mich so wenig mag, dass er mich umbringen lassen würde."

„Na gut. Dann wollen wir mal gemeinsam überlegen. Nennen Sie mir bitte die Namen aller Leute, die auch nur den geringsten Grund haben, Ihnen übelzuwollen."

„Nun ... als Erstes fällt mir mein Exmann ein. Aber immerhin hat er mein ganzes Geld gestohlen und ist mit meiner schlimmsten Feindin auf und davon. Deshalb würde ich sagen, dass er sämtliche Rachegelüste befriedigt haben sollte."

„Das weiß man nie", wandte Max ein. „Typen wie Edward haben eine verquere Weltsicht. Und sie selbst sind natürlich nie an irgendetwas schuld."

Der Detective grinste. „Stimmt. Von der Sorte bin ich selbst schon einigen begegnet."

„Dann ist da noch Natalie Brussard. Sie ist mit Edward abgehauen, um es mir heimzuzahlen – was auch immer. Vermutlich dachte sie, ich würde an gebrochenem Herzen sterben. Sie gibt mir wahrscheinlich die Schuld daran, dass ihre Affäre mit Edward nicht funktioniert hat. Als sie nach Houston zurückgekommen ist und entdeckt hat, dass ich wieder glücklich verheiratet bin, hat sie vor Wut gerast."

„Wie steht es mit deinem Cousin und deiner Cousine?", fragte Max.

Elizabeth lachte. „Camille und Quinton? Komm schon, Max! Camille ist missgünstig, wenn sie nicht gerade in Selbstmitleid versinkt. Ich glaube nicht, dass sie mir etwas antun würde. Kannst du dir etwa vorstellen, dass sie einen Killer anheuern würde? Sie würde beim Anblick dieses Mannes in Ohnmacht fallen."

„Mmh. Sie ist ein Waschlappen."

„Quinton und ich sind uns immer sehr nahe gewesen. Das ganze Gejammer seiner Schwester über ihre finanzielle Situation ist ihm peinlich. Im Vertrauen hat er mir mal gesagt, dass er und Camille beide ungefähr fünfhunderttausend Dollar pro Jahr aus dem Treuhandfonds ausgezahlt bekommen. Und jemand, der ein schuldenfreies, fünfstöckiges Stadthaus in New York besitzt, lebt ja wohl kaum in Armut."

Elizabeth schüttelte den Kopf. „Nein, ich kann mir wirklich nicht vorstellen, dass Quinton mir je Schaden zufügen würde. Er entspricht durch und durch dem Bild, das er nach außen abgibt: charmant und klug. Wenn er wollte, könnte er längst ein eigenes Vermögen angehäuft haben."

„Warum hat er es dann nicht getan?", fragte Max.

Elizabeth lachte leise. „Er gibt ganz freimütig zu, dass er es nie versucht hat, weil er zu faul ist. Quinton können wir ruhig ausschließen. Er ist zufrieden mit seinem Leben, wie es ist. Zum Scherz behauptet er oft, dass es besser ist, ein Mitglied des verarmten Zweiges einer alten, angesehenen Familie zu sein, als Reichtümer zu erben.

Er hat Zutritt zu den vornehmsten Veranstaltungen, den exklusivsten Partys, zu Vernissagen, zu Weinproben. Mindestens einmal in der Woche wird er zu einem Dinner oder einer geschlossenen Veranstaltung eingeladen – gewöhnlich als Begleiter einer alleinstehenden jungen Dame. Das heißt, falls er überhaupt zu Hause ist.

Einen großen Teil des Jahres verbringt er auf Kreuzfahrten, auf Landpartien in New Port oder auf monatelangen Urlauben in der Karibik, in der Toskana und in Griechenland. Wahrscheinlich ist er öfter unterwegs als in seinem New Yorker Haus. Und dafür muss er kaum einen Cent ausgeben, weil er von den verschiedensten Freunden eingeladen wird."

„Hmm. Ich würde innerhalb einer Woche verrückt werden", murmelte Max. Er betrachtete seine Frau und stellte die Frage, die ihm auf der Zunge lag, seit er ihren Cousin zum ersten Mal gesehen hatte. „Hat Quinton jemals romantische Gefühle für dich gehegt?"

„Quinton? Du machst wohl Witze? Wir sind Cousin und Cousine!"

„Zweiten Grades. Kein Gesetz verbietet eine solche Verbindung. Unter Adelsfamilien ist es sogar üblich."

„Nun, die Stantons gehören jedenfalls nicht dazu", erwiderte sie lächelnd.

„Sonst noch jemand?"

„Na ja, ich vermute, dass Wyatt Lassiter wütend genug sein könnte, mir Böses zu wünschen. Ebenso sein Vater."

„Verdammt, Weib", knurrte Max. „Für so eine friedliche kleine Frau hast du ganz schön viele Leute verärgert."

Elizabeth hob ihr Kinn. „Dann möchte ich mal deine Liste sehen."

„Lieber nicht. Detective Braddock würde einen Schreibkrampf bekommen."

„Dachte ich's mir doch."

Der Detective machte sich noch ein paar Notizen, dann schaute er auf. „Sonst noch jemand?"

„Nun ja ... da ist noch jemand." Elizabeth schaute zwischen dem Detective und Max hin und her. Unsicher biss sie sich auf die Unterlippe. „Troy."

„Troy? Sprichst du von Troy Ellerbee? Meiner rechten Hand?"

„Ja. Detective Braddock hat gesagt, wir sollen ihm alle nennen, die mich nicht mögen. Troy mag mich nicht."

„Wie kommst du darauf?"

„Weil er es mir gesagt hat."

„Was?“

„Max, du musst doch bemerkt haben, wie Troy immer ganz angespannt und mürrisch wird, wenn ich in der Nähe bin. Er kann mich nicht ausstehen. Nichts wäre ihm lieber, als dass sich der Boden auftäte und mich verschlingen würde.“

„Vielleicht. Aber glaubst du wirklich, dass Troy der Mann ist, der einen professionellen Killer anheuert, um dich auszuschalten?“

Elizabeth schaute Max lange an, bevor sie antwortete. „Ich weiß es nicht“, sagte sie schließlich. „Und ich glaube auch nicht, dass du es weißt.“

20. KAPITEL

„So. Wie sieht das aus, Mimi?", fragte Talitha und trat zurück, um ihr Werk zu begutachten.

„Mmh. Gut, finde ich. Was meinst du, Süße?"

„Großartig." Elizabeth lag auf einem Sofa und beobachtete, wie um sie herum der Salon auf Mimosa Landing weihnachtlich geschmückt wurde. Sie war glücklich, zu Hause zu sein. Und am Leben.

Unter normalen Umständen übernahmen Profis die Dekoration der Fassade und der Eingangshalle, während ungefähr eine Woche vor Weihnachten die ganze Familie die Wohnräume schmückte. Dieses Jahr hatte Tante Talitha allerdings darauf bestanden zu warten, bis Elizabeth aus dem Krankenhaus entlassen wurde. Sie sollte diese Tradition daheim auf Mimosa Landing genießen.

„Wenn du mich fragst – das Problem liegt doch eher bei der Größe des Baumes. Wo der Schmuck hingehängt wird, ist nicht so entscheidend."

„Weißt du was, Camille, ich glaube, du hast recht", stimmte Iona zu.

„Ach pfft, ihr zwei. Dieser Baum ist perfekt", verkündete Tante Talitha.

Wie immer hatten sich Elizabeths Tante und Truman über die Größe der Fichte gestritten, die sie ausgesucht hatte. Als der Verwalter das Ungetüm ins Familienzimmer gezerrt hatte, musste er ihn erst einmal um mehr als einen halben Meter kürzen, damit er überhaupt hineinpasste.

„Verdammte Närrin", hatte er geknurrt. „Sagt zu mir: ‚Wir brauchen einen großen Baum. Der Salon ist ein großer Raum.' Hmpf. Als ob ich das nicht wüsste. Ich arbeite ja auch erst seit vierunddreißig Jahren hier, oder?"

Max kam ins Familienzimmer und ging schnurstracks zu

Elizabeth. „Mach mal ein bisschen die Beine lang", wies er sie an, nachdem er ihr einen Kuss gegeben hatte. Elizabeth gehorchte. Nachdem er sich auf das Sofa hatte fallen lassen, hob er ihre Beine hoch und legte sie sich über den Schoß. Elizabeth war in warme Decken gehüllt. Während er sich durch die Schichten hindurchwühlte, knurrte Max: „Wo sind denn deine Beine, verdammt noch mal? Du bist ja eingepackt wie eine Mumie."

„Das stimmt. Und glaub ja nicht, dass du sie auspacken kannst, nur damit du sie betatschen kannst", schimpfte ihre Tante. „Sie ist gerade erst vor drei Stunden aus dem Krankenhaus entlassen worden."

„Würde ich denn so etwas jemals tun?"

„Hmpf. Ohne zu zögern, wenn du die Gelegenheit dazu hättest, du Tunichtgut. Und du brauchst gar nicht erst deinen einschüchternden Blick an mir auszuprobieren, Maxwell Riordan. Der beeindruckt mich gar nicht. Und deinen Charme kannst du auch stecken lassen."

Seine Mutter lachte. „Sie hat dich durchschaut, Sohn."

„Du bist eine herrschsüchtige alte Xanthippe, Talitha Stanton", verkündete Max mit einem Knurren und kniff in gespielter Drohung die Augen zusammen.

„Stimmt. Und vergiss das niemals, du Taugenichts."

Sein Gesichtsausdruck blieb grimmig. Nur ein ganz leichtes Zucken um einen Mundwinkel herum verriet ihn.

Im nächsten Moment wandte er sich wieder an seine Frau: „Troy wird in ein paar Minuten hier sein."

„Mmh." Sie nickte und sah zu den anderen Frauen hinüber. Angestrengt versuchte sie, nicht zu schnurren, während Max ihren Fuß massierte.

„Ich weiß, wir haben das schon besprochen. Aber ich hoffe, es ist dir recht, dass ich ihn über die Feiertage eingeladen habe? Ich glaube, es wird ihm guttun, eine Weile hier zu bleiben. Er hatte viel Stress in den letzten Wochen. Vielleicht lässt er sich ja sogar von dem Charme dieses Ortes anstecken."

Außerdem, sagte sich Max, falls Troy wider Erwarten hinter den Anschlägen auf Elizabeth steckte, wollte er ihn hierhaben, wo er ihn im Auge behalten konnte.

„Schön. Aber bitte sei nicht zu enttäuscht, Max, wenn er deine Begeisterung nicht teilt. Und wag es nicht, mich mit ihm allein zu lassen."

Max musterte sie mit schräg gelegtem Kopf. „Du hast doch keine Angst vor ihm, oder?"

„Im Augenblick habe ich mit der Ausnahme von dir, Dooley und Truman vor allen Männern Angst. Sogar vor Detective Gertski in New York. Nachdem wir weg waren, ist mir aufgefallen, dass er wie eine Klette an uns geklebt hat. Er ist sogar mit uns zum Flughafen gefahren. Das gehört doch sicherlich normalerweise nicht zu den Aufgaben eines Polizisten."

„Verdammt, Elizabeth, langsam klingst du überängstlich. Dann hat er eben mehr getan, als er gemusst hätte. Ich bin ihm jedenfalls für seine Hilfe dankbar."

Sie machte eine hilflose Geste. „Ich weiß. Ich weiß. Ich fürchte mich inzwischen vor meinem eigenen Schatten."

„Entspann dich. Hier bist du in Sicherheit. Zu diesem Haus gelangt man nur über die Straße, die wir von hier aus kilometerweit überblicken können. Wenn man von einer anderen Seite kommt, muss man zuerst über verschiedene Stacheldrahtzäune klettern, um dann über mit Kuhfladen übersäte Weiden zu wandern. Und die werden von unfreundlichen texanischen Langhornstieren bewacht. Ich kann mir nicht vorstellen, dass ein New Yorker Killer so etwas auf sich nimmt." Max grinste. „Vor allem nicht, wenn er die Schilder liest, die Truman hier überall aufgestellt hat."

„Was für Schilder?“

„Schilder mit der Aufschrift: ‚Betreten verboten, es sei denn, Sie können die Weide in unter acht Sekunden überqueren. Der Stier braucht neun.‘“

Elizabeth lachte. „Du machst Witze. Hat er die wirklich aufgestellt?“

„Worauf du dich verlassen kannst. Ich halte die Idee für genial. Aber selbst wenn der Kerl dumm genug ist, um den Weg über die Felder zu versuchen, dann hat er keine Deckung. Er würde entdeckt werden, sobald er losmarschiert. Um die Auffahrt oder einen der Feldwege zu benutzen, müsste er an den Wachen vorbei. Zwei Dienstwagen mit insgesamt vier Polizisten stehen an den Toren, und wir stehen über Walkie-Talkies mit ihnen in Verbindung“, sagte Max und deutete mit einem Kopfnicken auf das Set, das auf dem Couchtisch lag. „Egal wer hier reinkommt oder rausgeht, keiner kommt an den Wachen vorbei, ohne auf Herz und Nieren geprüft zu werden. Nun ja … fast keiner.“ Max warf ihrer Tante einen strengen Blick zu. „Tante Talitha hat die Polizisten dafür runtergeputzt, dass die auch nur daran gedacht haben, sie oder ihr Auto anzufassen.“

„Das will ich aber auch meinen“, äußerte die alte Dame bestimmt. „Der bloße Gedanke ist eine Frechheit! Meinen die ernsthaft, dass ich einen Killer einschmuggeln würde, um meine Großnichte zu erledigen, die ich wie mein eigenes Kind liebe? Ich bin noch nie in meinem Leben so beleidigt worden.“

„Ich habe gesehen, wie sie fährt. Seitdem glaube ich, sie sind einfach zu dem Schluss gekommen, dass niemand so dumm sein kann, bei ihr einzusteigen“, flüsterte Max seiner Frau ins Ohr. „Sie hat die Polizisten ganz schön eingeschüchtert. Ich weiß überhaupt erst seit heute Morgen, dass Talitha noch Auto fährt. Da habe ich nämlich meine Mutter gesucht. Martha sagte mir, dass sie und deine Tante im Schönheitssalon sind, um sich für Weihnachten hübsch machen zu lassen. Darf deine Tante denn in ihrem Alter überhaupt noch fahren?“

„Ach du liebe Zeit – lass sie bloß niemals hören, dass du so etwas gefragt hast“, wisperte Elizabeth zurück. „Hier auf dem Land sitzt sie jedenfalls noch hinter dem Steuer, um zum Schönheitssalon zu fahren, zu ihrem Bridgeclub und ähnlichen Gelegenheiten. Und sie nimmt immer die Nebenstraßen.“

„Du machst Witze, oder? Ich hab deine Tante in einem von diesen Geländewagen gesehen, die ihr hier benutzt. Glaub mir, die ist der reine Teufel auf Rädern! Als sie heute Morgen zurückgekommen ist, hat sie einem der Dienstwagen am Tor glatt die hintere Stoßstange abgerissen. Sie hat nicht einmal angehalten. Ich glaube, sie hat gar nicht gemerkt, dass sie mit einem Polizeiauto zusammengestoßen ist.“

Max schauderte. „Verdammt, der Gedanke an sie hinter dem Steuer, mit meiner Mutter auf dem Beifahrersitz, lässt mir den kalten Schweiß ausbrechen. Ich sehe so richtig vor mir, wie sie durch die Weltgeschichte rasen wie zwei altersschwache Bruchpiloten, während sie über alles und jeden meckern.“

Elizabeth schaffte es trotz ihres Gelächters zu flüstern: „Ich weiß. Es ist ein Problem. Ich habe mich nur bisher nicht getraut, es anzusprechen.“

„Guten Abend miteinander.“

Sie drehten sich um und sahen, dass Troy im Türbogen stand. Elizabeth verspannte sich. Unter den Decken gab Max ihrem Bein einen beruhigenden Klaps. „Hallo, Troy. Fertig ausgepackt? Komm her und setz dich zu uns“, lud Max ihn ein.

Elizabeth nahm ihre Beine von seinem Schoß und stellte die Füße auf den Boden. „Machen Sie es sich gemütlich, Troy."

Um Max' willen versuchte sie, höflich zu klingen. Aber ihrer Stimme konnte man die Angst anhören. Sie konnte nichts dagegen tun. Dieser Mann konnte sie nicht leiden. War der Schritt bis zum Hass wirklich so groß?

Troy hatte sein Jackett gegen eine marineblaue Strickjacke über Hemd und Krawatte ausgetauscht. Vermutlich entsprach das seiner Vorstellung von lässiger Kleidung. In den Armen hielt er einen Stapel Geschenke, der ihm bis zum Kinn reichte.

„Legen Sie die Sachen einfach irgendwo auf den Boden, Troy", wies ihn Iona an. „Wir legen sie unter den Baum, wenn wir ihn fertig geschmückt haben."

Troy gehorchte. Zu Elizabeths Unbehagen ließ er sich in dem Sessel direkt neben ihrem Platz auf dem Sofa nieder. Er lehnte sich zu ihr hinüber und murmelte: „Elizabeth, ich würde gern allein mit Ihnen sprechen ..."

„Nein." Sie schüttelte ihren Kopf so heftig, dass er wieder anfing schmerzhaft zu pochen. Sofort hob sie die Hand zu dem Verband, den sie um die Schläfen trug. Aus den Augenwinkeln sah sie, wie Max sie mit einem beunruhigten Gesichtsausdruck beobachtete. „Ich ... ich meine ja nur, es sind Ferien. Nichts Geschäftliches."

„Vielleicht habe ich mich falsch ausgedrückt. Ich möchte über nichts Geschäftliches sprechen. Es geht um eine persönliche Angelegenheit."

„Oh. Ich verstehe. In dem Fall ... vielleicht später."

„Oh Troy, wenn Sie jemanden zum Reden brauchen, ich stehe gern zur Verfügung", verkündete Camille. Sie warf ihm einen Blick zu, den Elizabeth schon so viele Male an ihr beobachtet hatte, wenn sie wieder auf Männerjagd ging.

Das würde dir ganz recht geschehen, dachte sie mit uncharakteristischer Bosheit und schämte sich gleich dafür. Dabei war sie sich noch nicht einmal sicher, ob ihr Gedanke eher Troy oder ihre Cousine beleidigte.

„Du wirst nichts dergleichen tun", schimpfte Tante Talitha und stampfte mit ihrem Gehstock auf. „Du kommst hierher, junge Dame. Wenn ich mich recht erinnere, hast du dich freiwillig dafür gemeldet, beim Schmücken zu helfen. Und ein einziges Mal in deinem Leben wirst du etwas zu Ende bringen, das du angefangen hast, Camille Moseby. Das ist nämlich dein Problem, meine Liebe. Dir fehlt einfach der lange Atem. Sobald irgendetwas dich ablenkt oder nicht ganz genau nach deinem Kopf geht, bist du schon bereit, die Flinte ins Korn zu werfen."

„Aber Tantchen ..."

Talitha warf ihrer Großnichte einen herrischen Blick zu und deutete mit ihrem Stock auf die Kartons mit Weihnachtsschmuck.

„Schon gut." Schmollend nahm Camille die nächste Glaskugel in die Hand, während sie vor sich hin murmelte: „Ich hätte doch mit Quinton spazieren gehen sollen."

Mimi trat zurück, als wollte sie einen Christbaumanhänger betrachten, den sie gerade an einem Zweig drapiert hatte. Sie trat an Troys Seite, ließ sich auf der Seitenlehne seines Sessels nieder und flüsterte: „Du siehst ein bisschen blass um die Nase herum aus, Zuckerschnute. Sag nur ein Wort und ich halte sie dir vom Leib."

„Ach? Und wie wollen Sie das anstellen?"

„Ganz einfach. Ich sage ihr, dass wir beide zusammen sind."

„Aha. Vom Regen in die Traufe."

„Mmh", schnurrte Mimi und blinzelte genüsslich wie eine Katze, die gerade einen Vogel verspeiste. Mit einem scharlachroten Fingernagel fuhr sie Troy durch das kurz rasierte Nackenhaar. „Aber was für eine angenehme Art, nass zu werden!"

„So viel Glück haben Sie gar nicht verdient", fuhr Elizabeth Troy an. „Und erinnern Sie sich freundlicherweise daran, dass die Einladung hierher nicht die Erlaubnis beinhaltet, meine Freundin zu beleidigen."

„Tut mir leid. Ich wollte niemanden verärgern."

„Aber natürlich wolltest du", verbesserte ihn Mimi, ehe sie Elizabeth einen besorgten Blick zuwarf. „Alles in Ordnung, Süße. Mach dir doch keine Gedanken." Sie warf Troy einen herablassenden Blick zu und zuckte mit der Schulter. „Vertrau mir. Einen Pinscher wie Mr. Ellerbee habe ich problemlos im Griff."

„Pinscher? Jetzt machen Sie aber mal halblang …"

„Was ist hiermit?" Auf der anderen Seite des Raumes hielt Camille einen Weihnachtsbaumanhänger hoch, der etwas ramponiert und angelaufen aussah.

„Sieht aus, als hätte es seine besten Zeiten hinter sich", sagte Max. „Warum werft ihr das nicht weg?"

„Oh nein! Das könnten wir niemals tun", rief Elizabeth. „Das hängt jetzt schon seit über hundert Jahren an dem Baum der Stantons. Vielleicht solltet ihr es weit nach oben hängen, wo man nicht daranstoßen und es zerbrechen kann."

„Du hast absolut recht", stimmte Max zu.

„Na also. Was sitzt du da rum? Schau, dass du rüberkommst und dich nützlich machst."

Max kniff die Augen zusammen. „Wie schon gesagt. Eine herrschsüchtige alte Xanthippe." Nichtsdestoweniger folgte er Talithas Aufforderung.

Vielleicht wirkt er auf die anderen so grob und einschüchternd wie eh und je, überlegte Elizabeth. Aber sie selbst war dabei zu lernen, wie sie Max zu nehmen hatte. Und das Funkeln in seinen Augen sagte ihr, wie sehr er es genoss, als Familienmitglied behandelt zu werden.

Im Laufe des letzten Monats hatte er sich gründlich gewandelt. Er war nicht mehr so barsch, seine Konzentration aufs Geschäftliche war einer großzügigeren Einstellung gewichen. Allmählich lernte er, sich zu entspannen und die Gaben zu genießen, die ihm das Leben geschenkt hatte – Familie und Freunde. Inzwischen genoss er die Freude und Sicherheit, die etwas so Dauerhaftes wie Mimosa Landing verlieh.

Dieses Land war schon da gewesen, lange bevor die Stantons kamen und davon Besitz ergriffen. Und es würde sie und Max überdauern. Hoffentlich würden ihre Kinder und Enkelkinder und viele weitere Generationen dieses Erbe weiterhin in Ehren halten. Dieses Land zu bearbeiten, erfüllte mit Stolz. Und es vermittelte das glückliche Gefühl, einen Platz in der Welt gefunden zu haben.

Und noch etwas hatte Max gelernt: sein Herz zu öffnen und Liebe hereinzulassen. Und diese Liebe in vollem Umfang zurückzugeben.

Sicherlich hatte er damit nicht gerechnet, als er mit seinem merkwürdigen Vorschlag zu ihr gekommen war. Falls doch, hätte er sie bestimmt niemals geheiratet. Aber nun war es geschehen und ließ sich nicht mehr rückgängig machen.

Nicht, dass er das jetzt noch wollte. Er war glücklich, das sah man. Genau wie sie.

„Also, was ich eigentlich sagen wollte“, murmelte Max, als er sich wieder neben Elizabeth niederließ und ihre Füße auf seinen Schoß zog. „Ich habe den Eindruck, dass du außerordentlich viel lächelst für eine Frau, die erst vor wenigen Stunden aus dem Krankenhaus entlassen wurde. Woran denkst du, Mrs. Riordan?“

„Ich dachte nur daran, dass das hier das glücklichste Weihnachtsfest meines Lebens sein könnte, wenn dieser Mann da draußen nicht wäre. Ich habe meine Lieben um mich, bin bis über beide Ohren in meinen Mann verliebt und außerdem mit unserem ersten Kind schwanger."

„Dem ersten?"

„Ja. Ich weiß, dass ich mehr als eines will. Du nicht?"

„Darauf kannst du dich verlassen." Der durchdringende Blick, den er ihr zuwarf, hätte sie noch vor sechs Wochen zu Tode erschreckt. Aber jetzt jagte er ihr nur einen erregten Schauer über den Rücken. „Aber zurück zu den anderen Dingen, die du gesagt hast. Ich mag den Teil mit ‚über beide Ohren' besonders gern."

„Dachte ich mir." Zur Strafe streifte sie mit dem Fuß einen besonders empfindlichen Körperteil. Sein scharfes Atemholen belohnte sie.

Er legte ihr die Hand um den Nacken, zog sie an sich und flüsterte, während er zärtlich an ihrem Ohr knabberte: „Mein Liebling, dafür wirst du später bezahlen."

„Wie viel später?"

Max lehnte sich zurück, um ihr in die Augen zu sehen, und las darin Übermut – und Verlangen. „Ich habe ein Monster erschaffen", sagte er und schüttelte den Kopf. „Und du weißt, was der Arzt gesagt hat. Keinerlei Anstrengung in den nächsten paar Wochen."

Jetzt war Elizabeth an der Reihe aufzustöhnen. „Aber Max!"

„Erspar dir deine Überredungskünste. Ich werde ..."

Martha erschien auf der Türschwelle. „Das Abendessen ist gleich fertig. Wenn Mr. Quinton bis dahin nicht von seinem Spaziergang zurück ist, soll ich mit dem Essen warten?"

„Wo treibt sich der Junge denn herum?" Talitha legte die

Glaskugel beiseite, die sie gerade aufhängen wollte, und ging zum Fenster „Ah, da kommt er ja. Du liebe Güte, warum rennt er denn so? Ach herrje! Der Stall brennt! Da kommt Rauch aus den Türen!“

„Was?“

„Oh nein!“

Alle redeten gleichzeitig los und rannten zu den Fenstern.

Elizabeth griff nach der Hand ihres Mannes, als er aufsprang. „Max, geh und hilf beim Löschen. Truman und die Arbeiter schaffen das nicht allein.“

„Das würde ich gern, Liebling, aber ich kann dich hier nicht allein lassen.“

„Bitte, Max. Du hast doch gesagt, ich bin hier sicher. Geh. Bitte.“ Sie wies mit dem Kinn auf Troy. „Und nimm ihn mit.“

Er schaute zum Fenster hinaus hinüber zum Stall. Der Rauch wurde zusehends dichter. „Na gut. Aber du bleibst hier, in Ordnung? Rühr dich nicht vom Sofa weg.“

„Ich komm schon klar. Geh.“

„Komm mit, Troy.“

„Ich? Was kann ich denn tun? Ich habe keine Ahnung, wie man Feuer bekämpft.“

„Ich auch nicht, aber wir werden's lernen. Komm!“

Die Männer rannten aus dem Salon und griffen sich im Vorbeigehen Mäntel von der Garderobe. Max überwand die Stufen der hinteren Veranda mit einem einzigen Sprung, dann rannte er, so schnell er konnte, auf den Stall zu. Troy folgte ihm im Trab.

„Feuer! Der Stall brennt!“, hörte Elizabeth Quinton ihnen zurufen. „Ich war grad auf dem Weg, um euch zu holen! Kommt schon! Ich glaube, wir können den Stall retten, wenn wir uns beeilen!“

Die Frauen drängten auf die hintere Veranda hinaus. Sie ließen die Tür offen, sodass Elizabeth alles hören konnte. Einer der vielen Geländewagen stand neben der Treppe. „Springt rein", hörte sie Mimi vorschlagen. „Wir können auch helfen."

„Wir sollten Elizabeth nicht allein lassen", wandte Talitha ein, aber Elizabeth hörte der Stimme der alten Frau den Wunsch an, dabei zu sein. Ihre Tante, die gute Seele, liebte nichts mehr, als im Mittelpunkt des Geschehens zu sein.

„Wartet mal." Mimi sprang ins Haus zurück und steckte den Kopf ins Familienzimmer. „Hältst du es ein paar Minuten mit Martha hier aus?"

„Natürlich." Sie machte scheuchende Bewegungen mit den Händen. „Geht. Geht schon. Die brauchen alle Hilfe, die sie kriegen können."

Nur zur Sicherheit schaute Mimi auch noch schnell in der Küche vorbei. „Martha, Süße, bleiben Sie bei unserem Mädchen, in Ordnung?"

„Natürlich."

Der Geländewagen fuhr los. Als das Motorengeräusch sich entfernte, erhob sich Elizabeth entgegen Max' Anweisung vom Sofa, um hinüber zum Fenster zu gehen. Sie zog die Vorhänge zurück und hielt den Atem an. „Du meine Güte."

Es war nicht der Stall selbst, der in Flammen stand, sondern der Heuschober daneben. Wahrscheinlich hat jemand ein Streichholz oder einen Zigarettenstummel achtlos weggeworfen, dachte sie. Aber auch der Stall war in Gefahr. Schon züngelten Flammen an einer der Türen, und Rauch stieg auf – vor einem atemberaubenden Sonnenuntergang.

Der Stall war eines der ältesten Gebäude der Farm. Der bloße Gedanke daran, ihn womöglich zu verlieren, bereitete Elizabeth Übelkeit.

„Schau nur gut hin, Lady. Denn das ist das Letzte, was du jemals sehen wirst."

Die ordinäre Stimme mit dem New Yorker Akzent schien Elizabeth wie ein Pfeil zu durchbohren. Als sie herumfuhr, musste sie sich am Fenstersims festhalten, um nicht das Gleichgewicht zu verlieren. Für einen Augenblick drehte sich der Raum langsam um sie. Dann kam er wieder zur Ruhe, und ihr Blick fiel auf den massigen Mann im schwarzen Ledertrenchcoat.

Unwillkürlich musste Elizabeth denken, dass Mimi den Mann, der da im Türbogen stand, aufs i-Tüpfelchen genau beschrieben hatte.

Widerliches Monster – wie eine schleimige Nacktschnecke in einem schicken Anzug.

„Sie. Wie sind Sie hier reingekommen?"

„Du meinst, an den dummen Dorfpolizisten vorbei? Einfach. Hat natürlich geholfen, dass ich eine Kopie von den Schlüsseln deiner Tante hatte. War aber ein bisschen eng im Kofferraum."

„Sie haben sich in Tante Talithas Kofferraum versteckt? Woher … woher haben Sie gewusst, dass man ihr Auto nicht durchsuchen würde?"

„Ich habe so meine Quellen. Tatsache ist, dass du mich mit deinem verdammten Glück in Schwulitäten gebracht hast. Aber jetzt ist es vorbei mit deiner Glückssträhne. Ich habe genug von Texas und verrückten Frauen, die mit Waffen rumfuchteln."

„Warum? Warum tun Sie mir das an?"

„Weil das mein Job ist. Leute bezahlen mich dafür, dass ich andere Leute umbringe."

„Wer bezahlt Sie? Ich gebe Ihnen mehr. Bitte, tun Sie das nicht! Um Himmels willen, ich erwarte ein Baby."

„Wirklich? Zu schade. Aber das ist jetzt eine persönliche Angelegenheit. Ich mag es nicht, wenn ich schlecht wegkomme." Er hob die Pistole hoch. Elizabeth erkannte, dass er einen Schalldämpfer auf den Lauf gesteckt hatte. „Dann sprich mal schnell deine Gebete."

Pfft!

Elizabeth schrie auf und warf sich auf den Fußboden, als eine Lampe ungefähr dreißig Zentimeter von ihrer Hüfte entfernt zersprang.

Pfft! Pfft!

Diesmal hatte er den Stuhl getroffen, hinter dem Elizabeth lag. Wattefetzen und Polsterung regneten über sie, und sie schrie auf.

„Um Himmels willen, was soll denn der Lärm hier drin …", rief Martha aus der Küche und erschien in der Tür, eine Kaffeetasse und ein Geschirrtuch in der Hand.

Der Mann fuhr herum, legte an und drückte erneut ab.

Pfft!

„Martha, in Deckung! In Deckung!"

Die Haushälterin warf die Tasse von sich und begann auf und ab zu tanzen, wild mit den Armen zu wedeln und bei jedem Atemzug zu schreien: „Aaah! Aaah!"

„Martha! In Deckung!"

„Halt dein Maul, verdammt noch mal!", schrie der Killer und unterstrich seinen Befehl mit einem weiteren Schuss. Pfft!

Marthas Schreie nahmen weiter an Lautstärke zu.

Entweder aus reinem Glück oder durch die Kraft ihrer Gebete führte ihr aufgeregter Tanz sie zur Tür hinaus, durch die Garderobe auf die Veranda.

„Verdammte Närrin", knurrte der Schütze.

Elizabeth lag auf dem Fußboden, eine Wange fest gegen das Parkett gepresst. In ihrem Kopf pochte der Schmerz, ihr Herz raste, und ihre Lunge arbeitete wie ein Blasebalg. Während ihr Marthas schwächer werdende Schreie in den Ohren gellten, suchte sie krampfhaft nach einem Ausweg. *Denk nach. Denk nach, um Himmels willen. Du musst etwas unternehmen. Du kannst hier nicht einfach liegen bleiben wie ein Lamm auf der Schlachtbank. Denk nach!*

Sie warf einen Blick auf den Schützen. Unter dem Stuhl hindurch konnte sie beobachten, wie seine blank polierten Schuhe auf sie zukamen. *Oh Gott.*

Dann sah sie es. Genau vor ihrer Nase: Mimis geräumige Umhängetasche, die neben dem Stuhl auf dem Boden lag. Ein weiterer Blick auf die sich nähernden Schuhe zeigte ihr, dass sie nicht mehr viel Zeit hatte. Keuchend zog sie ihren rechten Arm aus der Schlinge, griff nach der Tasche und zerrte sie heran.

Pfft.

„Was treibst du denn da? Willste mich mit deiner Tasche hauen?“, fragte der Mann mit einem hämischen Lachen, das Elizabeth einen eisigen Schauer über den Rücken jagte.

Sie ignorierte den Schmerz in ihrer Schulter, griff mit beiden Händen in die Tasche und schloss die Finger mit einem erleichterten Wimmern um den Griff der Magnum. Ihr Zeigefinger fand den Auslöser. In einer einzigen verzweifelten Bewegung rollte sie sich auf den Rücken und hob die Arme, die noch in dem Beutel steckten. Als die schwarz gekleidete Gestalt um den Stuhl herumging und direkt vor ihr erschien, drückte sie ab.

Der Rückschlag schleuderte Elizabeths Hände hoch. Nur die Tasche verhinderte, dass ihr die Waffe aus den Händen gerissen wurde.

Der schwergewichtige Mann gab ein Ächzen von sich und taumelte ein paar Schritte rückwärts. Mit überraschter Miene hielt er sich den Bauch. Als er mit den Kniekehlen an eines der Sofas stieß, stolperte er und fiel rückwärts um.

Pfft! Pfft!

Noch im Fallen feuerte er blindlings zwei Schüsse ab. Auf diese Weise zerstörte er eine zweihundert Jahre alte Vase auf dem Kaminsims und durchlöcherte die antike Täfelung der Zimmerdecke.

Schluchzend, mit tränenüberströmtem Gesicht, kniete Elizabeth sich hin und hielt die Waffe auf Armeslänge von sich.

Krach!

„Aaah! Nicht schießen! Nicht schießen! Ich ergebe mich. Um Himmels willen, Lady, nicht noch mal schießen!"

Draußen erklangen Rufe und Schreie. Max brüllte ihren Namen, wieder und wieder. Der Lärm kam näher, aber Elizabeth achtete nicht darauf. Sie klammerte sich an die Armlehne des zerschossenen Queen-Anne-Stuhls und zog sich auf die Füße. Unsicher, aber entschlossen, wankte sie quer durch den Raum auf den Mann zu. Ihre Hände steckten immer noch in den Überresten von Mimis Tasche, aus der unten der Lauf der Magnum herausragte.

Als sie das Sofa umrundete, hob der Mann seine Waffe, aber seine Hand zitterte so sehr, dass er sie kaum halten konnte.

„Du bist zu ... vertrauensselig, du dumme Schlampe", sagte er mit seiner kalten Stimme. „Das ist eine Glock. Die hat ... neun Kugeln. Ich hab ... ich hab noch eine übrig."

„Ich hab noch mehr als eine", stieß Elizabeth zwischen zusammengebissenen Zähnen hervor. Sie bebte am ganzen Körper, und die Tränen liefen ihr die Wangen herunter, aber sie achtete nicht darauf.

„Du wirst mich nicht töten. Du hast nicht das Zeug dazu."

„Sind Sie verrückt? Sie haben versucht, mich und mein ungeborenes Kind umzubringen. Wenn Sie auch nur mit der

Wimper zucken, blase ich Ihnen den Schädel weg. Ich will wissen, wer Sie angeheuert hat."

Er schüttelte den Kopf. „Nein." Stöhnend presste er die freie Hand gegen seinen Bauch. „Ich bin ... Magenschuss. Um Gottes willen, ruf den Krankenwagen."

„Nein. Nicht bis Sie mir sagen, wer Sie dafür bezahlt, mich umzubringen."

„Komm schon, Lady. Ich ... leide Höllenqualen."

„Mein Mitleid ist leider aufgebraucht. Von mir aus können Sie da liegen bleiben und verbluten. Das ist mir egal. Ich rufe nicht um Hilfe, bis Sie mir den Namen sagen. Und wenn ich mir diese Blutlache so anschaue, dann sollten Sie sich beeilen."

Die Glock fiel ihm aus der Hand.

Elizabeth trat dagegen, sodass sie außer Reichweite schlitterte.

„In Ordnung. Ich ... ich ... ich sag es", flüsterte er. „Runterbeugen."

„Oh nein. Ich komme nicht näher als bis hierher. Sagen Sie schon."

Lautlos formte er mit den Lippen einen Namen.

Elizabeths Augen weiteten sich. „Nein. Sie lügen. Sie müssen lügen."

„Elizabeth!", schrie Max, und seine schweren Fußtritte erklangen auf der hinteren Veranda.

Der Mann versuchte schwach den Kopf zu schütteln. „N-nein. Lü- ... ge ... nicht. Schw-schwöre. Bitte." Seine Augen rollten nach hinten.

„Elizabeth!"

Ohne den Blick von dem Killer abzuwenden, zog sie eine Hand aus der Tasche, nahm das Telefon von einem der Beistelltische und wählte den Notruf. Im selben Augenblick stürzte Max ins Zimmer.

Sein Gesicht war gerötet, sein Blick wild. „Elizabeth! Gott sei Dank!“

Er durchquerte den Raum in zwei langen Sätzen und riss sie in seine Arme. „Alles in Ordnung? Hat er dich wieder verletzt?“

Sie schluchzte, und ihre Knie gaben nach. An Max gelehnt, sackte Elizabeth in sich zusammen und barg ihr Gesicht an seiner Brust.

„Polizei. Was für ein Notfall liegt vor?“, erklang die gedämpfte Stimme im Telefon. „Hallo? Hallo? Sind Sie noch dran? Bitte sagen Sie uns, was für ein Notfall vorliegt.“

Max hob den Hörer auf. „Hier spricht Max Riordan von Mimosa Landing. Wir haben einen Mann mit einer Schussverletzung. Schicken Sie einen Krankenwagen und die Polizei.“

„Haben Sie gesagt, eine Schussverletzung?“

„Sorgen Sie dafür, dass jemand herkommt. Schnell.“

Max legte auf und schlang beide Arme um seine Frau.

Schritte trappelten über die hintere Veranda, als die anderen eintrafen. Bald standen alle außer Truman und die Arbeiter um sie herum, und alle redeten gleichzeitig. Es herrschte ein solcher Lärm, dass erst nach einer ganzen Weile jemand bemerkte, dass das Walkie-Talkie auf dem Couchtisch Geräusche von sich gab.

„Hallo? Hier Deputy Peters von der Torwache. Waren das Schüsse?“

„Jemand soll da mal rangehen“, bellte Max. Mit eisernem Griff hielt er Elizabeth umklammert. Er konnte nicht aufhören, sie von oben bis unten zu streicheln, um sich zu vergewissern, dass sie tatsächlich unverletzt war.

„Sir? Sir? Sind Sie noch da?“

Troy hob das Sprechfunkgerät hoch. Beinahe hysterisch lachte Elizabeth auf. Troy, der mit seiner eleganten Kleidung sonst wirkte wie dem Titelblatt der GQ entsprungen, war genauso rußgeschwärzt wie Max. „Jawohl, Detective. Das waren Schüsse. Ein Mann ist verletzt worden."

„Wir sind unterwegs."

Quinton hob die Glock auf. „Ich schaffe den Typen mal den Damen aus den Augen und passe auf ihn auf, bis die hier sind."

„Nein!" Elizabeth drehte sich in Max' Armen um. „Runter mit der Waffe, Quinton", schluchzte sie und tat ihr Bestes, die Magnum hochzuheben. „Sofort! Runter damit, oder ich schieße."

„Elizabeth! Hast du den Verstand verloren?", rief Camille.

„Nein. Quinton hat den Killer angeheuert."

„W-was?"

„Komm schon, Cousinchen", schmeichelte Quinton. „Du kennst mich. Ich würde so etwas niemals tun. Ich liebe dich. Wir sind Freunde, seit wir Kinder waren."

„Zu spät, Quinton. Du kannst dich hier nicht mehr durch deinen Charme rauswinden. Ehe dieses ... dieser Unmensch bewusstlos geworden ist, hat er mir verraten, wer ihn angeheuert hat."

Quinton schaute gekränkt. „Und du glaubst der Aussage eines gedungenen Mörders mehr als meinem Wort?"

„Ja."

Bremsen quietschten auf der Auffahrt, und Sekunden später klopfte es. „Polizei! Aufmachen!"

Eine ruhigere, aber immer noch erschütterte Martha wollte zur Tür gehen, um die Uniformierten hereinzulassen. Aber Quinton richtete die Waffe auf sie.

„Bleiben Sie, wo Sie sind!"

„Oh Quinton", stöhnte seine Schwester. „Du hast ihn angeheuert! Und du hast ihn noch nicht einmal zurückgerufen, als du wusstest, dass sie schwanger ist."

Er ignorierte sie und schwenkte die Glock von der Haushälterin zurück zu Elizabeth. „Ihr bleibt alle, wo ihr seid. Ich gehe."

„Du gehst nirgendwohin." Elizabeth versuchte wieder, die zerfetzte Tasche mit der Waffe hochzuheben. „Ich habe auch eine Pistole. Und ich habe noch vier Schüsse übrig. Dein Killer hat schon alle neun Kugeln abgefeuert. Hast du nicht mitgezählt?"

Einen Moment lang flackerten Zweifel über Quintons Gesicht. Aber dann beschloss er, es darauf ankommen zu lassen. „Das glaube ich dir nicht. So dumm wäre er nicht gewesen. Außerdem wirst du mich nicht erschießen. Ich glaube nicht, dass du stark genug wärst, selbst wenn du die nötige Willenskraft aufbringen könntest."

„Aufmachen! Aufmachen da drinnen!"

Während Quinton seine Cousine nicht aus den Augen ließ, hatte Max verstohlen die Hände in die Tasche gleiten lassen. Seine Hände schlossen sich um Elizabeths und hielten die bebende Waffe fest. „Wenn sie es nicht kann, dann bringe ich es allemal fertig", knurrte er und richtete den Lauf auf Quintons Herz. „Und auf diese Entfernung kann ich ihn nicht verfehlen."

Tante Talitha trat einen Schritt vorwärts, sodass sie zwischen ihrem Neffen auf der einen und Elizabeth und Max auf der anderen Seite stand. „Quinton Moseby, nimm sofort die Waffe runter."

Er zielte auf die alte Frau. „Tut mir leid, Tante Talitha. Ich bin kein kleiner Junge mehr. Dieser Tonfall erschreckt mich nicht. Ich liebe dich, Tantchen. Wirklich. Genau wie Elizabeth. Ich will keinen von euch erschießen, aber ich werde es tun."

„Du wirst nichts dergleichen tun", verkündete Camille und trat zwischen ihre Tante und ihren Bruder. „So etwas ganz und gar Verabscheuungswürdiges würde ich dich niemals tun lassen."

„Aus dem Weg, Camille. Warum spielst du dich überhaupt auf einmal als Elizabeths Beschützerin auf? Du hasst sie doch."

„Um Himmels willen, Quinton. Ich hasse Elizabeth doch nicht. Na gut, ich gebe zu, dass ich sie immer beneidet habe. Wer kann mir daraus einen Vorwurf machen? Sie ist schön und klug und eine vollendete Dame. Vor allem beneide ich sie darum, dass sie hier aufwachsen durfte. Aber ich habe sie trotzdem lieb. Sie gehört zu meiner Familie. Wenn ich gestichelt habe, dann nur, um ihr ein bisschen auf die Nerven zu gehen. Nichts von dem habe ich wirklich ernst gemeint."

Ungerührt zielte Quinton weiter auf Talitha. „Egal. Ich musste so handeln. Wie du ganz richtig bemerkt hast: Wenn sie das Kind bekommt, erbt es den gesamten Besitz. Aber wenn sie und das Kind und Tante Talitha aus dem Weg wären, würden wir alles bekommen. Jetzt hat sie alles ruiniert."

„Dann wäre ich die Nächste gewesen, was?", fuhr ihn seine Tante an, den Kopf stolz erhoben.

„Nein. Ich hatte mir ausgemalt, dass ich einfach an Elizabeths Stelle das Vermögen verwalte, bis du stirbst. Dich zu töten habe ich nie geplant, das schwöre ich, Tantchen."

„Hmpf. Ich nehme an, das soll mir ein Trost sein."

„Ich verstehe das nicht, Quinton", sagte Elizabeth. „Warum auf einmal diese verzweifelte Geldgier? Du verfügst über ein mehr als großzügiges Einkommen, und ich hatte immer den Eindruck, dass du dein Leben so genießt, wie es ist."

„Das ist wahr. Aber ich bin in bösen Schwierigkeiten, Cousinchen. Ich schulde ein paar sehr gemeinen, sehr gefährlichen Leuten sehr viel Geld. Es gibt nur einen einzigen Grund, warum die mich noch nicht mit den Kniescheiben an den Boden genagelt haben: weil ich ihnen gesagt habe, ich würde das stantonsche Vermögen erben, wenn ich dich loswerde."

„Lass mich raten", warf Max ein. „Spielschulden, oder?"

„Genau." Mit dem Kopf wies Quinton in Richtung des Killers. „Er ist der Vollstrecker des Mannes, dem ich das Geld schulde."

„Oh Quinton", stöhnte seine Schwester. „Nimm die Waffe runter und lass uns über alles reden. Wir werden einen Weg finden, das Geld zusammenzubekommen."

„Verstehst du nicht, Camille? Dafür ist es zu spät. Und ich kann nicht ins Gefängnis gehen. Das kann ich einfach nicht."

„Vielleicht kommt es ja nicht dazu." Camille wandte sich mit einem flehentlichen Gesichtsausdruck an Elizabeth. „Bitte, Elizabeth. Zeig ihn nicht an. Er ist krank. Siehst du das denn nicht? Er muss krank sein, wenn er so etwas getan hat. Soweit ich weiß, ist Pembrook Manor in der Nähe von New York ein wunderbares Sanatorium. Er könnte dorthin gehen, damit man ihm hilft, den Kopf wieder klar zu kriegen."

Sie wandte sich an ihren Bruder. „Daran wäre überhaupt nichts Anrüchiges. Ein paar meiner Freunde haben sich selbst in Pembrook einweisen und gegen Stress behandeln lassen. Das ist heutzutage schon beinahe in Mode."

„Camille, Kind, ich bewundere deine Liebe für deinen Bruder, aber manchmal gibt es keinen einfachen Ausweg", sagte Tante Talitha ungewöhnlich sanft. „Verstehst du nicht? Die Sache liegt nicht mehr in Elizabeths Händen. Obwohl Quintons Plan nicht aufgegangen ist, hat er ein schweres Verbrechen begangen."

„Aber Tantchen …“

„Es tut mir leid, Kind. Für dich und für deinen Bruder. Wirklich. Aber es kommt einmal der Zeitpunkt im Leben, an dem man Verantwortung für die eigenen Taten übernehmen muss. Das ist etwas, was du und dein Bruder noch nie erfahren habt. Ich lege das hauptsächlich meiner Schwester und eurem Vater zur Last. Wenn Mariah ihn und euch zwei nicht so verwöhnt hätte, dann wärt ihr nie mit diesem lächerlichen Anspruchsdenken aufgewachsen. Mariah ist immer für euch eingetreten, wenn ihr als Heranwachsende Unfug getrieben habt. Aber das hier ist viel ernster als ein paar umgefahrene Verkehrsschilder oder Graffiti auf einer Hauswand. Diesmal ist Quinton zu weit gegangen. Und dafür muss er jetzt auch geradestehen. Wir können dafür sorgen, dass er einen guten Anwalt bekommt, aber weiter darf die Familienloyalität in diesem Fall nicht gehen.“

„Nein. Nein, das ist nicht genug.“ Quinton begann zurückzuweichen. Er schüttelte den Kopf und presste den Lauf der Glock an seine Schläfe. In seine Augen trat ein wilder Ausdruck. „Ich kann das Risiko nicht eingehen, ins Gefängnis zu kommen. Das kann ich nicht! An so einem Ort würde ich keinen Tag überleben. Da bin ich lieber tot.“

„Quinton, nein!“ Entsetzt trat Camille einen Schritt auf ihn zu, aber er hielt sie mit erhobener Hand auf und steckte sich den Lauf der Waffe in den Mund.

Während Quintons Blick auf seine Tante und seine Schwester gerichtet war, nahm Max die Waffe aus Elizabeths Händen und schob seine Frau hinter sich.

Quinton wich weiter zurück. Sein Blick wanderte unruhig hin und her.

In der Türöffnung hinter ihm tauchte Truman auf. Den Zeigefinger an die Lippen gepresst, warnte er die anderen davor, seine Anwesenheit zu verraten. Der alte Vorarbeiter der Farm war um etliches kleiner als Quinton und auch deutlich leichter, dabei aber drahtig und zäh wie eine Kiefernwurzel. Elizabeth hegte keinen Zweifel daran, dass er ihren Cousin überwältigen konnte. Sie spähte um Max herum und hielt den Atem an, als Truman einen Schritt nach vorn machte. Mit einer blitzschnellen Bewegung schlug er Quinton die Waffe aus der Hand und schlang von hinten seine Arme um ihn.

Ein paar Minuten lang ging alles drunter und drüber, als die Männer versuchten, Quinton zu überwältigen. Martha eilte zur Tür, um endlich die Polizisten und die Rettungssanitäter hereinzulassen, während alle Frauen gleichzeitig redeten.

„Max …“

Zaghaft zupfte Elizabeth am rußgeschwärzten Hemd ihres Mannes. Er drehte sich gerade rechtzeitig um, um zu sehen, wie ihre Knie nachgaben.

„Elizabeth!“ Er fing sie auf, bevor sie zu Boden fallen konnte. „Elizabeth! Was ist los? Hat er dich getroffen?“ Sein Blick wanderte zu dem roten Fleck auf ihrem Pullover, der immer größer wurde. „Oh, verdammt! Sie hat ihre Schulterwunde wieder aufgerissen.“

„Draußen stehen ein paar Krankenwagen“, rief einer der Sanitäter. „Ich fahre mit und sehe, was ich tun kann, um die Blutung zu stoppen.“

„Ich habe eine bessere Idee. Ich fliege sie mit dem Hubschrauber nach Houston. Sie kommen mit.“

Der Sanitäter warf einen Blick auf Max’ entschlossenes Gesicht. „Oh. Nun ja, ich würde gern, aber ich bin am Brendan Hospital angestellt. Ich fürchte, mir fehlt die nötige Genehmigung, um in einem anderen Bezirk zu praktizieren, und Ihre Frau braucht schnell Hilfe.“

„Mir ist Ihre Genehmigung scheißegal. Sie kommen mit.

Setzen Sie sich in Bewegung! Ihr anderen klärt die Angelegenheit mit der Polizei", befahl er auf dem Weg nach draußen. „Wenn Sie fertig sind, treffen Sie uns im Methodist Hospital. Troy, kümmer dich um alles. Ruf an und sorg dafür, dass ich freie Bahn habe und die Landeerlaubnis beim Krankenhaus. Sag denen, ich lande auf jeden Fall. Und kümmer dich um die Frauen."

„Mach ich, Boss." Troy berührte Elizabeths Arm und beugte sich zu ihr. „Sie sind eine verdammt beeindruckende Frau, Elizabeth Stanton Riordan." Sein Blick begegnete dem von Max. „Viel Glück."

Truman war schon zum Hubschrauberlandeplatz vorgelaufen und half Max und dem Sanitäter, Elizabeth in den Helikopter zu betten. „Danke, Truman."

„Ach, Mr. Riordan? Zwei Sachen, bevor Sie losfliegen. Ich und die Arbeiter, wir haben das Feuer gelöscht. Und ich hab gesehen, wie Mr. Quinton das Feuer gelegt hat. Das war kein Unfall. Ich wollte grad reinkommen, um Ihnen das zu sagen, als ich ihn da gesehen habe, mit der Waffe und allem."

Max zögerte nur einen Moment, sein Gesichtsausdruck zornig. „Danke, Truman. Vielen Dank."

Er kletterte ins Cockpit, führte einen kurzen Sicherheitscheck durch und startete den Propeller. „Sind Sie und die Patientin da hinten angeschnallt?", schrie er über den Lärm hinweg.

„Ja, Sir."

„Dann machen Sie die verdammte Tür zu und setzen Sie die Kopfhörer auf, damit Sie mich auf dem Laufenden halten können."

„Oh. Ja, Sir. Tut mir leid." Der Mann sah etwas bleich aus, aber er drehte sich um und schlug die Tür zu. „Fertig."

Max griff zwischen den Sitzen nach hinten und berührte

den Fuß seiner Frau. „Halt durch, Liebling. Halt durch. Hörst du?“

Elizabeth zuckte mit dem Fuß, was Max als ein Ja auffasste. „Okay. Auf geht’s!“, schrie er. Und mit stetigem Knattern hob der blau-goldene Helikopter im letzten Abendrot ab. Er flog eine Kurve nach Osten und wandte sich dann in Richtung der violetten Dämmerung über Houston.

EPILOG

Max stand vor der Glastür zur VIP-Suite des Krankenhauses und beobachtete Elizabeth durch die Scheibe. Freude schien jede Faser seines Körpers zu durchströmen. Er hatte nicht gewusst, dass man so glücklich sein konnte. Dass es möglich war, eine Frau so zu lieben, wie er Elizabeth liebte.

Es war beinahe acht Monate her, seit er sie zu eben diesem Krankenhaus geflogen hatte. Damals hatte er nicht gewusst, ob er sie verlieren würde, wie er ohne sie hätte weiterleben können. Acht Monate voller Glück und Zufriedenheit, in denen er beobachtet hatte, wie sie aufblühte in der Schwangerschaft mit ihrem gemeinsamen Kind. Damals hatte er geglaubt, sie nicht noch mehr lieben und bewundern zu können.

Dann hatte er den gestrigen Tag und die halbe Nacht hindurch ihre Hand gehalten, während sie die Schmerzen und Anstrengungen der Geburt erduldete. Und sein Herz war so voller Liebe, dass er dachte, es könnte zerbersten.

Er schüttelte den Kopf, als er daran dachte, wie von sich selbst überzeugt er dieser Frau einen Heiratsantrag gemacht hatte. „Du hast ein verdammtes Glück, Maxwell Riordan", murmelte er bei sich. Er hatte einen fantastischen Fang gemacht, als er seine Frau geheiratet hatte, um Zugang zur Houstoner Gesellschaft und deren Geldbörsen zu erlangen. Aber der Hauptgewinn war die Frau selbst.

„Was machst du denn hier draußen auf dem Flur?", wollte Tante Talitha wissen.

Max wandte den Kopf und lächelte dem Hofstaat entgegen, der da auf ihn zukam. Neben Elizabeths Tante kamen seine Mutter, Mimi, Martha, Truman, Gladys, Dooley und Troy den Gang herunter, beladen mit riesigen Plüschtieren, Luftballons, Blumen, Pralinen und Büchern. Sie alle waren gegen zwei Uhr morgens aufgebrochen, erschöpft, aber im siebten Himmel.

Nun hatten sie sich ausgeruht und konnten es nicht erwarten, den neuesten Thronerben zu Gesicht zu bekommen.

„Schsch." Max legte den Zeigefinger auf die Lippen. „Bevor wir reingehen, will ich euch allen etwas zeigen."

Er winkte sie zu sich, bis sie sich eng um das Fenster drängten und hineinschauten. „Ist das nicht der schönste Anblick, den ihr jemals gesehen habt?"

Elizabeth saß in dem höhenverstellbaren Krankenhausbett, ihr Baby in der Armbeuge, den Blick auf das Gesicht des schlafenden Säuglings gerichtet. Max kam sie vor wie der Inbegriff der Weiblichkeit, liebevoll, nährend, stark und sanft gleichzeitig und so schön, dass ihm der Atem stockte. Er wusste, selbst wenn er hundert Jahre alt würde – diesen Augenblick würde er niemals vergessen.

„Du meine Güte. Oh, sie ist so wunderschön." Mit feuchten Augen wandte sich Talitha an Max und legte ihm die Hand an die Wange. „Danke, dass du diesen Moment mit uns teilst."

Sie und die anderen Frauen wischten sich die Tränen ab, und auch Dooley und Truman rieben sich verstohlen über die Augen.

„Ich weiß. Ich habe schon Kontakt mit einem Künstler aufgenommen. Ich will sie so malen lassen, bevor das Baby zu groß wird."

„Was für ein kluger Kerl du doch bist." Talitha gab seinem Arm einen Klaps. „Und ein guter Mann. Falls ich dir das noch nicht gesagt habe, wir sind alle sehr glücklich, dich in unserer Familie zu haben."

„Danke. Das bedeutet mir sehr viel." Er sah sich um und lächelte. „Also, wer will Molly Elizabeth Stanton Riordan auf den Arm nehmen? Das schönste Mädchen, das jemals das Licht der Welt erblickt hat!"

– ENDE –

Suzanne Forster
Das Arrangement
Band-Nr. 25303
7,95 € (D)
ISBN: 978-3-89941-491-2
464 Seiten

Suzanne Forster
Das Internat
Band-Nr. 25244
7,95 € (D)
ISBN: 978-3-89941-403-5
608 Seiten

Christiane Heggan
Abbild des Todes
Band-Nr. 25246
7,95 € (D)
ISBN: 978-3-89941-405-9
400 Seiten

Karen Harper
Brennendes Inferno
Band-Nr. 25257
7,95 € (D)
ISBN: 978-3-89941-423-3
416 Seiten